Hannah Howell

Mein Krieger aus den Highlands

Roman

Aus dem Amerikanischen von
Angela Schumitz

Weltbild

Die amerikanische Originalausgabe erschien 2012
unter dem Titel *Highland Avenger* bei Kensington Publishing Corp.,
New York, NY, USA

Besuchen Sie uns im Internet:
www.weltbild.de

Copyright der Originalausgabe
© 2012 by Hannah Howell
Copyright der deutschsprachigen Ausgabe
© 2014 by Verlagsgruppe Weltbild GmbH,
Steinerne Furt, 86167 Augsburg
Dieses Werk wurde vermittelt durch die
Literarische Agentur Thomas Schlück GmbH, 30827 Garbsen.
Übersetzung: Angela Schumitz
Projektleitung & Redaktion: usb bücherbüro, Friedberg/Bay
Umschlaggestaltung: Atelier Seidel – Verlagsgrafik, Teising
Umschlagmotiv: © John Ennis, bookjacketart.com
Satz: Dirk Risch, Berlin
Druck und Bindung: GGP Media GmbH, Pößneck
Printed in the EU
ISBN 978-3-86365-793-2

2017   2016   2015   2014
Die letzte Jahreszahl gibt die aktuelle Ausgabe an.

1

Schottland im Frühling 1480

Das kalte Salzwasser verklebte Ariannas Haare, und der Wind tat sein Übriges. Die steife Brise riss ihr die Haare aus dem Knoten und peitschte sie ihr um den Kopf. Es tat richtig weh, wenn eine Strähne ihr ins Gesicht klatschte. Das passierte leider ziemlich häufig, als sie auf der Suche nach Adelar und Michel über das schwankende Deck stolperte. Aber sie hatte jetzt keine Zeit, ihre Haare zu richten. Sobald sie die Jungen fand, würde sie sie erst einmal ausschimpfen, bis ihnen die Ohren rot anliefen.

Die Knaben waren viel zu sorglos und unbekümmert. Sie waren noch zu unschuldig, um zu begreifen, in welcher Gefahr sie alle schwebten. Die beiden dachten, sie wären mit ihr nach Schottland unterwegs, um dort bei ihrer Familie zu leben. Dass sie um ihr Leben rannten, erkannten sie nicht. Sie waren zu jung, um auf Ariannas Warnungen zu hören. Und sie verstanden auch nicht, dass sie der einzige Teil ihrer unseligen Ehe waren, an dem sie sich festklammerte.

Auf dem Schiff gab es jemanden, der den Knaben nach dem Leben trachtete. Arianna umklammerte mit eiskalter Hand ihren Dolch und schwor zum tausendsten Mal, alles zu tun, um die Kinder zu beschützen. Sie hatte gedacht, dass sie ihren Verfolgern entkommen würden, wenn sie Frankreich verließen. Doch die Leute, die hinter ihren

Jungen her waren, hatten offenkundig einen der ihren auf das Schiff geschickt. Arianna hatte vor, diesem Kerl ihren Dolch tief in sein schwarzes Herz zu rammen, sobald sie seiner habhaft wurde.

»Jesus! Der Bengel hat mich gebissen!«

Eine wütende Männerstimme durchbrach den Lärm des Windes, des Regens und des ächzenden Schiffes. Arianna wirbelte herum. Durch den Regenvorhang erspähte sie zwei Männer, die versuchten, zwei sich windende und um sich tretende Kinder festzuhalten und ihre kleinen Gefangenen an die Reling zu zerren.

Ein Dolch. Zwei Männer. Die Chancen stehen nicht gut, dachte Arianna, als sie so rasch wie möglich zu ihnen eilte. Ihre Jungs kämpften mannhaft, aber sie würden den Kampf verlieren. Sie brauchten ihre Hilfe. Nur sie konnte sie retten.

Wer die Männer angeheuert hatte, konnte Arianna nicht mit Sicherheit sagen, und sie bezweifelte, dass sie die Gelegenheit haben würde, den Schurken diesbezüglich eine Antwort zu entlocken. Doch im Grunde spielte es keine Rolle. Arianna wusste, dass es entweder Amiel, der Onkel der beiden, sein musste oder die DeVeau, die Erzfeinde der Lucette. Vielleicht waren es ja auch beide, dachte sie. Beinahe hätte sie geknurrt. Amiel schien es egal zu sein, dass er sich mit einer Familie verbündet hatte, die am Tod und dem Elend zahlloser seiner Verwandten schuld war. Es hätte Arianna eigentlich nicht so verwundern oder sogar schockieren sollen. Der Mann trachtete seinen Neffen nach dem Leben, um alles an sich zu reißen, was sie von ihrem Vater geerbt hatten. Vermutlich war es sogar Amiel gewesen, der seinen eigenen Bruder mitsamt dessen wahrer Gemahlin, der Mutter der beiden Knaben, umgebracht hatte. Sich mit einem Erzfeind zu verbünden wog nicht so schwer wie diese Sünde.

Sie war beinahe bei den Männern angelangt, als eine Böe ihr die Haare wieder ins Gesicht schlug. Arianna schüttelte den Kopf, um die kalten, nassen Strähnen zurückzuwerfen, die ihr die Sicht raubten. Bei dieser Bewegung erblickte sie etwas aus den Augenwinkeln, das ihre Aufmerksamkeit noch mehr auf sich zog als die Bedrohung ihrer Schützlinge.

Durch den Regen näherte sich ein Schiff. Wenn in den nächsten Momenten kein Wunder geschah – und mit so etwas war sie noch nie gesegnet gewesen –, würde dieses Schiff bald das kleinere rammen, auf dem sie sich befanden. Jetzt musste sie nicht nur die Jungs retten, sondern auch sich selbst. Es sah so aus, als ob ihnen nur ein Sprung in die raue, sturmgepeitschte See übrig blieb.

Arianna atmete tief durch, umklammerte ihren Dolch und schrie aus Leibeskräften. Die zwei Männer drehten sich um und starrten sie an. Noch immer schreiend deutete sie auf das Schiff, das auf sie zusteuerte. Wie sie gehofft hatte, überwog bei den Männern nun das Bedürfnis, ihre Haut zu retten. Sie ließen die Jungs los und rannten auf die andere Seite.

Das andere Schiff hielt tatsächlich direkt auf sie zu. Plötzlich wusste Arianna genau, was das größere Schiff vorhatte. Es wollte sie rammen. Mittlerweile gab es kein Entkommen mehr. Tiefes Mitleid regte sich in Arianna für all die armen Menschen auf dem kleinen Schiff, die nun gleich ihr Leben lassen würden. Doch sie konnte nichts tun, um ihnen zu helfen. Stattdessen richtete sie ihre gesamte Aufmerksamkeit auf die zwei kleinen, zitternden Jungen, die sich an sie klammerten. Es bestand eine winzige Chance, die beiden zu retten. An etwas anderes konnte sie jetzt nicht mehr denken.

»Sie wollten uns ins Meer werfen«, sagte Michel.

»Aye«, erwiderte sie und zog die beiden zum Bug. Dort hatte sie zuvor ein paar leere Fässer entdeckt. »Ich fürchte, ihr werdet auf jeden Fall im Meer landen.« Sie ließ die beiden los und durchtrennte mit ihrem Dolch die Taue, mit denen die Fässer festgebunden waren.

»Dann werden wir sterben«, jammerte Adelar.

»Nay. Nicht, solange ich es verhindern kann.« Sie warf einen Blick über die Schulter auf das andere Schiff, das nach wie vor unerbittlich näherrückte. Ihr blieb nicht viel Zeit, dieses großspurige Versprechen zu erfüllen. Nur die Tatsache, dass auch das größere Schiff gegen die Gewalt der vom Wind gepeitschten See ankämpfen musste, hatte es davon abgehalten, bereits auf Kapitän Tillets Schiff aufzuprallen. »Wisst ihr noch, wie man schwimmt?«

»Mehr oder weniger«, erwiderte Michel. In seinem Akzent mischte sich das Schottische mit dem Französischen, was Arianna ganz bezaubernd fand.

»Das muss reichen. Ich werde euch ins Wasser werfen, und ihr werdet ans Ufer schwimmen.« Sie drehte die Jungen in die Richtung des Ufers, das kurz zuvor noch zu sehen gewesen, mittlerweile jedoch hinter den dunklen Sturmwolken und dem heftigen Regen verborgen war. »Ich werfe auch die Fässer ins Wasser, und ihr müsst eines davon erreichen und packen. Bald wird eine Menge Holz im Wasser treiben. Wenn ihr kein Fass erwischt, dann haltet euch an etwas anderem fest. Nehmt, was euch hilft, den Kopf über Wasser zu halten. Lasst euch von eurer Angst nicht die Sinne trüben. Richtet euer Augenmerk auf die Küste, haltet euch am Holz fest und strampelt mit den Beinen, wie ich es euch gezeigt habe, als ich euch das Schwimmen beigebracht habe.«

»Die See ist sehr rau, Anna«, sagte Michel. Angst ließ sein süßes Stimmchen erzittern. »Sie ist nicht wie der Teich, in dem wir das Schwimmen gelernt haben.«

»Ich weiß, meine Schätzchen, aber die Fertigkeiten, die ich euch beigebracht habe, nützen euch auch bei rauem Gewässer. Richtig schwimmen müsst ihr nur, bis ihr ein Fass oder ein anderes Stück Holz in den Händen habt.«

Sie hob ein Fass hoch und blickte auf die stürmische See. Es würde ein Wunder sein, wenn sie diese Prüfung heil überstanden. Die Chance, dass sie der wütenden See alle drei lange genug trotzen konnten, bis sie ein Fass oder ein anderes Stück Holz erwischt hatten, war sehr gering. Die Chance, dass sie es überlebten, wenn das größere Schiff das ihre rammte, war allerdings noch viel geringer. Immerhin blieb ihnen bei diesem Plan die Wahl, wo und wie sie ins Wasser fielen.

Sie musterte die Kinder und dann sich selbst. Sie alle hatten sich zum Schutz vor der kalten Luft und dem Regen dick angezogen. Rasch setzte sie das Fass wieder ab. »Zieht eure Umhänge und die Stiefel aus, Jungs. Macht schnell. Diese Sachen werden wie Steine sein, die euch nach unten ziehen, sobald ihr im Wasser gelandet seid.«

Auch sie entledigte sich hastig ihres Umhangs und der Stiefel. Dann nestelte sie ihr Kleid auf. Zu überleben war jetzt wichtiger als Zucht und Anstand. »Legt die Sachen in die Fässer. Beeilt euch«, drängte sie. Die zunehmend entsetzten Schreie der anderen auf dem Schiff verrieten ihr, dass ihnen die Zeit davonlief.

Obgleich alles sehr rasch geschah, pochte Ariannas Herz im Takt mit jedem vorbeistreichenden Augenblick wie eine Totenglocke. Sie schlang ein Tau um ihre Taille, band es an einem Fass fest und warf es ins Wasser. Rasch warf sie ein zweites und dann ein drittes Fass hinterher. Sie küsste Michel auf die Wange und schickte ein Stoßgebet zum Himmel, dass es nicht das letzte Mal war. Dann nahm sie das bleiche Kind und warf es über die Reling. Das Gleiche tat sie ohne zu zögern mit Adelar, auch wenn es ihr schier das Herz zerriss.

Mit einem letzten Blick über die Schulter kletterte sie selbst über die Reling. Das andere Schiff war jetzt so nah, dass sie die harten Gesichter der Männer an Deck sehen konnte. Unerbittlich verfolgte es seinen tödlichen Kurs. Die Mienen der Männer sagten ihr, dass sie genau wussten, was kam, und es so geplant hatten. Arianna betete, dass sie und die Jungen dem unmittelbar bevorstehenden Chaos entkommen würden, und sprang ins Wasser.

Die Landung war schmerzhaft. Arianna verkrampfte sich bei dem Kälteschock, als sie in den schaumgekrönten Wellen unterging. Wie viele Prüfungen mussten sie und die Jungen denn noch durchstehen? Angst und Zorn verliehen ihr die Kraft, um sich wieder an die Oberfläche zu kämpfen. Ihre Augen brannten vom Salzwasser. Panisch suchte sie nach ihren Jungen und fragte sich entsetzt, ob sie sie in den Tod geworfen hatte. Endlich entdeckte sie die beiden. Jeder klammerte sich an ein Fass, während die hartherzige See sie von Welle zu Welle schleuderte.

Arianna erreichte das dritte Fass, kurz bevor es ihr gelang, zu den Kindern aufzuschließen. Sie kämpfte gegen die hohen Wogen und versuchte, nicht darauf zu achten, wie die Kälte ihr die Kraft aus dem Leib saugte. Fieberhaft bemühte sie sich, die Fässer mit dem Tau, das sie vom Schiff mitgenommen hatte, aneinanderzubinden. Als sie sich endlich auf das merkwürdige kleine Floß hievte, das sie gerade hergestellt hatte, zitterte sie so erbärmlich, dass ihre Zähne klapperten. In dem Moment drang das grausame Geräusch zerberstenden Holzes an ihr Ohr, und die Schreie der Menschen, die dem Untergang geweiht waren, übertönten das Brausen des Sturms.

Sie schaute Adelar an, der erschöpft neben ihr lag, und schrie: »Paddle, mein Kleiner. Nimm deine Hand und all deine Kraft, um zu paddeln.«

Nach ein paar weiteren lauten Anweisungen spürte Arianna, dass die Fässer sich anders durchs Wasser bewegten. Sie hüpften nicht mehr ziellos auf und ab, sondern schwammen mit den Wellen. Stolz regte sich in ihr, als Michel vorsichtig auf Adelar kletterte und die Kraft seiner dünnen Ärmchen der seines Bruders hinzufügte. Arianna hoffte inständig, dass sie schnell genug waren, um aus der Reichweite derjenigen zu entkommen, die soeben zwei Dutzend Menschen in den Tod geschickt hatten. Diese Barbaren gingen im wahrsten Sinn des Wortes über Leichen, nur um die zwei kleinen Burschen zu ermorden.

»Nun reicht es«, sagte sie nach einer Weile, die ihr wie

viele Stunden vorkam. Ihr Arm war mittlerweile so schwach und taub von der Kälte, dass sie ihn kaum noch aus dem Wasser heben konnte. »Jetzt wird uns die Strömung den Rest des Weges ans Ufer tragen.«

Sie presste eine Wange an das nasse, raue Holz des Fasses und kämpfte darum, die Dunkelheit zurückzudrängen, die sich ihrer bemächtigen wollte. Der Kampf, die Jungen sicher ans Ufer zu bringen, und die Kälte, die ihr die Kraft aus dem Leib sog, zehrten an ihren letzten Reserven. Von dem Moment an, als sie merkte, dass Amiel und DeVeau einige ihrer Leute auf das Schiff geschickt hatten, hatte sie kaum noch ein Auge zugetan und die Jungen Tag und Nacht bewacht. Sie sehnte sich danach, all ihre Sorgen beiseite zu schieben und nur noch zu schlafen. Plötzlich spürte sie, wie eine kalte, kleine Hand die ihre packte und sie schüttelte. Langsam schlug sie die Augen auf und blickte in Michels viel zu blasses kleines Gesicht.

»Sind die bösen Männer jetzt tot?«, fragte er.

»Aye«, erwiderte sie. »Die bösen Männer, die auf unserem Schiff waren, sind jetzt tot, doch darüber hinaus auch noch viel zu viele gute Männer. Aber die bösen Männer auf dem größeren Schiff leben noch. Ich glaube nicht, dass DeVeau schon aufgeben wird, und Amiel auch nicht.«

»Es tut mir leid. Und Adelar tut's auch leid.«

»Was denn?«

»Dass wir dir nicht geglaubt haben.«

»Nun, vielleicht hört ihr ab sofort besser auf meine Warnungen. Aye?«

»Aye«, erklärten die Jungen im Chor.

»Gut. Jetzt haltet euch gut an den Fässern fest. Bevor der

Sturm losbrach, habe ich einen kurzen Blick auf die Küste erhascht. Wisst ihr noch, wie ich sie euch gezeigt habe?« Die beiden nickten. »Das Wasser sollte uns jetzt dorthin treiben, ohne dass wir viel tun müssen.« Sie schickte ein Stoßgebet zum Himmel, dass es nicht zu viele Felsen zwischen ihnen und dem sicheren Ufer gab, denn ihr kleines Floß hielt derartigen Kämpfen bestimmt nicht lange stand. »Erinnert ihr euch auch noch daran, was ihr tun müsst, wenn ihr alleine ans Ufer kommt?«

»Du wirst bei uns sein, Anna«, sagte Adelar mit einem Anflug von Panik in seiner Stimme.

»Das hoffe ich sehr, aber ich möchte trotzdem wissen, ob ihr euch noch an alles erinnert, was ich euch gesagt habe.«

»Aye. Wir sollen deine Verwandten finden, die Murrays, und ihnen erzählen, was passiert ist.«

»Und wer die bösen Männer sind«, fügte Michel hinzu.

»Ganz genau. Und jetzt schlaft bitte nicht ein. Ihr müsst euch an die Fässer klammern und bereit sein, an die Küste zu schwimmen, wenn es sein muss. Steckt einen Arm unter das Seil, das uns zusammenhält. Das wird euch helfen. Ich glaube nicht, dass es noch lange dauern wird, bis wir wieder auf festem Boden stehen. Die Wellen sind zwar lästig, aber sie schieben uns rasch in die richtige Richtung.«

Arianna hoffte, dass sie so zuversichtlich klang, wie die Jungs sich fühlen sollten. Sie wollte nicht, dass die beiden ihre Angst und ihre Schwäche spürten. Doch während sie ihnen noch einmal sagte, was sie tun mussten, sobald sie das Ufer erreicht hatten, flüsterte eine kleine Stimme in ihr ständig das Wörtchen »*falls*«. Falls kein Überlebender des verunglückten Schiffes auf sie stieß und beschloss, dass er ihr kleines Floß dringender brauchte als sie. Falls die Männer, die sie verfolgten, sie nicht fanden. Falls sie nicht an einer Klippe zerschellten, die Küste vor Augen.

In ihrem Kopf drängten sich so viele Befürchtungen, dass Arianna versucht war, sich zu erheben und all ihre Ängste und ihren Zorn in die Sturmwolken hinaufzuschreien. Es ist einfach nicht fair, dachte sie, und zuckte zusammen bei dem kindischen Wimmern, das sie hinter dieser Klage in ihrem Kopf hörte. Doch das änderte nichts daran, dass es nicht fair war. Michel und Adelar waren kleine, unschuldige Knaben. Arianna wusste, dass auch sie sich keiner allzu großen Sünde schuldig gemacht hatte, obgleich ihr ein paar kleinere einfielen. Doch darunter war nichts, was den Tod durch Ertrinken gerechtfertigt hätte und auch nicht, dass sie den zwei Knaben, die sie wie ihre eigenen Söhne liebte, dabei zusehen musste, wie sie ertranken.

Sie war versucht, Gott zu verfluchen, doch sie unterdrückte diese Versuchung. Jähzorn gehörte zu ihren vielen Fehlern, doch jetzt durfte sie sich nicht von Zorn übermannen lassen. Ein paar aufrichtige Gebete und vielleicht sogar ein paar Versprechen, eine gute Tat zu vollbringen oder etwas aufzugeben, wenn der Allmächtige die Knaben verschone, waren in diesem Moment bestimmt hilfreicher.

Aber sie konnte kaum noch einen klaren Gedanken fassen. Die Schwärze, die sie zu überwältigen drohte, war langsam aber sicher stärker als all ihre Versuche, bei Bewusstsein zu bleiben. Mit letzter Kraft wand sie ein Stück des Seils, mit dem die Fässer zusammengehalten wurden, um ihr Handgelenk. Sie hoffte inständig, dass dies reichen würde, um sie auf dem Weg zum Ufer auf dem Fass zu halten.

* * *

»Puh! Ich glaube, ich bin nass bis auf die Knochen. Dieser verdammte Regen hat sich direkt durch meine Haut gehämmert.«

Brian MacFingal grinste seinen Bruder an. »Dein Anblick erinnert mich tatsächlich an eine ertrunkene Ratte, Simon.« Er warf einen Blick auf den Himmel. »Aber jetzt ist der Sturm vorbei. Ich denke, bald wird sich die Sonne einen Weg durch die Wolken bahnen und uns trocknen.«

Beinahe hätte Brian laut gelacht, als Simon und der junge Ned auf die grauen Wolkentürme blickten und sich erfolglos bemühten, ihre Zweifel zu verbergen. Doch er unterdrückte diesen Impuls, weil sie dann vielleicht glaubten, er mache sich über sie lustig.

Simon war mit seinen fünfundzwanzig Jahren ein starker, gut aussehender Mann, und er war geschickt im Umgang mit dem Schwert und dem Dolch. Dennoch haftete ihm eine gewisse jungenhafte Unsicherheit an.

Ned war erst siebzehn, mit elend langen Gliedmaßen, die er noch nicht besonders geschickt einsetzen konnte. Brian erinnerte sich noch gut an diese seltsame Zeit in seinem Leben. Er wollte den Jungen nicht kränken, indem er jetzt lachte.

»Glaubt es mir ruhig«, sagte er, »bald wird wieder die Sonne scheinen. Die Wolken verziehen sich rasch.«

Simon nickte. »Aye, das sehe ich jetzt auch. Immerhin

werden wir dann nicht mehr nass, wenn wir unsere Ware abholen.«

»Dafür sollten wir dankbar sein.«

»Glaubst du, wir werden mit der Fracht dieses Schiffes ebenso viel verdienen wie mit der letzten?«

»Das hoffe ich. Ich habe in letzter Zeit viel darüber nachgedacht, wie sich dieses Unterfangen für uns und unsere Lieferanten leichter gestalten ließe.« Brian verzog das Gesicht. »Doch ich fürchte, wir müssen es nach wie vor geheim halten.«

»Aye. Je mehr Leute davon wissen, desto größer ist die Gefahr, dass uns die Waren gestohlen werden.«

»Das ist das größte Problem. Von Scarglas können wir uns keinen Schutz erhoffen, dafür sind wir zu weit davon entfernt. Und auf dem langen Heimweg, den wir mit den Gütern beladen antreten, schweben wir auch ständig in Gefahr. Mir ist leider noch kein sicherer Weg eingefallen.«

»Vielleicht sollten wir die Route ein wenig ändern. Dann würde die Reise zwar etwas länger dauern, aber wir könnten die Nächte bei guten Freunden und Verwandten verbringen.«

Brian nickte. »Daran habe ich auch schon gedacht. Nur müssten wir dann diejenigen, die uns eine Unterkunft gewähren und uns manchmal vielleicht sogar verteidigen, an unserem Gewinn beteiligen.«

»Einen kleinen Teil des Gewinns zu verlieren, wäre besser, als alle Waren zu verlieren und Menschenleben noch dazu.«

»Das stimmt natürlich.« Genau aus diesem Grund ging Brian der Plan, an sicheren Orten zu übernachten, nicht aus dem Kopf. An solchen Orten gab es immer auch ein paar Bewaffnete, die man notfalls zusammentrommeln konnte, wenn Ärger ins Haus stand. Brian leuchtete dieser Plan durchaus ein. Dagegen sprach nur, dass er nicht eine einzige Münze verlieren wollte, die seine neue Unternehmung ihm einbrachte. Mit dem Geld wurde Scarglas stärker, und wichtiger noch: Er konnte immer ein bisschen Geld auf die Seite legen, um damit eines Tages vielleicht ein Stück Land zu erwerben.

Schon bei dem Gedanken an Land und ein eigenes Heim verkrampfte sich Brians Herz mit einer Sehnsucht, die jeden Tag wuchs. Er beneidete seinen Bruder Ewan nicht um seinen Platz als Laird von Scarglas, und außerdem lag ihm das Wohl all seiner anderen Brüder, die sein Vater gezeugt hatte, innerhalb wie außerhalb seiner Ehe, sehr am Herzen. Dennoch sehnte er sich danach, etwas Eigenes zu besitzen, und es gab immer Leute, die bereit waren, ein kleines Stück ihres Besitzes zu verkaufen, wenn sie Geld brauchten. Natürlich konnte man auch heiraten, um an ein Stück Land und ein Haus zu kommen, aber Brian wollte sich nicht aus diesem Grund an eine Frau binden. Daneben gab es nur noch die Möglichkeit, die Gunst des Königs zu gewinnen. Die Chancen, dass einem MacFingal so etwas gelang, waren jedoch nicht sehr groß.

Vielleicht war es doch der Neid, der ihn anstachelte, sann er nach. Allerdings fiel es ihm schwer, sich dies einzugestehen. Er wollte nicht nur sein eigenes Land, er wollte auch das, was seine Brüder Ewan und Gregor hatten. Selbst seine närrischen Cousins Sigimor und Liam Cameron waren damit gesegnet: Sie alle hatten ein eigenes Heim und eine Familie. Brian sehnte sich nach einer Frau, zu der er heimkehren konnte, einer Frau, die sich über seine Heimkehr freute. Und er wollte Kinder. Aber nur wegen des Landes wollte er auf keinen Fall heiraten. Er wollte eine Frau, die ihn aufrichtig liebte, ihn und die Kinder, die sie bekommen würden. Auf so etwas konnte man nicht hoffen, wenn man eine Frau wegen ihres Geldes, eines Hauses oder eines Stück Landes heiratete.

Diese Sehnsucht hatte er bislang strikt für sich behalten. Er wusste, dass einige seiner Brüder nachdenklich werden würden, wenn er sein Bedürfnis eingestand. Wenn sie nachdachten, würden sie erkennen, dass er keine unehelichen Kinder hatte. Schlimmer noch – vielleicht würden sie auch merken, dass er nicht so viele Gelegenheiten wahrnahm, welche zu zeugen, wie die meisten von ihnen. Brian hatte oft genug mitbekommen, wie sein ältester Bruder, Laird Ewan, wegen seiner mönchischen Lebensweise von den anderen verspottet wurde. Nay, darauf konnte er wahrhaftig verzichten.

»Du siehst sehr ernst aus, Brian«, sagte Simon, der neben ihm ritt.

»Ich habe gerade überlegt, ob wir durch den Sturm geschädigt worden sind«, schwindelte Brian. Während ihm diese Worte über die Lippen kamen, ging ihm auf, dass das sehr wohl so sein konnte. Als der Sturm über sie hereingebrochen war, hatte er über den Regen, den Wind und die Kälte geflucht. Jetzt fiel ihm ein, dass das Wetter, das für sie auf festem Boden ärgerlich gewesen war, für die Menschen auf dem Wasser tückisch, wenn nicht sogar tödlich gewesen sein konnte. Es würde sie nicht an den Bettelstab bringen, wenn die Fracht verloren war. Aber mehrere Umbauten an Scarglas mussten dann bis zur nächsten Ladung warten. Bis dahin würde es wahrscheinlich ziemlich lange dauern, da die Waren erst bestellt werden mussten.

Natürlich würde es ihn auch bekümmern, wenn die Männer, die er kennen und schätzen gelernt hatte, Schaden genommen hatten. Brian musste den Anflug eines schlechten Gewissens beiseiteschieben. Er hatte Kapitän Tillet nicht gezwungen, mit ihm zusammenzuarbeiten, und ebenso wenig dessen Matrosen. Sie waren alle genau wie er scharf auf das Geld, das ihnen dieser Handel einbrachte, und arbeiteten gern für ihn.

Brian schüttelte seine düsteren Gedanken ab. Bald würden sie die kleine Bucht erreichen, und dort würde er Antworten auf seine Fragen finden – entweder gute oder schlechte. Er konnte nur hoffen, dass es gute waren.

»Wie es aussieht, hat Gott meine Gebete heute nicht erhört«, murmelte Brian, als er an dem kleinen Strand aus dem Sattel stieg und die unmissverständlichen Zeichen eines Schiffbruchs betrachtete.

»Jesus, Brian, glaubst du, das hat jemand überlebt?«, fragte Simon, der neben Brian getreten war.

»Möglich ist so etwas immer. Sucht den Strand ab«, befahl er und gesellte sich zu den acht Männern, die ihn begleiteten und bereits begonnen hatten, den Strand abzulaufen. »Sucht nach Männern und nach Gütern.«

Zwei Stunden lang suchten sie die Küste ab. In dieser Zeit spülte das Meer immer wieder Leichen und Teile des Schiffes an Land. Der Haufen der geretteten Güter wuchs, aber Brians Freude war schwer beeinträchtigt durch die vielen Toten, die sie aus dem Wasser zogen.

Bislang gab es nur vier Überlebende, darunter auch den stämmigen Kapitän Tillet. Die angeschlagenen, geschwächten Männer hatten Decken bekommen und saßen nun bei den Pferden. Vorläufig würden sie in Scarglas Zuflucht finden.

Nun wollte Brian Kapitän Tillet fragen, wie man mit den Toten verfahren sollte, doch auf dem Weg dorthin packte Ned ihn am Arm. Brian sah den Jungen verärgert über die Störung an. Abgesehen von der Bestattung der Toten wollte er den Kapitän auch noch einmal fragen, was er denn mit der Bemerkung gemeint hatte, sie seien angegriffen worden.

»Schau doch, dort drüben, Brian!«

Ned klang so aufgeregt, dass Brian unwillkürlich in die Richtung blickte, in die sein Bruder deutete. »Dort bei den Felsen?«

»Aye. Dort hat sich etwas bewegt. Ganz bestimmt. Ich bin mir sicher, dass uns dort drüben jemand beobachtet.«

Brian biss sich auf die Zunge, um Ned nicht wegen seiner blühenden Fantasie auszuschimpfen. Die Felsen waren so weit vom Wasser entfernt, dass sich dort bestimmt niemand aus der Mannschaft versteckt hatte. Außerdem hatte keiner aus Tillets Mannschaft einen Grund, sich zu verstecken. Natürlich konnte es sein, dass jemand ihnen nachspionierte, aber die Bucht lag gut versteckt, und das nächste Gehöft war viel zu weit weg. Falls ihnen tatsächlich jemand nachschnüffelte, hätten sie es längst gemerkt. Doch als Ned auf die Felsen zuging, folgte Brian ihm. Vorsichtig umrundeten sie einen hohen Felsen, dann blieb Brian abrupt stehen und fluchte.

»Ich habe dir doch gesagt, das ich etwas gesehen habe«, erklärte Ned.

»Aye«, gab Brian zu. »Nur schade, dass du die Messer nicht gesehen hast.«

Zwei nasse, zitternde, in Lumpen gehüllte Knaben standen über einem Körper gebeugt, der mit dem Gesicht zum Boden ausgestreckt dalag. Die Kinder wirkten verängstigt, doch sie hielten die Messer mit fester Hand. Brian hätte sie natürlich mühelos entwaffnen können, doch er streckte nur lächelnd die Hände aus, um ihnen zu zeigen, dass er nicht bewaffnet war. Er fand, dass die Kinder, die offenbar den Körper einer Frau bewachten, diesen Respekt verdient hatten.

»Wir wollen euch nichts tun, wir wollen euch nur helfen«, sagte er.

»Warum sollten wir Euch vertrauen?«, fragte der größere der beiden Jungen. In seiner Sprache schwang ein französischer Zungenschlag mit.

»Habt ihr dem Kapitän des Schiffs vertraut, auf dem ihr euch befunden habt?«

»Aye, er war ein guter Mann.«

»Wenn ihr dort rüber zu den Pferden blickt, könnt ihr sehen, wie es ihm geht.«

»Michel, schau doch mal nach und sag mir, was du siehst«, befahl der Junge dem Kleineren auf Französisch.

Michel spähte über die Felsen und antwortete ebenfalls auf Französisch. »Der Kapitän und einige seiner Leute haben überlebt. Diese Männer haben ihnen Decken gegeben und reden freundlich mit ihnen. Der Kapitän wirkt nicht feindselig.«

»Der Kapitän hatte Waren für mich dabei. Wir sind Geschäftspartner«, erklärte Brian. Dann musterte er den Körper, den die beiden bewachten.

Es handelte sich definitiv um eine Frau. Sie hatte lange, verfilzte Haare und wohlgeformte Beine, die ihre zerrissene Kleidung kaum bedeckte. Ihre Arme waren über den Kopf ausgestreckt. Vermutlich hatten die Jungen sie an Land gezerrt. Doch offenbar waren sie so klug gewesen, alle Spuren zu verwischen, sonst hätten sie sie schon viel früher entdeckt.

»Ist sie tot?«, fragte er. Auf diese Frage hin verloren die Kinder das bisschen Farbe, das sie noch gehabt hatten. Brian verfluchte seine Taktlosigkeit.

»Nay!«, rief der Größere, während der Kleine nur heftig den Kopf schüttelte.

»Dann sollte ich wohl mal sehen, was ich für sie tun kann.« Sobald die Knaben die Messer senkten, kniete sich Brian neben die Frau. Er hoffte inständig, den Jungen nicht gleich erklären zu müssen, dass sie einen Leichnam bewacht hatten.

2

Arianna kämpfte gegen das Bewusstsein an, das sich ihrer wieder bemächtigen wollte. Trotz ihrer Bemühungen gewann es die Oberhand, und eine Welle von Schmerz schlug über ihr zusammen. Sie versuchte, die schlimmsten Schmerzen wegzuatmen, doch dabei verkrampfte sich ihr Magen. Arianna stöhnte, wälzte sich mühsam zur Seite und überließ es ihrem Körper, all das Wasser, das sie geschluckt hatte, unter heftigen Krämpfen von sich zu geben.

»Ich habe Euch doch gesagt, dass sie lebt.«

Adelar, dachte sie, und rappelte sich so lange aus ihrem Elend auf, um ein stilles Dankgebet zu sprechen. Einer ihrer Jungen lebte noch. Sobald ihr Magen aufhörte, sie zu foltern, wollte sie herausfinden, wie es Michel ergangen war.

»Ihr solltet auf Adelar hören, Monsieur. Er ist sehr schlau. Das sagt Anna immer wieder.«

Aha, das war Michel. Während weitere Krämpfe ihren Körper erschütterten, dachte Arianna daran, dass ihre beiden Jungs überlebt hatten. Jetzt konnte sie sterben – nicht friedlich oder froh, aber doch dankbar.

Die Berührung ihres Oberarms durch schwielige Männerhände holte Arianna aus ihrem Elend. Sie spürte, dass ihr Oberarm nackt war. Was war mit ihren Kleidern passiert? Im Grunde war ihr das egal, dafür ging es ihr einfach zu schlecht. Als Nächstes fragte sie sich, warum die Berührung einer Männerhand ihr Elend so lindern konnte. Seine großen warmen Hände vertrieben viel von der Kälte, die sich tief in ihre Knochen gegraben hatte. So etwas war ihr bei einer bloßen Berührung noch nie widerfahren.

»Bist du jetzt fertig, dir deinen Magen aus dem Leib zu kotzen, Mädchen?«

Die tiefe, ruppige Stimme kitzelte etwas in ihr wach; etwas, das nichts mit Angst, Schmerz oder Übelkeit zu tun hatte. Und auch nichts mit der Tatsache, dass ihr warm ums Herz wurde bei dem Klang der Stimme eines Landsmanns, nachdem sie so lange fern der Heimat gewesen war. Arianna war sich nicht ganz sicher, worum es sich bei diesem Etwas handelte, doch rein instinktiv wusste sie, dass es ihr eine Menge Ärger einbringen konnte. Sie vertraute ihren Instinkten allerdings nicht mehr besonders, und außerdem war sie viel zu schwach und zu elend, um sich über all dies Klarheit zu verschaffen.

Ihr Versuch, sich aus dem Griff des Mannes zu lösen, wurde von ihm mit einer Mühelosigkeit vereitelt, die sie ärgerte. Bevor sie dagegen protestieren konnte, wurde sie auf den Rücken gedreht und starrte in zwei tief dunkelblaue Augen. Sie brauchte eine Weile, um sich von diesen schönen Augen zu lösen, und dabei fielen ihr schön geschwungene dunkle Brauen auf und beinahe schon zu dichte ebenso dunkle Wimpern. Wer auch immer dieser Mann war, er würde ihr zweifellos Ärger einbringen. Sie besaß nicht die Gabe, in die Zukunft zu sehen, wie sie einige ihrer Murray-Verwandten hatten, doch diese Gefahr konnte sie klar erkennen. Sie wünschte sich, sie wäre jetzt kräftig genug, um die Jungen zu packen und wegzurennen.

Während der Mann ihr Gesicht abwusch, musste sie daran denken, dass das wieder mal typisch für ihr Pech war:

Sie wurde an Land gespült, übersät von blauen Flecken und zu Tode erschöpft. Ihr Haar war wirr und mit Sand verklebt, ihr Hemd und die Strümpfe zerrissen und schmutzig. Dann verbrachte sie viel zu viel Zeit damit, ihr Innerstes nach außen zu kehren. Stand ihr ein freundliches altes Weiblein zur Seite? Eine dralle, verheiratete ältere Frau? Eine Bedienstete? Nay. Sie war von einem Mann gefunden worden, einem sehr gut aussehenden Mann. Hatte ihr Schicksal etwa beschlossen, dafür zu sorgen, dass kein Mann in ihr je eine Frau sehen würde, die er begehrte?

Doch wahrscheinlich war es besser so, beschloss sie, als er ihr half, sich aufzurichten, und ihr ein wenig Wein einflößte. Sie hätte ohnehin nicht gewusst, was sie mit einem Mann anstellen sollte, der sie begehrte. Bei ihrem verstorbenen Gemahl hatte sie jedenfalls jämmerlich versagt. Arianna spülte den Mund und spuckte den Inhalt aus. Sie wusste, dass sie das nicht so geschickt tat wie eine richtige Lady. Doch daran waren ihre Brüder schuld und ein ganzes Heer von Cousins.

»Geht es dir besser?«, fragte der Mann.

»Nay«, erwiderte sie. Es wunderte sie nicht, dass ihre Stimme so schwach und heiser klang. Sie hatte bestimmt gelitten, als sie den halben Ozean aus ihrem Magen herausgewürgt hatte. »Ich glaube, ich bleibe einfach hier liegen und sterbe.«

»Nay!«, rief Adelar und packte sie an der Hand. »Du musst bei uns bleiben.«

Sie lächelte die zwei Knaben an, die sie mit weit aufgerissenen, erschrockenen Augen betrachteten. »Ich habe doch nur gescherzt. Lasst mich noch ein Weilchen ausruhen, und dann machen wir uns auf den Weg.«

»Auf den Weg wohin?«, fragte der Mann, der sie noch immer stützend in den Armen hielt.

»Und wer will das von mir wissen?« Wenn sie doch nur ein bisschen stärker gewesen wäre! Doch die Schwäche in ihrer Stimme raubte den Worten all die kühle Arroganz, um die sie sich bemüht hatte.

»Sir Brian MacFingal«, antwortete er, dann deutete er mit dem Kopf auf den großen, dürren jungen Burschen hinter ihm. »Das ist Ned MacFingal, einer meiner Brüder. Ihr wart auf dem Schiff unterwegs, das ich beauftragt hatte, mir ein paar Waren zu bringen, die ich verkaufen wollte.«

Arianna betrachtete ihn stirnrunzelnd. Der Name MacFingal kam ihr bekannt vor, doch sie fühlte sich zu elend, um zu überlegen, woher sie ihn kannte.

»Ich bin Lady Arianna Lucette, und die beiden Knaben sind meine Mündel, Michel und Adelar Lucette. Wir haben Kapitän Tillet für die Überfahrt nach Schottland bezahlt, weil ich meine Mündel zu meiner Familie bringen wollte.« Plötzlich fielen ihr die Geräusche des zerberstenden Schiffes und die entsetzten Schreie der Männer ein. »Die Ärmsten«, wisperte sie und starrte auf die See, die mittlerweile wieder ganz ruhig war. »Sind sie alle umgekommen?«

»Nay. Kapitän Tillet und vier Besatzungsmitglieder haben überlebt.«

Arianna sprach ein Dankgebet und fügte auch noch ein paar Gebete für die Seelen der übrigen aus Kapitän Tillets Mannschaft hinzu. »Eine schreckliche Art zu sterben, und noch dazu völlig überflüssig.«

»Also hat der Kapitän sich nicht geirrt, als er behauptete, sie seien absichtlich gerammt worden«, bemerkte Brian.

»Nay. Ein viel größeres Schiff fuhr direkt in unseres hinein und zerstörte es. Ich sah, wie es auf uns zukam, und bin mit den Jungen vom Schiff, bevor es uns rammte.«

»Ihr seid ins Meer gesprungen?«

»Ich dachte, wir hätten eine bessere Chance zu überleben, wenn wir freiwillig ins Meer springen, anstatt zu warten, bis wir hineingeschleudert werden. Wir haben die dicksten Kleider ausgezogen und uns mit ein paar leeren Fässern über Wasser gehalten.«

»Aha. Dann war das also eure Kleidung, die wir in einem der Fässer gefunden haben«, sagte Ned und errötete, als alle ihn anstarrten. »Sie ist mittlerweile getrocknet.«

»Das ist gut. Danke.« Arianna wurde gewahr, dass sie ihr Kleid, ihren Umhang und die Stiefel abgelegt hatte, doch sie beschloss, sich ob ihres schäbigen Zustandes nicht zu schämen. »Wenn ihr uns ein paar Vorräte borgen könnt, würden wir uns gern so bald wie möglich auf den Weg machen. Sobald ich bei meiner Familie angekommen bin, werde ich dafür sorgen, dass ihr für eure Hilfe großzügig entlohnt werdet.«

»Und welche Familie ist das?«

Brian sah ihr geduldig dabei zu, wie sie die Risiken abwägte, ihm die Wahrheit zu sagen. Die Farbe ihrer Haare war kaum zu erkennen, denn sie waren nass, verfilzt und sandig. An den wenigen Strähnen, die aus dem dichten Knäuel heraushingen, konnte man nur erkennen, dass ihr die Haare bis zu den Hüften reichen mussten, wenn nicht sogar weiter. Ihre zerrissene Kleidung zeigte, dass sie recht schlank war, und ihre wohlgeformten Beine wirkten im Vergleich zu ihrem restlichen Körper ziemlich lang. Trotz der Blutergüsse und Kratzer auf ihrem viel zu bleichen Gesicht sah man, dass sie ein hübsches kleines Ding war, wenn sie erst einmal gesäubert und wieder heil war.

Im Moment waren ihre Augen das Schönste an ihr, obgleich auch sie von den Schatten der Erschöpfung verdüstert und vom Salzwasser gerötet waren. Es waren große, goldbraune Augen, fast zu groß für ihr kleines, herzförmiges Gesicht. Selbst so gezeichnet von Schmerz und Misstrauen, wie diese Augen jetzt waren, fiel es Brian schwer, seinen Blick davon abzuwenden.

Arianna bemühte sich währenddessen, den Nebel der Erschöpfung aus ihrem Kopf zu vertreiben. Sie musste klar denken. Wenn sie diesem Mann sagte, dass sie eine Murray war, konnte ihr das seine Hilfe einbringen, denn schließlich war sie eine Landsmännin. Doch die Murrays aus Donncoill waren sehr bekannt, und auch die vielen Zweige dieses Clans kannte ein jeder. Wenn sie ihre Herkunft preisgab, konnte das ebenso dazu führen, dass man sie als wertvolle Geisel betrachtete, für die man eine Menge Lösegeld fordern konnte. Abgesehen davon hatte ihr Clan viele Feinde. Auf der anderen Seite konnte eine Geiselnahme noch der geringste Ärger sein, der sich ihr auf der Reise zu ihrer Familie in den Weg stellen würde.

Sie sah auf Michel und Adelar. Die zwei hatten sich bislang wirklich tapfer geschlagen. Sie konnte nicht auch noch von ihnen verlangen, dass sie sich auf der vor ihnen liegenden tagelangen Reise um sie kümmerten, bis sie wieder zu Kräften gekommen war. Noch dazu mussten sie den Weg allein und ohne Schutz zurücklegen. Eine solche Last war einfach zu schwer für die schwachen Schultern der Kinder.

Darüber hinaus waren sie diesem Mann, dessen Clanname nach wie vor eine Erinnerung in ihrem müden Kopf wachrief, ohnehin mehr oder weniger ausgeliefert. Sie wusste nicht, ob es eine gute oder eine schlechte Erinnerung war. Vielleicht hatte ja auch nur der Kapitän ihn erwähnt? Sie wusste nur, dass sie eine Zeit lang Hilfe brauchen würden. Und Sir Brian MacFingal war im Moment der Einzige, an den sie sich wenden konnte.

»Die Murrays«, sagte sie schließlich. »Ich bin eine Enkelin von Sir Balfour Murray aus Donncoill. Mein Name ist Lady Arianna Murray Lucette. Mein Gemahl ist vor Kurzem gestorben, und nun kehre ich in den Schoß meiner Familie zurück.«

»Aha. Dann seid Ihr also mit der Gemahlin meines Bruders Gregor, Alanna, verwandt, und vielleicht auch mit der Gemahlin meines Lairds. Fiona war eine MacEnroy, bevor sie Ewan heiratete.«

»Aye. Alanna ist meine Cousine, und ich bin auch mit Fiona MacEnroy verwandt, wenn auch nicht blutsverwandt. Ihr Bruder hat meine Cousine Gillyanne geheiratet.« Sie runzelte die Stirn, als die Erinnerung an seinen Namen immer klarer wurde. »Jetzt weiß ich endlich, warum der Name MacFingal mir so bekannt vorkam. All dies geschah, nachdem ich nach Frankreich ging, um dort zu heiraten.«

»Dann wäre es doch das Beste, Ihr kommt mit uns nach Scarglas, und dann benachrichtigen wir Eure Familie.«

»Nay, ich kann nicht ...«

»Brian!« Simon eilte herbei und packte ihn am Arm. »Ich glaube, wir bekommen bald Ärger. Als ich sah, dass du und

Ned Überlebende gefunden habt, bin ich noch ein Stück die Küste hinabgelaufen. Ich wollte sehen, ob es noch weitere Leute geschafft haben, ihre Haut zu retten. Dabei habe ich bemerkt, dass mehrere Bewaffnete auf dem Weg zu uns sind.«

Aus den Augenwinkeln sah Brian, wie Arianna und die zwei Knaben erbleichten. »Ich glaube, Ihr habt mir noch nicht alles erzählt«, meinte er, dann wandte er sich wieder an Simon. »Wie weit sind sie noch weg?«

»Sie kommen nur langsam voran. Offenbar suchen sie nach etwas und haben gerade erst damit angefangen. Es dauert wohl noch eine gute halbe Stunde, bis sie hier sind. Ich glaube, insgesamt sind es fünfzehn Männer, aber ganz sicher bin ich mir nicht. Vielleicht hatten sich ja einige schon aus meinem Blickfeld entfernt oder kommen erst noch an Land. Ich bin nicht lange genug dort geblieben, um mich zu vergewissern.«

»Beladet die Pferde.« Ned und Simon beeilten sich, diesen Befehl auszuführen. Brian erhob sich und zog Arianna hoch. »Werdet Ihr wegen eines Verbrechens gesucht, M'lady?«

»Nay!« Adelar stellte sich neben Arianna und funkelte Sir Brian erbost an. »Sie suchen nach mir und Michel. Sie wollen, dass wir sterben, damit sie einen Anspruch erheben können auf alles, was unser Vater uns hinterlassen hat.«

»Stimmt das?«, fragte Brian und kämpfte gegen den Impuls, Arianna zu stützen, als sie wankte.

»Aye«, erwiderte Arianna. »Sie wollten nicht warten, bis die Familie meines Mannes es schafft, die Jungen zu Bastarden zu erklären.« Als er sie nur finster anstarrte, fügte sie hinzu: »Es ist eine lange, schäbige Geschichte, Sir Brian. Ich glaube nicht, dass die Zeit reicht, um sie jetzt zu erzählen. Wichtig ist im Moment nur eines: Diese Männer trachten den Kindern nach dem Leben. Deshalb haben sie Kapitän Tillets Schiff gerammt und nicht gezögert, uns alle in den Tod zu schicken.«

Halblaut fluchend hob Brian sie hoch, ohne auf ihren Widerspruch zu achten. Er eilte mit ihr zu seinem Pferd. Unterwegs schmiedete er einen Plan nach dem anderen und verwarf ihn gleich darauf wieder. Endlich hatte er einen Einfall, dem er die größten Erfolgsaussichten einräumte. Dieser Plan war zwar riskant, aber er würde die Männer, die sich bald auf ihre Spuren setzen würden, bestimmt verwirren und auseinandersprengen. Lady Arianna Murray Lucette allerdings würde er bestimmt nicht gefallen.

Brian war froh, dass Simon schon mit den Kleidern, die Lady Arianna in das Fass gestopft hatte, bereitstand. Er setzte sie ab, damit sie sich anziehen konnte. Sie hat einen scharfen Verstand, beschloss er, als er darüber nachdachte, wie sie sich und die Knaben gerettet hatte. Ihr Verstand würde ihnen in den nächsten Tagen sicher gute Dienste leisten.

»Simon, Ned – ihr nehmt den kleineren Burschen, den Kapitän und seine Leute mit. Reitet direkt nach Scarglas.« Er schob Adelar, der sich gerade mit seinem Umhang abmühte, zu Simon.

»Nay! Die Jungs müssen bei mir bleiben!«, protestierte Arianna, die soeben in ihre Stiefel schlüpfen wollte.

»Damit ihr drei ein leichtes Ziel für eure Feinde seid?« Er überhörte ihren Einspruch und erklärte seinem Bruder

Nathan in knappen Worten, warum die Kinder möglichst rasch von der Küste wegkommen mussten. »Nat, du nimmst den anderen und die Güter, die wir retten konnten, und kehrst so umständlich wie möglich heim.« Er schob Michel zu Nathan. »Und pass gut auf diesen Jungen auf.«

»Und was machst du?«, fragte Nathan, während er Michel half, seinen Umhang zu richten.

»Die Lady und ich werden mit drei Pferden so tun, als würden wir den Weg zum Land der Murrays einschlagen.«

»So tun, als ob? Und wohin wollt ihr wirklich?«

»Nach Scarglas natürlich, aber über Dubheidland. Ich glaube, es ist wieder mal an der Zeit, unseren Cousins, den Camerons, einen Besuch abzustatten. Sigimor ist zu ruhig geworden. Sein Blut kommt bestimmt in Wallung, wenn wir ihm ein wenig Ärger an seine Pforten führen.«

Arianna sah, wie die beiden Männer sich angrinsten. Hastig verschnürte sie ihr Gewand, auch wenn es sich schrecklich unbequem anfühlte, etwas über dem nassen, zerrissenen Hemd zu tragen. Beinahe hätte sie zu schimpfen begonnen über die Männer, die ganz offenkundig richtig berauscht waren von dem Gedanken, die Pläne eines Feindes zu durchkreuzen. Diesen Gesichtsausdruck hatte sie schon sehr oft bei anderen Männern bemerkt, sodass es ihr nicht schwer fiel, ihn zu deuten. Die Tatsache, dass sie sich dieser Herausforderung stellten, um eine Frau und zwei Kinder zu beschützen und um Kapitän Tillets ertrunkene Matrosen zu rächen, steigerte ihre Freude an diesem Kampf um ein Vielfaches. Zum Glück hatte Arianna auch schon andere Seiten an Männern kennengelernt, sonst wäre sie jetzt überzeugt gewesen, dass alle Männer blutrünstige Narren waren.

Sie musterte Adelar und Michel. Die Knaben sahen so verängstigt und verunsichert aus, wie sie sich fühlte. Die Frage, ob es ihnen ebenso unheimlich war, ihr weggenommen zu werden, wie es ihr war, sie gehen zu lassen, erübrigte sich. Es stand ihnen quer über ihre blassen Gesichtchen geschrieben und auch in ihren weit aufgerissenen grauen Augen, in denen Tränen glitzerten. Obwohl die Beine ihr nicht recht gehorchen wollten, ging sie zu den beiden, die sich eng aneinander drückten. Währenddessen beendeten die Männer die Vorkehrungen zum Aufbruch. Arianna wusste, dass ihr nicht viel Zeit blieb, die Kinder und sich selbst zu beruhigen.

»Wir sollten bei dir bleiben«, sagte Adelar. »Wir sollten zusammenbleiben.«

»Wir werden bald wieder vereint sein.« Sie drückte den Jungs einen Kuss auf die Stirn.

»Vertraust du diesen Männern?«

»Aye, ich glaube schon. Ihr habt ja mitbekommen, dass es meine angeheirateten Verwandten sind, und ich habe von ihnen gehört. Auch der Kapitän vertraut ihnen. Geht, meine tapferen Burschen. Wir werden uns bald wiedersehen, und vielleicht ist das ja auch der sicherste Weg zu meiner Familie. Hört auf die Männer, die euch mitnehmen.«

Tränen brannten ihr in den Augen, als beide Jungen sie fest umarmten. Sie streichelte ihnen über den Kopf. Als sie sich abwandten, um bedrückt zu den Männern zu schleichen, ballte sie fest die Fäuste, um sie nicht zurückzuholen. Sie spürte weder Schmerzen noch Müdigkeit, während sie dastand und ihnen nachsah. Doch als sie aus ihrem Blickfeld verschwunden waren, wurde ihr vor Zweifeln und

Ängsten ganz flau im Magen. Verbissen kämpfte sie dagegen an. Letztlich beruhte die Entscheidung, die Knaben gehen zu lassen, auf einer harten, kalten Tatsache: Sie war nicht in der Verfassung, für ihre Sicherheit zu sorgen, und würde es noch eine ganze Weile nicht sein.

»Kommt«, sagte Sir Brian, legte ihr den Umhang um die Schultern, nahm sie am Arm und zog sie zu den drei wartenden Pferden. »Wir müssen los.«

»Warum drei Pferde?«, fragte sie und legte eine Hand auf die Flanke der weißen Stute, zu der er sie geführt hatte.

»Ich möchte dafür sorgen, dass Eure Verfolger glauben, sie müssten drei Entscheidungen fällen, und dass sie sich schließlich in drei Gruppen aufteilen, um Euch aufzuspüren.« Er sah sie an. »Seid Ihr stark genug, um zu reiten?«

Arianna nickte. Sie hoffte, dass sie sich nichts vormachte. Sie verspürte wahrhaftig keine große Lust, auf ein Pferd zu steigen und davonzupreschen in dem Versuch, einige ihrer Gegner von den Wegen abzulenken, die die Jungen eingeschlagen hatten. Viel lieber hätte sie jetzt ein Bad, saubere Kleider, eine heiße Mahlzeit und ein weiches Bett gehabt. Und es wäre ihr auch sehr recht gewesen, wenn sie hätte aufhören können, die Starke zu spielen. Es machte ihr schwer zu schaffen, all ihre Angst, ihre Schmerzen und ihre Erschöpfung stumm auszuhalten. Wie gern wäre sie einfach zusammengebrochen und hätte all ihrem Elend nachgegeben, vielleicht sogar ein Weilchen laut geweint wie ein kleines Kind.

Brian stieg in den Sattel und überprüfte den Strick zu dem dritten Pferd, das mit mehreren Säcken beladen war, damit seine Spuren so aussahen, als säße eine Reiter auf ihm. Dann warf er einen Blick auf Lady Arianna, die ihren Umhang enger um sich zog. Sie sah nicht aus, als würde sie sich lange im Sattel halten können. Aber er vermutete, dass in dieser Frau ein stahlharter, entschlossener Kern steckte. Alles, was er von ihr verlangte, waren ein paar Stunden, in denen sie rasch vorankamen. Während er sein Pferd anspornte, überlegte er, was er ihr zum Trost in der kommenden Nacht bieten konnte.

Nach einer Stunde verlangsamte Brian das Tempo ein wenig. Der Pfad, dem sie folgten, war so breit, dass Arianna neben ihm reiten konnte. Er bemerkte, dass sie immer wieder einen Blick nach hinten warf.

»Unseren Ausgangspunkt haben sie erst nach einer Weile erreicht, und die Entscheidung, welchen Spuren sie folgen sollen, hat sie bestimmt noch etwas aufgehalten«, versicherte er ihr. »Außerdem verfolgen sie uns wohl kaum in dem Tempo, das wir vorlegen. Sie kennen die Gegend nicht und müssen immer wieder nach unseren Spuren suchen. Darüber hinaus wollen sie ihre Pferde sicher nicht zu Tode schinden, sofern sie überhaupt welche haben.«

»Ich vermute, sie haben welche«, sagte Arianna. »Das Schiff war sehr groß, viel größer als das von Kapitän Tillet. Sie wollten die Jungs und mich bestimmt nicht zu Fuß verfolgen, falls sie den Verdacht hegten, dass wir nicht ertrunken sind. Wahrscheinlich hat Euer Simon nicht so lange gewartet, bis sie die Pferde an Land brachten.«

»In diesem Fall wird sie auch das weitere Zeit gekostet haben. Gut für uns.«

»Das stimmt. Vielleicht haben sie sogar gewartet, die Pferde vom Schiff zu holen, bis sie sich ganz sicher waren, dass eine Suche an Land nötig ist. Zuerst haben sie wohl nur nach unseren Leichen gesucht.« Sie verzog das Gesicht. »Wenn sie die Toten finden, die wir zurücklassen mussten, werden sie wissen, dass Michel und Adelar überlebt haben. Es tut mir so leid, dass wir diese armen Männer den Aasfressern überlassen mussten.«

»Ihr könnt nichts dafür. Ich glaube nicht, dass Eure Verfolger besonders freundlich zu uns gewesen wären, wenn wir ihnen erklärt hätten, dass sie Euch nicht haben können. Es ist also besser, dass wir nicht auf sie gewartet und uns auf einen Kampf eingelassen haben.«

Arianna rieb sich seufzend die Stirn. Leider richtete das gegen ihre stechenden Kopfschmerzen überhaupt nichts aus. »Ihr habt recht. Aus diesem Grund habe ich auch nirgendwo um Hilfe gebeten. Und auch deshalb, weil Clauds Familie nicht glauben wollte, dass Amiel Böses im Schilde führt. Auf alle Fälle weigerten sie sich zu glauben, dass er sich mit den DeVeau verbündet hat.«

»Wer ist denn Amiel?«

»Der Bruder meines Mannes.«

»Aha. Dann haben die Kinder also etwas geerbt, was er gern haben will.«

Erklärungen waren notwendig, doch Arianna wünschte sich von Herzen, sie nicht liefern zu müssen. Denn das bedeutete, ihre Erniedrigung und Schande zu offenbaren. Leider hatte dieser Mann nicht nur die Antworten verdient, die er haben wollte, sondern er brauchte sie wahrscheinlich sogar, um sie und die Kinder beschützen zu können. In ihrer Kindheit und Jugend hatte sie erfahren, dass selbst die kleinste Information lebenswichtig sein konnte. Auch während der Zeit, als sie das Land ihres Gemahls verwaltet hatte – er selbst hatte einen Großteil seiner Zeit damit zugebracht, mit einer anderen Frau herumzutändeln –, war ihr dies immer wieder vor Augen geführt worden.

»Im Moment sind die Knaben die Erben meines Mannes.«

»Im Moment? Ich dachte, das sind sie auf alle Fälle. Offenbar war er doch verheiratet, bevor er Euch geheiratet hat.«

»Das war er und das blieb er auch, selbst nachdem er mich zur Frau nahm.« Verlegenheit färbte ihr Gesicht tiefrot. Beinahe freute sie sich darüber, denn die Hitze vertrieb die Kälte, die ihren Körper noch immer fest im Griff hatte. »Niemand wusste es, aber er hatte Jahre vor unserer Eheschließung ein Dorfmädchen geheiratet. Seine erste Ehe, in der ihm die Knaben geschenkt wurden, hat er nie annuliert. Stattdessen ließ er uns in dem Glauben, Marie Anne sei seine Geliebte, und ließ mich seine Söhne aufziehen. Ich wusste, dass er der Vater war, aber ich dachte, es wären seine Bastarde, denen er ein besseres Leben ermöglichen wollte.«

Brian verbiss sich die Flüche, die ihm auf der Zunge lagen. Er ahnte, wie tief die Demütigung reichte, die diese Frau quälte. Nur zu gut erinnerte er sich an den Zorn und die Verbitterung, die die Gemahlinnen seines Vaters wegen dessen Untreue durchlitten hatten. Es war bestimmt ein schwerer Schlag für Lady Lucette gewesen, zu erfahren, dass sie nur eine Mätresse war und nicht die rechtmäßige Gemahlin, für die sie sich gehalten hatte.

Dann fiel ihm ein, wie sie mit den zwei Knaben umgegangen war, die seine Verwandten nun in Sicherheit brachten. Zweifellos lag ihr sehr viel an den Kindern und umgekehrt. Dass sie ihren Zorn und ihr Leid nicht an den Knaben ausließ, sprach für sie. Kaum eine Frau wäre so freundlich und liebevoll zu den Kindern eines Mannes gewesen, der sie so schamlos betrogen hatte.

»Und trotzdem nennt Ihr Euch noch Lady Lucette?«

»Wenn ich es nicht täte, würde ich meine Familie und auch die meines verstorbenen Gemahls beschämen. Ich bin bitter enttäuscht über seinen Betrug, aber er ist tot, und seine Frau ist es ebenfalls. Vermutlich hat sein Bruder die beiden ermordet. Seine Verwandten haben sich geweigert, auf meine Warnungen zu hören, und das hätte die Knaben beinahe das Leben gekostet. Die Eltern betrauern den Verlust ihres ältesten Sohnes und haben sich noch kaum von dem Schock erholt, den sie erlitten, als sie von seinen vielen Lügen erfuhren. Meine Familie hingegen hatte damit nichts zu tun. Sie haben ihr Bestes getan, indem sie mir einen Mann gesucht haben, der ihrer Meinung nach ein ausgezeichneter Partner für mich war. Ich habe nichts zu gewinnen, wenn ich ihnen berichte, wie oft mich Claud belogen hat. Es würde nur alle beschämen, die sich im Grunde nichts zuschulden kommen ließen.«

»Einschließlich Euch und die Knaben.«

»Aye, einschließlich uns. Ich habe von der Familie meines Mannes nur verlangt, dass sie den Jungs ihren Besitz in Schottland übertragen und sie weiterhin meiner Obhut überlassen. Die Lucette sollen ruhig selbst herausfinden, wie weit der Betrug ihres Sohnes reicht. Dann habe ich die Jungs hierher gebracht. Es war töricht von mir zu glauben, dass sie damit außer Gefahr wären.«

»Euer Claud war ein Feigling.«

»Wie kommt Ihr darauf?«

»Er hatte nicht den Mut, seinen Verwandten die Wahrheit zu sagen. Wahrscheinlich hat er befürchtet, seinen Platz als Erbe zu verlieren, weil er eine Frau heiratete, von der er wusste, dass seine Familie sie nicht billigen würde. Statt um die Frau, die er haben wollte, und um seine Söhne zu kämpfen, hat er gelogen und Euch in sein verlogenes Leben gezerrt. Er hat nicht den geringsten Gedanken daran verschwendet, wie es Euch damit ergehen würde, wenn Ihr die Wahrheit herausfindet. Aber es war richtig, dass Ihr die Knaben hierher gebracht habt. Hier werden sie den Schutz bekommen, den sie verdienen.«

Das klang schon fast wie ein Versprechen. Doch bevor Arianna auf Sir Brians leidenschaftliche Rede etwas erwidern konnte, trieb er sein Pferd wieder an. Sie beeilte sich, mit ihm Schritt zu halten. Es war zwar nicht leicht, doch sie zwang sich, die Erschöpfung und die Schmerzen, die ihren Körper plagten, zu ignorieren. Sie hoffte nur, dass ihr Begleiter es bald für sicher genug hielt, anzuhalten und sich auszuruhen.

Arianna dachte darüber nach, was er über ihren verstorbenen Gemahl, Claud, gesagt hatte. Sir Brian hatte vollkommen recht – Claud war ein Feigling gewesen. Er hatte nicht den Mumm gehabt, offen für das zu kämpfen, was er haben wollte. Außerdem war er selbstsüchtig gewesen und hatte nur sein eigenes Wohl im Sinn gehabt. Sie schämte sich, wenn sie sich daran erinnerte, was sie alles versucht hatte, um eine gute Ehe zu führen. Das war, bevor sie die Sache mit Marie Anne herausgefunden hatte, die sie immer für seine Mätresse gehalten hatte. Als sie entdeckte, dass Marie Anne seine wahre Ehefrau war, war sie im ersten Moment erleichtert gewesen, dass sie keinen ihrer vielen großartigen Pläne, ihn von seiner Geliebten wegzulocken, in die Tat umgesetzt hatte.

Wenn doch nur ihr Gefühl, versagt zu haben, ein wenig nachließe! Im Grunde hatte sie ja nicht versagt, denn sie hatte gar keine Möglichkeit gehabt, erfolgreich zu sein. Claud war derjenige, der bei ihnen allen versagt hatte und es über seinen Tod hinaus tat. Anstatt da zu sein und seine Söhne zu beschützen, musste nun die Frau, die er belogen und betrogen hatte, um das Leben der Knaben kämpfen. Arianna richtete den Blick auf Sir Brians breiten Rücken und nahm sich fest vor, diesen Kampf zu gewinnen. Außerdem nahm sie sich fest vor, nie mehr so vertrauensselig und gutgläubig zu sein.

3

»M'lady? M'lady? Meine Güte, ich wusste nicht, dass man im Sattel und mit offenen Augen so fest schlafen kann.«

»Lasst mich in Ruhe!« Arianna versuchte, die Hände abzuwehren, die ihre Taille umfassten.

Erst als sie in der Luft baumelte, merkte sie, wo sie war und wer der Mann war, der sie gerade aus dem Sattel hob. Nur seine großen warmen Hände um ihre Taille verhinderten, dass sie hinunterfiel. Sie atmete tief durch und schob die plötzlich in ihr aufkeimende Angst beiseite. Als er sie auf die Füße stellte und an den Schultern packte, weil sie schwankte, warf sie einen Blick zum Himmel. Warum stand die Sonne auf einmal so tief?

»Seid Ihr jetzt wach?« Brian fand sie in ihrer Benommenheit trotz der wirren Haare und der zahllosen Blutergüsse so bezaubernd, dass er gegen den Wunsch ankämpfen musste, sie zu küssen.

»Ich habe nicht geschlafen!«, protestierte sie.

»Nay? Ich musste Euer Pferd anhalten, Eure Hände von den Zügeln lösen und Euch mehrmals laut rufen, bevor Ihr reagiert habt. Ich konnte mich des Eindrucks nicht erwehren, dass Ihr geschlafen habt.«

Das ging ihr genauso, aber sie wollte es nicht zugeben. Sie erinnerte sich noch deutlich an ein paar peinliche Geschichten aus ihrer Jugend, die ihre Familie immer wieder gern zum Besten gab. Als Kind war sie nämlich manchmal schrecklich erschöpft gewesen. Dennoch war sie nur selten bereit gewesen, von dem abzulassen, was sie gerade trieb. Offenbar hatte sie diese seltsame Eigenart auch als Erwachsene nicht abgelegt. Das bewies schon allein die Tatsache, dass es Sir Brian einige Mühe gekostet hatte, sie auf ihn aufmerksam zu machen. Dabei war Sir Brian MacFingal wahrhaftig kein Mann, den eine Frau so einfach übersah.

»Wo sind wir?«, fragte sie und hoffte, dass er sich nicht weiter über ihr seltsames Verhalten auslassen würde.

Brian grinste, obgleich sie ihm aus schmalen Augen einen warnenden Blick zuwarf. Sie ärgerte sich über seine unverhohlene Belustigung. »Wir sind an einem Ort angelangt, der uns genügend Schutz bietet, um hier die Nacht zu verbringen.«

Arianna warf unwillkürlich einen Blick hinter sich. »Seid Ihr Euch sicher?«

»Ziemlich sicher. Eure Gegner können in der Dunkelheit nicht mehr sehen als wir. Die Pferde verstecken wir zwischen den Bäumen, und wir übernachten in einer kleinen Höhle hinter den Felsen dort drüben.«

Arianna nahm die Zügel ihrer Stute und folgte ihm hin zu einer Ansammlung von Felsen am Fuß eines steinigen Hangs, die von dichten Büschen und Bäumen umgeben war. Sie verließen den schmalen Trampelpfad. Vermutlich würde jemand, der diesem Pfad folgte, die Pferde abseits im Unterholz kaum ausmachen können. Am Himmel stieg die Sichel des abnehmenden Mondes auf. Selbst wenn die Nacht klar blieb, würde das Mondlicht nicht reichen, um zu erkennen, was zwischen den Bäumen versteckt war – es sei denn, jemand ritt sehr nah daran vorbei oder die Pferde gaben Laute von sich, welche auf sie aufmerksam machen würden.

Schließlich schob sie ihre Zweifel beiseite. Sie wie auch die Pferde brauchten Ruhe. Wenn die Tiere nicht ausreichend ruhten, würden sie bald zusammenbrechen. Sir Brian und sie würden es kaum schaffen, ihren Feinden zu Fuß zu entkommen. Doch als ihr Begleiter in eine kleine Öffnung am Hang kroch, beschlichen sie neue Zweifel. Gleich darauf kam er wieder heraus und winkte ihr, ihm zu folgen.

»Ihr zuerst«, sagte sie und hoffte, dass sie den Mut aufbringen würde, in dieses Erdloch zu kriechen.

»Es sind keine Tiere dort drinnen«, sagte Brian.

»Ihr wart nicht sehr lange im Inneren. Vielleicht solltet Ihr Euch noch einmal etwas gründlicher umschauen.«

»Es ist nur eine sehr kleine Zuflucht. Man kann sich rasch einen Überblick verschaffen.«

»Ach so.« Es war nicht nur ein Loch in der Erde, sondern noch dazu ein kleines Loch. Diese Aussicht erfüllte Arianna mit neuer Furcht.

Brian musterte sie, während sie auf den Eingang der kleinen Höhle starrte, als erwartete sie, dass sich gleich ein wildes, geiferndes Ungetüm auf sie stürzen würde. Allerdings konnte er verstehen, warum sie zögerte. Auch er mochte solche engen Orte nicht besonders. Seine Begleiterin sah jedoch nicht so aus, als könnte sie noch sehr viel weiter reiten, und auch er selbst sowie die Pferde brauchten ein wenig Ruhe. Als er ihren erbärmlichen Zustand im schwindenden Licht des Tages einschätzte, hätte er beinahe gelächelt. Dort drinnen gab es nämlich einen Anreiz für sie.

»In der Höhle gibt es Wasser. Ihr könnt Euch also ein bisschen frisch machen«, verkündete er. Er bemühte sich, seinen Triumph zu verbergen, als sie sofort Interesse zeigte, auch wenn ihre Zweifel noch nicht ganz verschwunden waren.

»In dieser kleinen Höhle?«

»Aye. Im hinteren Teil. Es fließt durch einen Spalt in den Felsen, wenn es regnet, und sammelt sich in einem kleinen Hohlraum, der wahrscheinlich durch das ständige Tröpfeln des Wassers entstanden ist. Das ist einer der Gründe, warum ich gerne hier raste, wenn ich in dieser Gegend unterwegs bin.« Er löste die Satteltaschen und hob eine davon auf. »Kommt mit. Ich mache ein Feuer, und in dieser Tasche sollte etwas sein, was Ihr tragen könnt, wenn Ihr Eure Kleider auswaschen wollt. Während Ihr Euch reinigt, werde ich die Pferde gut verstecken. Ihr könnt Euch also völlig ungestört bewegen«, schloss er, nahm sie an der Hand und zog sie in die Höhle.

Während Sir Brian ein Feuer entfachte, blieb Arianna erst einmal stocksteif stehen und kämpfte gegen ihre schreckliche Angst vor solchen Orten. Doch sobald sich der Schein des Feuers ausbreitete, gelang es ihr besser, ihre Ängste zu bezwingen. Die Höhle war nicht so niedrig, wie sie anfangs gedacht hatte. Der Raum, in dem sich ein Mann in der Größe von Sir Brian bewegen konnte, ohne sich den Kopf anzustoßen, war allerdings nicht sehr groß. Nach hinten zu wurde die Höhle zudem immer schmaler, bis sie nur noch so groß wie ein Mäusegang war. Das langsame Tröpfeln von Wasser machte Arianna bewusst, wie schmutzig sie war.

»Hier – ein Stück Seife und ein Tuch zum Abtrocknen.« Sie nahm ihm die Dinge ab, die er ihr reichte, und Brian legte ihr noch ein Hemd über den Arm. »Ihr seid nicht sehr groß. Damit könnt Ihr Euch bestimmt züchtig verhüllen. Ich kümmere mich jetzt um die Pferde und verwische die Spuren, die wir hinterlassen haben. Ihr habt also genug Zeit, Euch zu waschen.«

»Aye«, erwiderte sie. »Danke. Ich kann es kaum erwarten, all den Schmutz loszuwerden.«

Sie begab sich so rasch wie möglich zu dem Geräusch des tropfenden Wassers. Dort angekommen, vergewisserte sie sich noch einmal, dass Sir Brian die Höhle tatsächlich verlassen hatte. Am liebsten hätte sie sich die Kleider vom Leib gerissen, doch sie brauchte sie noch, egal, wie verschmutzt oder zerrissen sie waren. Nur mit einem Männerhemd und ihrem Umhang bekleidet, konnte sie nicht in der Gegend herumreiten.

Nachdem sie das letzte Kleidungsstück zur Seite geworfen hatte, trat sie vorsichtig ins Wasser und freute sich, dass es ihr bis zu den Knien reichte. Sie setzte sich in den kleinen See. Das Wasser war ziemlich kalt. Viel Zeit für diese Waschung wollte sie sich nicht nehmen. Mehrere Stellen an ihrem Körper schmerzten, sodass sie ein wenig zusammenzuckte. Doch selbst diese Stellen bearbeitete sie gründlich. Zum Schluss wusch sie sich noch die Haare, dann stand sie auf und trocknete sich ab. Erst als sie das Hemd anzog, wich ihr Vergnügen, endlich wieder einmal sauber zu sein, einer neuen Sorge.

Das Hemd war weich und sauber, aber es reichte ihr nur bis zu den Knien. Womit sollte sie ihre Beine bedecken? Schließlich überwand sie ihre Verlegenheit und machte sich daran, ihre Kleider zu waschen. Es blieb ihr nichts anderes übrig. Sie konnte diese Kleider erst wieder tragen, wenn sie sauberer waren. Ihr Hemd und die Strümpfe waren ziemlich löchrig. Es war fraglich, ob sie nach dem Waschen überhaupt noch tragbar waren. Aber falls doch, würden sie immerhin nicht mehr nach Salzwasser, Blut und Schlamm stinken.

Arianna breitete gerade ihre nassen Kleider auf den Felsvorsprüngen aus, als Sir Brian mit der zweiten Satteltasche zurückkehrte. Bevor sie etwas sagen konnte, war er schon wieder weg. Sie verzog das Gesicht. Sie hätte ihm gern geholfen, aber sie war einfach noch zu schwach, um ihm eine große Hilfe zu sein. Das ärgerte sie. Es war ihr gar nicht recht, dass sie ihr Schicksal sowie das der Jungen in fremde Hände legen musste.

»Törichter Stolz«, murrte sie, während sie die Satteltaschen nach etwas Essbarem absuchte. Sie wollte wenigstens ein Mahl zubereiten für den Mann, der ihr so bereitwillig seine Hilfe angeboten hatte.

Die Schmerzen und die Schwäche würden sie noch eine Weile begleiten. Damit musste sie sich wohl oder übel abfinden. Es war ein Wunder, dass sie und die Jungen den Schiffbruch überlebt hatten und dann noch an Männer geraten waren, die sich so rasch bereit erklärt hatten, ihnen zu helfen. Ihr Stolz musste eben ein wenig zurückstecken. Schließlich hatte dieser unter ihrem verstorbenen Gemahl viel heftiger gelitten. Er durfte sie jetzt nicht davon abhalten, die Hilfe eines Fremden anzunehmen, der dafür sorgen wollte, dass sie und die Jungen überlebten. Außerdem war sie nach Schottland gekommen, um bei ihrer Familie Hilfe zu suchen. Sir Brian war immerhin entfernt verwandt mit ihr.

»Das wird uns helfen, satt zu werden«, sagte Brian, als er hereinkam. Er hielt ein gehäutetes Kaninchen hoch.

Arianna starrte die Beute überrascht an. »Wie habt Ihr es in der kurzen Zeit geschafft, auf die Jagd zu gehen?«

»Ich habe es nicht gejagt. Das Geschöpf hatte das Pech, mir direkt vor die Füße zu hoppeln. Und zum Glück bin ich recht geschickt im Messerwerfen.« Er legte das Kaninchen auf den Boden und holte ein paar dünne Eisenstangen aus seiner Satteltasche. Rasch schraubte er sie zu einem Spieß zusammen. »Meine Brüder werden sich nicht freuen, dass ich die Satteltasche an mich genommen habe, in der sich das hier befand.« Er grinste. »Es ist auf Reisen ein sehr geschätztes Werkzeug.«

Arianna schwankte unter der hitzigen Macht seines Lächelns. Ihre Wangen röteten sich, und ihr Herz begann zu klopfen. Er ist ein Verwandter, mahnte sie sich, doch sofort fiel ihr ein, dass die Verbindung zwischen den MacFingals und den Murrays nicht besonders stark war. Einer seiner Brüder hatte eine ihrer Cousinen geheiratet, das war das Einzige, was sie verband. Sie hatte viele Cousinen.

Nun nickte sie stumm und trat vom Feuer weg, um ihm für den Spieß Platz zu machen. Und um ein wenig Raum zwischen sich und einem viel zu gut aussehenden Mann zu schaffen, dachte sie reumütig.

Bei diesem Mann fühlte sie sich wie ein unschuldiges junges Mädchen, das zum ersten Mal mit einem Mann schäkert. Das beunruhigte sie einigermaßen. Sie hatte zwar vor ihrer Hochzeit nicht viel Erfahrung in solchen Dingen gesammelt, aber mittlerweile hatte sie fünf Jahre Ehe hinter sich. Bei einem gut aussehenden Mann zu erröten und sich allein von seinem Anblick erregen zu lassen? Über so etwas sollte sie wahrhaftig hinweg sein.

»Versteht Ihr etwas vom Kochen?«, fragte er.

»Aye. Alle jungen Mädchen in meinem Clan werden darin unterwiesen. Dann wissen sie später, was in der Küche des Hauses vorgeht, in dem sie herrschen. Natürlich kann es auch sein, dass eine Frau einen Mann heiratet, der sich keine Küchenhilfe leisten kann«, erwiderte sie, doch dann verstummte sie, weil ihr klar wurde, dass sie nur noch sinnloses Zeug plapperte.

»Das ist sehr weise. Dann überlasse ich Euch das Kochen, weil auch ich mich ein wenig säubern möchte.«

Arianna wunderte sich, wie schwer es ihr fiel, sich auf die Zubereitung des Kaninchens zu konzentrieren, als er an ihr vorbeiging. Noch nie hatte sie den Drang verspürt, einen Mann aus der Nähe zu beobachten. Es war zwar schon vorgekommen, dass sie ein hübsches Gesicht oder einen großen, starken Körper wohlgefällig gemustert hatte, aber sehr lange hatten solche Anwandlungen nie gedauert. Nun aber hätte sie zu gern in aller Ruhe Sir Brian MacFingal gemustert und beobachtet, wie sein geschmeidiger Körper sich bewegte, wie seine langen dichten schwarzen Haare im Feuerschein glänzten und wie seine Augen aufleuchteten oder sich verdüsterten, je nachdem, was gerade in ihm vorging.

Sein Gesicht ist wirklich ausgesprochen gut geschnitten, dachte sie. Es war ein starkes Gesicht. Wenn er zornig war, wirkten die ausgeprägten Linien fast bedrohlich, wurden jedoch sofort weicher, wenn er lächelte. Die von dichten Wimpern umrahmten dunkelblauen Augen und seine vollen Lippen trugen ebenfalls dazu bei, die kantigen Züge zu mildern. Aber sie hatte gesehen, wie grimmig er aussehen konnte, als sie ihm erzählt hatte, dass Amiel und die DeVeau den Knaben nach dem Leben trachteten. Mittlerweile waren ihr Misstrauen diesem Mann gegenüber fast gänzlich verschwunden. Vielleicht, weil sie im Herzen wusste, dass sie die beste Entscheidung für das Überleben der Kinder getroffen hatte.

Sie hasste es, von ihren Jungs getrennt zu sein. Es war ihr schier unerträglich, nicht zu wissen, wie es ihnen ging. Doch sie war sich sicher, dass man sie beschützen würde. Und ebenso sicher war sie, dass auch sie beschützt werden würde. Dieser Mann würde alles in seiner Macht Stehende tun, um sie heil an einen Ort zu bringen, wo sie wieder mit Michel und Adelar vereint sein würde. Ein wenig beunruhigte sie jetzt nur, wie rasch sie ihren Vorsatz aufgegeben hatte, vorsichtiger zu sein bei der Wahl, wem sie vertrauen wollte.

Das Geräusch von spritzendem Wasser riss sie aus ihren Gedanken. Hatte er sich ausgezogen, um sich zu waschen? Arianna war empört über sich, dass sie sich eine solche Frage stellte. Und noch mehr empörte es sie, dass sie zu gern nachgeschaut hätte, wie die Antwort auf diese Frage lautete. Törichtes Ding, schalt sie sich und beschloss, sich der Satteltasche mit den Vorräten zuzuwenden. Sie versuchte nach Kräften, sich ausschließlich auf die einfache Aufgabe zu konzentrieren, eine einigermaßen anständige Mahlzeit zuzubereiten. Den Gedanken, dass sie das vielleicht hauptsächlich deshalb tat, um Sir Brian zu beeindrucken, tat sie als unsinnig ab.

***

Brian spülte seine Kleider und legte sie zum Trocknen auf die Felsvorsprünge. In ihrer primitiven Zuflucht breitete sich langsam der verlockende Duft von gebratenem Fleisch aus, gemischt mit einem anderen appetitlichen Geruch. Lady Arianna hatte offenbar beschlossen, dem schlichten Mahl noch etwas hinzuzufügen. Schon bei diesen Gerüchen wusste er, dass es ihm schmecken würde. Aber er hoffte, dass sie mit den Vorräten nicht allzu freigiebig umgegangen war. Auf der Flucht war es nicht leicht, an neue Lebensmittel zu kommen.

Er wollte sich zu ihr ans Feuer gesellen, doch nach dem ersten Schritt blieb er zögernd stehen. Sie kämmte sich gerade mit den Fingern die Haare. Ab und zu hielt sie inne, um behutsam einen besonders hartnäckigen Knoten zu lösen oder sich um die Mahlzeit zu kümmern. Im Feuerschein zeigten sich rote Strähnen in ihrer dichten, honigblonden Haarpracht, die ihr bis zu den schlanken Hüften reichte, wo sie sich noch ein wenig bauschte. Es juckte ihn in den Fingern, ihr die Aufgabe, diese herrlichen Haare zu entwirren, abzunehmen.

Er atmete tief durch. Das nahm seinem plötzlichen Anfall von Lust wenigstens die Spitze, aber der Biss des Verlangens schmerzte weiter. Die zarte Lady Arianna hatte etwas an sich, das ihm die Beherrschung seiner Begierden immens erschwerte. Und dabei hatte er sich immer sehr viel auf diese Beherrschung eingebildet. Schon beim ersten Blick in ihre sanften goldenen Augen hatte er geahnt, dass ihm diese Frau Probleme bereiten würde. Aber er hatte nicht geahnt, dass sie eine derart große Versuchung darstellen würde. So etwas konnte eine Reise ziemlich beschwerlich machen.

Einen Moment lang überlegte er, ob er sie verführen sollte. Sie war keine Jungfrau mehr, sondern eine Witwe. Viele Männer betrachteten Witwen als Freiwild. Doch dann verzog er das Gesicht. Manch einer seiner Verwandten hätte nicht so viele Skrupel gehabt, doch er hatte Lady Ariannas Geschichten entnommen, dass sie wenig Grund hatte, Männern zu vertrauen. Wenn er sie jetzt verführte, würde ihr Vertrauen in ihn bestimmt nicht wachsen.

»Das duftet wunderbar«, sagte er und setzte sich neben sie.

Sie verspannte sich. Er überlegte, ob es nicht besser gewesen wäre, wenn er sich ihr gegenüber am Feuer niedergelassen hätte. Aber er hatte beim Essen nicht ständig in ihre betörenden Augen starren wollen. Außerdem war es besser, wenn er nicht allzu viel Rücksicht auf ihre Empfindlichkeiten nahm. Schließlich war sie auf ihn angewiesen, bis er sie bei ihrer Familie in Sicherheit gebracht hatte. Er wunderte sich nicht, als eine kleine Stimme in seinem Kopf sich über dieses Argument lustig machte. Es war tatsächlich ziemlich fadenscheinig.

»Ich habe ein wenig Lauch mit altem Brot und einem Stück Käse vermengt. Das war kein großes Kunststück«, sagte sie, bemüht, sich über sein Kompliment nicht allzu sehr zu freuen. »Eine kleine Beilage zu dem Fleisch kann nicht schaden, fand ich.« Sie warf einen Blick auf den Beutel mit den Vorräten. »Ihr habt ziemlich viel Proviant dabei.«

»Aye. Ich bin nicht gerne hungrig.«

»Das geht den meisten Menschen so.«

Bei dem flüchtigen, schüchternen Lächeln, das sie ihm schenkte, verknoteten sich seine Eingeweide vor Verlangen.

Dabei war ihm eigentlich schleierhaft, warum er für sie so etwas empfand. Sie sah mittlerweile zwar schon viel besser aus, war jedoch nach wie vor mit Kratzern und Blutergüssen übersät, und ihre vollen Lippen waren vom Salzwasser rissig und ausgetrocknet. Allerdings schmälerten ihre Blessuren weder die Schönheit ihres geschmeidigen, wohlgeformten Körpers und ihrer Augen noch die Pracht ihrer langen Haare.

»Erzählt mir alles über diejenigen, die die Knaben verfolgen«, sagte er in dem Versuch, seine Gedanken von all den Gründen, warum es ihn nach ihr verlangte, abzulenken.

Arianna reichte ihm etwas zu essen. »Das meiste habe ich Euch bereits erzählt. Ich bin überzeugt, dass Amiel seinen Bruder und dessen rechtmäßige Gemahlin ermordet oder zumindest jemanden beauftragt hat, dies zu tun. Wahrscheinlich wusste er, wie es um Claud und Marie Anne in Wahrheit stand. Die übrige Familie hat das allerdings erst vor Kurzem erfahren – nachdem die Leichen gefunden wurden. Vielleicht hat Amiel gehofft, die beiden würden ihr Geheimnis mit ins Grab nehmen. Aber Claud hat schriftlich erklärt, dass die Jungen nicht die Bastarde sind, für die sie alle hielten, sondern seine rechtmäßigen Erben.«

Kopfschüttelnd nahm sie sich ebenfalls eine Portion. »Kurz nach meiner Hochzeit mit Claud erfuhr ich, dass sein Zweig der Lucette sich viel auf seine Herkunft einbildet. Sie bezweifelten sogar, ob ich ihren hohen Ansprüchen genügte, doch es gelüstete sie nach meiner Mitgift und nach einer Verbindung mit meinem Clan. Sie hofften nämlich, dass mein Clan ihr Land in Schottland beschützen würde. Die Nachricht, dass ihr ältester Sohn, der Erbe all ihrer Titel und Ländereien, ein ganz gewöhnliches Dorfmädchen geheiratet hatte, erschütterte sie zutiefst.

Mit dem bisschen Toleranz, das sie Michel und Adelar entgegengebracht hatten, war es auf der Stelle vorbei. Sie machten sich sogleich an die mühsame und kostspielige Aufgabe, Clauds erste Ehe für null und nichtig erklären zu lassen.«

»An Euch haben sie dabei gar nicht gedacht? An all die Schande und Peinlichkeit, die sie Euch damit zufügten?«

»Nay. In ihren Augen hatte ich als Ehefrau versagt. Das einzige Kind, das ich während meiner Ehe empfing, habe ich verloren, bevor ich recht wusste, dass ich schwanger war. Und außerdem habe ich es nicht geschafft, meinen Gemahl von seiner Geliebten fernzuhalten.« Sie zuckte mit den Schultern. »Sie wussten nicht, dass ich die Wahrheit bereits kannte und mir krampfhaft überlegte, wie ich mich aus meiner misslichen Lage befreien konnte. Als ich die Wahrheit erfuhr, bin ich nur aus einem einzigen Grund nicht auf der Stelle gegangen: Ich wollte uns alle, vor allem die Jungen, vor der üblen Nachrede und den Kränkungen bewahren, die mit so etwas oft einhergehen.«

»Die Jungen, die alle für die Bastarde Eures Gemahls hielten.«

»Aye. Er hat mir von Anfang an die Fürsorge und die Erziehung der beiden überlassen. Michel war damals kaum ein Jahr alt. Marie Anne schien an den beiden nicht viel zu liegen. Sie besuchte sie nur selten und nahm sie nahezu nie in das hübsche kleine Häuschen mit, das Claud für sie gekauft hatte.

Aber all dies ist nebensächlich. Im Moment ist Amiel

meine Hauptsorge. Er will nicht warten, bis die Familie die Ehe zwischen Claud und Marie Anne annuliert hat. Vielleicht will er auch nicht das Geld verlieren, das so etwas kostet. Sobald man Clauds Geständnis gelesen hatte, begann Amiel, einen Plan zur Ermordung seiner Neffen zu schmieden. Wahrscheinlich hatte er vor dem Mord an seinem Bruder nicht gewusst, dass Claud ein Geständnis verfasst hatte. Aber jetzt bedeutete es, dass Amiel sich auch der Kinder entledigen musste, um das zu erhalten, was er begehrte. Offenbar hat er sich dafür mit den DeVeau zusammengetan.«

So verächtlich, wie sie diesen Namen ausspuckte, wusste Brian alles, was er wissen musste. »Eine alte Feindschaft?«

»Sehr alt. An den Händen der DeVeau klebt das Blut vieler Lucette. Die Fehde zwischen den zwei Familien wurde so erbittert, dass der König persönlich eingriff und beiden Parteien einen Waffenstillstand abverlangte. Er stellte eine sehr schwere und teure Strafe in Aussicht, falls dieser Waffenstillstand gebrochen würde.«

»Ein wahrer Friede kam dennoch nicht zustande?«

»Nay. Es führte nur dazu, dass die DeVeau ihre Verbrechen gegen die Lucette mit äußerster Umsicht und größerer Heimlichkeit planten, und dass die Lucette bei ihren Rachefeldzügen genauso verfuhren. Ich glaube nicht, dass noch jemand weiß, wer oder was der Anlass zu dieser Fehde war. Trotzdem halten alle daran fest. Mittlerweile ist ihnen der Hass in Fleisch und Blut übergegangen. Amiel mag in seiner Familie einige davon überzeugt haben, dass er das Recht hatte, Claud und Marie Anne zu töten, weil Claud ihren guten Namen in den Dreck gezogen hat. Aber keiner wird ihm je vergeben, dass er sich mit den DeVeau verbündet hat.«

Brian nickte verständnisvoll. Seine Familie hatte bis vor Kurzem mehrere Fehden geführt. Ein Clan, die Grays, hatte besonders hartnäckig daran festgehalten. Lady Ariannas Geschichte lieferte alles, was zu einer Fehde zwischen den Murrays und den Lucette führen konnte: Beleidigungen, Kränkungen, Stolz, Lügen – vor allem, wenn Ariannas Familie herausfand, wie schlecht die Lucette sie behandelt hatten.

»Was wollen die DeVeau denn?«

»Abgesehen von dem schlichten Vergnügen, den Lucette Ärger zu machen, habe ich keine Ahnung, worum es ihnen geht. Ich habe mir schon überlegt, ob Amiel in ihrer Schuld steht. Claud hat mir einmal erzählt, dass er ein kleines Stück Land besitzt, das die DeVeau unbedingt haben wollen. Das hat ihn immer sehr erheitert. Vielleicht hat Amiel ihnen dieses Land als Gegenleistung für ihre Hilfe versprochen.« Sie lachte verbittert auf. »Vielleicht hat er ihnen sogar mich versprochen.«

»Warum sollten die DeVeau Euch wollen?«

»Mein Clan hat vor geraumer Zeit mit den DeVeau zwei Mal gestritten und beide Male gewonnen. Dabei haben sie sogar ein Stück Land und ein bisschen Geld ergattert. Das haben die DeVeau nicht vergessen. Sobald ich den Fuß auf französischen Boden setzte, wussten sie, wer ich war, und haben mich beobachtet. Die wenigen Male, die ich außerhalb der Ländereien der Lucette unterwegs war, habe ich mich immer von zuverlässigen Wächtern begleiten lassen.« Plötzlich musste sie herzhaft gähnen und legte rasch die Hand vor den Mund. »Verzeihung.«

»Du meine Güte – wir haben angehalten, weil wir Ruhe brauchen. Ihr habt sie noch weit nötiger als ich. Und nun sitze ich hier und stelle Euch eine Frage nach der anderen. Bleibt sitzen«, befahl er und stand auf, um ein paar Decken zu holen.

Diesmal gab Arianna dem Verlangen nach, ihn ausgiebig zu betrachten. Er bewegte sich mit einer Anmut, die auf die Kraft und Geschmeidigkeit seines großen, schlanken Körpers hinwies. Es war das reine Vergnügen, ihn zu beobachten. Wahrscheinlich muss dieser Mann die Mädchen mit einem Stock abwehren, dachte sie und lächelte schief. Ausgehend von dem, was ihr inzwischen über die MacFingals eingefallen war, machte er sich wohl kaum diese Mühe. Der alte Laird, Sir Brians Vater, hatte ein kleines Heer von Bastarden gezeugt, und es hieß, dass die legitimen wie auch die illegitimen Söhne genauso liederlich waren wie ihr Vater. Nach solch einem Mann sollte sie wahrhaftig nicht schmachten. Sollte sie es je wieder wagen, einem Mann zugetan zu sein, dann würde sie ihm von Anfang an klarmachen, dass sie Beständigkeit brauchte. So etwas schien den Männern der MacFingals eher fern zu liegen.

Brian schob sie sanft zur Seite, als sie nach den Decken greifen wollte, die er gebracht hatte. »Ihr müsst Euch ausruhen, M'lady«, sagte er und begann, zwei Lager herzurichten. »Ihr müsst so schnell wie möglich wieder zu Kräften kommen.« Er runzelte die Stirn, als er bemerkte, dass sie bereits die Reste ihrer Mahlzeit weggeräumt hatte, während er sich um ihr Lager gekümmert hatte. »Schlaft jetzt«, sagte er und deutete auf die Decken.

Sie verdrehte die Augen, trat jedoch an eine der Decken, die er auf dem harten Boden ausgebreitet hatte. Die zwei Decken lagen sehr nah beieinander, aber sie beschloss, nichts darüber zu sagen. Instinktiv wusste sie, dass dieser Mann sie nicht bedrängen würde. Vielleicht würde er versuchen, sie zu verführen, denn schließlich war sie eine Witwe. Aber Arianna nahm sich fest vor, seinen Verführungskünsten nicht zu erliegen. Wenn sie dennoch so töricht war, das zu tun, dann war sie wenigstens kein unberührtes junges Mädchen mehr, das zu einer Ehe gezwungen werden konnte, um die Familienehre zu retten. Sie zählte bereits dreiundzwanzig Jahre und war verwitwet.

Der harte Untergrund wurde durch die Decke kaum weicher. Arianna stöhnte ein wenig, als sie versuchte, es sich gemütlich zu machen, und eine zweite Decke über sich zog. Trotz ihrer tiefen Erschöpfung starrte sie mit großen Augen auf den flackernden Feuerschein, der über die Wände der kleinen Höhle tanzte. Zum ersten Mal seit vielen Jahren konnte sie ihren Jungen keine gute Nacht wünschen. Wie gern hätte sie sie jetzt an sich gezogen und ihnen den letzten Kuss des Tages auf die Stirn gedrückt.

Arianna wusste, dass die Lucette ihre Liebe zu den Jungen für ziemlich eigenartig hielten. Sie hatten ihre Zuneigung sogar als Beweis angesehen, dass sie für ihren Sohn und Erben nicht gut genug war. Doch das war ihr egal gewesen. Sobald die Knaben in ihrer Obhut waren, hatte sie sie geliebt. Sie war nie eifersüchtig gewesen auf Marie Anne, die Mutter der beiden, und es hatte sie auch nicht weiter berührt, dass ihr Gemahl eine geheimnisvolle Vergangenheit hatte. Dies alles hätte ihr einiges über ihre Gefühle zu ihrem Gemahl und über die Ehe mit ihm sagen können. Aber sie hatte die leisen Mahnungen, vorsichtig zu sein, die ihr immer wieder in den Sinn gekommen waren, überhört.

Allerdings hatte sie es nie akzeptieren und verzeihen können, wie beflissentlich die richtigen Eltern ihre Söhne übersahen. Aus Empörung darüber, dass sich ihr kostbarer Erbe mit einem derart niederen Weib besudelte, konnten Clauds Verwandte nur mit Mühe davon absehen, die Kinder anzuspucken. Ihre Jungen waren von allen, die sie hätten lieben sollen, abgelehnt und mit Verachtung behandelt worden. Arianna konnte den Gedanken kaum ertragen, dass die zwei jetzt vielleicht glaubten, auch sie hätte sie im Stich gelassen.

»Michel und Adelar wird nichts passieren, oder?«, fragte sie leise, als sie merkte, dass Brian sich neben ihr zur Ruhe legte.

Brian hörte die Angst um die Kinder in ihrer Stimme. Er musste die Fäuste ballen, um dem Drang zu widerstehen, zu ihr hinüberzulangen und sie zu trösten. Ihre Liebe für die Kinder ihres hinterhältigen Gemahls konnte er nur bewundern.

»Meine Verwandten werden sie bis zum letzten Blutstropfen beschützen«, sagte er. »Das gilt für meinen gesamten Clan.«

In den Worten lag die Kraft eines Blutschwurs. Ariannas Vertrauen in andere Menschen war durch Clauds Betrug übel beschädigt worden. Dennoch vertraute sie nun Brians Worten – dem Versprechen, für die Sicherheit der Jungs Sorge zu tragen.

Plötzlich ging ihr vollends auf, was er geplant hatte. »Wir sind die falsche Fährte«, wisperte sie.

»Aye. Und ich hoffe sehr, dass Eure Feinde die meisten ihrer Männer uns nachschicken. Wir werden sie direkt in den Tod führen«, erwiderte er grimmig.

4

Nachdem sich Arianna vergewissert hatte, dass Sir Brian weg war, stöhnte sie leise und rieb sich den schmerzenden Rücken. Abgesehen von einigen verblassenden Blutergüssen und den hässlichen Spuren von ein paar tieferen Kratzern hatte sie sich von ihrer Prüfung im Wasser gut erholt. Da diese erst drei Tage her war, waren ihre Verletzungen wohl doch nicht so schlimm gewesen, wie sie anfangs geglaubt hatte. Doch drei Tage im Sattel hatten ihr neue Schmerzen beschert.

Sie hatte sich über das Reiten keine Sorgen gemacht, denn sie hatte schon als Kind im Sattel gesessen und war an lange Ausritte gewöhnt. Die Schmerzen in ihrem Hinterteil und den Oberschenkeln sagten ihr jedoch, dass das regelmäßige Herumstreifen auf den Ländereien ihrer Eltern und später auf denen ihres Gemahls mit einer ruhigen Stute etwas ganz anderes gewesen war als das, was sie jetzt tat. Sie hoffte nur, dass sie bald abgehärtet sein würde, auch wenn sie nicht recht wusste, ob sich eine Lady so etwas wünschen sollte. Ihr Gemahl hatte ihre Ausflüge jedenfalls oft mit abfälligen Worten kommentiert. Offenbar wollten Männer nicht, dass ihre Frauen sich abhärteten.

»Andererseits war er nie mein richtiger Gemahl«, murmelte sie und trat zu ihrem Pferd, um es abzureiben.

Ihre Schritte wurden ein wenig langsamer, als sie merkte, dass die Kränkung und Schande, die sie gewöhnlich empfand, wenn sie sich dieser harten, schmerzlichen Wahrheit stellte, nachgelassen hatten. Anfangs hatte sie der Schmerz der Schande richtig gelähmt. In den Monaten nach Clauds Tod und seit alle jene Wahrheit erfahren hatten, die sie selbst erst kurz vor seinem Tod entdeckt hatte, war er schwächer geworden. Nur der Zorn loderte nach wie vor heiß in ihr.

»Und ich habe alles Recht der Welt, wütend zu sein«, erklärte sie den Pferden, als sie sich dem Packpferd zuwandte, um es abzureiben. »Dieser feige Schuft hat mich benutzt und belogen, er hat mich und meinen Clan betrogen. Ich war nicht seine Gemahlin, ich war seine unfreiwillige Geliebte. Und obendrein haben er und seine elende Familie uns bestohlen, als sie meine Mitgift nahmen. Nie haben sie mir angeboten, sie zurückzuzahlen, obwohl ich mit ihrem miesen Sohn nie verheiratet war. Hat seine Familie sich je für das entschuldigt, was sie mir angetan hat? Nay!«

Ihr Zorn wärmte sie. Sie versuchte nicht einmal, ihn beiseite zu schieben, wie sie es viel zu lang getan hatte. Arianna tätschelte die Pferde ein letztes Mal, dann machte sie sich daran, Holz für ein Feuer zu suchen. Lang genug hatte sie die Last ihrer falschen Ehe und Clauds Betrug auf den Schultern getragen. Dazu war noch die wachsende Verachtung von Clauds nahen Verwandten gekommen. Sie hatte sich sogar schon überlegt, ob sie nicht recht hatten, wenn sie ihr die Schuld an allem gaben. Immerhin war ihr Erbe so töricht gewesen war, mit einer Frau verheiratet zu bleiben, die sie als viel zu gering für ihn erachteten.

Die Murrays würde sich über ihre scheinbare Duldsamkeit sehr wundern. Doch Arianna wusste, dass es nicht Duldsamkeit gewesen war. Sie hatte sich vielmehr so schrecklich geschlagen und beschämt gefühlt, dass sie nicht die Kraft aufbrachte, sich zu verteidigen. Diese belastenden Gefühle hatten sie befallen, sobald sie herausfand, dass ihr Gemahl, der Mann, mit dem sie gehofft hatte, eine starke, vielleicht sogar mit Liebe erfüllte Ehe aufzubauen, eine Geliebte hatte.

Und das schmerzte bis zum heutigen Tag. Arianna hatte gehofft, die Leidenschaft zu erleben, von der die Frauen in ihrem Clan so gern redeten. Es war einer der Gründe gewesen, warum sie Claud geheiratet hatte, auch wenn sie dazu ihre Heimat verlassen musste. Er war ihr so sanft, freundlich, charmant und liebenswürdig vorgekommen. Sie hatte geglaubt, dass er ihr die Leidenschaft zeigen würde. Die wenigen Male, die sie sich vor ihrer Hochzeit geküsst hatten, ließen so etwas jedenfalls erahnen.

Doch dann hatte sie in seinen Armen nichts als Unbehagen und Kälte verspürt. Seine Küsse waren eine Lüge gewesen. In ihrer Ehe hatte es kein Feuer, keine Zärtlichkeit, keine leise geflüsterten Worte der Liebe gegeben. Eigentlich war alles an Claud eine Lüge gewesen. Er hatte sich kalt und kritisch gezeigt, sobald sie die Ehe vollzogen hatten. Als sie schwanger geworden war, hatte er darauf bestanden, das Bett nicht mehr mit ihr zu teilen. Sie war tatsächlich erleichtert gewesen, auch wenn sie deshalb die schlimmsten Gewissensbisse gepeinigt hatten.

Sie legte das Holz ab, das sie gesammelt hatte, und begann, es für ein Feuer aufzuschichten. Dabei musste sie an das Kind denken, das sie verloren hatte. Die Trauer um den Verlust des Kindes, das sie sich so ersehnt hatte, warf noch immer einen Schatten auf ihr Herz. Wie es bei den Frauen ihres Clans üblich war, hatte sie einiges über die Heilkunst gelernt und wusste, dass es der Lauf der Natur war, wenn etwas nicht stimmte und der Samen eines Mannes sich nicht richtig verwurzeln konnte. Rein verstandesmäßig hatte sie sich damit abgefunden, doch ihr Herz trauerte noch immer. Außerdem konnte sie die Angst nicht loswerden, dass etwas mit ihr nicht stimmte. Ihr Gemahl war nämlich danach wieder zu ihr ins Bett gekommen und hatte es fast ein Jahr lang versucht, wenn auch nicht mehr so häufig und mit wenig Begeisterung. Aber sie war nicht mehr schwanger geworden. In Anbetracht der Fruchtbarkeit in ihrer Familie kam ihr das sehr seltsam vor. Und woher kam es, dass er Marie Anne zwei starke, gesunde Knaben schenken konnte und ihr kein Kind?

»Und als ich ihn dann bei Marie Anne ertappte ...« Sie hielt inne und dachte an die blutrünstigen Rachepläne, die sie damals geschmiedet hatte. Doch statt einen davon in die Tat umzusetzen, hatte sie versucht, ihn wieder in ihr Bett zu locken. Kopfschüttelnd gestand sie sich ein, dass ihr das jetzt noch peinlich war. »Ich bin Gott dankbar dafür, dass dieser Wahn nicht lange anhielt«, murrte sie.

Verärgert, dass die Erinnerungen an ihre Ehe, ihre Demütigung und ihren Verlust sie noch immer quälten, konzentrierte sie sich darauf, die Reste des letzten Kaninchens aufzuschneiden. Sie war es allmählich leid, auf gebratenem Kaninchenfleisch herumzukauen. Deshalb beschloss sie, einen Eintopf zu machen. Die Hauptzutat war zwar immer noch Kaninchen, aber vielleicht schmeckte es dann ein bisschen interessanter, vor allem mit den Zutaten, die sie aus dem Vorratsbeutel holte.

»Es ist mir ein Rätsel, wie der Mann es schafft, dafür zu sorgen, dass dieser Beutel nicht leer wird«, sagte sie und schüttelte abermals den Kopf. Sir Brian MacFingal besaß wahrhaftig die Gabe des Hortens.

Sie versuchte, einen möglichst schmackhaften Eintopf zuzubereiten und dabei all die beängstigenden Geräusche zu überhören, die aus dem Wald an ihr Ohr drangen. Das war gar nicht so leicht, aber die Ruhe der Pferde beschwichtigten ihre Ängste ein wenig. Die Tiere würden sie warnen, wenn Gefahr im Verzug war.

Außerdem versuchte sie, sich keine allzu großen Sorgen um Sir Brian zu machen. Er kommt in der Wildnis hervorragend zurecht, gab sie sich zu bedenken. Das hatte er in den letzten drei Tagen immer wieder bewiesen. Er bewegte sich nahezu unsichtbar und lautlos, nicht nur im Wald, sondern auch in den Dörfern. Arianna musste sich immer wieder auf die Zunge beißen, um ihn nicht zu fragen, wo und wie er dieses Geschick erworben hatte. Allerdings war sie sich nicht sicher, ob sie es wirklich so genau wissen wollte.

Mit einem Blick auf den dunklen Wald um sie herum schlang sie die Arme um sich und betete, dass er bald von seiner Erkundungstour zurückkehren möge. Es war gefährlich, zu versuchen, ihre Feinde aufzuspüren und herauszufinden, was sie vorhatten. Arianna konnte nur hoffen, dass Sir Brian auch heute so erfolgreich herumschlich, wie er es bisher getan hatte. Schon allein bei dem Gedanken, ihn zu verlieren, stockte ihr das Blut in den Adern, und ihr Magen krampfte sich zusammen. Sie erklärte es sich damit, dass sie bei der Bekämpfung ihrer Feinde nicht allein sein wollte.

Eine kleine Stimme in ihrem Kopf flüsterte jedoch, dass sie sich nur selbst belog. Ihr Versuch, diese Stimme zum Schweigen zu bringen, scheiterte kläglich. Auch das Eingeständnis, dass es ihr nicht recht wäre, wenn ein guter Mann zu Schaden kam, zumal einer, der für sie kämpfte, führte sie nicht weiter. Doch sie wollte sich jetzt nicht den Kopf darüber zerbrechen, warum das so war.

»Er ist bald wieder da«, murmelte sie und sah die Pferde an, als hoffte sie, sie würden zustimmend nicken. »Ganz bestimmt.« Eines war ihr klar: Sie würde sich von nichts und niemandem daran hindern lassen, ihn zu suchen, wenn er nicht mehr zurückkehrte. Dieser Gedanke jagte ihr die größte Angst ein.

Brian blieb am Waldrand stehen und streichelte seinem Pferd den Hals, um es ruhig zu halten. Er ließ Arianna nur ungern allein, aber es war wichtig, ihre Feinde im Auge zu behalten. Da er sich im Gegensatz zu den Verfolgern in der Gegend bestens auskannte, konnten sie ihren Vorsprung beibehalten. Und er wusste auch ganz genau, wo er sich hinstellen musste, um das kleine Dorf zu seinen Füßen gut beobachten zu können, ohne selbst dabei gesehen zu werden. Was er jetzt sah, beruhigte ihn ein wenig.

Ihre Verfolger wollten in dem Dorf offenbar übernachten. Dass es tatsächlich die Männer waren, die hinter Arianna her waren, bezweifelte er mittlerweile kaum noch, denn es war klar, dass es keine Landsleute von ihm waren. Dazu mussten sie noch nicht einmal den Mund aufmachen. Ihre Kleider verrieten Brian alles, was er wissen musste. Da er schon länger mit Kapitän Tillet zusammenarbeitete, wusste er, was man in Frankreich trug. Dass sich dieses Wissen eines Tages als nützlich erweisen würde, hätte er nie gedacht.

Er stieg aus dem Sattel, band die Zügel seines Pferdes an einen Baum und schlich ins Dorf. Dort wollte er versuchen, die Männer zu belauschen. Vielleicht konnte er herausfinden, ob sie wussten, wohin er und Arianna unterwegs waren. Außerdem konnte es nicht schaden, sie einmal näher in Augenschein zu nehmen.

Als er an der Taverne ankam, waren die Männer bereits im Schankraum. Brian zögerte, doch da keiner dieser Leute wusste, wie er aussah, schlüpfte er hinein. Er setzte sich auf eine Bank in einer dunklen Ecke und bestellte einen Krug Ale bei der Magd, die sogleich zu ihm eilte. Hinter dem Krug konnte er sich gut verstecken, während er die Männer beobachtete, die so erpicht darauf waren, zwei Kinder zu ermorden, dass sie auf der Suche nach ihnen sogar in einem fremden Land herumritten. Welche Geschichte sie wohl den Leuten auftischten, wenn sie versuchten, etwas über den Verbleib der Kinder herauszufinden?

Einer der Männer führte sich wie der Anführer auf, auch wenn seine Begleiter ihm nur murrend Respekt zollten. Ob dieser Mann Amiel war? Brian konnte sich nicht vorstellen, dass die Männer zu einem DeVeau so respektlos wären, selbst wenn auch nur die Hälfte dessen stimmte, was Arianna ihm über diese Familie erzählt hatte. Und wenn es tatsächlich Amiel war, wie sehr ähnelte er dann dem Bruder, den er getötet hatte? Seine Kleidung war geeigneter für ein Leben am Hof als für die Reise durch ein raues Land. Im Großen und Ganzen wies jedoch wenig an ihm darauf hin, dass er dazu fähig war, seinen Bruder zu töten und seinen jungen Neffen nach dem Leben zu trachten.

»Ich bezahle für drei Räume und die Unterbringung unserer Pferde«, erklärte der Mann, den Brian für Lucette hielt, seinen Begleitern soeben. »Ich nehme eines der Zimmer, und ihr könnt entscheiden, wer in den anderen Zimmern schläft und wer bei den Pferden im Stall übernachtet.«

»Monsieur ...«, fing ein großer, hagerer Mann an.

»Ich glaube nicht, dass ich Euch um Eure Meinung gebeten habe, Monsieur Anton«, fiel im der andere ins Wort. »Tut, was ich Euch gesagt habe, und lasst Jacques bei mir, damit er sich um meine Bedürfnisse kümmern kann.«

Das musste Amiel Lucette sein, beschloss Brian. Er war eindeutig der Anführer. Eine Frau hätte ihn vielleicht sogar als gut aussehend bezeichnet. Aber seine Stimme und sein Gebaren würde die meisten Männer sofort darüber nachdenken lassen, wie sie ihn am besten aus dem Weg räumen könnten. So, wie seine Begleiter ihn betrachteten, wenn er gerade in eine andere Richtung schaute, hatte Monsieur Lucette Glück, dass er noch am Leben war. Vermutlich hatte er dieses Wunder ausschließlich seiner Verbindung zu den DeVeau zu verdanken.

Alles an diesem Mann war dünn und schmal, obwohl so etwas nicht bedeuten musste, dass er ein Schwächling war. Sein schwarzes Haar reichte ihm bis zur Schulter. Er trug es zurückgebunden, sodass sich sein langes, schmales Gesicht deutlich zeigte. Die vollen Lippen des Mannes waren mürrisch verzogen. Er sah aus wie ein verwöhntes Kind.

»Ich verstehe nicht, wie sie es schaffen, uns ständig zu entwischen«, murrte Lucette und hielt Anton auf, der gerade versuchte, sich davonzuschleichen. »Wie schaffen es diese Barbaren nur, uns derart an der Nase herumzuführen?«

Gut, dass er das auf Französisch gesagt hat, dachte Brian. Sonst wäre er jetzt tot. Diese verächtliche Beleidigung hätte eher aus dem Mund eines englischen Adligen stammen können. Schottland und Frankreich waren seit vielen Jahren Verbündete. Deshalb überraschte es Brian, dass die französischen Adligen sein Volk so verachteten. Aber schließlich wollten die Franzosen meistens nur ein paar zusätzliche fremde Soldaten, die ihre Schlachten schlugen und dafür sorgten, dass ihre Erzfeinde, die Engländer, in ihrer Heimat belagert wurden.

»Sie sind hier zu Hause, Monsieur Lucette«, erwiderte Anton. »Und sie sind berühmt für ihr Kampfgeschick. Seit Langem verstärken sie unsere Söldnertruppen.«

»Ja, als Schutzschild gegen die Pfeile unserer Feinde, damit gute Franzosen sich im Hintergrund halten können, wo sie sicher sind. Dennoch verwundert es mich. Ich denke, es war ein Fehler, unsere Männer aufzuteilen. Wir müssen doch nur einen Einzigen von den Kerlen zu fassen kriegen, die diesem Miststück und der Brut meines Bruders helfen. Dieser eine würde uns bald sagen, wo die Bengel stecken.«

»Warum helfen sie ihnen überhaupt? Es ist nicht ihr Kampf, und sie haben dabei nichts zu gewinnen.«

»Vielleicht finden sie es ehrenhaft, einer Frau und zwei Kindern zu helfen.«

Lucette winkte abfällig mit einer ringgeschmückten Hand, schnüffelte an dem Becher Wein, den die Magd ihm gebracht hatte, und rümpfte missbilligend die lange Nase. »Es hätte mich nicht wundern dürfen, dass in diesem heidnischen Land kein guter Wein zu haben ist. Wenn wir Lady Arianna oder einen der Bengel am Strand erwischt hätten, hätten wir bald ein Lösegeld bekommen. Diese Leute hätten bestimmt mit uns verhandelt. In Ignace' Botschaft hieß es, der Clan der MacFingals sei nicht sehr vermögend und habe bekanntermaßen sonderbare Gewohnheiten. Dieses Weib hat kein Geld, um sie zu bezahlen. Wenn sie meiner Familie etwas geraubt hat, liegt das jetzt zweifellos auf dem Meeresgrund.«

»Nein, Geld hat sie keines, aber sie ist sehr hübsch.«

»Nicht so hübsch, dass nicht einer dieser Wilden sie uns im Gegenzug für einen Batzen Geld aushändigen würde. Mein Bruder hat jedenfalls im Bett nicht sehr viel von ihr gehalten, sonst hätte er die Hure verlassen, die er geheiratet hat. Allerdings war ihre Mitgift beträchtlich, auch wenn der Ärger, den Claud hinterlassen hat, dazu führen könnte, dass die Murrays die Mitgift zurückfordern. Schon allein aus diesem Grund sollten wir dafür sorgen, dass sie nicht zu ihrer Familie zurückkehrt.«

Lucette verdiente wahrhaftig den Tod, beschloss Brian. Es kostete ihn einige Mühe, seinen Beschluss nicht sogleich in die Tat umzusetzen. Er konnte sich immer besser vorstellen, was für ein Leben Arianna bei den Lucette geführt hatte. Gut war es bestimmt nicht gewesen. Dem, was sie ihm erzählt hatte, hatte er bereits entnommen, dass sie in jener Zeit nicht glücklich gewesen war. Aber bei dem Gerede dieses Narren wurde ihm klar, dass die Lucette sie nie akzeptiert hatten.

»Ich kümmere mich um unsere Leute, Monsieur. Morgen früh machen wir uns mit frischen Kräften wieder auf die Jagd. Eine der anderen Gruppen wird bestimmt bald von sich hören lassen. Ich werde einen Mann zum vereinbarten Treffpunkt schicken. Der kann sich dann erkundigen, ob schon eine Nachricht eingetroffen ist. Wenn ein anderer die Knaben erwischt hat, können wir die Sache beenden und nach Hause zurückkehren.«

»Nur die Knaben? Euer Herr möchte auch die Frau erwischen. Ich dachte, das wisst Ihr. Seine Familie will sich bei den Murrays unbedingt für Vorfälle aus der Vergangenheit rächen. Sie wäre ein ausgezeichnetes Werkzeug dafür. Ich glaube nicht, dass die DeVeau darauf verzichten wollen. Dieser Familie dürstet es nach Rache.«

Monsieur Anton zuckte mit den Achseln und ging. Kurz darauf trat ein großer, breitschultriger Mann zu Lucette. Brian hörte, wie Lucette diesem Mann befahl, sich um sein leibliches Wohl zu kümmern und dafür zu sorgen, dass ihm ein Bad hergerichtet wurde.

Mehr würde er im Moment wohl nicht herausbekommen, beschloss Brian.

Lucettes Gedanken kreisten offenbar nur noch um seine eigenen Bedürfnisse. Außerdem wollte Brian nicht riskieren, sich zu lange hier aufzuhalten. Seine Familie war in der Gegend nicht völlig unbekannt.

Trotz der Gefahr aufzufallen, wenn er zu viel Interesse an einer Gruppe Franzosen zeigte, schlenderte Brian zum Stall. In der Hoffnung, dass ihn die Pferdeknechte nicht behelligen würden, nahm er eine Schaufel und begann, einen Verschlag auszumisten. Als ein älterer Mann ihn anstarrte, verspannte sich Brian, winkte ihm jedoch nur zu und arbeitete weiter. Seine Anspannung ließ nach, als der Mann ein

Zaumzeug holte, sich in seiner Nähe niederließ und anfing, sich damit zu beschäftigen.

»Warum interessierst du dich für diese Narren?«, fragte der Alte, sobald sich keiner von Lucettes Leuten mehr im Stall befand.

»Vielleicht habe ich hier nur eine Arbeit angenommen«, erwiderte Brian, lehnte die Schaufel an die Wand und musterte den Mann. Der stieß ein kurzes, bellendes Lachen aus. »Versuch nicht, mich an der Nase herumzuführen, Bursche. Mir gehört dieses Gasthaus, und ich stelle die Leute ein, die ich brauche. Also, warum interessierst du dich für diese Männer, die der Ansicht sind, dass wir nichts weiter als ungehobelte Barbaren sind?«

»Ah, du sprichst Französisch.«

»Meine Mutter stammt aus Frankreich. Mein Vater hat sie dort kennengelernt, als er für die Franzosen kämpfte.« Seine scharfen grauen Augen starrten Brian durchdringend an. »Du verstehst dich sehr gut darauf, Fragen nicht zu beantworten.«

Brian überlegte, was er darauf sagen sollte. Er musterte den Gastwirt. Der Mann wirkte rechtschaffen, sein Blick direkt und klar. Doch ausschlaggebend war, dass er ihn nicht hatte auffliegen lassen. Ein Wort von ihm hätte genügt, und Brian hätte um sein Leben kämpfen müssen. Den Kampf gegen eine solche Übermacht hätte er wahrscheinlich nicht gewonnen. Lucettes Männer wussten zwar nicht, wer er war, aber sie waren in einem fremden Land auf der Jagd nach einer Unschuldigen, die sie töten wollten. Für sie wäre jeder Unbekannte bestimmt verdächtig und eine Bedrohung ihrer Pläne.

»Ich wollte nur herausfinden, wie nah sie der hübschen jungen Frau sind, die ich nach Dubheidland bringen will.«

»Dubheidland? Du siehst nicht aus wie einer dieser elenden Camerons.«

»Ich komme von der anderen Seite der Familie.«

»Aha. Also bist du ein Sprössling des alten Fingal. Du siehst ihm ähnlich. Ein seltsamer Bursche, dieser Fingal. Das war er schon immer.«

Da sein Vater aus dieser Gegend stammte und auch hier aufgewachsen war, wunderte sich Brian nicht, dass der Alte ihn kannte. »Aye. Seltsam ist er, aber auch sehr potent.« Er grinste, als der Alte herzhaft lachte und ihm aufs Knie schlug.

»Wohl wahr. Sieh zu, dass du von hier wegkommst, Bursche. Bring deine hübsche junge Frau weit weg. Diese Kerle taugen nichts. Ich hab sie von Anfang an nicht gemocht, sobald sie über meine Schwelle traten, und ich bin froh, wenn ich sie nur noch von hinten sehe. Wenn die Geschäfte in dieser Gegend nicht so schlecht laufen würden, hätte ich sie gar nicht hereingelassen. Von mir und meinen Leuten werden sie jedenfalls nichts erfahren, dafür werde ich sorgen. Bring die Frau nach Dubheidland. Der wackere Laird dort wird sich freuen, sein Schwert gegen ein paar Franzosen erheben zu können.«

Brian zögerte nicht, dem Mann zu gehorchen. Als er ihn zum Abschied nur kurz angrinste und ihm zuzwinkerte, murmelte der Alte etwas in der Art von ›ein echter Fingal‹. Brian schlich zu seinem Pferd. Wie kurz davor Lucette stand, sie aufzuspüren, hatte er zwar nicht herausfinden können, doch was er erfahren hatte, bedeutete nichts Gutes.

Sie wussten, wer sich Ariannas und der Jungs angenommen hatte. Sie hatten eine Möglichkeit gefunden, um sich zwischen den einzelnen Gruppen auszutauschen. Das bedeutete, dass sie irgendwann in Scarglas auftauchen würden. Immerhin wusste Brian nun, dass Lucette von den Leuten im Gasthaus keine Hilfe zu erwarten hatte.

Außerdem war ihm klar, dass er Arianna nicht alles erzählen durfte von dem, was er erfahren hatte. Wenn sie hörte, dass ihr Feind wusste, wer ihr half, würde sie sich schreckliche Sorgen um das Schicksal der Jungen machen. Sie hatte bereits genügend Sorgen. Er wollte ihre Angst nicht noch steigern.

Auf dem Weg zu der Stelle, an der er sie zurückgelassen hatte, dachte er über alles nach, was er soeben in Erfahrung gebracht hatte. Lucette hatte weit mehr Männer dabei, als er vermutet hatte. Es war das erste Mal, dass er die Gruppe, die hinter ihnen her war, versammelt gesehen hatte. Zumindest hoffte er, dass es sich um die gesamte Gruppe handelte. Zehn Männer und Lucette. Mit dieser Übermacht konnte er nicht allein fertig werden, vor allem, wenn er sich um Ariannas Sicherheit kümmern musste. Und außerdem bedeutete das, dass Lucette und seine Verbündeten ein kleines Heer mitgebracht hatten, wenn die Männer sich tatsächlich in drei Gruppen aufgeteilt hatten.

Einen Moment lang machte er sich Sorgen um die anderen – seine Brüder, den Kapitän, seine Leute und die zwei Knaben. Doch dann ließ er diese Sorgen fallen. Seine Brüder hatten jeweils mehrere Männer auf ihrer Seite. Und dass Lucette jetzt wusste, wen er verfolgte, spielte im Grunde keine große Rolle. Ein MacFingal, der nicht erwischt werden wollte, wurde auch nicht so ohne weiteres erwischt. Doch die Anzahl der Männer, die hinter ihnen her war, machte es umso dringlicher, dass er Arianna möglichst rasch heil nach Dubheidland brachte.

Als Nächstes dachte er darüber nach, was Lucette über die DeVeau gesagt hatte. Sie wollten Arianna also unbedingt haben. Rachegelüste waren ein Gefühl, das er gut kannte, aber sie stellten sich bei ihm nur ein, wenn ein Unrecht begangen worden war. Er hatte den Eindruck, dass die DeVeau sich nur rächen wollten, weil ein Murray einmal einen ihrer Pläne vereitelt hatte. Je mehr er über die DeVeau erfuhr, desto ernster nahm er die Gefahr, in der Arianna und die Jungen schwebten. Lucettes Wünsche waren zwar verwerflich, doch sie schienen recht simpel: Er wollte seine Neffen töten, damit er nach Frankreich zurückkehren und dort seinen Platz als Erbe seines Bruders antreten konnte.

Das Beste wäre, wenn Lucette und seine Verbündeten Arianna und die Jungs für tot hielten. Doch leider reichte die Zeit für eine solche Finte nicht aus. Ihre Verfolger hatten zweifellos genügend Gründe, um vom Gegenteil überzeugt zu sein. Diese Geschichte konnte nur mit dem Tod ihrer Gegner enden. Dazu würde es aber nur in einer Schlacht kommen, und die wollte Brian am liebsten auf seinem Land und mit seinen Brüdern als Unterstützung ausfechten.

»Nun, Vater wird sich freuen«, murmelte er. »Er glaubt, dass uns der Waffenstillstand mit den Grays völlig verweichlicht hat.«

»Brian?«

Bei Ariannas leisem Ruf sah er sich um und runzelte die Stirn, als er sie nirgends entdecken konnte. Er trieb sein Pferd näher zu der Stelle, an der er sie verlassen hatte. Endlich bemerkte er ein kleines Feuer, einen Topf mit wohlriechendem Inhalt und die Pferde. Er stieg aus dem Sattel, und gleich darauf warf sich die Frau an seine Brust, an die er inzwischen viel zu häufig und viel zu liebevoll dachte.

»Ich hatte schreckliche Angst, dass sie mich entdecken würden«, murmelte sie, den Kopf an seine Brust gepresst. Sie klammerte sich an sein Hemd. »Ich habe wohl zu lange hier herumgesessen, während die Dunkelheit aufzog.«

Brian rieb sanft ihren Rücken, bis sie zu zittern aufhörte. Sie fühlte sich unglaublich verführerisch an. Er spürte den Druck ihrer Brüste an seinem Oberkörper. Es juckte ihn in den Fingern, sie zu streicheln. Obgleich ihn eine innere Stimme warnte, dass das keine gute Idee war, legte er eine Hand unter ihr Kinn und hob sanft ihren Kopf. Ihr einen Kuss zu rauben, war nicht weiter schlimm, sagte er sich und beugte sich zu ihr hinab.

Arianna sah, wie sein Mund sich dem ihren näherte. Noch konnte sie sich entziehen. Sich von diesem Mann küssen zu lassen war keine gute Idee, schon allein deshalb, weil noch viele Meilen vor ihnen lagen, und außerdem konnte so etwas nur zu Peinlichkeiten führen. Doch die Versuchung war zu groß. Sie war zwar fünf Jahre lang verheiratet gewesen, doch sie war viel zu wenig geküsst worden, auch wenn sie sich vor ihrer Verlobung ein paar Küsse von anderen jungen Männern hatte rauben lassen. Keiner von ihnen war so attraktiv gewesen wie Sir Brian MacFingal, und keiner jener Küsse hatte sie besonders beeindruckt.

Sie wollte zu gern herausfinden, ob der Mann, den sie so reizvoll fand und den sie so gern betrachtete, sie umstimmen konnte, was den Wert eines Kusses betraf.

Sobald seine Lippen die ihren berührten, wusste Arianna, dass dieser Kuss anders war als alle bisherigen. Seine Lippen fühlten sich weich und warm an. Von ihnen ging eine Hitze aus, die sich sofort auf ihren ganzen Körper ausbreitete. Sie schlang die Arme um seinen Nacken und gab dem Drang nach, sich fest an ihn zu schmiegen.

Als er ihre Lippen mit seiner Zunge neckte, öffnete sie zögernd den Mund. Dieser Teil eines Kusses hatte ihr nie besonders gut gefallen. Ihre Verwandten hatten ihr versichert, dass es herrlich sei, wenn ein Mann dies tue – vorausgesetzt, man begehre ihn und er verstünde etwas von der Sache. Schon nach wenigen Momenten wusste Arianna, dass ihre Verwandten recht gehabt hatten.

Sie schmolz dahin vor Wonne. Ihr ganzer Körper wurde durch diesen Kuss gewärmt und gierte nach mehr. Doch die Wärme veränderte sich, als Brian ihren Rücken streichelte und sein Kuss heftiger wurde. Nun wuchs eine Anspannung in ihr. Ihre Brustspitzen verhärteten sich und schmerzten, bis sie sie an ihm rieb in dem vergeblichen Versuch, diesen seltsam lustvollen Schmerz zu lindern. Zwischen ihren Oberschenkeln sammelte sich Feuchtigkeit, ihre weiblichen Teile begannen anzuschwellen, und tief in ihrem Bauch pulsierte ein seltsam schmerzliches Verlangen. Arianna wäre am liebsten in seine Haut hineingekrochen.

Erschrocken über das, was sie fühlte, zog sie sich so rasch zurück, dass sie ins Wanken geriet. Er hielt sie fest, bis sie sich wieder gefangen hatte, doch sie wollte nicht mehr von ihm berührt werden. Durch ihre Adern schlich sich eine heimtückische Angst und kühlte die Hitze ab, die dieser Mann in ihr erregt hatte. Arianna hatte keine Ahnung, was er mit ihr angestellt hatte, aber es verwirrte sie. Sie musste darüber nachdenken, und das konnte sie nicht, solange er sie festhielt.

Als ihr einfiel, wie sie ihren Körper an ihm gerieben hatte, konnte sie ihm vor Verlegenheit gar nicht in die Augen schauen. Stumm wandte sie sich dem Feuer und dem Topf zu, der darüber hing. »Wir sollten das wohl lieber essen, bevor es anbrennt«, sagte sie und ärgerte sich, weil sie bestimmt wie eine Närrin klang und sich auch so aufführte.

Brian runzelte die Stirn, sagte jedoch nichts. Der kurze Blick, den er auf ihr Gesicht erhascht hatte, nachdem sie so hastig zurückgewichen war, hatte ihm Angst und Verwirrung gezeigt. Er hatte sie nicht zu sehr bedrängt und auch nicht zu viel von ihr verlangt. Was hatte er getan, dass sie so erschrocken war?

Vorläufig wollte er sie jedenfalls in Ruhe lassen. Sie schien über den Kuss nicht reden zu wollen. Eine Weile wollte er es ihr gönnen zu schweigen. In dieser Zeit konnte er sich dann auch überlegen, wie er sie am besten über ihren plötzlich Rückzug ausfragen konnte.

Eines jedoch wusste er ganz genau: Sie war ebenso erregt gewesen wie er. Er war versucht, sie darauf anzusprechen und sie zu fragen, was denn los sei. Aber er wusste, dass das ein großer Fehler sein konnte. Ariannas Herz war vernarbt. Man durfte sie nicht bedrängen. Brian zuckte zusammen bei dem Verlangen, das sich noch immer schmerzhaft in seinen Lenden ballte und ihm sagte, dass sein Körper nichts dagegen gehabt hätte, sie zu bedrängen.

Doch er durfte seinem Verlangen jetzt nicht nachgeben. Immerhin hatte er in solchen Dingen einige Erfahrung. Arianna war wie ein misshandeltes Tier – sehr vorsichtig und ängstlich. Vielleicht war sie nicht an leidenschaftliche Gefühle gewöhnt? Vielleicht hatte sie diese nie erfahren? Nichts, was er bislang über diesem Idioten Claud gehört hatte, wies darauf hin, dass er ein guter Liebhaber gewesen war oder es zumindest zu sein versucht hatte. Solange Arianna nicht zugeben konnte, dass sie eine leidenschaftliche Frau war und er diese Leidenschaft in ihr weckte, würde er sehr behutsam vorgehen müssen. Er würde sich jedoch bald wieder einen Kuss rauben, beschloss er, während er sich ans Feuer setzte und ihr dabei zusah, wie sie den Eintopf umrührte. Wenn er sie nicht mit weiteren Küssen gelegentlich daran erinnerte, was sie soeben geteilt hatten, redete sie sich vielleicht ein, dass sie gar nichts gespürt hatte. Diese Lüge konnte er nicht im Raum stehen lassen.

Arianna reichte Brian eine Schüssel mit Eintopf, dann setzte sie sich ihm gegenüber ans Feuer und nahm sich ebenfalls eine Portion. Sie war so verlegen, dass sie nach wie vor kaum einen Blick auf ihn wagte. Was mochte er bloß von ihr denken? Eine Hure in einer billigen Schenke hätte sich nicht lüsterner aufführen können als sie.

Jedes Mal, wenn sie ihn ansah, ertappte sie sich dabei, auf seinen Mund zu starren. Sie schmeckte ihn immer noch auf ihren Lippen, und sie verzehrte sich nach mehr. Wenn das die Leidenschaft war, dann wusste sie nicht, ob sie etwas damit zu tun haben wollte. Dieses Gefühl war zu stark, und es brachte sie dazu, Dinge zu tun, die sie noch nie getan hatte. Arianna gab es nicht gern zu, aber ihre Reise nach Frankreich, um Claud zu heiraten, war das größte Abenteuer ihres Lebens gewesen. Doch selbst damals hatte sie keine solch wilden Empfindungen gehabt wie jene, die Brians Kuss nun in ihr geweckt hatte.

Kurz vor dem Einschlafen beschloss sie erneut, dass es wohl am besten war, sich von diesem Mann fernzuhalten. Im Moment hatte sie wahrhaftig zu viele Sorgen, auch ohne sich in die turbulenten Gewässer der Leidenschaft vorzuwagen. In ihrem Herzen regte sich ein Stich des Bedauerns, doch sie achtete nicht weiter darauf. Vielleicht konnte sie diese Pfade erkunden, wenn ihre Feinde geschlagen waren und sie alle in Sicherheit waren – falls Sir Brian dann noch in ihrer Nähe war. Aye, je mehr sie darüber nachdachte, desto besser gefiel ihr diese Idee.

»Möchtest du einen Gutenachtkuss, Liebes?«

Sie drehte ihm den Rücken zu. Auch ohne ihn anzusehen, wusste sie, dass er grinste. Die Belustigung in seiner Stimme war nicht zu überhören. In dem Moment hätte sie am liebsten einen Knüppel gesucht und ihn damit verdroschen.

5

Brian musterte Arianna, die viel zu still war. Sie hatte an diesem Morgen kaum ein Dutzend Worte von sich gegeben. Auf seinen Lippen lag noch der Geschmack ihres Kusses. Als ihm bei der Erinnerung daran das Blut in die Lenden schoss, verbannte er diese rasch wieder und dachte lieber darüber nach, warum Arianna seinen Armen entflohen war. Es schien fast so, als wäre er eine Bedrohung für sie und nicht ein Mann, den sie begehrte. Eine Bedrohung hatte noch keine Frau in ihm gesehen. Er hatte auch noch nie einer Frau seine Aufmerksamkeit aufgezwungen oder ihr Lügen erzählt, um zu bekommen, was er wollte. Außerdem sollte ein Kuss wahrhaftig nicht so erschreckend sein für eine Frau, die fünf Jahre lang verheiratet gewesen war.

Es sei denn, ihr Gemahl hatte sie missbraucht. Brian runzelte die Stirn und betrachtete sie noch einmal. Hatte er sich geirrt? Lag es wirklich nur daran, dass Claud ihr den Geschmack der Leidenschaft vorenthalten hatte? Andererseits wusste er, was ein Missbrauch dem Körper einer Frau zufügen konnte, und Arianna wies keine Spuren davon auf. Der deutlichste Beweis für ihr Vertrauen in ihn war, dass sie ihm gestattet hatte, sie von den Jungen zu trennen. Obwohl sie kaum seinen Namen kannte, hatte sie nur eine ganz natürliche Wachsamkeit gezeigt. Und diese Wachsamkeit ließ bereits nach.

Wieder regte sich in ihm der Gedanke, dass ihr verstorbener, unbetrauerter Gemahl einfach nur ein sehr schlechter Liebhaber gewesen war. Wenn der Mann nie die Leidenschaft in Arianna geweckt hatte, die Brians Meinung nach in ihrer Natur lag, konnte es gut sein, dass ihr solch unbekannte Hitze Angst einflößte. Selbst im Licht des neuen Tages war er sich sicher, dass sie in seinen Armen dasselbe Feuer verspürt hatte wie er. Er war zwar nicht so erfahren in solchen Dingen wie einige seiner Brüder, aber er wusste, wie es sich anfühlte, wenn eine Frau auf seine Küsse reagierte. Und das hatte sie getan. Ihm fiel ein, was er sich in der vergangenen Nacht vorgenommen hatte: Er musste ihre Ängste beschwichtigen. Denn er wollte unbedingt einen weiteren Kuss von ihr, und wenn das Glück auf seiner Seite stand, noch sehr viel mehr. Wenn er nur gewusst hätte, wie er das anstellen sollte! Vor dem Einschlafen hatte er sich allerlei Gedanken darüber gemacht, doch eine Antwort darauf hatte er nicht gefunden.

»Wir werden bald Rast machen, damit die Pferde sich ein wenig ausruhen können und wir auch«, sagte er. Er hatte schon ein bestimmtes Ziel im Kopf. »Vielleicht essen wir dann auch einen Happen.«

»Das wäre schön«, sagte Arianna und sah ihn kurz an.

Sie wandte den Blick jedoch rasch wieder ab und ließ den Pfad, dem sie folgten, nicht mehr aus den Augen. Schon wenn sie Sir Brian nur ansah, wurde sie rot. Zum einen war es ihr peinlich, wie sie sich gefühlt hatte, als sie sich küssten – heiß von oben bis unten und erfüllt von einem Verlangen, das sie nicht ganz verstand. Noch peinlicher war ihr jedoch, wie sie auf die Flut von Gefühlen reagiert hatte, die sie überschwemmt hatten, sobald seine Lippen die ihren berührten. Sie war vor ihm zurückgewichen wie ein junges, unerfahrenes Ding. Witwen im Alter von dreiundzwanzig Jahren führten sich nicht so auf. Sie hätte diese Umarmung wahrhaftig würdevoller beenden sollen.

Wenigstens bin ich nicht in Ohnmacht gefallen, dachte sie. Allerdings war sie war kurz davor gestanden, wie sie sich zögernd eingestehen musste. Natürlich hatte auch Claud sie geküsst und mit ihr geschlafen. Doch mittlerweile vermutete sie, dass er wahrscheinlich nur seine ehelichen Pflichten erfüllt hatte. Bei Claud hatte sie nie solch aufwühlende Gefühle empfunden. Meistens hatte sie sich nur gewünscht, er möge sich beeilen und die Sache rasch hinter sich bringen, oder aufhören. Das hatte sie sich bei Sir Brians Kuss wahrhaftig nicht gewünscht.

Und das war ihr am peinlichsten. Endlich fügte sie sich in die schonungslose Wahrheit: Sie war ein Feigling. Sir Brians Kuss hatte jene so ersehnte Leidenschaft in ihr geweckt, von der all ihre verheirateten Verwandten schwärmten. Und was hatte sie getan, als sie endlich einen Vorgeschmack auf das bekam, nach dem sie sich schon so lange sehnte? Sie war davongelaufen. Was sollte sie nun tun? Sollte sie die Sache einfach auf sich beruhen lassen?

»Ich glaube, das hier ist ein guter Ort für eine kleine Rast.«

Brians tiefe Stimme zerstreute ihre Gedanken. Arianna sah sich um. Sie befanden sich an einem hübschen kleinen Fleck neben einem rasch dahinfließenden Bach. Am Ufer wuchsen wilde Veilchen, und durch die Bäume wanden sich Waldreben.

»Trotz all des Ärgers freut es mich über alle Maßen, wieder zu Hause zu sein«, sagte sie und stieg aus dem Sattel.

»Ich habe gehört, dass es auch in Frankreich ganz schön ist.« Brian stieg ebenfalls ab und trat neben sie. »Die Ländereien deines Gemahls waren doch bestimmt sehr fruchtbar.«

»Aye. Aber sie ähnelten Schottland nicht im Geringsten.« Sie kniete sich hin und atmete den sanften Duft der Veilchen tief ein. »Ich glaube, ich habe dieses Land ebenso sehr vermisst wie meine Familie.«

Er holte ein paar Haferkekse und Käse aus seinem Proviantbeutel und bot ihr davon an. Dann setzte er sich neben sie und ließ seine Blicke über die Gegend schweifen. Es war tatsächlich ein hübsches Fleckchen Erde, und er wusste, dass auch er Schottland bitter vermissen würde, wenn er es je verlassen müsste. Es war zwar mancherorts ein raues Land, dann aber auch wieder sanft und friedlich. Das Wetter war unbeständig, das Leben oft hart. Dennoch war es seine Heimat. Es lag ihm im Blut. Vermutlich ging es Arianna genauso.

»Haben sie dich in der ganzen Zeit kein einziges Mal heimkommen lassen?«, fragte er.

»Claud hat mir gelegentlich versprochen, mich bei einem Besuch nach Hause zu begleiten. Aber ich habe rasch gemerkt, dass er das nur tat, um mich ruhig zu halten«, antwortete sie. »Ich glaube nicht, dass er jemals den Wunsch verspürt hat, hierher zu kommen. Wenn er glaubte, dass ich ihn nicht hörte, hat er dieses Land sogar als barbarisch bezeichnet. Und seine Familie tat das auch. Für sie war ich die kleine Barbarin, die sie zum Wohl der Familie ertragen mussten.«

In ihren Worten lag eine Spur Verbitterung, aber mehr nicht. Das wunderte Brian. Ihren Geschichten über Claud und dessen Familie entnahm er, dass sie nie von ihnen akzeptiert worden war. So war es über mehrere Jahre gegangen. Sie hätte ein Recht auf eine Menge Verbitterung gehabt. Schließlich hatte sie, als man sie nach Frankreich schickte, nicht nur ihre Familie verloren, sondern auch keinerlei Ersatz dafür bekommen.

»Und nachdem ich von seiner Geliebten erfahren hatte, haben sie wahrscheinlich alle befürchtet, dass ich von einem Besuch in Schottland nicht mehr zurückkehren würde«, fuhr sie fort und zuckte mit den Achseln. »Wahrscheinlich hätte ich das auch nicht getan, und das wäre für sie eine große Demütigung gewesen.«

Brian fluchte halblaut. »An das, was dieser Narr dir angetan hat, haben sie wohl nie gedacht, oder? Es war ihnen offenbar völlig gleichgültig, wie sehr du gelitten hast.«

Arianna sah ihn überrascht an, denn sein Zorn war unüberhörbar. »Nay. Ich war nur die Gemahlin, und Gemahlinnen müssen einiges aushalten.«

»Die Gemahlinnen meiner Verwandten würden ihren Ehemännern einen Knüppel über den Schädel ziehen, wenn die sich so wie Claud verhalten würden. Aye, und wenn die Familie die Schuld des Ehemanns auf seine Gemahlin schieben würde, dann würden deren Verwandte diese Familie in die Berge treiben.«

Arianna grinste. »Meine weiblichen Verwandten würden wahrscheinlich dasselbe tun.« Plötzlich verzog sie das Gesicht. »Es ist wirklich sehr seltsam, dass keiner meiner Verwandten sich um mich gekümmert hat, als ich ihnen schrieb, wie schlecht ich behandelt werde. Clauds Verhalten hätte sie eigentlich ziemlich erbosen müssen.« Sie konnte diese Gleichgültigkeit einfach nicht verstehen. Zu gern hätte sie eine Erklärung gefunden, die den Schmerz linderte, von ihrer Familie im Stich gelassen worden zu sein.

»Ach so? Sag mir, hast du deine Briefe einem Bediensteten deines Gemahls übergeben, damit er sie weiterreicht?« Als sich ihre Augen weiteten und sie erblasste, nickte er. »Vermutlich wurden deine Briefe gelesen, bevor sie weitergeschickt wurden. Diejenigen, in denen du von den Missständen berichtet hast, sind wahrscheinlich gleich im Feuer gelandet.« Brian musste die Fäuste ballen, um Arianna nicht in die Arme zu schließen und ein wenig von dem Kummer und dem Schmerz zu lindern, die sich auf ihrer Miene zeigten. »Du hattest bestimmt eine stattliche Mitgift, oder?«

»Stattlich genug. Und sie brauchten sie dringend, denn sie leben auf viel zu großem Fuß.«

Eine solch schmerzhafte Überraschung hätte das nicht sein dürfen, dachte sie, während ihr Tränen in den Augen brannten. Sie war von dieser Familie wahrhaftig nicht mit offenen Armen empfangen worden. Dem Mann, den sie geheiratet hatte, war sie völlig gleichgültig gewesen. Hätte sie ein Kind bekommen, wäre es bestimmt auch nicht wirklich akzeptiert worden. Wie hatte sie nur so leichtgläubig sein und diesen Leuten vertrauen können? Menschen, die einen so schlecht behandelten, war nicht zu trauen. Und obendrein hatte sie sich auch noch damit abgefunden, dass niemand in ihrer Familie sich darum scherte, wie schlecht sie behandelt wurde. Dass Clauds Verwandte Misstrauen gegen ihre eigenen Leute in ihr geschürt hatten, würde sie ihnen niemals verzeihen.

»Meine Familie wird ziemlich verärgert sein«, murmelte

sie. »Ach, was sage ich da – sie werden außer sich sein vor Wut, wie man mich und auch sie hintergangen hat. Wenn sie erfahren, wie schlecht ich von diesen elenden Leuten behandelt und noch dazu meiner Mitgift beraubt wurde, werden sie Mordgelüste bekommen.«

»Glaubst du denn, sie werden gegen die Lucette kämpfen wollen?«

»Wahrscheinlich schon. Aber am Ende werden sie wohl nur mit Worten kämpfen und eine Wiedergutmachung fordern. Unsere Familie ist durch mancherlei Eheschließungen mit den Lucette verbunden. Diese Verbindung besteht schon sehr lange, und ich sollte sie erneuern. Es gibt auch rechtschaffene Menschen bei den Lucette. Denen habe ich ebenfalls geschrieben.« Sie seufzte. »Aber vermutlich sind auch diese Briefe im Feuer gelandet. Deshalb habe ich keinen von denen, die meinem Clan näher standen, je zu Gesicht bekommen.«

Brian wollte ihr gerade sagen, was er von der ganzen Sache hielt, als er aus der Ferne Hufschläge vernahm. »Wir müssen verschwinden«, sagte er, nahm sie am Arm und zog sie hoch.

»Glaubst du, jemand nähert sich uns? Sind das Lucette und seine Leute?«, fragte sie und eilte zu ihrem Pferd.

»Aye, ich vermute es. Reite dort drüben in den Schatten der Bäume. Ich möchte mich vergewissern, wer es ist. Selbst wenn sie es nicht sind, sollten wir uns diesen Reitern nicht zeigen. Es ist besser, wenn niemand erfährt, wo genau wir uns aufhalten.«

»Aber wenn sie so nah an uns vorbeireiten, sehen sie uns doch bestimmt.«

»Sie sind am anderen Ufer.«

Arianna ritt ein Stück in den Wald hinein und starrte angestrengt auf die gegenüberliegende Uferseite. Sie beugte sich ein wenig vor, um den Nacken ihres Pferdes zu streicheln, damit es ruhig blieb. Schließlich schloss sie die Augen, um besser hören zu können, und endlich vernahm sie, was Brian schon vor einiger Zeit vernommen hatte: Auf der anderen Uferseite näherten sich definitiv einige Reiter. Sie staunte über Brians scharfe Sinne. Sie selbst hätte wahrscheinlich erst etwas gehört, wenn die anderen direkt in ihr Blickfeld geraten wären.

Sie verspannte sich, als die Reiter so nahe waren, dass sie Amiel erkennen konnte. Der Mann saß mit steifer Arroganz im Sattel. Diesen Hochmut zeigte er bei allem, was er tat. Die Bediensteten der Lucette hätten Arianna leid getan, wenn diese sie und die Jungs nicht ebenso verächtlich behandelt hätten wie Clauds Familie. Die Leute hatten wahrhaftig kein gutes Los gezogen mit ihren Herren, doch das entschuldigte ihre Unfreundlichkeit noch lange nicht. Claud hatte sie und seine Söhne vernachlässigt, und seine Eltern waren um keinen Deut besser gewesen, doch Amiel war richtig grausam. Das hatte sie von Anfang an gemerkt.

Es beunruhigte sie, dass Amiel ihnen auf den Fersen blieb, egal, was Brian tat. Vielleicht hatte einer der wenigen Menschen, denen sie unterwegs begegnet waren, Amiel und seinen Leuten erzählt, wo sie steckten? Trotzdem war es verwunderlich, dass sie die Kerle noch nicht abgeschüttelt hatten. Wusste Amiel etwa, wohin sie ritten? Folgte er gar nicht ihren Spuren, sondern preschte nur hin zu einem Ziel, das sie seiner Meinung nach anstrebten?

Arianna wollte Brian fragen, wie er darüber dachte, doch er gab ihr nur stumm ein Zeichen, ihm zu folgen. Unterwegs hatte sie das Gefühl, dass jeder Hufschlag wie ein Donner zwischen den Bäumen klang. Außerdem quälte sie die Ahnung, dass Brian sehr viel mehr wusste, als er ihr gesagt hatte. Plötzlich fiel ihr ein, dass er ihr kaum etwas berichtet hatte von dem, was er am Vorabend auf seiner nächtlichen Erkundungstour erfahren hatte. Sobald sie nicht mehr in Hörweite ihrer Feinde waren, wollte sie ihn auffordern, ihr alles zu erzählen.

Sie ritten zügig weiter und wechselten in der Zeit bis zum Sonnenuntergang kaum ein Wort. Brian war es offenbar wichtig, möglichst rasch und leise weiterzukommen. Arianna glaubte nicht mehr daran, dass sie Amiel abgeschüttelt hatten. Sie befanden sich jetzt lediglich in einer einigermaßen sicheren Entfernung zu ihm.

»Brian«, sagte sie, als er endlich anhielt und vom Pferd stieg, »ich glaube, Amiel weiß, wonach er suchen muss.«

»Aye, nach dir und den Jungen.«

Er sah sie nur kurz an, dann kümmerte er sich um die Pferde. Sie stand da und starrte ihn an, das hübsche Gesicht verärgert verzogen, die Hände zu Fäusten geballt. Arianna musste ihn nicht offen beschuldigen, sie zu belügen; ihre Haltung sprach Bände.

»Ich glaube, als du gestern Abend in der Taverne herumgeschnüffelt hast, hast du etwas erfahren.«

»Ich schnüffle nicht herum.«

Sie ignorierte seinen Einwand und fuhr fort: »Etwas, wovon du mir nichts erzählt hast. Amiel ist ein verwöhnter Höfling. Außerdem ist er zu eingebildet, um zu glauben, dass ein anderer besser als er selbst weiß, was zu tun ist. Also hört er wahrscheinlich nicht auf einen guten Fährtenleser. Wie also schafft er es, uns so knapp auf den Fersen zu bleiben?«

»Arianna, ich kümmere mich jetzt um die Pferde, und du kannst dich ums Essen kümmern«, wiegelte Brian ab. »Danach sag ich dir alles, was ich weiß.«

Sie zögerte kurz, dann nickte sie zustimmend. Doch während der Arbeit wuchs ihr Unbehagen. Er hatte etwas herausgefunden, was er ihr verheimlicht hatte. Das schürte all ihre Ängste um die Sicherheit von Michel und Adelar. Als sie schließlich an einem kleinen Lagerfeuer saßen und etwas kaltes Fleisch, Brot und Käse teilten, war sie so angespannt, dass ihr jeder Bissen wie ein Stein im Magen liegen blieb.

»Die guten Nachrichten zuerst: Amiel und seine Leute sind nicht so geschickt darin, uns aufzuspüren, wie es den Anschein haben mag«, fing Brian schließlich an. »Die DeVeau und Amiel haben ihre Männer tatsächlich in drei Gruppen aufgeteilt, genau wie wir vermutet haben. Aber sie haben etwas ausgeheckt, wie sie sich ständig auf dem Laufenden halten können über das, was sie unterwegs erfahren.«

»Sie wissen also, wer mir und den Kindern beisteht?« Arianna wunderte sich nicht über die Angst in ihrer Stimme.

»Eine der Gruppen, die meine Brüder verfolgt, hat das offenbar herausgefunden. Der Anführer dieser Gruppe ist ein gewisser Ignace, vermutlich ein DeVeau.«

»Aye, der jüngste Bruder des Familienoberhaupts. Er ist

bekannt für seine Schläue und Boshaftigkeit. Allerdings scheinen diese Eigenschaften bei den DeVeau häufig vorzukommen. Obwohl ...« Sie runzelte nachdenklich die Stirn. »Ich glaube, es gibt noch einen anderen Mann mit diesem Namen, einen entfernten Cousin. Ich hoffe, es ist der zweite Ignace.«

»Warum?«

»Weil der meines Wissens nach nur ein Winzer ist, kein Krieger. Nicht wie der andere, der Schlaue, Hinterhältige.«

»Ich kann mir nicht vorstellen, dass sie einen Winzer auf diese Mission geschickt haben. Höchstwahrscheinlich ist es doch der Erste, den du erwähnt hast. Er mag zwar schlau und hinterhältig sein, aber er ist unterwegs in einem Land, in dem er sich nicht auskennt. Und er muss versuchen, sturen Leuten Hinweise zu entlocken, von denen die meisten keine Lust haben, einem Fremden zu helfen.«

»Der bekanntere Ignace soll sich sehr gut darauf verstehen, Leuten genau das zu entlocken, was er von ihnen erfahren will. Selbst die Krone sucht gelegentlich seine Unterstützung. Der König verfügt wahrhaftig über genügend Folterknechte und Verliese. Es beunruhigt mich, dass er davon ausgeht, Comte Ignace sei geschickter als seine Leute, jemanden zum Reden zu bringen. Was tut er bloß, damit sich die Leute seinem Willen beugen, wenn sie das nicht einmal beim König und seinen Folterknechten tun?«

»Trotzdem kennt er dieses Land nicht.« Brian fuhr sich durch die Haare. »Ich hoffe nur, dass die Leute, die ihm über den Weg laufen, genug von ihm gehört haben, um davonzurennen und sich zu verstecken, wenn sie ihn kommen sehen. Er hat Amiel eine Botschaft geschickt. Dass sie sich untereinander austauschen, macht mir die größeren Sorgen. Wir haben keine Ahnung, was unsere Leute tun, und sie wissen nichts von uns. Wir haben nur den Plan, so schnell wie möglich hinter ein paar feste Mauern zu kommen.«

»Das ist doch ein sehr guter Plan.«

Er nahm ihre Hand. »Deinen Jungen wird nichts geschehen, das musst du mir glauben. Niemand, egal wie schlau oder boshaft, kann einen MacFingal erwischen, der nicht erwischt werden will. Ein ordentlicher Kampf ist uns zwar lieber, aber wir haben gelernt, dass es manchmal besser ist zu fliehen als zu kämpfen; zumindest so lange, bis man selbst den Kampfplatz wählen kann.«

Arianna atmete tief durch und bemühte sich, ihre Angst beiseitezuschieben. »Glaubst du, Michel und Adelar sind schon in Scarglas?«

»Adelar ganz bestimmt, Michel vielleicht. Das hängt von den Umwegen ab, die Nat nehmen musste. Es würde mich nicht wundern, wenn die DeVeau unterwegs ein paar Leute verloren hätten.«

»Warum verfolgen sie uns eigentlich, wenn sie bereits wissen, dass die Jungen nicht bei uns sind?«

»Deinetwegen.« Er seufzte und legte einen Arm um ihre Schultern, als sie erbleichte. »Sie glauben nach wie vor, dass die anderen schon folgen werden, wenn sie einen von euch erwischen.«

»Ich würde ihnen nie meine Jungs ausliefern.« Sie lehnte sich an ihn und versuchte, ein wenig von seiner Stärke und Zuversicht in sich aufzunehmen.

»Ich weiß. Aber das heißt noch lange nicht, dass sie das

auch wissen. Amiel glaubt, wenn er einen von uns gefangen nimmt und ihm einen vollen Geldbeutel unter die Nase hält, wird dieser dich und die Jungen an ihn ausliefern.«

»Nay, das würdest du niemals tun.«

Sie klang so überzeugt, dass ihm warm ums Herz wurde. Brian wusste, dass der Ruf seines Clans sich allmählich besserte, aber er wusste auch, dass viele sie immer noch verachteten und für eine Horde herumhurender Narren hielten. Arianna glaubte an seine Stärke und seine Fähigkeit, für ihre Sicherheit zu sorgen. Er freute sich sehr darüber, denn seiner Familie wurde so ein Vertrauen viel zu selten geschenkt.

»Nay, niemals. Auch meine Verwandten würden das nie tun.« Er beschoss, ihr jetzt alles zu erzählen, damit sie vollends begriff, in welcher Gefahr sie schwebte. Also fuhr er fort: »Sie wollen dich fassen, aber nicht nur, um durch dich an die Jungen heranzukommen.«

»Die DeVeau wollen eine Murray in ihre Gewalt bringen?«

»Aye, das hast du ja schon vermutet, und du hattest recht. Deine Verwandten haben in ihnen offenbar heftige Rachegelüste geweckt.«

»Ich weiß, aber das ist mir egal. Wichtig sind für mich nur Michel und Adelar.«

Darin stimmte er nicht mit ihr überein, aber er widersprach ihr nicht. Stattdessen fuhr er fort: »Wir dürfen nicht vergessen, dass dieser Narr Amiel nicht unserer Fährte folgt, sondern dorthin reitet, wohin wir seiner Meinung nach unterwegs sind. Vermutlich bekommt er unterwegs ein kleines bisschen Hilfe, aber bei der Aufgabe, die er sich gestellt hat, ist er grundsätzlich nicht besonders geschickt. Genau wie die DeVeau mag er dieses Land nicht und er kennt es auch nicht, im Gegensatz zu mir und meinen Brüdern. Es wäre mir lieber, ich könnte ihn abschütteln, aber ich glaube nicht, dass mir das gelingen wird. Immerhin bin ich mir ziemlich sicher, dass er sich nicht heimlich an uns heranschleichen und dich entführen wird.«

»Und die DeVeau werden es nicht schaffen, sich bei einem deiner Brüder anzuschleichen und einen der Jungs zu erwischen, oder?«

»Aye.«

»Und alles nur wegen zweier Kinder, die ohnehin bald als Bastarde gelten werden. Ich begreife einfach nicht, warum sie sich so ins Zeug legen.«

»Das werden wir wohl erst erfahren, wenn wir uns einen von ihnen greifen und ihn dazu bringen, es uns zu erklären. Doch ich möchte wetten, dass nicht alle Männer, die mit Amiel und Lord Ignace unterwegs sind, genau wissen, was sie tun. Und sie werden vermutlich auch nicht weiter darüber nachdenken. Sie tun einfach nur, was ihnen gesagt wird.«

Arianna nickte. »Männer, die mit den DeVeau reiten, wissen, dass es sie teuer zu stehen kommt, wenn sie nicht tun, was man ihnen sagt. Und Amiels Männer wird es wohl nicht anders ergehen.«

Brian hob ihr Gesicht ein wenig an. »Den Jungen wird nichts passieren, Arianna. Und ich sorge dafür, dass auch dir nichts passiert.«

Noch bevor er sich ihr näherte, wusste sie, dass er sie wieder küssen wollte. Außerdem wusste sie, dass sie ihm das nicht gestatten sollte. Dennoch wich sie nicht zurück. Sie schaffte es einfach nicht. Trotz ihrer Angst und Verwirrung musste sie ständig an den Kuss denken, den sie gestern geteilt hatten. Daran, wie er geschmeckt hatte und wie gut sie sich in seinen Armen gefühlt hatte – zumindest so lange, bis die Angst ihr hässliches Haupt erhob. Sie nahm sich fest vor, den Kuss diesmal zu genießen und sich dann würdevoll zurückzuziehen.

Brians Lippen streiften die ihren, und als sie sich ihm nicht sofort entzog, vertiefte er den Kuss rasch. Sein Verlangen wuchs mit einer Kraft, wie er es noch nie erlebt hatte, doch er bemühte sich um Beherrschung. Langsam wurde ihm klar, dass sie, obwohl sie verheiratet gewesen war, in der körperlichen Liebe noch so unerfahren war wie eine behütete Jungfrau.

Freilich fiel es ihm nicht leicht, sich zu zügeln. Er begehrte sie, wie er noch nie eine Frau begehrt hatte. Sein ganzer Körper verspannte sich vor Gier. Brian spürte, wie auch ihr Verlangen wuchs und seinem fast ebenbürtig wurde. Das machte es ihm umso schwerer, nicht über sie herzufallen.

Arianna erbebte, als er mit einer Hand ihre Hüften streichelte und sie mit der anderen eng an sich presste. Sein Kuss wurde immer leidenschaftlicher, und es dauerte nicht lang, bis Arianna das Feuer der Leidenschaft willkommen hieß. Als seine Hand höher wanderte und schließlich ihre Brust streichelte, keuchte sie wonnevoll auf. Die Wonne verwandelte sich in eine brennende Begierde, bis sie in ihren Schoß kroch. In diesem Moment begann sich wieder die Angst in ihr zu regen.

So sehr sie sich auch bemühte, sie konnte sich nicht mehr auf die Wonnen konzentrieren, die sein Kuss und seine Berührungen ihr schenkten. Sie begann daran zu denken, wie dünn sie war, wie klein ihre Brüste waren und wie sehr es ihr an den Kurven mangelte, die sich jeder Mann ersehnte. Es war Clauds Stimme in ihrem Kopf, die sie daran erinnerte, was ihr als Frau alles fehlte. Schließlich bekam sie sogar Angst vor dem, was sie in Brians Armen spürte – dass es zu viel war und viel zu schnell passierte. Seine Gefühle würden sich bestimmt bald in Verachtung verwandeln, wenn er merkte, dass sie ihn nicht so befriedigen konnte, wie er befriedigt werden wollte.

Es wunderte sie nicht, dass er fluchte, als sie sich von ihm losriss und hochsprang. Sie presste die Hand auf den Mund und starrte ihn an, während er sie mit gerunzelter Stirn musterte und sich die dichten Haare raufte. Es juckte sie in den Fingern, ihm ebenfalls durch die Haare zu fahren, auch wenn ihr nicht klar war, woher dieses Bedürfnis stammte. Sie wollte auf einmal alle möglichen Dinge mit ihm tun, die ihr weder bei dem Mann, den sie als ihren Gemahl betrachtet hatte, je in den Sinn gekommen waren noch bei sonst einem Mann.

»Ich werde dir nicht weh tun«, sagte er. »Du musst nur Nay sagen, dann lasse ich sofort von dir ab und stelle dir keine weiteren Fragen.«

»Das weiß ich.«

Sie wusste es tatsächlich. Ihre Angst entstammte nicht dem Gedanken, dass er sich ihrer womöglich mit Gewalt bemächtigen wollte. Sie stellte sich vielmehr vor, dass er sich angewidert von ihr abwenden würde, sobald sie der

Lust erlag, die er in ihr hervorrief. So war es jedenfalls bei Claud immer gewesen, wenn er ihr Bett verließ. Momentan schien Brian diese Lust mit ihr zu teilen. Doch wenn sie bei ihm jemals den Ausdruck des Ekels wahrnehmen müsste, den sie bei Claud oft bemerkt hatte, würde es ihr das Herz zerbrechen.

»Trotzdem fliehst du vor mir, und dein hübsches Gesicht ist von Angst gezeichnet.«

»Vor dir habe ich keine Angst.« Es war schwer zu erklären, aber irgendeine Begründung für ihr seltsames Verhalten hatte er wahrhaftig verdient. »Ich möchte dich nicht enttäuschen.«

»Wie könntest du das? Ich bin zwar nicht so lüstern wie viele meiner Verwandten, aber ich bin auch nicht völlig unerfahren. Ich weiß, dass es dir nach mir verlangt, wenn wir uns küssen. Dein Verlangen ist ebenso groß wie das meine.«

»Aye, aber was passiert, wenn du versuchst, dieses Verlangen bei mir zu stillen? Darin bin ich nicht besonders gut.«

»Woher willst du das wissen? Ich bin mir ziemlich sicher, dass dein Gemahl kein besonders geschickter Liebhaber war.«

»Nay, aber nur, weil ich so unfähig war. Wenn er mein Bett verließ, hat er mir oft gesagt, was mir alles fehlt, um einen Mann zu befriedigen. Ich könnte es nicht ertragen, wenn du mich so ansehen würdest. Deshalb finde ich es besser, wenn wir mit dem Küssen und dem Verlangen nach mehr aufhören.« Sie wich einen Schritt zurück, als er aufsprang und sie erbost anfunkelte.

»Ich bin nicht dieser Mistkerl Claud«, fauchte er.

»Ich weiß, aber ...«

»Es reicht. Setz dich wieder hin. Wir werden essen, ein wenig ausruhen und dann unseren Weg fortsetzen.«

Wachsam folgte sie seiner Aufforderung, während er noch eine Weile aufgebracht auf der kleinen Lichtung hin und her lief. Sie versuchte, sich nicht zu verkrampfen, als er sich neben sie setzte. Es war ihr klar, dass sie ihn verärgert hatte, doch sie wusste nicht, wie sie diesen Ärger beschwichtigen sollte. Sollte sie es überhaupt? Wenn er daran festhielt, würde es immerhin keine Küsse mehr geben. Doch allein bei diesem Gedanken schnürte sich ihr Herz zusammen.

»Ich bin nicht Claud«, sagte er noch einmal, reichte ihr den Weinschlauch und packte dann noch ein paar Haferkekse, kaltes Fleisch und Käse aus. »Mir ist etwas klar geworden: Dieser Mann wollte, dass du dich von Kopf bis Fuß in Frage stellst. Ich dachte, das wüsstest du inzwischen. Ist dir denn nicht klar, dass alles, was er gesagt hat, gelogen war?«

Sie nickte mit vollem Mund. Es fiel ihr schwer, ihm in die Augen zu schauern, doch sie zwang sich dazu. Dieses Gespräch war ihr entsetzlich peinlich. Sich in den Armen eines sehr gut aussehenden Mannes in der Hitze eines Kusses zu verlieren war das eine, darüber zu reden etwas ganz anderes. Erst jetzt erkannte sie, wie wenig sie von dem wusste, was zwischen einem Mann und einer Frau geschah. Claud hatte nur das Allernötigste getan, um sie zu schwängern. Sie wusste, dass das nicht alles sein konnte. Aber sie hatte keine Ahnung, was es darüber hinaus noch alles gab, auch wenn sie den Gesprächen der verheirateten Frauen in ihrem Clan oft gelauscht hatte.

»Ein Mann hat zwei Möglichkeiten, eine Frau zu zertreten: Er kann sie mit den Fäusten bearbeiten, oder er kann sie mit grausamen Worten verletzen, bis sie keinen Funken Stolz mehr im Leib hat und ihr die Kraft fehlt, sich gegen ihn aufzulehnen. Du musst begreifen, dass Claud dich mit Worten vernichtet hat. Und außerdem musst du begreifen, dass alles, was er dir gesagt hat, gelogen war. Er hat es nur gesagt, damit du ihm keinen Ärger machst und schließlich sogar die Schuld an seinen Fehlern auf dich nimmst.«

»So etwas Ähnliches habe ich mir schon gedacht«, sagte sie kleinlaut. Sie hatte Clauds grausames Gebaren tatsächlich von dem Moment an hinterfragt, als sie herausfand, dass er nicht ihr wahrer Gemahl war.

»Wenn es ihm nicht gefallen hat, mit dir zu schlafen, war das seine Schuld. Ich spüre die Leidenschaft in dir, Arianna – eine süße, heiße Leidenschaft. Er hat diese Leidenschaft in einen Käfig gesteckt, weil er sie nicht haben wollte. Du musst sie befreien. Du musst aufhören, zu denken, dass dir etwas fehlt und ein Mann deshalb in deinen Armen kalt bleibt. Glaub mir, Kälte ist das Letzte, was ich spüre, wenn ich dich in den Armen halte.«

»Wie würdest du dich denn fühlen, wenn eine Frau dein Bett verlässt und sie dir sagt, dass du ihr Verlangen nicht gestillt hast? Und was ist, wenn diese Frau deine Gemahlin wäre und sie es dir jede Nacht sagen würde?«

Darüber wollte Brian erst gar nicht nachdenken, denn er wusste, dass es ihn innerlich zerfressen würde. »Das würde sich in mein Herz und in meinen Verstand einbrennen, wie es das bei dir getan hat. Doch nur du kannst so etwas beseitigen und es auf den Misthaufen werfen, wohin es gehört.

Ich würde dir auch gern sagen, was ich sonst noch tun würde. Aber ich fürchte, das würde zu sehr danach klingen, als versuchte ich nur, dich dazu zu bringen, das zu tun, was ich will.«

»Was wäre das denn? Was würdest du tun?«

»Ich würde mir eine andere Frau suchen und herausfinden, ob die erste recht gehabt hat oder nicht. Wenn es wirklich an mir läge, dann würde ich tun, was ich könnte, um meine Mängel zu beheben. Denn ich weiß, dass ich zur Leidenschaft fähig bin. Ich müsste vielleicht nur noch ein paar Fertigkeiten erlernen, um diese Leidenschaft mit einer Frau zu teilen. Aber jetzt iss. Wir brauchen Ruhe, und du wirst wahrscheinlich noch mit ein paar Gespenstern kämpfen müssen.«

Arianna aß stumm, dann legte sie sich hin. Sie war so beschäftigt damit, über seine Ratschläge nachzudenken, dass sie nichts mehr sagte. Außerdem war sie enttäuscht von sich. Sie wusste, was Claud ihr mit seinen ständigen Beleidigungen und stummen Grausamkeiten angetan hatte. Dennoch fiel es ihr immer noch schwer, sich von der Macht zu befreien, die er über sie ausgeübt hatte. Sie war viel zu lang in den Klauen dieser Macht gefangen gewesen.

Dann fiel ihr wieder die Hitze von Brians Kuss ein, und wie ihr Blut in Wallung geraten war, als er ihre Brust streichelte. Wie gern hätte sie sich gestattet, die Lust, die er ihr in Aussicht stellte, in vollen Zügen zu genießen. Doch die Befürchtung, dass auch er alle möglichen Mängel an ihr feststellen könnte, hielt sie nach wie vor davon ab.

Sie musste Mut fassen. Bevor ihr die Augen zufielen, nahm sich Arianna fest vor, das nächste Mal beherzter zu sein. Sie musste die Kraft finden, die Zweifel zu vertreiben, die Claud in ihr gesät hatte, und sich das zu nehmen, was Brian ihr anbot. Sie war eine Witwe und konnte sich ein solches Vergnügen ohne Angst vor öffentlichem Tadel gönnen. In der nächsten Nacht wollte sie es wagen, die Wahrheit herauszufinden.

Sie musste sich selbst beweisen, dass alles, was Claud an ihrer Weiblichkeit auszusetzen gehabt hatte, nur eine weitere seiner vielen Lügen gewesen war.

6

Ein Gasthaus! Obwohl Arianna vor Erschöpfung halb bewusstlos war, rang sie sich ein kleines Lächeln ab. Fast zwei Tage lang waren sie, abgesehen von kurzen Pausen, mehr oder weniger ununterbrochen geritten. Das Gasthaus war ein wenig heruntergekommen, doch ihr erschien es wie ein prächtiger Palast. Eine ganze Nacht lang würde sie in einem Bett unter einem festen Dach schlafen, und vielleicht würde sie sogar etwas anderes als Kaninchen zu essen bekommen.

»Es ist nichts Besonderes, aber es ist sauber, und das Essen ist gut«, meinte Brian und half ihr beim Absteigen. »Wir müssen uns nur noch über eine Kleinigkeit einigen, bevor wir hineingehen.«

»Und die wäre?« Sie runzelte die Brauen, als er mit seiner Antwort zögerte und sogar ein bisschen verlegen wurde. Plötzlich bekam sie ein schlechtes Gewissen. »Ach, ich fürchte, ich kann dir meinen Teil der Kosten erst erstatten, wenn wir bei meiner Familie sind. All mein Geld ist mit dem Schiff untergegangen. Hast du genug dabei, um mir auszuhelfen?«

»Mach dir deswegen keine Sorgen. Ich habe genug Geld. Nay, es ist etwas anderes: Wir sollten nur ein Zimmer nehmen. Darüber wollte ich mit dir reden.«

Brian hoffte, sie würde nicht glauben, dass er es darauf anlegte, mit ihr ein Zimmer zu teilen, um sie in sein Bett und in seine Arme zu locken. Keine Frage, er hätte sie nur zu gern in seine Arme und sein Bett gelockt. Aber er hatte sich fest vorgenommen, zu warten, bis sie dazu bereit war. Sein Körper war schrecklich verspannt, und nur sie konnte all die Knoten lösen. Aber damit musste er warten, bis sie soweit war. Hoffentlich würde es nicht zu lange dauern.

Arianna bemühte sich, zu begreifen, was er soeben gesagt hatte. Der Mann hatte ihr klar und deutlich zu verstehen gegeben, dass es ihn nach ihr verlangte. Aber sie glaubte nicht, dass er eine Frau durch eine List oder durch Gewalt dazu bringen würde, ihm ihre Gunst zu gewähren. Er konnte nicht wissen, dass sie beschlossen hatte, ihre Ängste abzuschütteln und sich von ihm zeigen zu lassen, was Leidenschaft war. Das hätte sie schon längst getan, wenn die Pausen in den letzten Tagen nicht so kurz gewesen wären.

Vielleicht war es doch eine Frage des Geldes, auch wenn er behauptete, er habe genug? Aber auch das war keine einleuchtende Erklärung. Wenn sein Geld nicht gereicht hätte, dann hätte er sie sicher nicht zu einem Gasthaus geführt. Sie rieb sich mit der Hand über die Stirn. All diese Überlegungen verwirrten sie, schlüssige Antworten bescherten sie ihr jedoch nicht. Sie konnte keinen klaren Gedanken mehr fassen, solange sie auf einem Pferderücken herumgeschaukelt wurde.

»Warum nehmen wir nur ein Zimmer?«, fragte sie schließlich unverblümt.

»Ich halte es für sicherer, wenn wir nicht getrennt sind. Wenn wir zusammen sind, können wir rascher fliehen, falls es Ärger gibt. Wir verlieren dann keine Zeit bei dem Versuch, den anderen zu alarmieren. Außerdem gibt es auf diese Weise zwei Paar Ohren, die jedes Geräusch hören, und zwei Paar Augen, die eine Bedrohung erkennen oder zumindest klarer sehen können.«

Arianna wusste nicht recht, warum sie sich überhaupt Sorgen machte, einen Raum in einem Gasthaus mit Brian zu teilen. Sie hatte ja bereits eine Höhle mit ihm geteilt und neben ihm an einem Feuer geschlafen. Und außerdem hatte sie beschlossen, dem Verlangen freie Bahn zu lassen, wenn es zwischen ihnen wieder auflodert, was gut sein konnte, wenn man ein Zimmer teilte. Dennoch verspannte sie sich bei dem Gedanken daran. Doch sie vermutete, dass das noch Auswirkungen von Clauds Gift waren, und bemühte sich, ihre Anspannung beiseite zu schieben.

»Aber was willst du dem Gastwirt sagen?«, fragte sie. »Wie willst du ihm erklären, warum wir zwei nur ein Zimmer brauchen?«

»Ich glaube nicht, dass man uns das fragen wird. Molly stellt nicht viele Fragen«, erwiderte er und holte seine Satteltaschen.

Bevor sie ihn fragen konnte, warum er sich seiner Sache so sicher war und wer Molly war, nahm er sie an der Hand und zog sie zu der rissigen Tür des Gasthauses. Arianna fielen mehrere Gründe ein, warum er sich sicher war, dass die Wirtsleute keine Fragen stellen würden. Keiner dieser Gründe gefiel ihr. Einer, der ihr am meisten missfiel, war die Möglichkeit, dass er bereits mit anderen Frauen hier abgestiegen war, und zwar so häufig, dass den Wirtsleuten klar war, warum sie ihn begleitete. Die Vorstellung, dass sie sich auf einen Mann einlassen wollte, der viel zu oft mit anderen Frauen herumtändelte, behagte ihr ganz und gar nicht.

Sie wollte ihn gerade fragen, ob dieses Gasthaus ein Ort war, an dem er sich gern mit einer Frau verabredete, als eine rundliche Frau mit einer riesigen Warze auf dem Kinn vor ihnen auftauchte. Arianna war froh um sie. Sir Brian nach seinen Gepflogenheiten in Sachen Stelldichein zu fragen, war keine gute Idee. Es ging sie wahrhaftig nichts an, wie oft und mit wem er sich verabredete. Sie wollte sich von ihm einzig und allein beweisen lassen, dass sie zur Leidenschaft fähig war – und dass der Mann in ihren Armen diese Leidenschaft erwiderte. Mehr als Leidenschaft konnte ein Mann wie er ihr bestimmt nicht bieten. Aus all dem, was sie von den MacFingals gehört hatte, schloss sie, dass keiner von ihnen den Begriff Beständigkeit kannte.

»Du bist ein MacFingal«, sagte die Frau mit einer erstaunlich tiefen Stimme und stemmte die großen, abgearbeiteten Hände auf die breiten Hüften. »Halt, sag mir nicht, welcher«, fiel sie Brian ins Wort, als dieser dazu ansetzte, ihr seinen Namen zu nennen. »Ich versuche gerade, euch auseinanderzuhalten, denn ihr scheint hier momentan ziemlich häufig aufzutauchen.«

Das klang nicht allzu gut. Arianna stellte sich vor, wie Sir Brian hier mit einer langen Reihe vollbusiger, willfähriger Frauen ein- und ausging. Doch das sollte sie eigentlich nicht stören. Er war ihr Beschützer, und er brachte sie zu ihrer Familie. Vielleicht wurde er auch ihr Liebhaber und führte sie in die Leidenschaft ein. Trotzdem ärgerte sie das Bild, das sich unwillkürlich bei ihr eingestellt hatte. Es ärgerte sie über alle Maßen. Das war nicht gut, denn es bedeutete, dass sie weit mehr für ihn empfand als nur Dankbarkeit oder Lust; dass sie weit mehr in ihm sah als einen ehrbaren Mann, der ihr seine Hilfe angeboten hatte, um sie und die Jungen zu ihrer Familie zu begleiten. Sie konnte es sich wahrhaftig nicht leisten, sich näher auf diesen Mann einzulassen.

»Ah!« Die Frau schlug ihm kräftig auf die Schulter. »Sir Brian.«

»Sehr gut, Molly.« Brian grinste. »Es ist gar nicht so leicht, uns auseinanderzuhalten.«

»Das stimmt. Es gibt zu viele von euch, und ihr seid alle durchweg große, blendend aussehende Teufel. Ich glaube, ihr habt alle ziemlich viel von eurem Vater, nicht wahr?«

»Aye, auf jeden Fall.«

»Wie viele seid ihr eigentlich? Mehr als die Camerons, die Spitzbuben?«

»Viel mehr. Der alte Laird Cameron starb, nachdem er etwa ein knappes Dutzend Nachkommen gezeugt hatte. Aber unser Vater ist noch quicklebendig.« Er zwinkerte ihr zu.

Molly stieß ein lautes, heiseres Lachen aus, dann schlug sie Brian auf den Arm. »Spitzbuben. Viele gut aussehende Spitzbuben, ihr und diese elenden Camerons. Ihr wollt bestimmt mein schönstes Zimmer, oder?«

»Richtig, sehr gern. Und noch etwas, Molly – wenn jemand nach uns fragt, sind wir nicht hier, und du hast uns nie gesehen.«

Sie nickte verständnisvoll. »Du hast wohl ein Mädchen aus dem Schoß ihrer Familie entführt.«

Arianna wollte Einspruch erheben, denn diese Worte schienen ihr ein Angriff auf Sir Brians Ehre zu sein. Dieser jedoch packte ihren Arm so fest, dass sie befürchtete, einen

Bluterguss davonzutragen. Sie verstand die stumme Warnung. Doch warum wollte er diese Frau in dem Glauben lassen, er sei ein Mann, der eine Tochter aus gutem Hause zu einem Stelldichein in ein schäbiges Gasthaus entführte? Es sei denn, er war tatsächlich ein solcher Mann. Sie funkelte ihn düster an, doch er bemerkte ihre Missbilligung nicht, da er nur auf Molly blickte. Nachdem Arianna bereits beschlossen hatte, dass ein MacFingal nichts von Treue hielt – und auf Treue würde sie bestehen, falls sie je wieder heiratete –, konnte sie es Molly nicht verübeln, wenn diese Brian nicht für besonders treu hielt. Arianna zuckte die Schultern, betrachtete ihn jedoch weiterhin ergrimmt.

»Molly, meine Hübsche – wenn ein Franzose hier vorbeikommt, will ich das sofort erfahren.«

»Wenn ihr euch nicht schon aus dem Staub gemacht habt, richtig? Na gut, dann zahlt lieber gleich, was ihr mir schuldig seid. Ich werde allmählich zu alt, um junge Burschen zu verfolgen, damit ich an mein Geld komme. Der Wille ist da, aber es mangelt mir an der Kraft.« Sie schlug sich aufs Knie und lachte wieder heiser.

Auf Brians Miene spiegelte sich kurz eine Art Verwirrung, dann ein gewisser Zorn, doch schließlich stimmte er in Mollys Gelächter ein. Offenbar hatte Sir Brian gerade etwas gehört, was er nicht ganz begriffen hatte. Dann hatte er darüber nachgedacht und erraten, was es zu bedeuten hatte, war jedoch nicht erfreut darüber. Einigen von Sir Brians Brüdern würden wahrscheinlich die Ohren lang gezogen werden, wenn sie ihm das nächste Mal über den Weg liefen. Arianna war sehr erleichtert, dass Sir Brian offenkundig nicht zu den lüsternen Narren gehörte, die hier regelmäßig einkehrten, und zwar jedes Mal mit einer anderen Gespielin an der Hand.

Als die Frau ihren Preis nannte, wollte Arianna sie schon des Diebstahls bezichtigen, doch Brian lachte nur. Er legte den Arm um die breiten Schultern der Wirtin und begann, mit einem wahrhaft beneidenswerten Geschick mit ihr zu feilschen. Rasch zeigte sich, dass dies genau die Reaktion war, die die Frau sich erhofft hatte und gründlich genoss.

Genauso rasch zeigte sich, dass Molly sich genauso wenig für Arianna wie für die Satteltaschen interessierte, die Brian hereinbrachte. Arianna war zum Teil belustigt, zum Teil verärgert. Die männlichen Mitglieder der MacFingals benutzten dieses Gasthaus ganz offenkundig regelmäßig als Absteige für ein Stelldichein, selbst wenn Brian das nicht tat. Scheinbar hatte Molly beschlossen, dass Arianna nur eine weitere Frau war, mit der einer der MacFingals ein Weilchen seinen Spaß haben und sie dann wieder unbekümmert wegschicken würde.

Das Zimmer, in das sie geführt wurden, war eine angenehme Überraschung. Von außen wirkte das Gasthaus ziemlich schäbig, doch offenbar legte Molly großen Wert darauf, das Innere sauber und gepflegt zu halten. Es gab ein großes, hohes Bett mit vielen Kissen und Decken, und vor einem kleinen Kamin standen zwei Stühle und ein Tisch. Hinter einem hölzernen Wandschirm in einer Ecke befand sich wahrscheinlich ein Waschtisch und vielleicht auch ein Nachttopf.

»Bald wird eine Magd kommen, denn ich habe ein Bad bestellt«, verkündete Brian und legte die Taschen aufs Bett.

»Ein richtiges Bad? Mit warmem Wasser und allem Drum und Dran?« Arianna hätte ihn am liebsten aufs Bett geschubst und vor Dankbarkeit von oben bis unten abgeküsst.

»Aye.« Er grinste. »Molly hat es sich teuer bezahlen lassen, aber ich finde, das haben wir uns beide verdient. Ich möchte dich nur bitten, nicht so lang im Wasser zu bleiben, bis es kalt geworden ist.«

»Gut, ich verspreche, ein wenig Wärme für dich übrig zu lassen.« Sie sah sich im Zimmer um. »Wo kann man hier denn baden?«

»Direkt vor dem Kamin. Sobald der Zuber hereingebracht worden ist, gehe ich nach unten und bestelle uns etwas zu essen. Dann hast du ein bisschen Ruhe.«

Kurz darauf klopfte es an der Tür. Ein Junge trat mit einem runden Holzbottich ein, gefolgt von zwei Mägden, die in jeder Hand einen Eimer mit heißem Wasser trugen. Offenbar war Molly auf solche Anfragen gut vorbereitet.

»Ich glaube, Molly bekommt häufig Besuch von meinen Brüdern und Cousins. Deshalb weiß sie, dass es sich lohnt, heißes Wasser für ein Bad bereitzuhalten«, flüsterte ihr Brian ins Ohr. »Die Frau weiß, wie sie sich ihre Stammgäste halten kann.«

»Sehr schlau.«

Die Mägde brachten noch mehrere Eimer heißes Wasser, bis der Zuber endlich voll war. Arianna zügelte ihre Ungeduld. Schließlich stellten sie zwei Eimer mit Wasser vor den Kamin, damit man bei Bedarf heißes Wasser nachfüllen oder sich damit abwaschen konnte. Arianna begann sofort, ihr Kleid aufzunesteln. Sobald sie allein war, riss sie sich die Kleider vom Leib. Ein wollüstiger Seufzer entfuhr ihr, als sie sich in das heiße Wasser gleiten ließ. In den Genuss eines heißen Bades war sie schon sehr lange nicht mehr gekommen.

Auch wenn sie versucht war, diese Wohltat so lange wie möglich auszudehnen, schwelgte sie nur ganz kurz in der Wärme, die all die Verspannungen in ihrem Körper löste. Dann begann sie sich zu waschen. Sie rubbelte sich die Haare, bis sie quietschten, danach schlang sie sich ein großes Tuch um den Kopf und schrubbte den Staub der Reise vom Körper. Wie sehr sie es vermisst hatte, sich so zu verwöhnen! Sie nahm sich fest vor, fortan nur noch die allernötigsten Reisen zu unternehmen.

Als sie merkte, dass das Wasser abkühlte, stieg sie aus dem Zuber und trocknete sich ab. Sie zog das Gewand an, das Brian ihr im letzten Dorf gekauft hatte. Wenn er gebadet hatte, wollte sie das Kleid waschen, das sie bislang getragen hatte. Ihre Haare waren schon fast trocken, als es an der Tür klopfte.

»Ich bin's, Brian.«

»Komm rein. Am Feuer steht noch ein Eimer heißes Wasser«, sagte sie. »Mit dem anderen Wasser habe ich die Seife abgespült. Während du badest, gehe ich raus auf den Flur.«

Er verzog das Gesicht. »Ich weiß nicht, ob das so gut ist.«

»Ich bleibe direkt vor der Tür.« Sie zog einen Kamm aus dem Beutel. »Es wird ein Weilchen dauern, bis ich mir die Haare gekämmt habe. Wenn ich Ärger bekomme, hörst du es.«

Dagegen konnte er nicht viel sagen, also ließ er sie gehen. Außerdem sagte er sich, dass Molly bestimmt einen Riesenaufruhr machen würde, wenn ein Fremder versuchte, Arianna zu entführen. Sobald sie den Raum verlassen hatte, zog er sich aus und stieg in den Zuber. Er wusch sich, so rasch er konnte, weil er Arianna nicht länger als nötig unbeaufsichtigt lassen wollte.

Erst als er wieder angezogen war, sah er sich in dem Zimmer um. Es gab nur ein einziges Bett. Die Nacht würde sehr lang werden. Nach dem Gespräch, das sie geführt hatten, als sie zum zweiten Mal seinen Armen entflohen war, hatten beide kein Wort mehr darüber verloren. Es wäre bestimmt zu peinlichen Momenten gekommen, wenn sie nicht so sehr damit beschäftigt gewesen wären, sich Amiel vom Leibe zu halten. Sie hatten kaum geruht, und zum Küssen und Reden war erst recht keine Zeit geblieben. Doch jetzt waren sie sauber. Bald würden sie sich auch die Bäuche gefüllt haben, und dann würden sie sich in einem Bett zur Ruhe begeben.

Ob sie wohl über seine Worte nachgedacht hatte? Brian war sich nicht sicher, ob er sich klar genug ausgedrückt hatte. Es war nicht leicht, eine Frau davon zu überzeugen, dass sie schön und begehrenswert war, nachdem ihr jahrelang das Gegenteil eingeredet worden war. Mit einem solchen Problem war er noch nie konfrontiert gewesen, auch wenn er wusste, welchen Schaden Worte anrichten konnten. Es wäre wahrhaftig besser, in einem anderen Zimmer zu schlafen und die Nacht nicht in einem Bett mit einer Frau verbringen zu müssen, die er begehrte, jedoch nicht berühren durfte.

Doch ihm blieb keine Wahl. Wenn er auf sie aufpassen wollte, musste sie in seiner Nähe sein. Einen Moment lang überlegte er, ob er auf dem Fußboden schlafen sollte. Aber nachdem er mehrere Tage auf harter Erde geschlafen hatte, wollte er jetzt nicht auf das Bett verzichten. Wenn sie auf Abstand beharrte, konnte er die Decken aufrollen und sie zwischen ihre Körper legen. Er hoffte nur, dass er einschlafen konnte, wenn sie so nah und gleichzeitig so fern neben ihm lag.

Als er sie hereinbat, machte sie sich sogleich daran, ihre Kleider zu waschen. Dann hängte sie sie auf die Stühle, die sie vors Feuer gestellt hatte. Kurz darauf kamen der Bursche und die Mägde, um den Zuber auszuschöpfen. Währenddessen saß Brian neben Arianna auf dem Bett und sah ihr dabei zu, wie sie ihr Haar zu Zöpfen flocht. Er fragte sich besorgt, ob sie verängstigt oder beunruhigt war. Nay, in ihrem Gesicht und ihrer Haltung drückte sich nur eine ruhige Zufriedenheit aus, dessen war sich Brian ziemlich sicher. Er entspannte sich ein wenig. Sie mochte zwar noch nicht dazu bereit sein, ihn zum Geliebten zu nehmen, doch wenigstens schien sie sich damit abgefunden zu haben, dass sie ein Zimmer teilten. Brian wurde es langsam aber sicher leid, die Folgen all der Sünden, die dieser elende Claud an ihr verübt hatte, ausbaden zu müssen.

Sobald der leere Zuber fortgeschafft worden war, kamen zwei Mägde mit dem Essen, das Brian bestellt hatte. Bei dem Duft von warmem Brot und gebratenem Huhn lief ihm das Wasser im Mund zusammen. Auch Ariannas Magen knurrte erwartungsvoll, und sie klatschte freudig die Hände. Lächelnd zog Brian den Tisch heran.

»Ich habe nicht daran gedacht, dass wir die Stühle noch brauchen würden«, sagte Arianna, während Brian das Huhn zerteilte und ihr ein paar große Stücke auf den Teller legte.

»Unsere Kleider hatten es dringend nötig, gewaschen zu werden. Lass es dir schmecken, Liebes. Nur zu bald werden wir uns wieder mit Haferkeksen und einem gelegentlichen Kaninchen begnügen müssen.« Er grinste, als sie aufstöhnte, dann wandte auch er sich dem Essen zu. Sein Magen duldete keinen weiteren Aufschub.

***

Seufzend betrachtete Arianna ihr Hemd. Hoffentlich konnte Brian sie nicht hören, denn sie hatte sich hinter den Wandschirm zurückgezogen, um sich bettfertig zu machen. Das zerschlissene, oft geflickte Hemd war wahrhaftig nicht dazu geeignet, einen Mann zu verführen – selbst wenn sie gewusst hätte, wie man so etwas anstellte. Die einzige Verbesserung ihres Äußeren bestand darin, dass sie sauber war. Jetzt hätte sie viel darum gegeben, wenn sie das schlichte Leinenhemd, das Brian ihr zusammen mit dem Gewand gekauft hatte, aufgehoben hätte, statt es sofort anzuziehen. Es war zwar sehr schlicht, aber immerhin hatte es keine Flecken und war auch noch nicht geflickt.

Sie zuckte die Schultern. Mehr hatte sie eben nicht zu bieten. Heute Nacht wollte sie ihre Ängste besiegen und Clauds heimtückisches Flüstern zum Schweigen bringen. Es war noch zu früh, diesen Kerl ganz aus ihrem Kopf zu verbannen und sich seines Giftes zu entledigen. Aber immerhin konnte sie sich jetzt beweisen, dass nicht sie im Ehebett versagt hatte, sondern Claud. Dass ihre ganze Ehe eine Lüge gewesen war, spielte keine große Rolle. Es änderte nichts daran, dass er sie überzeugt hatte, dass sie von der Kunst der Liebe rein gar nichts verstand. Heute Nacht wollte sie herausfinden, ob das stimmte. Sie atmete tief durch, um Mut zu sammeln, dann trat sie hinter dem Wandschirm hervor und ging zum Bett.

Brian lag bereits darin. Er hatte sich ein paar Kissen hinter den Rücken gestopft. Sein breiter Oberkörper war nackt. Bei diesem Anblick geriet Arianna ins Stolpern. Sie versuchte, ihn nicht anzustarren, doch sie konnte den Blick kaum abwenden. Auf Brians breiter, muskulöser Brust waren nur hier und da ein paar dunkle Haare zu sehen. Seine glatte Haut war dunkel gebräunt. Ausgehend von diesem Oberkörper war der Rest von ihm bestimmt ebenfalls ziemlich stattlich. Ein derart prachtvoller Mann war vielleicht nicht die beste Wahl bei ihrem ersten Versuch, eine leidenschaftliche Geliebte zu sein.

Arianna straffte die Schultern und kämpfte neu aufkeimende Ängste nieder. Sie wollte sich von ihrer Unsicherheit nicht dazu verleiten lassen, ihr Vorhaben aufzugeben. Entschlossen kletterte sie ins Bett, legte sich neben Brian und starrte wie er auf die Decke. Sie musste ihm jetzt nur noch sagen, dass sie bereit war, der Leidenschaft eine Chance zu geben, die zwischen ihnen so rasch aufzulodern schien. Doch leider fielen ihr nicht die passenden Worte ein. Sie hatte Claud nie um seine Aufmerksamkeit gebeten, und er hatte von ihr nie mehr verlangt, als auf dem Rücken zu liegen und die Decke anzustarren.

Entweder sie blieb auch jetzt weiter so liegen und starrte die Decke an, oder sie tat etwas. Natürlich gab es auch noch eine dritte Möglichkeit: Sie konnte die ganze Sache einfach vergessen. Doch Arianna hörte nicht auf die verzagte

Stimme in ihrem Kopf, die ihr dies einflüstern wollte. Sie drehte sich um – und sah Brian ins Gesicht. Sie war so in Gedanken versunken gewesen, dass sie gar nicht gemerkt hatte, wie er sich ihr zugewandt hatte.

»Ich habe über das nachgedacht, was du mir gesagt hast. Du weißt schon, nach dem letzten Mal, als wir uns geküsst haben, und ich ...«

»Und du weggelaufen bist?« Brian kämpfte gegen die Erwartung an, die dazu führte, dass sich sein Körper vor Verlangen verspannte.

»Aye«, erwiderte Arianna und streckte die Hand aus, um seine breite, glatte Brust zu streicheln. Sie konnte gar nicht aufhören, sie zu bewundern. Als sie seine nackte Haut fühlte, erbebte sie vor Entzücken.

»Ich kann mich noch sehr gut daran erinnern. Hast du beschlossen, die Ketten abzuwerfen, mit denen Claud dich gefesselt hat?« Brian stand kurz davor, sie anzuflehen, es endlich zu tun.

»Aye, aber ...«

Er nahm sie in die Arme und zog sie näher. »Nay, sag nicht aber. Einen armen Mann darfst du nicht so quälen. Entweder Aye oder Nay.«

»Aye. Aber wenn wir fertig sind und wenn ich alles falsch oder sehr schlecht gemacht habe, kannst du mir dann bitte nur höflich sagen, was ich falsch gemacht habe und wie ich es besser machen könnte?« Sie wusste, dass ein kaltes oder kritisches Wort von ihm sie vernichten würde.

»Offenbar gibt es noch einige Ketten, die du nicht abgeworfen hast, Liebes. Vielleicht fehlen dir ein paar Fertigkeiten, aber ich glaube nicht, dass du dich völlig unmöglich anstellen wirst. Ich habe die Leidenschaft geschmeckt, zu der du fähig bist. Du musst ihr nur freie Bahn lassen.«

Bevor sie ihm sagen konnte, dass das nicht so leicht war, küsste er sie. Arianna ließ sich ohne zu zögern in seine Arme sinken. Seine Küsse hatten ihr überaus gefallen, und sie hatte die Hitze genossen, die sie in ihr entfacht hatten. Jetzt wollte sie es wagen, weiter zu gehen. Sie streichelte seine breiten Schultern. Die Hitze seiner Haut drang in ihre Hände ein und wärmte auch sie. Als er aufhörte, sie zu küssen, war sie so gefangen von der Begierde, die durch ihre Adern schoss, dass sie eine Weile brauchte, bis sie merkte, dass er ihr das Hemd auszog.

»Du – du willst, dass ich nackt bin?«, stotterte sie. Wenn sie sich nicht verhört hatte, hatte er Claud soeben als Volltrottel beschimpft. »Bist du dir sicher, dass du mich nackt haben willst?«

»Aye, das will ich, und ich will auch nackt sein. Zwischen unseren Körpern soll keine Schranke mehr stehen. Ich möchte deine weiche Hitze überall spüren.«

»Oh.«

Eine seltsame Mischung aus Verlegenheit und Vorfreude stieg in ihr auf. Er warf ihr Hemd auf den Boden und schloss sie wieder in die Arme. Erneut meldete sich die Angst in ihr zu Wort, als er ihren nackten Körper betrachtete. Doch sie kämpfte dagegen an, denn in seinem Blick lag keinerlei Abfälligkeit. Sie konnte es kaum glauben, doch es schien, als würde er sie begierig ansehen und billigen, was er sah. Schon allein die Tatsache, dass in seinem Blick kein kaltes Missfallen lag, reichte, um die Angst zum Schweigen zu bringen, die versuchte, die Hitze ihres Verlangens abzukühlen.

Als sich ihre nackten Körper begegneten, erbebte sie vor Wonne. Über seine strammen Muskeln spannte sich überraschend weiche Haut. Arianna hätte sich am liebsten überall an ihm gerieben.

»Oh«, flüsterte sie abermals erstaunt. »Du meine Güte.«

Er lachte, doch seine Belustigung schwand unter dem drängenden Bedürfnis, sie zu schmecken, zu berühren und zu erobern. Es kostete ihn die größte Mühe, sich zu beherrschen. Arianna brauchte mehr. Mit einer hektischen Paarung war ihr nicht gedient. Sie war zwar keine Jungfrau mehr, doch sie war schwer verletzt worden. Er wollte ganz sicher sein, dass ihr Verlangen zu einem gierigen Fieber entfacht war und sie ganz genau wusste, dass er ebenso brannte wie sie. Auch wenn er darin nicht besonders geschickt war, wollte er ihr viele schmeichelnde Worte schenken, ihre Schönheit preisen und ihre Leidenschaft loben. Claud hatte sie nur mit Beleidigungen und Schmähungen überhäuft. Brian war entschlossen, den verfluchten Geist dieses Kerls daran zu hindern, dieses Bett mit ihnen zu teilen.

Arianna begann zu keuchen wie ein gehetzter Jagdhund. Ihr Körper glühte unter Brians Liebkosungen. Als er die steil aufragenden Spitzen ihrer Brüste mit der Zunge umschmeichelte, konnte sie sich nur mit Mühe daran hindern, die Wonne herauszuschreien, die dabei durch ihre Adern schoss. Zum Glück musste sie ihn nicht auffordern, damit weiterzumachen, denn sie brachte kein verständliches Wort mehr zustande. Stattdessen fuhr sie mit den Fingern durch seine weichen, dichten Haare und hielt ihn fest, während er ihre Brüste leckte, an ihnen knabberte und saugte, bis sie glaubte, vor Lust verrückt zu werden. Er hielt nur immer kurz inne, um ihr zu sagen, wie gut sie schmeckte, wie weich ihre Haut war, wie sehr er sie begehrte und wie schön ihre Brüste waren. Seine Worte erregten sie nahezu ebenso wie seine Berührungen. Seine tiefe Stimme betörte sie, und seine Schmeicheleien gefielen ihr überaus, auch wenn sie ihren Wahrheitsgehalt bezweifelte.

Die Anspannung dessen, was sie mittlerweile als Verlangen erkannte, ballte sich in ihrem Bauch zusammen. Als Brians Hand zwischen ihre Oberschenkel glitt, verspannte sie sich kurz, weil sie diese intime Zärtlichkeit nicht kannte. Er sagte nichts über die roten Locken, die ihre Weiblichkeit verhüllten, und murmelte nur, dass er sich über die Hitze freute, die sie ihm schenkte. Unermüdlich streichelte er sie weiter. Dann glitt ein Finger in sie an der Stelle, wo bald sein harter Schaft eindringen würde, den er an ihrem Oberschenkel rieb. Sie bäumte sich ihm entgegen und verzehrte sich nach mehr.

Erst als er dazu ansetzte, ihre Körper zu vereinigen, begann der Schleier der Leidenschaft sich ein wenig zu lichten. Bei Claud war dieser Teil immer der lästigste und qualvollste gewesen. Es hatte richtig weh getan. Doch Arianna hatte kaum angefangen, zu erstarren und sich gegen den stechenden Schmerz zu wappnen, als Brian schon in sie eingedrungen war. Arianna blinzelte überrascht und regte sich nicht, bis sie sicher war, dass es keinen Schmerz gegeben hatte und auch keinen geben würde.

Als er sich auf die Ellbogen stützte und sie küsste, schlang Arianna die Arme um seinen Nacken und erwiderte den Kuss mit all der Leidenschaft, die in ihr tobte. Seine Zunge drang tief in ihre Mundhöhle ein und bewegte sich im selben Rhythmus, mit dem sein Schaft in sie hineinstieß. Ihr Körper war völlig von ihm erfüllt und dehnte sich weit aus, um noch mehr von ihm aufzunehmen. Dennoch verspürte sie keine Schmerzen. Er schlang ihre Beine um seine Taille, und sie keuchte nur lustvoll auf, als er noch tiefer in sie eindrang.

Sie gab wohlige Laute von sich, während er sich in ihr bewegte und sich an der Stelle rieb, an der ihre Körper sich trafen, was die Lust, die er ihr spendete, noch steigerte. Mit jedem Stoß seines Körpers wurde der Knoten in ihrem Bauch fester, bis es fast weh tat. Sie überlegte gerade, ob sie je schmerzlos mit einem Mann würde verkehren können, als der Knoten sich plötzlich löste und sowohl ihr Herz als auch ihr Kopf mit der reinsten Glückseligkeit durchflutet wurde. Sie rief laut nach ihm, und gleich darauf stieß er ein letztes Mal tief in sie, dann verharrte er reglos und sein Körper erbebte, während sich sein Samen tief in sie ergoss.

So schwach sie sich fühlte, sie hielt ihn ganz fest und genoss die Wonne, die nur langsam verebbte. Ihr gefiel die feuchte Wärme seines Atems, den sie an ihrem Nacken spürte. Sie mochte den feuchten Schweiß, der seinen breiten Rücken bedeckte, und vor allem gefiel ihr, wie er noch mehrmals schwach erbebte, bevor er in ihren Armen zusammenbrach. Bei Claud war sie immer froh gewesen, wenn er sich jäh von ihr entfernte. Brian jedoch wollte sie festhalten und tief in sich spüren, so lange es nur ging.

Davon also hatten die Frauen in ihrem Clan immer geschwärmt. Das hatten alle versucht, ihr begreiflich zu machen. Das war die Leidenschaft, ein tiefes, wildes Verlangen, das ihr Gemahl nie in ihr ausgelöst hatte. Und am schönsten fand sie, dass sie diese Leidenschaft mit Brian teilte. Vermutlich hatte sie sich noch nicht ganz von den Zweifeln gelöst, dass sie einen Mann befriedigen konnte, doch im Moment war sie sich ziemlich sicher, dass der Mann in ihren Armen gründlich befriedigt war. Noch waren die Wunden nicht gänzlich verheilt, die Claud ihr zugefügt hatte, aber das war ihr egal, denn sie war sich sicher, dass die Heilung eingesetzt hatte. Wenn sie nicht so müde gewesen wäre, dass sie kaum noch die Augen offen halten konnte, um die Schönheit des Mannes in ihren Armen weiter zu genießen, wäre sie aufgestanden und hätte einen kleinen Freudentanz aufgeführt.

»Das habe ich gut gemacht, oder?«, flüsterte sie, während sie ihrer Erschöpfung langsam nachgab.

Brian entzog sich ihren Armen und schleppte sich aus dem Bett, um ein feuchtes Tuch zu holen. Als er sie beide gesäubert hatte, kroch er zurück ins Bett und schloss sie wieder in die Arme. Einen Moment lang genoss er den Anblick ihres nackten Körpers, angefangen von den vollen Brüsten mit den rosigen Spitzen hin zu dem sanften Schwung ihrer Taille. Ganz besonders gefielen ihm ihre kraftvollen, schlanken Beine, vor allem, wenn sie um ihn geschlungen waren und ihn festhielten, während er sich tief in ihrer feuchten Hitze vergrub.

Er konnte nicht begreifen, dass eine Frau wie sie das Gefühl hatte, einen Mann, dem sie ihre Gunst erwies, nicht befriedigen zu können. Ihre Leidenschaft war schier grenzenlos, sobald sie aufhörte, davor wegzurennen. Claud hatte versucht, diese süße Hitze zu ersticken. Er hatte Arianna nie befriedigt, nur verunglimpft. Wenn der Bursche nicht schon tot gewesen wäre, hätte Brian sich nach Frankreich aufgemacht, um ihn zu töten.

Er drückte einen sanften Kuss auf ihren Scheitel und lächelte in ihr seidenes Haar hinein. »Aye, Liebes, das hast du gut gemacht. Sehr gut sogar«, murmelte er, bevor er ihr in den Schlaf folgte.

7

Arianna wurde von warmen Lippen geweckt, die ihre Wange liebkosten, und einer großen, schwieligen Hand, die ihre Brüste streichelte. Einen Moment lang wähnte sie sich in ihrem Ehebett, doch dann fielen die letzten Reste des Schlafes von ihr ab. Claud war nie so zärtlich gewesen. Plötzlich erinnerte sie sich wieder an alles, was in der vergangenen Nacht passiert war, und riss die Augen auf.

Sie lag nackt in den Armen von Sir Brian MacFingal. Sie hatte sich einen Geliebten genommen – einen großen, starken, prachtvollen Geliebten, um den sie viele Frauen beneiden würden. Und sie hatte jeden Moment genossen. Das wunderte sie noch genauso, wie es sie freute. Claud hatte sich gründlich getäuscht: Sie war nicht kalt.

Doch als sie langsam zu lächeln begann, stieg wieder der Zweifel in ihr auf und verdüsterte ihre Freude. Sie konnte nicht leugnen, dass sie endlich die Wonnen gekostet hatte, von denen ihre Verwandten so oft gesprochen hatten. Doch ob Sir Brian wirklich dieselben Wonnen verspürt hatte? Sie hatte gespürt, wie sich sein Samen tief in sie ergossen hatte, aber Claud hatte das gleiche getan. Als sie törichterweise gemeint hatte, das zeige doch, dass er Lust empfunden hatte, hatte er nur gelacht. Und dann hatte er ihr gesagt, dass ein Mann seinen Samen sogar in ein Loch im Boden verströmen konnte, und dass sie kaum anregender sei. Hatte sie die Wonnen, die Brian empfunden hatte, falsch eingeschätzt?

Als die weichen, warmen Lippen ihre Mundwinkel berührten, fiel ihr noch etwas ein, was Claud oft gesagt hatte. Sie hatte einmal versucht, ihn am Morgen gleich nach dem Aufwachen zu küssen, doch er hatte sie grob weggestoßen und behauptet, ihr Atem stinke morgens wie die Pest. Hastig legte sie die Hand vor den Mund und entfernte sich von Brian.

Brian verspannte sich und musterte Arianna, die mittlerweile an die äußerste Bettkante gerutscht war. Seine Verärgerung über das, was er als Ablehnung empfand, verwandelte sich in Verwirrung, als er sie musterte. Sie sah nicht aus, als bedauere sie, was sie gestern Nacht getan hatten. Sie wirkte auch nicht verdrossen, sondern vielmehr beunruhigt und ein wenig verängstigt wie jemand, der damit rechnet, dass gleich etwas Schlimmes passiert.

»Was ist los?«, fragte er und kämpfte gegen den Drang an, die Hand nach ihr auszustrecken. Wenn sie weiter vor ihm zurückwich, würde sie aus dem Bett auf den harten Boden fallen. Außerdem wurde er es allmählich leid, dass sie ständig vor ihm zurückwich.

»Ich muss mir die Zähne putzen«, sagte sie. Ihre Worte klangen gedämpft, weil sie sich immer noch den Mund zuhielt.

»Warum? Das hast du doch gestern Abend getan, bevor du ins Bett gegangen bist, und seitdem hast du nichts gegessen.«

»Es ist trotzdem notwendig. Claud hat gesagt, dass ich morgens einen schrecklichen Mundgeruch habe.«

»Nay, das stimmt nicht.« Wenn Claud nicht schon tot und begraben gewesen wäre, dann hätte Brian ihn jetzt mit

Freuden um die Ecke gebracht, aber erst nach einer kräftigen Tracht Prügel.

»Woher willst du das wissen? Wir haben uns noch nicht geküsst. Claud hat mich am Morgen nie geküsst, wenn wir gemeinsam aufgewacht sind. Er meinte, mein Atem käme morgens dem Gestank eines Aborts gleich.«

»Claud war ein Narr. Du hast mit offenem Mund geschlafen. Wenn du Mundgeruch hättest, hätte ich das gemerkt. Wann glaubst du mir endlich, dass dieser Bursche nur verärgert war, weil er sich in ein Lügennetz verstrickt hatte und nicht den Mut aufbrachte, es dir und seiner Familie zu gestehen? Nach allem, was du mir von ihm erzählt hast, war dieser Mann nicht dazu fähig, sich und anderen seine Schuld einzugestehen. Deshalb hat er seinen Zorn an dir ausgelassen. Ich kann es nicht oft genug sagen – er hat dir lauter Lügen erzählt, um dich niederzuprügeln.«

»Aber er hat mich nie geschlagen«, sagte sie und nahm langsam die Hand vom Mund.

»Doch, das hat er, und das weißt du ganz genau, obwohl du es ziemlich schnell zu vergessen scheinst. All meine weisen Worte werden von dir wie Abfall zur Seite geschoben«, murmelte er. Beinahe hätte er gelächelt, als sie ihn zornig anfunkelte. Es freute ihn nämlich, dass ihr Temperament nicht gänzlich erloschen war. »Er hat dich oft geschlagen, und zwar mit Worten. Du weißt doch ganz genau, dass Worte ebenso verletzen und die gleichen Narben hinterlassen können wie Fäuste.«

Arianna starrte ihn an. Es sah aus, als würde sie nachdenken. Das hatte sie bislang nicht sehr gründlich getan. Doch er hatte natürlich recht, Worte konnten tatsächlich Narben hinterlassen. Das wusste sie in ihrem Kopf. In ihrem Herzen jedoch hatten sich Brians weise Worte noch nicht verwurzelt. Ständige Kritik konnte ebenso vernichtend sein wie Fäuste. Claud hatte ständig an ihr herumgemäkelt, wenn er sie nicht einfach übersah oder ihr alle möglichen Arbeiten aufbürdete, die er selbst hätte erledigen müssen. Schon allein, dass er seine Geliebte so offen seiner Gemahlin vorzog, hatte sie tief verletzt. Damit hatte er jeden Tadel, den er ihr an den Kopf warf, stumm verstärkt. Arianna war sich nicht sicher, ob diese Verletzungen jemals heilen würden. Eigentlich hatte sie geglaubt, dass sie sich von Clauds Kritik an ihren Fähigkeiten im Bett erholt hätte. Doch heute war ein neuer Tag, und sie war wieder in dieselbe Falle getappt.

»Bist du dir sicher, dass er gelogen hat?«, fragte sie und näherte sich ihm vorsichtig.

»Herr im Himmel, glaub mir, ich würde es dir sagen, wenn es so schlimm wäre, dass du dir die Zähne putzen solltest, bevor ich dich küsse. Mundgeruch am Morgen befällt uns alle gelegentlich, so etwas ist leicht zu beheben. Aber ich schwöre dir, du hast keinen.«

Brian zog sie in die Arme und küsste sie. Sie verspannte sich, als fürchtete sie, er würde zu würgen anfangen und sie wegstoßen, doch bald war sie wieder entspannt. Sie schmiegte sich an ihn, und ihre seidenweiche Haut fühlte sich herrlich warm an. Sofort regte sich in Brian das Verlangen nach mehr. Als sie ihre schlanken Arme um seinen Nacken schlang und ihren geschmeidigen Körper eng an ihn presste, beschloss er, dass es nicht schaden konnte, noch ein wenig im Bett zu verweilen.

Doch sein Körper sagte ihm bald, dass aus dem Verweilen nichts werden würde. Er bemühte sich zwar, sein Verlangen zu zügeln, aber es stieg unglaublich rasch und heftig in ihm auf. Zu seiner großen Freude schien es Arianna genauso zu gehen. Ihr Körper hieß ihn mit all der Hitze willkommen, die ein Mann sich nur wünschen konnte. Als er sie beide mit gierigen Stößen auf den Gipfel der Leidenschaft trieb, spürte er ihre Lust bei jedem Seufzer. Sie erreichten den Höhepunkt gemeinsam, und sie rief mit rauchiger Stimme nach ihm, als er sich in ihr verströmte.

Es dauerte ziemlich lange, bis er die Kraft fand, sich von ihr zu lösen. Ihre Hitze, die ihn umfing, und ihre kleinen, weichen Hände, die seinen Körper verträumt streichelten, führten dazu, dass er am liebsten ewig so mit ihr vereint geblieben wäre. Dieses Bedürfnis hatte er noch bei keiner anderen Frau verspürt. Wahrscheinlich sollte er gründlich darüber nachdenken, was das zu bedeuten hatte. Doch dafür war jetzt keine Zeit. Er küsste sie noch einmal zärtlich, dann stand er auf. Im Grunde spielte es keine Rolle, ob er seine Gefühle für Lady Arianna Murray gründlicher betrachtete. Sie war für ihn unerreichbar. Sie stammte aus einem sehr angesehenen Clan, der viel wohlhabender war als der seine. Sie war ein weit besseres Leben gewöhnt. Er und seine Brüder fingen gerade erst an, gelegentlich einen kurzen Blick auf ein solches Leben zu erhaschen. Sie war die Witwe eines französischen Grafen, ihr Clan pflegte mit der Hälfte aller Clans in Schottland Beziehungen, und jeder kannte ihn. Eine solche Frau befand sich weit über ihm, einem der elf legitimen Sprösslinge von Fingal MacFingal. Zwar hatte sein Bruder Gregor eine Murray geheiratet, aber

Alanna war noch unberührt gewesen, als sie eine lange Reise antraten. Danach hatte sie ihn heiraten müssen, um ihre Ehre zu retten. Dieser Zwang war stärker gewesen als jede Überlegung, ob Gregor ihrer würdig war oder nicht. Arianna war verwitwet. Ihre Familie würde also nicht von ihm verlangen, sie zu heiraten, sobald es ihm gelungen war, sie nach Hause zu bringen. Eine Jungfernschaft stand nicht mehr auf dem Spiel.

Er verzog das Gesicht, als er hinter den Wandschirm trat, um sich zu waschen und zu erleichtern. Sein Clan wurde von vielen nicht ernst genommen. Im Grunde bestand er nur aus seinem Vater und all den Söhnen, die dieser im und außerhalb des Ehebetts gezeugt hatte. Sein Vater hatte sich mit seiner Familie und seinem eigentlichen Clan zerstritten und wie ein verwöhntes Kind beschlossen, einen eigenen Clan zu gründen. Die einzige Berühmtheit hatte dieser Clan dadurch erreicht, dass Fingal MacFingal so eifrig Söhne gezeugt hatte. Allmählich wurden sie auch für ihr Kampfgeschick bekannt, doch dieses reichte noch lange nicht an die Ehrenplätze heran, die so viele Murrays innehatten. Und wenn man überlegte, wie bunt es viele seiner Brüder trieben, dann waren sie wohl alle eher berüchtigt als berühmt.

Nay, Lady Arianna war nicht für ihn bestimmt. Wenn er sie nur nicht so leidenschaftlich begehren würde! Kurz überlegte er, ob er sie mit Hilfe der Leidenschaft an sich binden könnte oder sogar dadurch, dass er sie schwängerte. Doch solche Gedanken verwarf er rasch wieder. Sein Clan hatte sich gerade erst mühsam aus dem Sumpf seiner rauen Anfänge befreit. Er konnte die Frau, die er begehrte, nicht in diesen Sumpf hineinziehen. Außerdem würde es noch lange dauern, bis sein Clan es geschafft hatte, nicht mehr nur um sein Überleben zu kämpfen. Er musste dafür sorgen, dass die Beziehung zu Arianna nichts weiter war als ein Teilen von Lust. Und er musste sein Herz davon abhalten, sich nach mehr zu verzehren. Das Problem war nur, dass er diesen Punkt wahrscheinlich schon längst überschritten hatte.

Sobald Brian hinter dem Wandschirm hervortrat, sprang Arianna dahinter. Sie hatte das Hemd angezogen, das er ihr gegeben hatte, weil es leichter zu finden war als das, welches er ihr gestern Nacht ausgezogen und achtlos zur Seite geworfen hatte. Doch dieses Hemd war nicht besonders züchtig, weil es ihr kaum bis zu den Knien reichte. Allerdings wurde ihr hinter dem Wandschirm klar, dass es nicht der Anstand gewesen war, der sie zur Eile angetrieben hatte. Nay, es war die Angst gewesen, dass er sich von ihr abwenden würde, sobald er im Licht des hellen Tages sah, wie wenig ihr schlanker Körper einem Mann zu bieten hatte. Männer mochten üppige Kurven an einer Frau, sie mochten Rundungen, und das rötliche Haar, das ihre Weiblichkeit verhüllte, fand jeder Mann bestimmt nur hässlich und gewöhnlich.

Doch dann begann sie leise mit sich selbst zu schimpfen. Wieder hatten sich Clauds Schmähungen in ihren Kopf gedrängt. Sie war nie eitel gewesen, doch sie hatte immer geglaubt, dass sie einigermaßen ansehnlich war. Bis sie Claud getroffen hatte. Bis er sie von oben bis unten kritisiert hatte, auch wenn er einige seiner tadelnden Bemerkungen als Vorschläge getarnt hatte, wie sie sich bessern könnte. Als sie die vollbusige Marie Anne zu Gesicht bekommen hatte, war ihr klar geworden, wie viel ihr verglichen mit der Geliebten ihres Mannes fehlte. Natürlich war das auch seiner Familie aufgefallen. Es hatte ihnen einen Grund geliefert, ihre Verachtung offen zu zeigen. Brian hatte sie jetzt nackt gesehen, und sie hatte bei ihm nicht feststellen können, dass ihm missfiel, was er sah. Aber die Angst wollte trotzdem nicht von ihr weichen.

Was hatte Claud ihr nur angetan, ohne dass sie sich dagegen gewehrt hatte? Die Narben, die seine grausamen Worte hinterlassen hatten, reichten viel tiefer, als sie geahnt hatte. Es war beschämend, dass sie all seine Kränkungen klaglos über sich hatte ergehen lassen und sich die Lügen noch dazu so zu Herzen genommen hatte. Sie hätte stärker sein sollen, sie hätte mehr an sich glauben sollen. Wenn sie so wenig an sich geglaubt hatte, wie sollte sie jemals die Kraft finden, sich von Clauds Gift zu befreien?

Und schlimmer noch – wenn sie nicht an sich glaubte, wie konnte sie dann an einem Mann wie Sir Brian MacFingal festhalten? Denn das eine musste sie zugeben: Sie wollte an ihm festhalten, ganz fest. Einen Moment lang befürchtete sie, dass sie sich von ihrem ersten Geschmack der Leidenschaft dazu hatte verleiten lassen zu glauben, dass sie mehr als Verlangen für diesen Mann empfand. Dann jedoch schüttelte sie den Zweifel schnell ab. Das, was sie für diesen Mann empfand, hatte sie schon empfunden, als sie an dem Sandstrand die Augen aufschlug und ihn erblickte. Alles, was seitdem passiert war, hatte dieses Gefühl nur verstärkt.

»So viel zu meinem Vorsatz, die Sache als kleine Affäre zu betrachten«, murrte sie zornig, während sie sich wusch.

»Geht es dir gut?«, fragte Brian.

»Aye, ich führe nur ein Selbstgespräch. Ich bin gleich fertig.«

Brian starrte stirnrunzelnd auf den Wandschirm. Er hatte nicht verstehen können, was sie sagte, aber der Zorn in ihren Worten war unverkennbar gewesen. Zorn war nicht das Gefühl, welches er sich von ihr wünschte, jetzt, kurz nachdem sie sich geliebt hatten. Doch bevor er sie fragen konnte, worüber sie sich ärgerte, klopfte es laut an der Tür.

»Franzosen, Sir Brian«, keuchte Molly, sobald er die Tür öffnete.

»Hier, im Gasthaus?« Er machte sich sofort daran, ihre Sachen zu packen und zu überlegen, wie sie heimlich davonschleichen konnten.

»Noch nicht, aber bald. Soeben kam mein Jüngster nach Hause und hat mir berichtet, dass sie sich nach einem guten Gasthaus erkundigt haben und hierher geschickt wurden.«

»Gibt es hier eine Hintertür?«

»Aye. Ich habe meinen Jungs schon gesagt, dass sie eure Pferde satteln und hinter die Ställe führen sollen.« Sie warf einen Blick auf Arianna, die hinter dem Wandschirm hervortrat und hastig ihr Gewand verschnürte. »Du hast wohl nicht nur irgendein Mädchen entführt, um ein bisschen Spaß mit ihr zu haben.«

»Stimmt, aber ich habe jetzt keine Zeit, dir die Sache zu erklären. Es geht um Leben oder Tod, um ihres und um das von zwei Knaben. Deine strammen Burschen sollten sich bewaffnen und in deiner Nähe bleiben. Diese Franzosen sind keine einfachen Reisenden.«

»Das hat mein Sohn auch schon gemeint, und er meinte auch, dass er nicht wüsste, ob er diese Kerle wirklich bei uns übernachten lassen wollte. Kommt mit, ich zeige euch einen Weg, wie ihr euch möglichst unbemerkt aus dem Staub machen könnt.«

Brian packte Arianna, die kreidebleich geworden war, an der Hand, warf noch einen letzten sehnsüchtigen Blick auf das Bett und folgte Molly. Er hatte gehofft, sich hier ein Weilchen ausruhen zu können. Außerdem hatte er gehofft, Ariannas Leidenschaft noch ein paar Mal in einem bequemen Bett genießen zu können, und sei es nur, um ihr klar zu machen, dass sie nicht nur begehrenswert war, sondern ihn auch vollends befriedigte.

Um ehrlich zu sein, sie befriedigte ihn so sehr, wie es noch keine Frau vor ihr getan hatte. Sie entfachte sein Verlangen so heftig, wie er es noch nie in den Armen einer anderen Frau empfunden hatte. Keine andere hatte ihn je so zufriedengestellt. Es würde sehr schwer werden, darauf zu verzichten.

Auf dem Weg durch den hinteren Garten des Gasthauses hin zur Rückseite der Ställe hörte Brian die Stimmen von Amiels Leuten. Die Stallburschen versuchten offenbar, die Männer aufzuhalten, und feilschten lange über den Preis für die Unterbringung all der Pferde. Brian überlegte kurz, ob er noch einmal zurückschleichen sollte, um etwas Neues in Erfahrung zu bringen, doch ein Blick auf Ariannas angstvolles Gesicht brachte ihn von diesem Gedanken ab. Ein solches Risiko konnte er nicht eingehen, wenn ihre Feinde so nah waren.

Er drückte Molly einen Kuss auf die Wange, dann hob er Arianna in den Sattel. »Vielen Dank, Molly«, verabschiedete er sich von der freundlichen Wirtin. »Du solltest jetzt wohl deine neuen Gäste begrüßen.«

»Aye. Macht euch keine Sorgen. Wenn es euch gelingt, unbemerkt aus dem Dorf zu gelangen, dann kann euch vorerst nichts passieren. Ich habe einen meiner Jungs beauftragt, ein paar hübschen jungen Mädchen Bescheid zu sagen, dass hier eine Gruppe reicher Franzosen abgestiegen ist. Wahrscheinlich sind diese Kerle bald viel zu beschäftigt, um euch zu verfolgen.«

Brian grinste und führte Arianna im Schutz der Häuser auf etlichen Umwegen aus dem Dorf. Wenn sie es schafften, zu entkommen, ohne dass einer von Amiels Leuten sie entdeckte, konnten sie ein wenig Abstand zwischen sich und ihre Verfolger bringen. Er wunderte sich allerdings, dass sie so früh am Tag eine Pause einlegten. Doch dies bestätigte seine Befürchtung, dass Amiel wusste, wohin er unterwegs war, und gar nicht ihren Spuren folgte, sondern nur hoffte, sie vor ihrem Ziel abzufangen. Der Kerl betrachtete dieses Unternehmen wohl eher wie eine Vergnügungsreise und nicht wie eine Verfolgungsjagd.

Am Ortsrand zügelte Brian sein Pferd an und stellte sich im Sattel auf, um sich zu vergewissern, dass keiner von Amiels Leuten ihnen auflauerte. Die vor ihnen liegende Strecke bot nämlich wenig Deckung. Was er erblickte, entlockte ihm ein Grinsen.

Mindestens acht Frauen in den hübschesten Gewändern, die arme Huren sich leisten konnten, hatten sich vor den Ställen versammelt und boten ihre Waren feil. Die Männer, die noch nicht ins Gasthaus gegangen waren, musterten die Frauen. Einige hatten bereits ihre Wahl getroffen. Brian wünschte nur, dass die Frauen es schafften, die Männer rasch ins Gasthaus zu zerren.

»Halten sie nach uns Ausschau?«, fragte Arianna.

»Nay. Sie begutachten die Frauen, die Molly durch ihren Sohn herbeirufen ließ. Es sind ein paar hübsche kleine Vögelchen. Ich möchte gern sehen, ob es ihnen gelingt, alle Männer dazu zu bringen, ins Gasthaus zu gehen. Wenn sie das nicht bald tun, müssen wir das Risiko eingehen, die Strecke bis zum Waldrand ungedeckt zu passieren.«

»Mir wäre so etwas als Ablenkung nie eingefallen, zumal es noch nicht einmal Mittag ist.«

»Die Zeit spielt für einen hungrigen Mann keine Rolle.« Er grinste, als sie abfällig mit der Zunge schnalzte. »Ich fragte mich nur, warum Amiel so früh am Tag Rast macht.«

»Wahrscheinlich steht ihm der Sinn nach einer guten Mahlzeit und einem Bad. Da er weiß, wer du bist und wohin du unterwegs bist, denkt er, dass er sich ruhig Zeit lassen kann. Amiel hat noch nie gern etwas getan, was nach Arbeit aussah.«

»Aha, einer von denen, die nach dem Titel gieren, aber erwarten, dass alle anderen die Pflichten erledigen, die mit den Privilegien einhergehen. Jetzt sieht es übrigens so aus, als hätten die Mädchen die Männer endlich davon überzeugt, dass sie im Gasthaus besser bedient werden. Vermutlich hat Molly ihrem Sohn gesagt, dass er die Damen dazu auffordern soll.«

»Warum sollte sie ihm das sagen? Wo sollten die Mädchen den Männern denn sonst zu Diensten sein?«

»Im Stall, im Hof, in der Gasse – irgendwo, wo man stehen, sitzen oder liegen kann.« Er lächelte, als sie hochrot anlief. »Ich glaube, du bist sehr behütet aufgewachsen, Liebes.« Er warf noch einmal einen Blick zurück auf die Männer. »Gerade wird der Letzte ins Haus gezerrt. Wir sollten jetzt los. Am liebsten würde ich im Galopp davonpreschen, aber vielleicht gibt es unter Amiels Männern einen Scharfäugigen, und zwei aus dem Dorf galoppierende Reiter würden unweigerlich Aufmerksamkeit erregen.«

Die nächsten Minuten waren die längsten, die Arianna je durchlitten hatte, zumindest seit sie sich im Meer an den Fässern festgeklammert hatte. Sie saß steif im Sattel und rechnete jeden Moment mit einem Aufschrei, der zeigte, dass man sie entdeckt hatte. Als sie endlich im Schutz der Bäume angelangt waren, tat ihr vor Anspannung alles weh. Sie biss jedoch die Zähne zusammen und folgte Brians Beispiel, der sein Pferd zu einem rascheren Tempo antrieb. Einen Galoppritt hatte sie heute wahrhaftig nicht vorgehabt, aber sie beklagte sich nicht.

Sie hoffte nur, dass diese Frauen Amiel und seine Männer beschäftigt hielten, ohne allzu sehr darunter zu leiden. Wenn Amiel darauf kam, dass er an der Nase herumgeführt worden war, ließ er seine Wut aus lauter Niedertracht womöglich an den Frauen, Molly und ihren Söhnen aus. Das wäre ein trauriger Lohn für die Hilfe der wackeren Wirtin gewesen.

Bei dem Gedanken an die Frauen fiel ihr wieder ein, was Brian darüber gesagt hatte, wo eine Frau einen Mann unterhalten konnte. Ihre Verwandten hatten zwar kein Hehl daraus gemacht, was Männer und Frauen in der Ehe trieben, doch abgesehen davon hatten sie ihr tatsächlich nicht viel erzählt. Sie hatte gewusst, dass ihre Brüder und ihre Cousins ins Dorf gingen, um mit den Mädchen herumzutändeln. Doch wenn sie daran gedacht hatte, hatte sie sich als Örtlichkeiten, wo so etwas ablief, immer Zimmer und Betten vorgestellt. Offenkundig musste sie noch einiges lernen.

Erst am späten Nachmittag hielt Brian an. Er hatte die Stunden, die Amiel und seine Männer im Gasthaus verbrachten, nutzen wollen, um ihren Abstand so weit wie möglich zu vergrößern. Am besten wäre es natürlich gewesen, die Männer hätten beschlossen, im Gasthaus zu übernachten. Aber darauf war kein Verlass. Vielleicht hatte Amiel wirklich nur auf ein Ale und eine Mahlzeit dort bleiben wollen. Es gab nur eines, dessen Brian sich ganz sicher war – Amiel würde von Molly und ihren Leuten keine brauchbaren Hinweise erhalten. Selbst wenn die Frau für seinen und Sigimors Clan nicht besonders viel übrig hatte, würde sie niemals einen Stammgast verraten.

Er tränkte die Pferde, dann holte er den kleinen Proviantbeutel heraus, den Molly in seine Satteltasche gesteckt hatte, und gesellte sich zu Arianna, die unter einem Baum zusammengesunken war. »Es dauert nicht mehr lange, Liebes, dann kannst du dich länger ausruhen.«

»In einem richtigen Bett?«

»Aye, in einem richtigen Bett. Und dann wirst du auch ein Bad nehmen können, ohne mir heißes Wasser übrig lassen zu müssen.«

»Ich würde gern schlafen, einfach nur schlafen, und das mehrere Tage lang.« Sie richtete sich auf und nahm sich von dem Essen, das er ihr auf den Schoß gelegt hatte. »Das habe ich mir schon von dem Moment an gewünscht, als mir klar wurde, dass meine Jungs auf Tillets Schiff in Gefahr schwebten. Ich habe sie kaum noch aus den Augen gelassen.«

»Du kannst dich in Dubheidland ausschlafen, auch wenn ich nicht weiß, wie viele Tage wir uns gönnen können.«

»Bist du dir sicher, dass dein Cousin nichts dagegen hat, wenn wir ein Weilchen dort bleiben? Wir werden Ärger an seine Pforten bringen, und das ist wahrhaftig nicht sein Kampf.«

»Lucette will aus Habgier zwei Kinder töten. Glaub mir, Sigimor wird den Kerl schon allein deshalb umbringen wollen.«

Arianna nickte. Ihre Verwandten würden sich nicht anders verhalten. Bei so etwas spielte es nicht einmal eine Rolle, ob der Mann ein Verbündeter oder ein Feind war. Ausschlaggebend war, dass er aus reiner Gier Kindern nach dem Leben trachtete. Sie hatte ein paar merkwürdige Geschichten über den Laird von Dubheidland gehört. Ihre Cousine Alanna hatte sie ihren Verwandten berichtet, und diese hatten sie dann in den wenigen Briefen, die sie von ihrer Familie erhalten hatte, ihr erzählt. Immerhin hatten ihr die Lucette diese Briefe gelassen, dachte sie verbittert. Ob sie wohl alle gelesen und dann diejenigen zerstört hatten, die ihnen nicht gefielen? Denn das hatten sie offenkundig mit den Briefen getan, die sie geschrieben hatte.

Plötzlich verspannte sie sich. »Brian, ich glaube, mir ist gerade klar geworden, warum Amiel weiß, wohin wir unterwegs sind, und warum er sich immer nur kurz vergewissert, ob wir vorbeigekommen sind.«

»Vermutlich deshalb, weil er das Geld hat, um ein paar Zungen zu lockern. Ich fürchte, in diesem Teil des Landes gibt es eine Reihe von Leuten, die uns – die MacFingals und die Camerons – gut kennen.«

»Erinnerst du dich daran, wie wir darüber gesprochen haben, dass die Lucette die Briefe gelesen haben, die ich meinen Verwandten schicken wollte, und diejenigen vernichtet haben, die sie für gefährlich hielten?« Brians Miene verdunkelte sich. Schon allein daran erkannte Arianna, dass er ahnte, was sie soeben erst erkannt hatte. »Was ist, wenn sie auch all die Briefe gelesen haben, die meine Verwandten mir geschickt haben, und sei es nur, um jene zu zerstören, die ihnen womöglich Ärger bereiten konnten? Darunter vielleicht Briefe, in denen ich gebeten wurde, aus welchem Grund auch immer heimzukommen, oder solche, in denen meine Verwandten mich fragten, wann sie mich denn einmal besuchen könnten? Vielleicht haben sie auch nur gehofft, aus diesen Briefen mehr über meine Familie zu erfahren und dadurch eine Möglichkeit zu finden, meinem Clan noch etwas Geld abzuknöpfen.«

»Und so kennen sie dann wohl mehr oder weniger jeden Ort, an dem du Verwandte hast oder dein Clan Verbündete hat. Natürlich nur, wenn in den Briefen, die an dich gerichtet waren, von solchen Dingen berichtet wurde und deine Leute dir Sachen erzählten, die sie von anderen Verwandten oder Verbündeten gehört hatten.«

»Klatschgeschichten, meinst du wohl.« Sie musste kurz grinsen. »Darum geht es ja oft. Aye, fast alle meine Verwandten erzählen gern solche Geschichten. Auch deshalb kamen mir die Camerons und du so bekannt vor, und auch die MacEnroys.« Sie seufzte. »Meine Familie wollte mich auf dem Laufenden halten, auch darüber, wo sich alle aufhielten. Deshalb ist es gut möglich, dass diejenigen, die diese Briefe gelesen haben, das nun ebenfalls wissen. In den Briefen stand eine Menge über meinen Clan und unsere Verbündeten. Amiel war ständig in der Nähe. Als Claud nicht von Marie Anne ablassen wollte, ärgerten sich seine Eltern immer mehr über ihren Erben. Falls Amiel sie darin unterstützte, ein Auge darauf zu haben, was zwischen mir und meinen Verwandten ablief, dann ...«

»Dann weiß Amiel alles über dich und brauchte nur noch ein paar schlaue Hinweise, mit wem du unterwegs bist.«

Sie legte den Kopf an den rauen Baumstamm. »Amiel ist ziemlich gerissen.«

Brian nickte und beendete stumm seine Mahlzeit. Er grübelte darüber nach, wie wahrscheinlich es war, dass die Männer, die hinter Arianna und den Jungs her waren, wussten, wohin sie sich wenden wollten. Falls Amiel schon länger vorgehabt hatte, seinen Bruder zu ermorden, war es naheliegend, dass er möglichst viel über dessen Gemahlin in Erfahrung bringen wollte. Dennoch glaubte Brian nicht, dass Amiel seine Verbrechen länger geplant hatte. Der Mann, den er im Gasthaus beobachtet hatte, schien für so etwas nicht die nötige Geduld zu haben. Amiel hatte wohl einfach nur genutzt, was man über Arianna und die Murrays erfahren hatte.

Es gab verschiedene Gründe, solche Einblicke zu sammeln, und keiner davon sprach für die Familie, in die Arianna eingeheiratet hatte. Aber im Moment war auch keiner dieser Gründe von Belang. Wichtig war nur, dass Amiel und die DeVeau zu viel wussten. Er und Arianna konnten zwar den Männern aus dem Weg gehen, die sie verfolgten, aber es würde ihnen wahrscheinlich nicht gelingen, sie gänzlich abzuschütteln.

»Du bist sehr still«, bemerkte Arianna und musterte ihn prüfend. »Es tut mir leid. Meine Familie und ich sahen einfach keine Notwendigkeit, vorsichtig zu sein.«

Er nahm ihre Hand und drückte einen Kuss auf die Innenfläche. »Du musst dich nicht dafür entschuldigen. Die Lucette sind mit euch verbündet. Ihr seid davon ausgegangen, dass du von der Familie deines Gemahls nichts zu befürchten hast. Warum solltet ihr nicht offen eure Meinung äußern?«

»Ich kann verstehen, warum sie sorgfältig geprüft haben, was ich meiner Familie berichtet habe, und warum sie sogar geprüft haben, was meine Verwandten mir erzählten. Aber warum haben sie das alles, wie ich mittlerweile vermute, eifrig notiert? Warum wollten sie solche Kenntnisse greifbar haben?«

»Vielleicht hatten sie keinen richtigen Plan und dachten nur, irgendwann könnten sie ihnen nützlich sein. Doch was sie damit vorhatten, ist im Grunde nebensächlich. Wichtig ist nur, dass Amiel wahrscheinlich alles weiß.«

»Wir können ihn nicht abschütteln. Und vermutlich können auch deine Verwandten ihre Verfolger nicht abschütteln.«

Brian zog sie näher zu sich heran. »Um meine Verwandten brauchst du dir keine Sorgen zu machen. Vielleicht können sie die Franzosen nicht abschütteln, aber sie können sie umgehen und schneller sein als sie. Und das können wir auch. Außerdem haben meine Verwandten etwas, was wir nicht haben.«

»Ach so? Was denn?«

»Mehr Männer.«

»Stimmt. Würde es helfen, wenn wir ein paar Bewaffnete anheuern würden? Ich kann es mir leisten, zumindest dann, wenn ich bei meinem Clan angelangt bin.«

»Ich habe darüber nachgedacht, aber ich glaube, das brauchen wir nicht. Wir sind bald in Dubheidland. Am besten machen wir so weiter wie bisher. Ich denke, wir können diesen Mistkerlen besser entkommen, wenn wir nur zu zweit sind. Wenn wir von Dubheidland weiterreiten, werde ich das dritte Pferd dort lassen. Ich glaube nicht, dass wir unsere Verfolger damit weiter täuschen können.«

»Wenn sie sich gegenseitig verständigen und mittlerweile über alle möglichen Dinge Bescheid wissen, dann täuscht sie das Pferd sowieso nicht mehr. Sie wissen inzwischen sicher, wohin die Jungs gebracht werden sollen.«

Arianna erzitterte. Brian hielt sie noch ein bisschen fester, doch das vertrieb die Kälte ihrer Angst kaum. Es war eine Angst, die viel zu tief ging, um sich vertreiben zu lassen. Mit jedem neuen Tag und jeder neuen Erkenntnis über ihre Gegner wuchs ihre Sehnsucht nach Michel und Adelar. Sie spürte sie mittlerweile als scharfen Schmerz in ihrem Herzen. Und dieser Schmerz rührte nicht nur daher, weil sie die Knaben schrecklich vermisste, sondern auch daher, weil sie sich unbedingt vergewissern musste, dass sie wohlauf waren und dass in Scarglas für ihre Sicherheit gesorgt war. Sie glaubte Brian zwar, dass dem so war, aber trotzdem musste sie es mit eigenen Augen sehen, um ganz beruhigt zu sein.

»Mach dir keine Sorgen, Liebes.« Brian küsste sie zärtlich, dann stand er auf.

»Leichter gesagt als getan«, murrte sie und nahm die Hand, die er ihr entgegenstreckte. Er zog sie hoch und schloss sie in die Arme. »Die meisten können das gar nicht begreifen, wenn sie erfahren, wer Michel und Adelar sind. Aber es sind meine Jungs.«

»Du hast sie gehegt und gepflegt.« Er drückte einen Kuss auf ihre Stirn, dann führte er sie zu den Pferden. »Und dein Herz ist viel zu gut, um an den Kindern das Unrecht auszulassen, das ihre Eltern dir angetan haben. Es dauert nicht mehr lange, bis du sie wiedersiehst. Allerhöchstens zwei Wochen. Vielleicht wartet schon in Dubheidland eine Nachricht von ihnen auf uns.«

Das hoffte Arianna sehr. Das würde ihre Ängste zumindest ein Weilchen beschwichtigen. Sie sehnte sich zwar danach, die Kinder endlich wieder in die Arme zu schließen, aber wenn sie wusste, dass sie in Scarglas eingetroffen und dort sicher waren, würde es ihr leichter fallen, ihre Trennung noch ein paar weitere Tage zu ertragen.

8

»Warte hier, Liebes.«

Arianna verzog das Gesicht, als sie Brians Beispiel folgte und vom Pferd stieg. »Was hast du vor?«

»Ich will in den vor uns liegenden Weiler schleichen und jemanden suchen, der deine Verwandten benachrichtigt«, erklärte er.

»Glaubst du denn, das ist nötig?«

»Aye. Hinter uns sind zehn Männer her. Zehn. Wenn sie jeweils zehn in alle drei Richtungen geschickt haben, in die wir sie führen, dann rennt hier ein kleines Heer herum, das Jagd auf dich und deine Jungs macht.« Er krümmte sich, als sie erbleichte. Das hätte er ihr wohl nicht so schonungslos beibringen dürfen.

Sie stöhnte auf und packte ihn an den Armen. »Aber Michel und Adelar …«

»Sie sind besser geschützt als wir. Glaub mir, meine Verwandten verstehen es ausgezeichnet, sich unbemerkt zu bewegen und sich und alles, was ihnen wichtig ist, zu tarnen. Ich versichere dir, dass die Jungen, kurz nachdem wir vom Strand aufgebrochen sind, nicht mehr zu erkennen waren. Selbst du hättest sie nicht mehr erkannt. Bestimmt wurde auch überlegt, wo man sie verstecken könnte, falls dies nötig würde. Und weißt du, worin meine Verwandten außerdem noch sehr gut sind?«

»Worin?« Arianna hätte ihm zu gern geglaubt, und sei es nur, um die Panik in Schach zu halten, die nun ihren Kopf verwirrte und ihr Herz hämmern ließ. »Was können sie denn noch sehr gut?«

»Kämpfen.« Er küsste sie auf die Stirn. »Wir waren jahrelang von Feinden umringt und haben es überlebt. Mein Vater war nämlich höchst geschickt darin, sich Feinde zu machen. Manche von ihnen waren sehr erpicht darauf, uns zu beseitigen, doch es ist ihnen nicht gelungen. Mein Vater hat immer gesagt, er war vielleicht nicht der beste Vater, und als Ehemann war er noch schlechter, aber eines hat er wirklich gut gemacht: Er hat seinen Kindern beigebracht, wie man überlebt. Und das stimmt. Das können wir alle wirklich sehr gut.«

Sie lehnte die Stirn an seine Brust. Allmählich legten sich ihre Sorgen. Er hatte alles gut durchdacht. Der Plan war immer noch gut, auch wenn weit mehr Männer hinter ihr und den Jungen her waren, als sie anfangs gedacht hatten. Das Selbstvertrauen, das in seinen Worten zum Ausdruck kam, beruhigte sie ebenfalls. Brian war sich seiner Stärken und Fähigkeiten bewusst. Das war gut, denn dann wusste er auch, was er nicht tun konnte und was einfach nur tollkühn wäre, wenn er es versuchte.

Sie trat einen Schritt zurück und atmete tief durch, dann nickte sie. »Geh nur. Aber da ich nicht genau weiß, wo ich mich befinde, weiß ich auch nicht, welche Verwandten hier in der Nähe sind.«

»Ich weiß es. Als Fiona uns erklärte, mit wem ihr Clan verbündet ist, haben wir alles über sie in Erfahrung gebracht, was wir konnten.« Er küsste sie noch einmal rasch. »Ich bin nicht lange weg.«

»Pass auf dich auf.«

Sie sah ihm nach, bis er aus ihrem Blickfeld verschwunden war. Die Leichtigkeit, mit der er in die Schatten der Bäume eintauchte, steigerte ihre Zuversicht, dass er und seine Verwandten die Fähigkeiten besaßen, die sie und die Jungen zum Überleben brauchten. Allerdings konnte sie kaum begreifen, was für ein Leben er normalerweise führte, weil es so völlig anders war als alles, was sie kannte. Aber sie wusste, dass er die Wahrheit sagte. Die MacFingals verstanden sich darauf, zu überleben. Die Fertigkeit, sich verstohlen zu bewegen, war dabei nur eine von vielen Waffen. Ihre Familie hatte in Ariannas Jugend ein ziemlich friedliches Leben geführt, doch sie vermutete, dass auch ihre Verwandten solche Fertigkeiten besaßen.

Um sich ein wenig abzulenken, wandte sie sich den Pferden zu. Es war ein langer Tag für sie alle gewesen, mit unwegsamen Pfaden und einem anstrengenden Tempo, auch wenn sie sich immer wieder versteckt und abgewartet hatten, bis es Brian sicher vorgekommen war, ihren Weg fortzusetzen. Dass er sich jetzt die Zeit nahm, ihren Verwandten eine Nachricht zukommen zu lassen, war ein wenig riskant, weil sie nicht wussten, wie nah ihre Gegner waren. Dennoch war es notwendig. Sie würden alle Hilfe brauchen, die sie bekommen konnten.

Offenbar hatten Amiel und die DeVeau tatsächlich ein kleines Heer mitgebracht, um sie und die Jungen zur Strecke zu bringen. Das hätte ihr schon viel früher klar sein müssen, doch sie hatte nie darauf geachtet, wie viele Männer Amiel dabei hatte, wenn sie in seine Nähe gekommen waren. Selbst wenn sie und ihre Verbündeten ihre Gegner bezwangen, verfügten Amiel und die DeVeau bestimmt über die finanziellen Mittel, weitere Leute anzuheuern, die für sie kämpften. An Männern, die niemandem die Bündnistreue schuldeten und Geld brauchten, herrschte in dieser Gegend kein Mangel.

Bei dem Gedanken, dass sie die MacFingals in ihren Kampf verwickelt hatte, überkamen sie die schlimmsten Schuldgefühle, auch wenn ihr klar war, dass sie keine andere Wahl gehabt hatte. Selbst das Wissen, dass die Männer überaus bereit gewesen waren, ihr zu helfen, linderte ihre Schuldgefühle kaum. Wenn es nicht um die Kinder gegangen wäre, hätte sie sich irgendwie allein zu ihrer Familie durchgeschlagen. Doch leider ging es ja in diesem Kampf vor allem um die Jungen.

Wenn Amiel sie erwischte, konnte er sie als Geisel benutzen, um die Jungen in die Hände zu bekommen. Auf Clauds Anwesen hatte jeder gewusst, dass sie für die Kinder eine bessere Mutter war, als es Marie Anne je gewesen war. Die Kinder hatten das genauso gesehen. Der einzige Wert, den sie für Amicl hatte, war der eines Köders. Mit ihr konnt er die beiden in die Falle locken. Dass die DeVeau sie haben wollten, um sich an ihrer Familie zu rächen, war Amiel wahrscheinlich nicht wichtig. Doch dass sie von Anfang an seine Pläne, die Jungen zu töten, vereitelt hatte, erzürnte ihn bestimmt so, dass er auch sie am liebsten tot sehen wollte.

Nach wie vor konnte sie kaum begreifen, was in diesem Mann vorging. Wenn er doch nur ein wenig Geduld aufgebracht hätte! Irgendwann in naher Zukunft hätten es seine Eltern bestimmt geschafft, die Ehe von Claud und Marie Anne für ungültig erklären zu lassen. Dann hätten die Kinder keinerlei Erbanspruch mehr gehabt. Für so etwas musste man nur die richtigen Leute schmieren. Viele Adlige hätten dafür das vollste Verständnis aufgebracht, denn keiner von ihnen sah es gern, wenn in den Adern eines Erben gewöhnliches Blut floss. Amiel hätte einfach nur abwarten müssen.

Es sei denn, er konnte es sich nicht leisten zu warten. Alles lief auf die Frage hinaus, ob Amiel bei den DeVeau in der Schuld stand. Diese Leute hatten ihn vielleicht dazu gedrängt, nach Clauds Tod sofort zu handeln. Allerdings war ein solches Vorgehen ziemlich unüberlegt. Die DeVeau bevorzugten normalerweise subtilere Wege, um zu bekommen, was sie wollten. Zwei Jungen und eine Frau zu verfolgen, wie der Hund das Kaninchen hetzt, war wahrhaftig nicht sehr subtil.

Schließlich gestand sie sich seufzend ein, dass all diese Überlegungen müßig waren. Sobald das Spiel begonnen hatte, konnte es nicht mehr aufgehalten werden. Die Verbrechen von Amiel und seinen Verbündeten, den DeVeau, nahmen stetig zu. Es war nicht leicht, Gerechtigkeit einzufordern, wenn man einen Mann oder eine Frau von Stand eines Verbrechens bezichtigte. Aber die DeVeau waren beim König nicht besonders beliebt, und hier ging es um den Mord an einem Grafen, der sogar den Anspruch auf einen noch höheren Titel gehabt hätte. Es konnte die DeVeau teuer zu stehen kommen, wenn man sie der Mittäterschaft an einem Mord an einem Lucette bezichtigte. Außerdem war auch ein Schiff versenkt worden.

Leise schimpfend rieb sich Arianna die Schläfen. Schon allein bei dem Versuch, sich auf all dies einen Reim zu machen, bekam sie Kopfschmerzen. Das, was ihr völlig sinnlos, unnötig und unverantwortlich vorkam, konnte aus der Sicht von Amiel und den DeVeau ganz vernünftig sein. Doch letztlich spielte es keine große Rolle, warum sie so scharf darauf waren, zwei unschuldige Knaben zu ermorden. Dass es so war, reichte.

Sie setzte sich in die Nähe der Pferde auf den Boden. Es fiel ihr zunehmend schwer, Brians Streifzüge klaglos zu ertragen. Arianna gefiel es gar nicht, allein bei den Pferden zurückgelassen zu werden, während Brian durch den Wald oder ein Dorf schlich, um den Feind auszuspähen oder ihre Spuren zu verwischen. Arianna war an dieses Gefühl der Hilflosigkeit nicht gewöhnt. Sie kam sich schrecklich nutzlos vor, wie ein zartes Mädchen, das nichts anderes tun kann, als herumzusitzen und auf einen Mann zu warten, der sie rettet.

Wenn ihre Brüder oder ihre Cousins das erfuhren, würden sie sie grausam verspotten. Eine Murray saß nicht herum wie ein hilfloses, willenloses Weib, das nicht genügend Verstand besaß, um sein Mieder allein zu schnüren. Die Murray-Frauen waren stark, sie kämpften Seite an Seite mit ihren Männern. Sie ließen nicht andere den Kampf für sie ausfechten, während sie sich bei den Pferden versteckten. Arianna konnte nicht länger tatenlos herumsitzen. Sie sprang auf.

Doch schon nach drei Schritten in die Richtung, die Brian eingeschlagen hatte, setzte sie sich wieder murrend hin. Murray-Frauen wussten auch, wann sie herumsitzen und warten mussten, selbst wenn es ihnen nicht gefiel. Sie musste sich einfach damit abfinden, dass sie nicht die Fähigkeiten besaß, über die Brian verfügte. Außerdem wussten Amiel und die DeVeau, wie sie aussah, und hatten sie zweifellos auch ihren Begleitern gut beschrieben. Nur ein Blick auf sie würde reichen, und schon wäre es um sie geschehen.

Es blieb ihr also nichts anderes übrig, als herumzusitzen und zu warten. Und zu beten, weil sie jedes Mal, wenn Brian alleine herumstrolchte, befürchtete, dass ihm etwas passierte. Arianna wollte erst gar nicht darüber nachdenken, wie es ihr gehen würde, falls so etwas eintrat. Dass sich ihr Herz schon bei dem bloßen Gedanken verkrampfte, sagte ihr alles, was sie wissen musste.

Sie war dabei, sich in diesen Mann zu verlieben. Vielleicht hatte sie es sogar schon getan. Aber auch darüber wollte sie nicht weiter nachdenken. Brian war freundlich zu ihr. Er huldigte ihrem Körper so, wie sie mittlerweile wusste, dass es ein Mann bei einer Frau tun sollte. Aber er verlor nie auch nur ein Wort über die Liebe oder über eine gemeinsame Zukunft nach dem Zeitpunkt, wenn er sie bei ihren Verwandten abgeliefert hatte.

Einen Moment lang überlegte sie, ob seine Freundlichkeit und die Leidenschaft, die sie bei ihm empfand, der Grund waren, warum sie sich einbildete, ihn zu lieben. Solche Gefühle hatte sie in ihrer Ehe nie erlebt. Ließ sie sich deshalb nun von ihnen in die Irre führen? Dann jedoch schüttelte sie energisch den Kopf. Es war mehr, viel mehr. Ihre Gefühle für ihn reichten tief. Arianna fürchtete, dass er ihr Herz mitnehmen würde, wenn er sie bei ihrer Familie ablieferte und ging.

***

Brian übersah die glutvollen Blicke, mit denen das Mädchen in der Taverne ihn bedachte, während er mit dem jungen Schäfer Tam eine Vereinbarung traf. Es hatte länger gedauert, als ihm lieb war, bis er jemanden gefunden hatte, dem er eine Botschaft an Ariannas Verwandte anvertrauen wollte. Beinahe hatte er beschlossen, damit zu warten, bis sie in Dubheidland waren. Wenn Amiel und seine Leute ihnen nicht so dicht auf den Fersen gewesen wären, dann hätte er es gelassen. Er vermutete zwar, dass seine Verwandten den Murray-Clan schon benachrichtigt hatten, aber sicher war er sich nicht.

»Mach dir keine Sorgen, Mann«, sagte Tam. Er wollte am nächsten Tag seine Wolle zum Markt bringen und eignete sich schon deshalb ausgezeichnet als Bote. »Ich werde noch vor Sonnenaufgang aufbrechen und dafür sorgen, dass ein Murray deine Nachricht erhält. Ich habe schon mehrmals mit ihnen zu tun gehabt. Sie machen faire Geschäfte und zahlen mir immer das, was mir zusteht.«

Schon allein deshalb vertraute Brian dem jungen Mann. Solche Dinge waren wichtig für jemanden, der Waren zu verkaufen hatte. Gute Geschäftspartner hinterging man nicht. Brian gab Tam die Botschaft und drückte ihm die Münzen, die er ihm dafür versprochen hatte, in die schmutzige, schwielige Hand.

»Hüte dich vor den Franzosen«, warnte er noch einmal, während der junge Mann sein Ale austrank.

»Na klar. Nur ein Narr würde sich mit denen einlassen.«

Brian blieb sitzen, als Tam ging. Das junge Mädchen, das ihn vorhin mit einer eindeutigen Einladung bedacht hatte, machte sich noch einmal an ihn heran. Sie war ziemlich hübsch, ziemlich sauber und gut gebaut. Trotzdem gab er ihr so freundlich wie möglich zu verstehen, dass sie ihn nicht interessierte. In ihren Augen glitzerte der Zorn, als sie ihn endlich in Ruhe ließ. Er leerte sein Ale und hoffte inständig, dass Lucette nicht hier anhielt. Um seine Fähigkeit, dem Kerl zu entkommen, machte sich Brian keine Sorgen, doch das Mädchen hatte mitbekommen, dass er etwas mit dem Schäfer ausgemacht hatte. Er konnte nur hoffen, dass sie für die Leute in ihrem Dorf so etwas wie Loyalität empfand.

Er schlich sich ebenso unauffällig aus dem Weiler, wie er hineingeschlichen war. Unterwegs sah er den Schäfer zu einem kleinen, heruntergekommenen Häuschen gehen. Brian fing ihn ab und meinte: »Ich glaube, das Mädchen in der Taverne hört nicht gern ein Nay von einem Mann.«

Tam verspannte sich sichtlich. Er hatte die Warnung also verstanden. »Das stimmt leider«, erwiderte er, ohne den Blick vom Boden zu heben. »Meine Cousine ist ein eitles Miststück. Es sollte sie wirklich mal jemand daran erinnern, dass Eitelkeit eine Sünde ist.«

Brian wunderte sich etwas, als Tam kehrtmachte und zum Gasthaus zurückging. Es tat ihm leid, dass das Mädchen jetzt vermutlich eine Ohrfeige verpasst bekam, nur weil er zu misstrauisch war. Doch dann schüttelte er sein Mitleid ab. Tam hatte sofort verstanden, was Brian gemeint hatte, und der Mann kannte seine Cousine besser als er. Wenn diese Frau zu viel zu den falschen Leuten sagte, konnte es Tam das Leben kosten.

Rasch setzte er seinen Weg fort, denn er konnte es kaum erwarten, wieder bei Arianna zu sein. Er nahm sich fest vor, sie ab sofort nicht mehr allein zu lassen, auch wenn es schwierig werden könnte, diesen Vorsatz einzuhalten. Arianna war zwar nicht völlig hilflos, aber gegen einen Bewaffneten, der erpicht darauf war, sie zu erwischen, hatte sie keine Chance. Leider konnte er sie auf seinen kleinen Streifzügen nicht mitnehmen, denn er wollte nicht, dass zu viele Leute sie sahen. Bei ihrem Aussehen würde Arianna den Leuten bestimmt auffallen, und sie würden sich an sie erinnern. Deshalb konnte er auch nicht begreifen, warum sie Clauds giftige Lügen geglaubt hatte. Zugegeben, er kannte sich bei Frauen nicht besonders gut aus. Arianna war wunderschön, sah jedoch lauter Mängel an sich. Ewans Gemahlin Fiona hatte ähnliche Probleme gehabt. Mit ihrem goldblonden Haar und ihren tiefblauen Augen war Fiona eine wahre Schönheit, und dennoch hatte sie sich ständig wegen der kleinen Narben auf ihren Wangen gegrämt. Dumme Männer waren der Grund dafür; denn eben jene Männer, die einst um Fiona geworben hatten, hatten sich von ihr abgewandt, als sie nicht mehr makellos war. Bei Arianna war es nur ein dummer Mann gewesen, der sich das Recht herausgenommen hatte, sie wegen seiner eigenen Schwächen zu demütigen. Es gab wohl ziemlich viele Männer, denen eine ordentliche Tracht Prügel gut getan hätte, beschloss Brian.

Er wünschte sich, er könnte jemanden um Rat fragen, wie er Ariannas Selbstwertgefühl stärken könnte. Sein Cousin Liam kam ihm in den Sinn. Liam war sehr geschickt im Umgang mit Frauen und mit süßen Worten, die sie zum Lächeln und zum Erröten brachten. Leider war er mittlerweile verheiratet, noch dazu mit einer Murray, und bearbeitete sein eigenes Land. Wahrscheinlich war sogar ein weiteres Kind unterwegs. Die Chancen, dass er sich zur Zeit in Dubheidland aufhielt, standen ziemlich schlecht.

Es blieb ihm wohl nichts anderes übrig, als Arianna immer wieder zu zeigen, wie begehrenswert sie war. So lange, bis sie ihre Macht erkannte, Verlangen in einem Mann wecken zu können, dachte er grinsend. Sie war zwar ein wenig zurückhaltend, als rechne sie jederzeit mit bösen Worten, doch wenn er sie in die Arme nahm, wuchs ihre Leidenschaft rasch. Brian war überaus bereit, sie in seinen Armen zu halten, bis sie davon überzeugt war, dass sie nicht nur begehrenswert war, sondern auch so leidenschaftlich, wie es sich jeder Mann nur wünschen konnte.

Er zügelte sein Pferd am Rand der Lichtung, auf der er sie zurückgelassen hatte. Kurz darauf trat sie hinter einem Baum hervor und lächelte ihn an. Die Freude in diesem Lächeln berührte ihn tief. Nach so etwas sehnte er sich schrecklich. Er konnte sich fast vorstellen, wie sie ihn so begrüßte, wenn er in ihr gemeinsames Heim trat. Die Luft wäre vom Duft einer guten Mahlzeit erfüllt, und lachende Kinder würden sich an ihre Röcke klammern.

Doch dazu würde es nie kommen. Die Enttäuschung fühlte sich wie ein Schwert in seiner Brust an. Trotzdem bemühte er sich, ihr Lächeln zu erwidern. Lady Arianna Lucette konnte nur kurz ihm gehören. Sie war eine Frau von Stand, die zweifellos von vielen Männern umworben würde, sobald sich herumsprach, dass sie frei war. Bestimmt würde sie erneut eine Mitgift erhalten, selbst wenn sie nicht das Land bekam, das die Lucette übernommen hatten. Und über ihre falsche erste Ehe würde kein Wort mehr verloren werden.

Während Brian ihr entgegenlief, schwor er sich, dass er nicht schwach werden würde. Niemals würde er eine Frau nur wegen ihres Landes heiraten, auch wenn er sich noch so sehr nach eigenem Land sehnte. Zum Teil ging diese Weigerung auf seinen Stolz zurück, aber er befürchtete auch, Arianna nicht davon überzeugen zu können, dass er sie aus irgendeinem anderen Grund heiraten wollte, wenn sie eine neue Mitgift erhielt oder die alte zurückbekam. Ihm blieb nichts anderes übrig, als sich an ihr zu erfreuen, bevor er sie gehen lassen musste.

»Brian?« Während er weiter auf sie zukam, wich Arianna zurück, bis sie mit dem Rücken an einem Baum zu stehen kam. »Stimmt etwas nicht?«, fragte sie, auch wenn auf seiner Miene kein Hinweis auf Ärger zu erkennen war.

»Nay.« Er stemmte sich mit den Händen links und rechts neben ihr an den Baumstamm. »Es verlangt mich nur nach dir.«

Bevor sie etwas erwidern konnte, küsste er sie gierig. Die Gier sprang rasch auf sie über. Sie schlang die Arme um seinen Nacken und erwiderte den Kuss mit all der Leidenschaft, die er in ihr weckte. Erst als sie kühle Luft auf ihren Brüsten spürte, schwand ein wenig von dem Nebel, den seine Küsse stets auf ihren Verstand legten. Sie merkte, dass er ihr Gewand aufgenestelt hatte. Nun stand sie mit bloßen Brüsten vor ihm, und ihr Mieder bauschte sich um ihre Hüften. Und das am helllichten Tag!

»Es ist erst Mittag!«, protestierte sie und lief hochrot an. Aber er hielt sie fest, als sie versuchte, die Arme vor ihre Brüste zu legen.

»Nay, es ist schon ein bisschen später.« Er neckte die

harte, rosige Spitze ihrer Brust mit seiner Zunge und genoss ihren Geschmack und das Gefühl, wie sie in seinen Armen erbebte. »Süß. Wunderschön.« Nach jedem Wort umschmeichelte er ihre Brust ein weiteres Mal. »Schon allein dieser Anblick kann einen Mann verrückt vor Begierde machen.«

Arianna stellte fest, dass ihre Zweifel die Macht dieser Worte nicht schmälerten. Ihre Verlegenheit schwand unter seinen Schmeicheleien und Zärtlichkeiten. Als er eine Hand unter ihre Röcke schob und damit an ihren Oberschenkeln hoch wanderte, hinderte sie ihn nicht daran. Sie keuchte nur leise auf, als er ihr das kleine Leinenhöschen auszog, das sie unter den Röcken zu tragen pflegte – eine Gewohnheit, die sie von den Frauen ihres Clans übernommen hatte und die Claud gehasst hatte. Brian warf das Höschen achtlos zur Seite. Nun konnte er sie überall streicheln. Sie verzehrte sich nach seinen Berührungen und öffnete sich bereitwillig, als er sie mit seinen langen Fingern zu liebkosen begann.

Als er ihr die Röcke hochschob, murmelte sie: »Ich hole eine Decke.«

»Weshalb?«

»Damit wir darauf … die Sache beenden können.«

»Das können wir auch so tun.«

»Hier?«

»Liebes, weißt du noch, wie ich dir gesagt habe, dass die Mädchen, die sich bei Mollys Gasthaus um die Franzosen scharten, kein Bett brauchten?«

»Aye.«

»Im Liegen, im Sitzen oder im Stehen, habe ich gesagt.«

»Aye. Wirklich im Stehen?«

Das Wort endete in einem Keuchen, als er eines ihrer Beine um seine Hüfte schlang und sich tief in ihr vergrub. Arianna klammerte sich an ihn und erwiderte seinen heißen Kuss begierig. Es war so barbarisch und aufregend, wie sie noch nie etwas getan oder erlebt hatte. Sein beifälliges Stöhnen, als sie auch das andere Bein um seine Hüfte schlang, steigerte ihre Begierde. Sie stieß einen ganz ähnlichen Laut aus, als er ihr Hinterteil umfasste, um sie festzuhalten, während er sie mit heftigen Stößen auf den Gipfel der Lust trieb.

Es dauerte eine Weile, bis Arianna wieder einen klaren Kopf hatte. Als es soweit war, hatte Brian schon ihr Gewand verschnürt. Sie errötete, als er ihr das kleine Leinenhöschen reichte, ohne ein Wort darüber zu verlieren. Rasch wandte sie ihm den Rücken zu und zog es an. Sie konnte kaum fassen, was sie ihm gerade gestattet hatte. Doch die Wärme der Wonnen, die sie in seinen Armen erlebt hatte, linderte ihre Verlegenheit.

»Ich habe jemanden gefunden, der deine Verwandten benachrichtigen wird«, sagte Brian und reichte ihr den Weinschlauch.

»Jemanden, dem du vertraust?«, fragte sie und trank begierig einen großen Schluck süßen Apfelmost.

»Aye. Er wollte morgen zum Markt, um seine Wolle und ein paar Lämmer zu verkaufen. Er hat mir gesagt, dass er schon mehrmals mit den Murrays Geschäfte gemacht hat und sie ihn immer gut behandelt und pünktlich bezahlt haben.«

»Dann wird er sicher tun, worum du ihn gebeten hast.

Viele Leute sind bei ihren Geschäften nicht so redlich. Die Lucette schulden allen möglichen Leuten Geld. Mein Vater hat immer gesagt, dass man das, was man nicht bezahlen kann, auch nicht braucht. Er meinte, ein Armer, der seine Waren verkauft, kann es sich nicht leisten zu warten, bis der andere sich entschlossen hat, ihn zu bezahlen.«

»Da auch ich Handel treibe, kann ich deinem Vater nur beipflichten.«

»Hast du etwas von deinen Waren retten können, die sich auf dem Schiff befanden?«

Er zuckte mit den Achseln. »Einiges schon. Ich muss es noch einmal durchrechnen, bevor ich sagen kann, wie viel ich verloren habe. Und die Frage ist natürlich auch, ob ich mit Kapitän Tillet weiter zusammenarbeiten kann. Er hat sein Schiff und einen Großteil seiner Mannschaft verloren. Diese Verluste sind nur schwer wettzumachen.«

»Amiel und die DeVeau haben sich nichts dabei gedacht, ein Schiff samt den Leuten, die sich darauf befanden, zu vernichten, nur um mich und die Jungs zu erwischen. Das sagt einiges über diese Kerle aus, nicht wahr?«

»Aye. Sie haben den Tod verdient.«

»Leider kann ich den Schmerz von Eltern bei dem Verlust eines Kindes nachvollziehen, und deshalb tun mir die Lucette fast leid, weil sie wohl bald einen weiteren Sohn verlieren werden.«

»Ist das ihr letzter Erbe?«

»Nay, sie haben noch einen dritten Sohn. Einen ruhigen Mann, der seine Bücher und Studien liebt und oft unter den Fäusten und dem Spott seiner Brüder leiden musste. Ich hatte mit Paul nicht viel zu tun, aber bei den wenigen

Malen, die wir uns getroffen haben, fand ich ihn sehr freundlich und rücksichtsvoll. Vielleicht werden die Leute, die von den Lucette abhängen, letzten Endes sogar gewinnen, wenn er der Erbe wird.«

»Ich glaube, das steht außer Frage.«

»Jedenfalls ist Amiel, solange er lebt, eine Bedrohung für Michel und Adelar.« Sie streifte ihre Röcke glatt und kehrte ihm den Rücken zu.

»Wohin willst du?«

»Ich brauche ein wenig Zeit für mich.«

»Gut, aber geh nicht zu weit weg und nimm dir nicht zu viel Zeit. Ich möchte möglichst bald weiterreiten.«

»Darauf freue ich mich schon sehr.«

Er lachte und wandte sich den Pferden zu.

Arianna hatte sich gerade das Höschen hochgezogen, als sie ein Geräusch hörte, bei dem sie sich von oben bis unten verspannte und wachsam wurde. Hastig vergrub sie das feuchte Tüchlein, mit dem sie sich gesäubert hatte, unter etwas Laub und schlich in die Richtung des Geräusches. Beinahe hätte sie laut geflucht, als sie Amiel und seine Männer erblickte, die sich einen Weg durch den Wald bahnten. Dieser Kerl war wirklich wie eine lästige Stechmücke, die man einfach nicht losbekam.

So leise sie konnte, schlich sie zurück zu der Lichtung, auf der Brian wartete. Sobald sie das Gefühl hatte, sich schneller bewegen zu können, ohne gehört zu werden, raffte sie die Röcke und rannte. Bei jedem Schritt rechnete sie damit, einen Schrei zu vernehmen, der verkündete, dass sie entdeckt worden war. Völlig außer Atem langte sie endlich bei Brian an.

»Amiel?«, fragte er nur, während er ihr in den Sattel half und dann eilig auf sein Pferd sprang.

»Aye. Er reitet mit seinem Trupp ganz in der Nähe durch den Wald.«

»Zum Teufel mit diesem Weib!«

»Welches Weib?«

»Eine junge Frau in der Taverne, die sich nicht mit einem Nay zufriedengeben wollte.«

»Was hat sie dich denn gefragt?«

»Tut mir leid, aber wir haben jetzt keine Zeit, darüber zu reden. Ich fürchte, der Rest unseres Wegs nach Dubheidland wird sehr anstrengend werden.«

Er spornte sein Pferd zum Galopp, und sie folgte ihm, wobei sie Amiel und seine Verbündeten in den dunkelsten Winkel der Hölle verfluchte.

Tam starrte seine Cousine an. Sie war von oben bis unten mit Blutergüssen übersät. Als er gesehen hatte, wie die Franzosen aus dem Dorf galoppierten, war er gleich in die Taverne geeilt, um seine Cousine zur Rede zu stellen. Obwohl er sich ärgerte, dass sie einem guten Mann womöglich Ärger beschert und sogar sein eigenes Leben gefährdet hatte, tat sie ihm nun abgrundtief leid. Die Franzosen hatten sie wirklich übel zugerichtet.

»Du hast nicht auf meine Warnung gehört, oder?«, fragte er.

»Ich habe ihnen nichts von dir erzählt, falls du dir darüber Sorgen machst«, murmelte sie. Ihre Lippen waren so geschwollen, dass sie nur undeutlich reden konnte.

»Aber du hast ihnen von dem Mann erzählt, oder? Du

eitles Miststück! Der Mann hat eine Frau. Du hättest dich wahrhaftig nicht gekränkt fühlen dürfen, als er ablehnte, was du ihm angeboten hast.«

»Seit wann hält es einen Mann, wenn er eine Frau hat, davon ab, es mit einer anderen zu treiben?«

»Du hast dich viel zu häufig mit den falschen Männern abgegeben, Mädchen. Und es ist nicht irgendeine Frau, die dieser Mann hat. Sie ist eine der Murray-Frauen, von denen ich dir erzählt habe. Bist du dafür bezahlt worden, dass du einen Mann verraten hast, der dir nichts zuleide getan hat?« Er fluchte, als sie ihn mit dem Auge, das nicht zugeschwollen war, finster anstarrte.

»Ich wollte ihnen nichts sagen.«

»Woher wussten sie dann, dass du etwas wusstest, was es wert war, erzählt zu werden?«

»Er hat nach dem Mann gefragt. Wahrscheinlich habe ich mich so verhalten, dass er ahnte, dass ich etwas wusste.« Sie richtete sich auf dem schmalen Bett auf und ließ sich von Tam einen Becher Ale reichen. »Bevor ich recht wusste, wie mir geschah, wurde ich hierher geführt. Ich dachte, er wollte mit mir ins Bett. Doch stattdessen hat er mich verprügelt. Sobald ich die Fäuste zu spüren bekam, habe ich ihm von dem Mann erzählt. Aber ich habe ihm nichts von dir erzählt und von dem, was du für diesen Mann tun willst.«

»Bist du dir sicher?«

»Aye, ganz sicher. Du bist zwar ein frömmlerischer Kerl, der ständig die Nase in fremde Angelegenheiten steckt, aber du bist mein Verwandter. Mir ist rasch klar geworden, dass es dich das Leben kosten könnte, wenn ich ihnen etwas von dir erzähle.« Sie starrte auf ihre Hand, die besonders übel zugerichtet war, weil sie versucht hatte, sich damit zu wehren. »Glaubst du, der Mann und seine Lady müssen meinetwegen sterben?« Langsam rollte ihr eine Träne über die Wange.

»Ich weiß es nicht«, erwiderte er seufzend. »Ich habe nur den Mann getroffen und ein Weilchen mit ihm geredet. Er ist ein MacFingal, ein Cousin dieser rothaarigen Teufel, der Camerons. Wenn jemand den Franzosen entkommen kann, dann er. Es wird ihn jetzt wahrscheinlich bloß etwas mehr Mühe kosten.«

»Vielleicht sollte ich mich in die Kirche schleppen und für die beiden beten.«

»Das kann auf keinen Fall schaden.«

9

Jeder Knochen in Ariannas Körper protestierte lautstark, als sie ihren Weg nach Dubheidland fortsetzten. Sie kämpfte gegen die Versuchung an, einen Blick nach hinten zu werfen, um festzustellen, wie nah ihre Feinde ihnen waren. Manchmal juckte es sie am Rücken, als spürte der, dass eine Waffe auf ihn gerichtet war.

In dem Moment, als sie ihrem Verlangen nachgeben und sich umdrehen wollte, wechselte Brian plötzlich abrupt die Richtung. Arianna musste sich voll auf ihn konzentrieren, um ihn nicht zu verlieren. Sie ritten nun auf einem steinigen, kurvigen Pfad, auf dem sie nur langsam vorankamen, schon allein deshalb, um die Pferde zu schonen.

Einen Moment lang erstickte sie fast an ihrer Angst, weil sie sich immer sicherer wurde, dass ihre Gegner sie bald eingeholt hatten. Doch dann rang sie diese Angst nieder. Brian bewegte sich wie jemand, der sich in dieser Gegend gut auskannte. Ihre Verfolger taten das nicht. Der tückische Pfad mochte ihr Tempo verlangsamen, aber er verlangsamte mit Sicherheit auch das Tempo ihrer Gegner.

»Deine Verwandten haben nicht gern Besuch, oder?«, murrte sie, während sie sich bemühte, ihr Pferd auf dem schwierigen Weg zu unterstützen. Es ärgerte sie, dass sie darin nicht so geschickt war wie Brian.

Brian lachte leise. »Das stimmt. Der übliche Weg nach Dubheidland ist allerdings ein bisschen einfacher. Der hier ist schwierig, aber kürzer – viel kürzer. Der Abstieg wird wesentlich leichter. Auf der anderen Seite dieses felsigen Hügels gelangen wir rasch direkt an die Tore von Dubheidland.«

»Direkt heißt aber auch über eine ungeschützte Fläche, oder?«

»Richtig. Aber diese Fläche würde uns auch auf dem längeren Weg bevorstehen.«

»Und was ist, wenn die anderen den anderen Weg nehmen? Kommen sie dann vor uns an?«

»Nay. Er ist nur ein bisschen leichter als der hier. Sigimor ist es lieber, wenn die Wege nach Dubheidland nicht zu einfach sind. Und der hier ist wirklich sehr viel kürzer. Keine Sorge, wir werden das Rennen gewinnen.«

Brian hoffte, dass seine aufmunternden Worte zutrafen. Es würde ein knappes Rennen werden, egal, welchen Weg Amiel und seine Männer einschlugen. Dazu kam, dass sie und ihre Pferde erschöpft waren, auch wenn es Amiel und seinen Männern sowie deren Pferden zweifellos ebenso erging. Doch das beschwichtigte Brians Sorgen kaum.

Es war ihm ein Rätsel, wie Amiel sie ständig aufspüren konnte, egal, wie verschlungen die von ihm gewählten Pfade waren. Allmählich vermutete er, dass Amiel doch so schlau gewesen war, einen Schotten zu finden, der ihn und seine Männer führte. Es gab immer Leute, die für ein paar Münzen alles taten. Die Anwesenheit eines guten Fährtenlesers, der sich in dieser Gegend auskannte, würde erklären, warum sie es nicht geschafft hatten, Amiel abzuschütteln, obgleich er sich redlich bemüht hatte. Anfangs war es vielleicht nur Glück gewesen, aber Glück war nie beständig. Womöglich hatte Amiel gewusst, wohin sie unterwegs waren, aber das erklärte nicht, warum es ihm ständig gelang, den Weg zu finden, den sie eingeschlagen hatten, um nach Dubheidland zu gelangen.

Brian warf einen raschen Blick auf Arianna. Obwohl sie müde aussah, achtete sie weiter sorgfältig auf den schwierigen Pfad. Sie war zwar klein und schlank, doch sie hatte bislang eine erstaunliche Stärke an den Tag gelegt. Inzwischen verließen sie ihre Kräfte allerdings. Das zeigte sich schon an ihrem bleichen Antlitz und den dunklen Augenringen.

Sie brauchte dringend ein paar Nächte Schlaf in einem weichen Bett und einige nahrhafte Mahlzeiten. Sie hatte ja nicht einmal die Zeit gehabt, sich zu erholen, nachdem sie beinahe ertrunken wäre. Gleich darauf war sie gezwungen worden, um ihr Leben zu rennen. Eine weitere Nacht in Mollys Gasthaus hätte ihr sicher geholfen, aber diese Atempause war ihnen nicht vergönnt gewesen. Brian konnte nur hoffen, dass es in Dubheidland anders war.

Entschlossen, Arianna unversehrt in die Burg seines Cousins zu schaffen, richtete Brian nun all seine Aufmerksamkeit auf die Aufgabe, mit Arianna so rasch wie möglich sicheren Boden zu erreichen. Doch auf diesem mühsamen Pfad über den Hügel kamen sie nur langsam voran. Immer wieder fluchte Brian halblaut. Als der Pfad endlich einfacher wurde, hielt er kurz an und stieß einen erleichterten Seufzer aus. Er wunderte sich nicht, dass Arianna dasselbe tat.

»Der Weg wirkt viel besser«, bemerkte Arianna und lenkte ihr Pferd neben das seine. »Ist das dort in der Ferne Dubheidland?«

»Aye. Wir können direkt dorthin galoppieren.«

»Aber es sieht so aus, als läge es etwas erhöht.«

»Der Hügel, auf dem die Burg thront, ist bei weitem nicht so steinig wie der, den wir soeben gemeistert haben.«

Bevor sie etwas darauf erwidern konnte, verspannte sich Brian. Einen Herzschlag später erkannte sie den Grund dafür. Das Geräusch nahender Hufschläge zu ihrer Linken war unüberhörbar. Amiel hatte offenbar das Äußerste aus seinen Männer und Pferden herausgeholt. Sie hatten kaum einen Vorsprung gewonnen.

»Reite, Liebes.« Brian beugte sich vor und gab ihrem Pferd einen Klaps auf die Flanke. »Reite direkt auf die Tore zu!«, rief er, während beide ihre Pferde antrieben. »Sieh dich nicht um und bleib nicht stehen, egal, was passiert.«

Arianna folgte Brians Beispiel und beugte sich tief über den Nacken ihres Pferdes, während sie es weiter antrieb. Sie hoffte inständig, dass das erschöpfte Tier noch die Kraft aufbrachte, sie zu den Toren zu tragen. Ein Schrei hinter ihnen sagte ihr, dass sie entdeckt worden waren, doch sie drehte sich nicht um. Das hätte sie nur aufgehalten. Mit der sicheren Zuflucht vor Augen war sie wild entschlossen, das Rennen zu gewinnen.

Bald waren sie der Burg so nah, dass sie Männer auf den hohen, dicken Mauern erkennen und Rufe hören konnte. Plötzlich vernahm Arianna das tödliche Zischen eines Pfeils, der sie nur knapp verfehlte. Vor Angst gefror ihr das Blut in den Adern. Doch auch Brian wurde nicht getroffen. Zumindest hörte sie keinen Schmerzensschrei von ihm. Hinter ihr wurden Rufe und Flüche laut, aber es wurden keine weiteren Pfeile abgeschossen. Offenbar hatte Amiel seine Leute ermahnt, dass er sie lebendig haben wollte. Ihr Tod nützte ihm nichts. Die DeVeau wollten sie lebendig, und Lucette wollte die Jungen in seine Gewalt bringen.

Der Kerl war ein Narr, wenn er sich einbildete, sie würde die Jungen seiner Gier opfern. Michel und Adelar waren zwar nicht ihre eigenen Kinder, doch sie hätte nie das Leben eines Kindes gegen ihres ausgetauscht. Allerdings verschaffte ihr Amiels Torheit einen kleinen Vorteil. Solange sie frei war, schwebte ihr Leben nicht wirklich in Gefahr. Das galt freilich nicht für Brian, und deshalb mussten sie unbedingt zusehen, dass sie sich in Sicherheit bringen konnten.

»Wir haben es beinahe geschafft, Liebes!«, rief Brian. Mittlerweile waren die Männer auf der Mauer so deutlich zu sehen, dass er ein paar erkannte. »Ich bin's, Brian MacFingal«, rief er. »Wir kommen!«

»Du bringst einen Schwanz mit.«

»Schneidet ihn ab!«

Als Arianna abermals Pfeile durch die Luft schwirren hörte, blieb sie ruhiger. Die tödlichen Waffen waren nicht gegen sie und Brian gerichtet, sondern gegen ihre Feinde. Sie folgte Brian durch ein hohes, mit Eisen beschlagenes Eichentor und brachte ihr Pferd gerade noch rechtzeitig zum Stehen, um einen Zusammenstoß mit einer Gruppe von Reitern zu vermeiden.

»Wie ich sehe, hast du mir ein kleines Geschenk mitgebracht, Brian«, bemerkte ein riesiger, rothaariger Mann.

»Ich brauche mindestens einen von ihnen lebendig, Sigimor!«, schrie Brian. Rasch sprang er aus dem Sattel und schnappte sich ein frisches Pferd, um sich zu den anderen zu gesellen, die bereits mit gezückten Schwertern durchs Tor preschten.

»Du hast wirklich schlechte Manieren, mein Bester«, hörte Arianna den Mann rufen, den Brian Sigimor genannt hatte. »Da bringst du mir ein Geschenk mit und sagst mir gleichzeitig, wie ich damit umgehen soll.«

Brians Erwiderung ging im Kampfgebrüll unter, während die Männer auf Amiel und seinen Trupp losstürmten. Arianna drehte sich im Sattel um. Sie wunderte sich nicht, als sie sah, dass Amiel sofort kehrtmachte und sein Heil in der Flucht suchte. Zwei mit Pfeilen gespickte Körper blieben zurück. Arianna vermutete, dass diese beiden Männer ihr und Brian am nächsten gewesen waren.

»Ein Pferd! Ich will kämpfen!«, krähte ein hohes Stimmchen.

Arianna wandte sich wieder den Leuten zu, die sich im Burghof versammelt hatten. Ein kleiner rothaariger Junge rannte zum Tor, bewaffnet mit einem Holzschwert. Ihm auf den Fersen war eine hochschwangere schwarzhaarige Frau. Ein großer drahtiger Mann war schneller. Er erwischte den Jungen, hob ihn hoch und entwaffnete ihn lachend.

Arianna wusste nicht recht, was sie nun tun sollte. Sie stieg aus dem Sattel, musste sich jedoch an ihr Pferd lehnen, weil ihre Beine zitterten. Aus den Augenwinkeln sah sie zwei kleine schwarzhaarige Mädchen, die ebenfalls mit Holzschwertern bewaffnet waren. Die beiden versuchten, sich an den Leuten vorbeizuschleichen, die sich im Hof drängten. Bevor Arianna den Mund aufmachen konnte, um etwas zu sagen, tauchte ein weiterer großer gutaussehender Rotschopf auf und packte die Kleinen an ihren Gewändern.

In dem Moment, als Arianna die Kraft ihrer Beine prüfen wollte, trat die hochschwangere Schwarzhaarige auf sie zu und lächelte freundlich. Sie war – mit einem Wort – wunderschön, und in den ungewöhnlich silbrig-grauen Augen stand nichts als Güte. Arianna rang sich ein erschöpftes Lächeln ab.

»Ich bin die Gemahlin des Lairds, Lady Jolene Cameron«, sagte die Frau.

»Ihr kommt aus England? Haben wir mit den Engländern Frieden geschlossen?«, fragte Arianna erstaunt.

»Wer weiß das schon. Das ändert sich von Tag zu Tag. Ich bin nur ein armes englisches Mädchen, das sich von Sir Sigimors überaus großem Liebreiz hat fesseln lassen.«

Arianna wusste auch ohne das Lachen der Männer um sie herum, dass das ein Scherz gewesen war. Das gab ihr schon die in den Augen der Hausherrin aufblitzende Belustigung zu verstehen. Ihr wurde klar, dass sie ziemlich unhöflich gewesen war zu der armen Frau, der ein Feind vor ihren Toren zu schaffen machte.

»Bitte verzeiht mir«, sagte sie und streckte die Hand aus. »Ich bin Lady Arianna Murray.« Sie stockte, als sie die Hand der Frau schüttelte und ihr aufging, dass sie nicht mehr als eine Lucette bekannt sein wollte. Der Name war ihr im Hals stecken geblieben. Erleichterung durchflutete sie, als sie merkte, dass es höchste Zeit war, diesen Namen zu vergessen, der nie wirklich der Ihre gewesen und mit keiner angenehmen Erinnerung verbunden war.

»Nun, vermutlich habt Ihr einen langen, anstrengenden Weg hinter Euch, falls Eure Ankunft in Dubheidland einen Hinweis darauf gibt.« Jolene hakte sich bei Arianna unter.

»Erlaubt mir, Euch nach drinnen zu begleiten. Wahrscheinlich würdet Ihr Euch über ein Bad, saubere Kleider und etwas zu essen freuen.«

»Aye, das würde ich in der Tat. Vielen Dank, und verzeiht mir all die Mühen.« Arianna rieb sich die Stirn, was allerdings kaum gegen das Pochen der Erschöpfung half. »Wir haben es einfach nicht geschafft, unsere Gegner abzuschütteln.«

»Jetzt sind wir sie bestimmt erst einmal los.«

Die Frau wirkte so zuversichtlich, dass Arianna ihr nur zu gern glaubte. Nun konzentrierte sie sich ausschließlich darauf, zu gehen, ohne zu stolpern. Erst jetzt, nachdem sie nicht mehr wegrennen musste, merkte sie, wie erschöpft sie war.

»Es ist zwar nicht richtig von mir, aber ich wünschte, sie wären nicht nur abgeschüttelt, sondern tot.«

»Nach dem, was sie Euch angetan haben, ist Euer Wunsch kein Wunder. Ich kann dieses Gefühl gut verstehen, denn auch ich musste einst vor Feinden fliehen. Dabei habe ich Sigimor getroffen. Aber diese Geschichte erzähle ich Euch erst, wenn Ihr ein wenig geruht habt. Vermutlich waren Euch auf der Flucht nicht viele Pausen vergönnt.«

»Nay, nur sehr wenige.« Arianna sah sich in dem Schlafgemach um, in das Jolene sie geführt hatte. »Oh, das ist aber hübsch«, murmelte sie, als sie das große Bett entdeckte. Sie fragte sich, ob sie noch die Kraft aufbrachte, sich dorthin zu schleppen und darauf zusammenzubrechen.

»Ich habe bereits ein Bad für Euch bestellt.« Jolene zog sie zum Bett. »Setzt Euch. Ich suche Euch ein paar saubere Kleider heraus.«

Aus Angst, dass sie einfach umkippen und einschlafen würde, wenn sie sich entspannte, setzte Arianna sich so steif wie möglich hin. Auch die Schmerzen machten sich nun bemerkbar, und sie konnte nur mit Mühe ein Stöhnen unterdrücken. Sie nahm den Becher, den ihr Jolene lächelnd reichte – schon beim ersten Schluck erkannte sie, dass es köstlicher gewürzter Apfelmost war – und sah der Frau dabei zu, wie diese die Truhen nach Kleidern durchsuchte.

»Das ist doch nicht etwa Euer Schlafgemach?«, fragte sie.

»Nay, hier übernachtet Sigimors Schwester Ilsa, wenn sie uns besucht. Die Sachen gehören ihr. Sie sind vielleicht ein bisschen zu lang, doch abgesehen davon sollten sie Euch gut passen.« Jolene legte die Kleider aufs Bett und wandte sich den Mägden zu, die sich um das Bad kümmerten.

»Den Männern wird nichts passieren, oder?«, fragte Arianna, als sie mit Jolene wieder alleine war und diese ihr beim Ausziehen half.

»Ganz bestimmt nicht. Eure Verfolger waren nicht sehr zahlreich, und mein Gemahl liebt einen guten Kampf. Oder vielmehr eine gute Verfolgungsjagd, wenn man bedenkt, wie schnell Eure Gegner die Flucht ergriffen haben. Ach du meine Güte, woher habt Ihr denn all die Blutergüsse? Ich werde Euch ein wenig Salbe besorgen.«

Bevor Arianna Einspruch erheben konnte, lag sie schon im Zuber, und Jolene eilte hinaus. Sie tauchte tief in das heiße, mit duftenden Kräutern versetzte Wasser ein. Fast wäre sie eingeschlafen, da kam Jolene mit einer älteren Frau zurück.

Die beiden halfen ihr beim Waschen, dann trockneten sie sie ab, zogen ihr ein feines leinenes Nachtgewand an und setzten sie vor einen vollen Teller. »Ihr solltet nicht so viel tun«, protestierte Arianna, als Jolene sich endlich ihr gegenüber an das kleine Tischchen setzte. »All dieses Treiben ist bestimmt nicht gut für Euer Kind.«

Jolene lachte nur und schenkte sich einen Becher Apfelmost ein. »Mir geht es gut. Das Kind kommt bald und hat sich gut in mir eingenistet. Ihr hingegen seht aus, als ob Ihr rasch essen solltet, bevor Euch der Schlaf übermannt.«

»Ich bin wirklich sehr müde«, gab Arianna zu. Sie nahm sich von dem zarten Wildbret. »Ich sollte Euch wohl von dem Ärger erzählen, den ich an Eure Tore gebracht habe.«

»Das braucht Ihr nicht. Ewan hat uns schon benachrichtigt, und Brian kann uns den Rest erzählen. Ach, übrigens, ich soll Euch ausrichten, dass Michel und Adelar sich hinter den sehr hohen, dicken Mauern von Scarglas in Sicherheit befinden.«

»Gott sei Dank«, wisperte Arianna, dann brach sie in Tränen aus. »Bitte verzeiht mir. Ich weiß nicht, was in mich gefahren ist.«

Jolene reichte ihr ein Leinentüchlein. »Erleichterung und Erschöpfung. Weint Euch erst einmal aus, und dann könnt Ihr Euren Teller leeren.«

Arianna lachte und wischte sich die Tränen aus dem Gesicht. »Ich hatte so viel Angst um sie. Die Sache ist noch nicht ausgestanden, aber immerhin weiß ich jetzt, dass sie an einem Ort sind, an dem sie beschützt werden.«

»Die Männer von Scarglas werden bestimmt für ihre Sicherheit sorgen. Darüber braucht Ihr Euch keine Sorgen mehr zu machen. Der alte Fingal ist zwar ein geiler Bock und der seltsamste Bursche, den ich je getroffen habe, aber

Kinder sind ihm schon immer sehr lieb gewesen. Er wird bestens dafür sorgen, dass ihnen kein Leid geschieht.«

Arianna wusste nicht recht, was sie zu der Bemerkung über Brians Vater sagen sollte. Deshalb konzentrierte sie sich nun voll und ganz aufs Essen. Sie spürte, wie ihr Körper der Erschöpfung immer weiter nachgab, und konnte kaum noch die Augen aufhalten. Wenn sie nicht aufpasste, würde sie einfach im Stuhl einschlafen, wie sie es manchmal tat, wenn sie sehr müde war.

Schließlich wurde die Müdigkeit so groß, dass sie kaum noch kauen konnte. »Ich würde gern noch wach bleiben, um Sir Brian zu begrüßen, wenn er zurückkommt, aber ich glaube nicht, dass ich das schaffe.«

»Nay, das sehe ich Euch an.« Lady Jolene nahm Arianna am Arm und führte sie zum Bett. »Legt Euch hin und ruht Euch aus. Ihr habt noch ein gutes Stück Weg vor Euch, deshalb solltet Ihr schlafen, so lange Ihr könnt. Sir Brian wird das verstehen. Vermutlich wird er es Euch gleichtun, sobald er wieder da ist.«

Sobald Arianna im Bett lag, wusste sie, dass der Schlaf nur noch einen Atemzug von ihr entfernt war. »Danke, M'lady«, schaffte sie noch zu sagen, bevor sie dem überwältigenden Drang nachgab und die Augen zufallen ließ.

»Nun, wir haben den Trupp dezimiert. Ich glaube, es ist Zeit, die Jagd zu beenden«, sagte Sigimor, nachdem er sein Pferd zum Stehen gebracht und einen Blick auf den Himmel geworfen hatte.

»Ich hätte die Sache gern hier und jetzt beendet«, sagte Brian, der neben Sigimor Halt machte. »Dann hätten wir unsere Reise nach Scarglas fortsetzen können, ohne bei jedem Schritt einen Blick nach hinten werfen zu müssen.«

»Vielleicht ist er in diese Richtung geflohen.«

»Aye, das kann gut sein. Sobald sie Scarglas gesehen haben, beschließen Amiel und seine Verbündeten womöglich, dass es den Ärger nicht wert ist. Doch darauf möchte ich nicht wetten. Ich fürchte, auch ein Blick auf Scarglas wird den trüben Verstand dieses Narren nicht klären. Seine Eltern bemühen sich bereits darum, die Kinder zu enterben. Deshalb war es der reine Wahnsinn, die Jungen bis nach Schottland zu verfolgen.«

»Sigimor«, rief Fergus, »was sollen wir mit den Toten machen?«

»Nehmt den dreien dort alle Wertsachen ab und überlasst sie den Aasfressern«, wies Sigimor seinen jüngsten Bruder an. »Die zwei Toten vor der Burg sind bereits weggeschafft worden.« Er lenkte sein Pferd zurück nach Dubheidland und überließ seinen Brüdern die grausige Aufgabe.

»Der Trupp war größer als das letzte Mal, als ich ihn zu Gesicht bekam«, bemerkte Brian.

»Dann hat der Anführer noch ein paar Männer angeheuert?«

»Ich glaube schon. Amiel wusste wahrscheinlich, wohin wir unterwegs waren. Aber es kam des öfteren vor, dass er uns auch auf den Fersen war, wenn ich unbekanntere Wege nahm. Das konnte er nur mit der Hilfe von Leuten schaffen, die sich hier gut auskennen.«

Sigimor nickte. »Diejenigen, die hinter den Jungs her waren, haben das bestimmt auch getan. In Scarglas erwartet dich womöglich eine richtige Schlacht.«

»Aye, aber das schaffen wir schon. So etwas haben wir bislang immer geschafft.«

»Wir sprechen noch einmal darüber, wenn du gebadet hast und dich zu uns gesellst, um einen Happen zu essen. Aber vermutlich brauchst du auch dringend ein bisschen Schlaf.«

»Wie recht du hast.« Brian entfuhr ein Fluch, als ihm einfiel, dass er Arianna allein gelassen hatte. »Ich hätte mich erst um Arianna kümmern sollen, statt gleich auf ein frisches Pferd zu springen und mit euch die Verfolgung aufzunehmen.«

»Jolene hat sich bestimmt um sie gekümmert. Falls die Kleine so erschöpft ist, wie du aussiehst, brauchst du wohl nicht damit zu rechnen, dass sie dich bei deiner Rückkehr begrüßt.«

Sigimor sollte recht behalten. Zurück in der Burg wunderte sich Brian nicht, als er erfuhr, dass Arianna bereits schlief. Er war im ersten Moment nur ein wenig enttäuscht, dass sie sich nicht um seine Sicherheit gesorgt hatte. Doch dann sagte er sich, dass Arianna so gescheit war zu wissen, dass ihm keine Gefahr drohte. Schließlich hatte er Amiel und seinen Trupp zusammen mit etwa zwanzig bestens bewaffneten Camerons verfolgt.

Nachdem er gebadet hatte und saubere Kleider trug, begab er sich hinunter in die große Halle. Er wollte am liebsten nur noch schlafen, doch sein Magen erklärte ihm, dass er zuerst etwas zu essen brauchte. In der großen Halle gab er Jolene einen Kuss auf die Wange, ohne auf Sigimors finstere Miene zu achten, dann setzte er sich neben seinen Cousin und häufte sich den Teller voll.

»Lady Arianna war so müde, dass ich befürchtet habe, sie würde beim Essen einschlafen«, sagte Jolene, die sich ihm gegenüber niedergelassen hatte.

»Das hätte durchaus passieren können, wenn du sie nicht rasch genug ins Bett geschafft hättest.« Brian erzählte den anderen, dass Arianna einmal im Sattel eingeschlafen war. Er grinste, als alle lachten. »Sie hat nicht viel Zeit gehabt, sich zu erholen, nachdem sie fast ertrunken ist.« Beim Essen berichtete er, was passiert war, bevor und seit er Arianna am Strand entdeckt hatte.

Jolene schüttelte den Kopf. »Ich begreife nicht, wie Männer aus reiner Habgier so etwas tun können. Man könnte fast denken, dass kein Kind sicher ist, das mit einem wertvollen Erbe zu rechnen hat.«

»Aber die Lucette werden bestimmt dafür sorgen, dass die Knaben enterbt werden, schon allein deshalb, weil ihre Mutter aus dem gemeinen Volk stammte«, erwiderte Brian.

»Vielleicht weiß Amiel etwas, was sie nicht wissen«, warf Sigimor ein. Er nippte an seinem Wein. »Vielleicht war die Mutter der Kinder doch nicht so gewöhnlich, wie die Lucette glauben. Vielleicht war sie die uneheliche Tochter eines Adligen. Vielleicht gibt es Leute, die sich gegen die Lucette stellen würden, wenn diese die Jungen zu Bastarden erklären wollen.«

»Daran habe ich noch gar nicht gedacht«, erwiderte Brian. »Aber wenn sie eine bessere Herkunft hätte vorweisen können, dann hätte dieser Narr Claud sie doch bestimmt öffentlich zu seiner Gemahlin gemacht.«

»Nicht unbedingt. Leute, die auf ihre Herkunft so viel Wert legen, schätzen Bastarde nicht, vor allem, wenn sie einen Elternteil haben, der nicht aus dem Adel stammt. Trotzdem würde ich mich an deiner Stelle später, wenn ihr eure Gegner geschlagen habt, erkundigen, was aus dem Erbe der Jungen geworden ist. Selbst wenn die beiden als Bastarde gelten, wurde vielleicht eine Vereinbarung zu ihren Gunsten getroffen. Möglicherweise ist ihnen etwas von Wert in Aussicht gestellt worden im Gegenzug dafür, dass die Ehe für null und nichtig erklärt wird.«

»Aye, ich werde mich darum kümmern, schon allein deshalb, weil Arianna ebenfalls findet, dass die Kinder etwas bekommen sollten. Die Großeltern sind bestimmt froh, dass die Jungen nicht mehr in Frankreich weilen. Arianna hat ihnen erklärt, sie wolle sie nicht mit der Wahrheit dessen, was ihr Sohn getan hat, in Verruf bringen. Vielleicht bekommt sie deshalb, worum sie gebeten hat.«

»Schlaues Mädchen. Eine kleine Erpressung kann manchmal nicht schaden.« Als Sigimor merkte, dass seine Gemahlin ihm einen abfälligen Blick zuwarf, zwinkerte er ihr zu. »Dein Bruder hat die Murrays benachrichtigt, dass die Jungen wohlbehalten in Scarglas eingetroffen sind.«

»Ich habe ihnen ebenfalls Bescheid gegeben.«

»Dann ist wahrscheinlich schon Hilfe unterwegs. Aber ich glaube, du solltest jetzt ins Bett gehen, Cousin. Wenn ich so müde wäre, wie du aussiehst, wäre mein Kopf schon längst auf den Tisch gesunken, und ich würde laut schnarchen. Morgen Früh reden wir weiter.«

»Ich dachte daran, gleich morgen wieder aufzubrechen.«

»Dann ist es umso wichtiger, dass du jetzt deinen Schlaf bekommst.«

»Wo ist Arianna denn untergebracht?«

»In Ilsas ehemaligem Schlafgemach«, erwiderte Jolene. »Ich habe dir ein Zimmer ihr gegenüber herrichten lassen.«

»Nay, ich schlafe bei ihr«, sagte Brian mit fester Stimme.

»Brian, sie ist keine Frau aus dem Volk. Sie ist eine Lady, und obendrein eine Murray.«

»Das weiß ich, aber sie ist verwitwet. Es ist also nicht so, dass ich eine behütete Unschuld beflecke.«

»Ich weiß, was Männer über Witwen denken. Das heißt aber noch lange nicht, dass es in Ordnung ist, sie zu behandeln wie irgendeine Magd in einer Schenke. Arianna hat einen guten Namen zu behüten.«

»Ich behandle sie nicht so, aber ich werde sie auch nicht allein lassen.«

»Willst du sie denn heiraten?«

»Jo, meine Liebe, lass den Mann doch in Ruhe«, sagte Sigimor.

»Aber …«, fing Jolene noch einmal an.

»Nay. Brian, fort mit dir. Du wirst sehen, dass sie bestens versorgt ist. Schlaf gut! Alles weitere besprechen wir morgen, bevor ihr aufbrecht.«

Brian machte sich rasch aus dem Staub, bevor Jolene noch etwas einwenden konnte. Er wusste, dass es falsch war, offen zu zeigen, dass er Ariannas Liebhaber war. Doch schon allein der Gedanke, nicht an ihrer Seite zu schlafen, zwang ihn zu dieser Offenheit. Natürlich konnte Jolene nicht wissen, dass ihm nicht mehr viel Zeit mit Arianna vergönnt war, bevor er sie ihrer Familie übergeben musste. Er wollte nicht eine einzige Minute dieser kostbaren Zeit vergeuden, indem er sich den Regeln der Schicklichkeit fügte.

Als er den Raum betrat, in dem einst Sigimors einzige Schwester gelebt hatte, musste er lächeln. Arianna war kaum mehr als eine kleine Wölbung unter den Decken. Rasch zog er sich aus, schlüpfte neben sie ins Bett und schloss sie in die Arme. Sie murmelte seinen Namen und schmiegte sich enger an ihn.

»Brian?«, fragte sie, obgleich sie offenkundig nicht richtig wach war.

»Aye, Liebes.« Er drückte einen sanften Kuss auf ihre Stirn.

»Bist du unversehrt?«

»Aye, und auch Sigimors Leuten ist nichts passiert. Aber ich fürchte, Amiel hat es geschafft, uns zu entkommen.«

»Mist.«

Brian sah sie an. Ihre Augen waren geschlossen, die Hand auf seiner Brust schlaff. Er lachte leise. Arianna konnte nicht nur reiten, wenn sie schlief, sondern auch ein Gespräch führen. Freilich würde sie sich am nächsten Morgen an kein einziges Wort erinnern.

Er zog sie wieder fest an sich und legte die Wange an ihr Haar. Die Kräuter, in denen sie gebadet hatte, reizten seine Sinne, und in seinem Körper erwachte die Lust. Aber er war so müde, dass es ihm nicht schwerfiel, das Verlangen beiseite zu schieben. Doch das Bedürfnis, sie im Schlaf in den Armen zu halten, beunruhigte ihn ein wenig. Es zeigte ihm, dass er nicht den Abstand zu dieser Frau hielt, den er eigentlich wahren sollte. Er sagte sich zwar immer wieder, dass er in ihrer Nähe bleiben musste, wenn er für ihre Sicherheit sorgen wollte, doch diese Erklärung nahm er sich selbst kaum ab. Sie befanden sich in einer hervorragend befestigten Burg, umgeben von zahlreichen kräftigen Männern. Jeder Feind, der versuchte, sich an sie heranzumachen, würde erbarmungslos in die Flucht geschlagen. Im Herzen wusste Brian, dass es ihm einfach nur viel zu sehr gefiel, Arianna im Schlaf in den Armen zu halten.

Wieder meldete sich eine Stimme in ihm, die ihm sagte, er solle diese Frau doch einfach behalten. Aber er versuchte, diese Stimme zum Schweigen zu bringen. Selbst wenn er sich selbst einreden könnte, dass Arianna mit ihm glücklich wäre und dass ihre Gefühle für ihn über die reine Leidenschaft hinausgingen, wäre es selbstsüchtig von ihm, sie an sich zu binden. Er konnte ihr niemals all das geben, was sie bei einem anderen, reicheren Mann von höherem Stand finden würde. Arianna verdiente ein Leben voller Annehmlichkeiten. Sie verdiente es, von schönen Dingen umgeben zu sein. Er konnte ihr nichts dergleichen bieten. Er hatte zwar an Scarglas einige Verbesserungen vornehmen lassen und etwas Geld gespart, doch trotzdem kam all dies niemals an das heran, was sie als Kind bei den Murrays und als Gemahlin eines Comte gehabt hatte.

Er zog sie noch etwas näher, bevor ihm die Augen zufielen. Immerhin hatten sie noch ein paar gemeinsame Tage vor sich, und er wollte diese Zeit nicht mit Gedanken an all das, was sie nicht haben konnten, verdüstern. In dieser Zeit wollte er alles genießen, was sie teilen konnten. Wenn er sie schließlich gehen lassen musste, sollte sie wenigstens wissen, was sie wert war. Sie sollte frei sein von dem Gift, das Claud ihr jahrelang eingeflößt hatte.

10

Feuer strömte durch ihre Adern, während Arianna sich langsam aus dem Nebel des Schlafes befreite. Sie erkannte rasch, warum ihr so heiß war. Brians dunkler Kopf ruhte auf ihrem Oberkörper, und seine Lippen und seine Zunge weckten eine schon fast qualvolle Wonne in ihren Brüsten. Leise stöhnend fuhr sie ihm durch das dichte Haar und hielt ihn fest – eine stumme Erlaubnis, zu tun, was ihm gefiel.

Sie wand sich unter seinen Zärtlichkeiten und den heißen Küssen, auch wenn ein kleiner Teil in ihr schockiert war über die Lüsternheit, die Brian in ihr erregte. Aber das Vergnügen an der Leidenschaft, die er ihr bescherte, vertrieb ihr Unbehagen rasch. Sie genoss die Lust in vollen Zügen – bis sein Mund den Teil von ihr berührte, der sich am meisten nach ihm sehnte.

»Brian!«, keuchte sie erschrocken auf und versuchte, sich ihm zu entwinden. Er aber hielt sie an den Hüften fest, sodass sie ihm nicht entkam.

»Sei unbesorgt, Liebes. Es wird dir bestimmt gefallen.«

Arianna blieb verkrampft, während er mit der Zunge ihre intimsten Stellen neckte. Als ihr Hochzeitstag damals immer näher gerückt war, hatten die Frauen in ihrem Clan solche Zärtlichkeiten erwähnt, doch Arianna war sich immer sicher gewesen, dass so etwas nichts für sie war. Als ihr Verlangen jedoch nun erneut entbrannte und sie sich seinen Küssen hingab, beschloss sie, dass sie damals hoffnungslos naiv gewesen war.

Jede Berührung seiner Zunge, jedes sanfte Knabbern, jeder Kuss, ja selbst wie er ihre Oberschenkel mit seinen großen Händen streichelte, machte sie rasend vor Lust. Die Gier, ihre Körper zu vereinigen, erreichte rasch den Punkt, an dem sie nicht mehr auf ihn warten wollte. Mit einer Stimme, die vor Verlangen so rau war, dass sie sie kaum noch als die ihre erkannte, forderte sie ihn auf, in sie einzudringen. Sie packte ihn an den breiten Schultern, während sein Mund gemächlich zu ihren Lippen zurückwanderte.

Sobald er sich Zutritt verschaffte, schlang sie die Beine um ihn und drückte ihn tief in sich hinein. Sie hielt ihn ganz fest und kämpfte gegen den Drang an, der Erlösung nachzugeben, der sich mit jedem seiner Stöße heftiger in ihr zusammenballte. Sie genoss alles, was er mit ihr anstellte, doch dieser Teil gefiel ihr immer am besten.

In diesen Momenten waren sie sich so nah, wie es zwei Menschen nur sein konnten. Sie waren völlig verschmolzen.

Diese Erkenntnis zerschnitt die letzten Fasern ihrer Kontrolle. Die entfesselten Wonnen durchfluteten sie so heftig, dass sie laut nach ihm schrie. Ihr Körper erbebte unter der Wucht der Lust, die er ihr schenkte. Kurz merkte sie, dass Brian sich noch ein paar Mal rasch und heftig in ihr versenkte, dann rief er mit rauer Stimme ihren Namen. Bebend fand auch er die ersehnte Erlösung. Als sich sein warmer Samen in ihr ergoss, ließ sie sich tief fallen in das Entzücken, das er ihr schenkte.

Erst als sie spürte, wie ein feuchtes Tuch sanft über ihren Schoß fuhr, begann sie, wieder klar zu denken. Sofort überfiel sie eine heftige Scham. Es machte ihr wahrhaftig nichts aus, wenn Brian sie an dieser besonderen Stelle berührte oder dort in sie eindrang. Aber an dieser Stelle geküsst zu werden? Dort ganz genau betrachtet zu werden? Sie konnte nicht leugnen, dass es ihr Verlangen ungemein gesteigert hatte. Aber jetzt war es abgekühlt, und sie konnte sich nur allzu deutlich daran erinnern, dass sie nichts von dem Anstand und der Zurückhaltung gezeigt hatte, die eine Lady hätte zeigen müssen. Die Scham darüber war wie ein Wurm, der versuchte, sich in ihr Herz und in ihren Kopf zu winden und die Freude über das zu zerstören, was sie soeben geteilt hatten.

Brian legte das Tuch zur Seite, mit dem er sie beide gesäubert hatte, und kroch rasch ins Bett zurück. Er nahm Arianna in die Arme und drückte einen zärtlichen Kuss auf ihre Kehle. Ein leichtes Beben durchrieselte ihren Körper. Trotzdem merkte er, dass sie sehr angespannt war.

»Du denkst zu viel nach, Liebes«, sagte er. Sie atmete tief ein, wobei ihre Brüste seine Haut streiften, was sofort neue Lust in ihm entfachte. Offenbar war sein Körper unersättlich, wenn es um die Leidenschaft ging, die er in ihren Armen fand.

»Das kann schon sein«, murmelte sie. »Es war zwar schön, aber ...«

»Vergiss das Aber. Wir sind zwei Erwachsene, die sich aneinander erfreuen, sonst nichts.«

»Ich weiß.« Sie legte sich auf den Rücken, zog die Decke über ihre Brüste und rieb sich die Stirn. »Aber wenn die Lust mich überwältigt, weiß ich nicht mehr, wer ich bin.«

»Es ist ein Segen, wenn die Lust so stark ist, und keine Sünde, die einen beunruhigen sollte.«

Sie verzog das Gesicht. »Es wundert mich nicht, dass ein Mann so etwas sagt. Bei meinem Gemahl ist mir das jedoch nie passiert.«

Brian stützte sich auf die Ellbogen und musterte sie. »Er war nicht dein Gemahl, und außerdem war er wohl auch kein besonders guter Liebhaber. Jedenfalls nicht bei dir.« Er verfluchte seine lose Zunge, als sie erbleichte und Sorgen ihre goldbraunen Augen verdüsterten. »Arianna, ich bin ein linkischer Narr. Ich …«

»Nay.« Sie legte einen Finger auf seine Lippen. »Du sagst nichts als die Wahrheit. Er war weder mein Gemahl noch mein Liebhaber. Ich weiß nicht, warum es mir so schwerfällt, mich daran zu gewöhnen. Erst als wir hier ankamen, habe ich aufgehört, seinen Namen mit meinem zu nennen. Und ich war richtig bestürzt, als ich es zum ersten Mal tat. Keine Ahnung, warum ich ständig vergesse, dass meine Ehe eine Lüge war. Schließlich weiß ich noch ganz genau, was er mir gesagt hat.«

»Was hat er dir denn gesagt?«

Brian verspürte einen Stich, den er unschwer als Eifersucht ausmachen konnte, und mahnte sich streng, nicht so töricht zu sein. Claud war nicht ihr richtiger Gemahl gewesen. Arianna hatte versucht, in der Zeit, in der sie die Wahrheit noch nicht kannte, aus ihrer Ehe eine gute Ehe zu machen, aber sie hatte den Mann nicht geliebt. Es gab kein Gespenst einer großen Liebe oder eines fantastischen Liebhabers, gegen das er ankämpfen musste. Mittlerweile erkannte er immer klarer, dass er gegen das Gift ankämpfen musste, das dieser Mann ihr jahrelang eingeflößt hatte. Claud Lucette hatte ein hübsches, lebhaftes junges Mädchen voller Selbstvertrauen und Kraft in eine Frau verwandelt, die sich bei jedem Schritt in Frage stellte. Brian wünschte sich von ganzem Herzen, er wäre derjenige gewesen, der diesen Narren umbrachte.

»Der Mann hält sich noch immer in meinem Kopf auf.« Sie errötete, weil sie sich sicher war, dass sie in seinen Ohren wie eine Verrückte klang. »Einerseits bin ich zwar wütend über all das, was er mir angetan hat, andererseits lassen mich seine Beleidigungen und Schmähungen einfach nicht los. Wenn sie in mir nachhallen, komme ich mir überaus töricht vor, dass ich je auf ihn gehört habe. Aber gleichzeitig weiß ich, dass seine Worte einen Weg gefunden haben, sich in meinem Herzen und in meinem Kopf festzusetzen. Himmel nochmal, das ist völlig unsinnig.«

Er nahm sie in die Arme und legte sein Kinn auf ihren Kopf. »Nay, ich kann es gut verstehen. Ich weiß genau, was du meinst, und zwar schon seit einiger Zeit. Der Mann hat dich vergiftet.«

»Nay, er ...«

»Doch, er hat dich vergiftet, und zwar ganz langsam und jeden Tag in den fünf langen Jahren, die du diesen Lügner ertragen musstest. Ich habe es dir doch schon gesagt – Worte können scharfe Waffen sein, und er hat sie mit gefährlichem Geschick gegen dich verwendet. Bei deiner Hochzeit warst du noch ziemlich jung. Du bist aus einer liebevollen Familie herausgerissen worden und an einen Ort gekommen, an dem dich keiner geachtet hat. Keiner hat sich um dich gekümmert. Du warst dir unsicher über deine Stellung, und er hat diese Unsicherheit ausgenutzt, um dich noch unsicherer zu machen.«

Und genau das schmerzte noch immer. Sie nickte zögernd.

»Dein Mann hätte dich unterstützen und alle, die dich schlecht behandelten, streng bestrafen müssen. Stattdessen hat er dir Tag für Tag mit grausamen Worten böse Wunden zugefügt, und niemand war da, um dir zu helfen, das Gift loszuwerden, das er dir eingeflößt hat. Der Mistkerl ist noch nicht lange tot. Du brauchst noch etwas Zeit, um dein Herz und deinen Kopf von all diesem Gift zu befreien. Es gibt allerdings ein paar Dinge, die du dir allzeit vor Augen halten solltest. Sie werden dir dabei helfen.«

Als er ihr nicht gleich sagte, worin diese Dingen bestanden, hob sie den Kopf und sah ihn an. »Was denn?«

»Dass er ein Feigling war und nicht dein richtiger Gemahl. Er wusste, dass er feige war, konnte sich jedoch nicht damit abfinden. Deshalb hat er alles, was in seinem Leben schief ging, auf dich geschoben. Sein ganzes Leben war eine Lüge. Ich glaube, er hat rasch herausgefunden, dass du ziemlich schlau und mutig bist. Du hättest ihm eine Menge Ärger machen können. Deshalb hat er alles getan, was er konnte, um deinen Mut abzutöten. Außerdem wusste er, dass er dich klein halten musste, damit dein scharfer Verstand dir nicht verriet, warum deine Ehe nicht so war, wie sie sein sollte.«

»Nun, ich habe seinen Namen abgelegt«, murmelte sie.

»Das ist immerhin ein Anfang. Jetzt musst du nur noch den Rest seiner Lügen ablegen.«

Arianna wollte etwas erwidern, doch plötzlich vergaß sie, was sie hatte sagen wollen. Sie hatte sich nämlich in der fremden Kammer umgesehen, und ihr war eingefallen, wo sie sich befanden.

Sie keuchte erschrocken auf. »Brian, du solltest schleunigst in dein Zimmer zurück. Die Camerons stehen bestimmt bald auf, und es wäre nicht gut, wenn sie dich dabei ertappen würden, wie du in der Burg herumschleichst.«

»Ich bin in meinem Zimmer«, erwiderte er. Er musste sich ein Lächeln verkneifen, als sie ihn mit weit aufgerissenen Augen ansah.

»Bin ich gestern Nacht in dieses Zimmer gewandert?«

»Nay, Liebes. Wir schlafen in einem Zimmer. Man hat mir ein eigenes angeboten, aber ich habe erklärt, dass ich lieber bei dir nächtigen möchte.«

Sie freute sich zwar darüber, doch gleichzeitig lief sie vor Verlegenheit hochrot an. »Die Camerons halten mich bestimmt für ein treuloses Geschöpf mit wenig Anstand. Immerhin bin ich noch nicht sehr lange verwitwet, und selbst Witwen, die ihre Trauerzeit hinter sich haben, verhalten sich diskreter.«

Brian küsste sie, dann legte er seine Stirn an die ihre. »Liebes, das ist ihnen egal.«

»Woher willst du das wissen? Ich habe Lady Jolene kennengelernt, und sie hat sich ganz so verhalten wie eine Lady.«

»Das tut sie, aber trotzdem ist sie mit Sigimor verheiratet, der wahrhaftig kein Höfling ist. Ich glaube nicht, dass sie in seiner Gesellschaft sehr lange an Zucht und Anstand gedacht hat, auch wenn sie nicht verwitwet war. Und schließlich hat sie ihn sogar geheiratet. Allerdings glaubte sie damals, es wäre nur eine List, um sie zu beschützen.«

Abgelenkt fragte sie: »Und, war es das?«

»Nay. Sigimor wollte sie haben. Er ließ sie denken, was sie wollte, aber er hatte nicht die Absicht, sie je wieder weggehen zu lassen, weder von ihm noch aus Schottland. Er wollte, dass sie blieb, und dafür tat er alles in seiner Macht Stehende.«

Arianna hätte zu gern gewusst, ob Brian wollte, dass sie bei ihm blieb. Doch sie schluckte diese Frage hastig hinunter. Vielleicht hätte er ihr dann erklärt, warum er das nicht wollte, und abgesehen davon hatte Brian wirklich eine Bessere als sie verdient. Er verdiente ein Frau, die nicht so vorbelastet war wie sie, die ihm Kinder schenken konnte und die nicht so viele Wunden aus einer Ehe mitbrachte, die kaum mehr gewesen war als fünf Jahre in der Hölle.

»Ein listenreicher Mann, dieser Sigimor«, murmelte sie stattdessen. »Er würde meinen Verwandten bestimmt gut gefallen.« In dem Moment fiel ihr ein, was Brian getan hatte, als sie ins Bett gekrochen und auf der Stelle eingeschlafen war. »Ach du meine Güte! Wie konnte ich nur vergessen, was passiert ist! Bist du verletzt worden? Ist einer von den Camerons verletzt worden?« Sie schnitt eine Grimasse, als er lachte.

»Ich wusste, dass du dich nicht daran erinnern würdest. Aber wir haben gestern Nacht schon kurz darüber gesprochen, als ich mich zu dir legte. Keiner von uns ist verletzt worden. Wir haben die Zahl der Männer verringert, die Amiel dabei hat, aber ihn selbst haben wir nicht erwischt. Die Dunkelheit hat uns daran gehindert, die Verfolgung fortzusetzen. Es wird auf alle Fälle weniger Männer geben, die uns jagen, wenn wir weiterziehen, falls uns überhaupt noch welche jagen. Sigimor und auch ich gehen davon aus, dass sie sich nun nur noch zu dem Rest ihrer Gruppe gesellen wollen.«

Arianna seufzte bei dem Gedanken, sich wieder auf ein Pferd setzen zu müssen, aber sie wusste, dass ihr nichts anderes übrig blieb. »Dann sollten wir wohl aufstehen, etwas essen und möglichst bald nach Scarglas aufbrechen, bevor es ein ganzes Heer gibt, um das wir uns herumschleichen müssen.«

»Wir könnten den Aufbruch noch um einen Tag verschieben.«

Brian hatte die Ringe unter ihren Augen bemerkt und wusste, dass sie noch Ruhe brauchte. Wenn Amiel vorhatte, sich mit seinen Leuten bei Scarglas zu treffen, hatte er mittlerweile ohnehin einen ziemlich großen Vorsprung. Dann wäre es weder möglich, ihn zu erwischen, noch, ihn zu überholen. Deshalb bestand kein zwingender Grund zum sofortigen Aufbruch. Wahrscheinlich brauchte Arianna mehrere Tage, um sich ganz von all den Strapazen zu erholen. Diese Zeit konnte er ihr jetzt nicht gönnen, aber eine weitere Nacht konnte nicht schaden. Abgesehen davon wollte auch er sehr gern eine weitere Nacht mit ihr verbringen, ohne sich den Kopf darüber zu zerbrechen, wer um sie herumschlich und ob sie es rasch genug zu ihren Pferden schafften, um zu fliehen. Er zog sie zu sich heran und begann, ihren Hals mit Küssen zu bedecken.

»Äh – sollten wir nicht aufstehen und frühstücken?«, fragte sie, drehte den Kopf jedoch zur Seite, um ihm freie Bahn zu lassen.

»Das werden wir. Gleich anschließend.«

»Aber das haben wir doch schon getan.«

»Mädchen, du weißt doch bestimmt, dass ein Mann sehr gierig ist auf eine Frau, die so süß und heiß ist wie du. Am

Morgen, am Mittag, und in der Nacht.« Er hielt kurz inne und sah sie an. »Oder bist du zu erschöpft?«

Arianna dachte kurz daran, zu sagen, dass sie das war. Denn sie fand es nicht ganz richtig, sich mit einem Mann, mit dem sie nicht verheiratet war, im Haus eines Fremden, in dem sie nur als Gast weilte, im Bett herumzuwälzen. Doch dann schob sie ihr Unbehagen und ihre Sorge beiseite, dass andere sie tadeln könnten. Ihr blieb nicht mehr viel Zeit mit Brian, und sie wollte sich von nichts und niemandem die ersten richtig friedlichen Momente, die sie teilten, nehmen lassen. Immerhin war ihnen gerade keiner auf den Fersen, und niemand zwang sie, die Burg fluchtartig durch den Hintereingang zu verlassen. Abgesehen davon würde sie ohnehin als Hure gelten, wenn die Wahrheit über ihre Ehe mit Claud ans Licht kam, auch wenn das überaus ungerecht war. Warum also nicht ein paar Sünden begehen, die ihr wenigstens ein paar angenehme Erinnerungen bescherten?

»Nay«, sagte sie nur und zog seinen Kopf zu dem ihren herab, um ihn mit all dem Verlangen zu küssen, das sie in sich wachsen spürte.

* * *

»Ich finde, du solltest dieses Mädchen heiraten«, sagte Sigimor und reichte Brian einen großen Krug Ale.

Brian musterte seinen Cousin finster. Er hatte mit etwas anderem gerechnet, als Sigimor ihn in sein kleines Arbeitszimmer gezogen hatte. Ein Gespräch über das, was er mit Arianna tun oder nicht tun sollte, sah Sigimor gar nicht ähnlich, und außerdem ging es ihn nichts an. Aber Brian war klar, dass es nichts helfen würde, ihm das zu sagen.

»Ich kann diesem Mädchen nichts bieten«, erwiderte er also nur.

»Du hast dich selbst, das sollte reichen.«

»Aber damit ist sie noch lange nicht angemessen untergebracht und mit Mahlzeiten, Kleidung und Schmuck versorgt.«

»Ich glaube nicht, dass ihr solche Dinge wichtig sind. Die Jungs wird sie freilich behalten wollen. Liegt es daran?«

»Natürlich nicht. Aber sie hat die vergangenen fünf Jahre als Gräfin verbracht und würde an der Tafel immer höher sitzen als ich. Du weißt doch genauso gut wie ich, dass die Murrays mächtig, allseits bewundert und nicht gerade arm sind. Manche von ihnen sind sogar ziemlich reich. Ariannas Ehe hat sich als Lüge herausgestellt, und der Mann, den sie für ihren Gemahl hielt, war ein herzloser Schuft. Dennoch hatte sie all die Annehmlichkeiten, die einer Frau in einer solchen Position zustehen. Ich kann es mir nicht einmal leisten, aus der Burg auszuziehen, in der ich aufgewachsen bin. Und dort habe ich nur eine kleine Kammer. Vielleicht könnte ich im Dorf ein Häuschen bauen, aber mehr nicht. Nay, sie muss zu ihrer Familie zurück.«

»Du bist ein Narr. Jolene war die Tochter eines überaus einflussreichen englischen Adligen. Ich habe mich nicht davon aufhalten lassen, wie du sehr wohl weißt.«

»Du bist ein Laird und herrschst über Dubheidland. Ich bin der Sohn eines Mannes, den viele für völlig verrückt halten. Und ich habe mehr Brüder, als man haben sollte – die meisten von ihnen Bastarde.«

»Vielleicht solltest du dich mal erkundigen, was sie möchte?«

»Frauen treffen nicht immer eine kluge Wahl.« Er überhörte Sigimors Lachen.

»Also willst du dir von ihr nur dein Bett wärmen lassen? Hast du dir eigentlich schon mal Gedanken darüber gemacht, dass sie in Verruf geraten könnte, wenn sich herumspricht, dass ihre Ehe nichts weiter als eine Lüge war?«

»So eine ist sie nicht«, fauchte Brian empört. »Es ist nicht so, wie du es hinstellst.«

»Trotzdem bietest du ihr jetzt nur ein paar Nächte, und dann schickst du sie heim?«

»Aye, weil ich ihr nichts weiter bieten kann. Ich bin nicht gut genug für sie. Das würde mir ihre Familie sehr deutlich erklären. Außerdem muss sie sich wahrscheinlich keine Sorgen darüber machen, dass die Nachricht, ihre Ehe habe auf einer Lüge basiert, ihr schadet. Die Lucette werden das ganz bestimmt nicht in die Welt hinausposaunen, schon allein deshalb, um die Murrays davon abzuhalten, ihnen auf die Pelle zu rücken. Und bevor du die Sprache auf Gregor bringst – Gregor ist einzig und allein deshalb mit einem Mädchen aus dem Murray-Clan verheiratet, weil sie zusammen gereist sind und sie noch Jungfrau war. Anderenfalls hätte er es nie gewagt, so hoch zu greifen. Es blieb ihnen keine Wahl, wenn sie an ihrer beider Ehre festhalten wollten. Aber es ist gut, dass sie beschlossen haben zusammenzubleiben. Wenn ich bereits ein Stück Land, ein kleines Häuschen und etwas mehr Bargeld hätte, wäre ich vielleicht versucht, um Arianna zu werben. Aber ich habe nichts dergleichen.«

»Wenn du wartest, bis du alles hast, was sie deiner Meinung nach haben will oder braucht, wirst du eines Tages mit einem vollen Geldbeutel in deinem netten kleinen Häuschen herumsitzen und dir, wenn du auf dein hübsches Stück Land hinausschaust, wünschen, du hättest sie nie gehen lassen. Aber dann wird es zu spät sein. Sie wird einen anderen geheiratet haben, und an ihre Rockzipfel werden sich fünf bis sechs Kinder klammern.«

Dieser Gedanke erschütterte Brian bis aufs Mark, aber er schob ihn rasch beiseite. »Ich würde jetzt lieber darüber reden, was wir mit den verfluchten DeVeau und Amiel tun sollen.« Er seufzte, als Sigimor ihn stumm anstarrte. »Ich werde über deine Worte nachdenken. Können wir jetzt über die Gefahr reden, in der Arianna nach wie vor schwebt? Ich glaube, das ist jetzt dringlicher.«

»Wie du meinst.«

Sigimor äußerte seine Ansicht darüber, was Brian mit dem Leuten tun sollte, die Arianna und die Jungen verfolgten. Es ging überwiegend darum, wie man sie am besten beseitigen konnte. Brian hörte jedoch nur mit halbem Ohr zu. Er dachte noch immer darüber nach, was Sigimor ihm bezüglich Arianna gesagt hatte. Er wusste, dass sein Cousin ihm den Rat hatte geben wollen, sich einfach zu nehmen, was er haben wollte. Doch schließlich konzentrierte er sich ausschließlich auf die Bedrohung, die von Amiel und den DeVeau ausging, und wie man diese am ehesten loswerden konnte. Weiter in die Zukunft durfte er im Moment einfach nicht denken.

***

Arianna beobachtete Lady Jolene, die sich auf einem Stuhl neben dem Feuer niederließ. Sie goss Apfelmost in einen Becher und reichte ihn ihr. Während sie sich selbst ebenfalls einen Becher einschenkte, versuchte sie festzustellen, ob im Blick der Frau Verachtung oder Missbilligung lagen. Doch sie konnte nichts dergleichen entdecken.

»Ihr habt keine glückliche Ehe geführt, oder?«, fragte Jolene und nahm sich einen mit Honig gesüßten Haferkeks von dem Tablett, das zwischen ihnen lag.

»Nay, das habe ich nicht.« Arianna fühlte sich gar nicht wohl bei diesem Thema. Sie wünschte, sie wäre nicht in ihr Schlafgemach zurückgekehrt. Dorthin war Lady Jolene ihr nämlich gefolgt und hatte sie alleine angetroffen. »Hat Brian Euch nichts von all dem Ärger erzählt, der mir zugestoßen ist?«

»Meint Ihr, wie Euer Gemahl Euch belogen und betrogen hat, und dass sein Bruder jetzt den Jungen nach dem Leben trachtet und Euch womöglich einem alten Feind Eurer Familie ausliefern will?«

»Aye. Ich habe gehofft, zu meiner Familie zu gelangen, bevor all diese Probleme uns einholen. Aber mein Plan ist nicht aufgegangen. Ich habe mir ziemlich viele Vorwürfe gemacht. Andererseits hat niemand wissen können, dass unsere Gegner bereit waren, ein ganzes Schiff zu versenken, nur um die Jungen zu töten.«

»Nay. Damit hat wohl kaum jemand gerechnet. Ihr hattet Glück, dass Ihr an die MacFingals geraten seid. Diese Burschen sind zwar ein wenig wild und ungehobelt, aber sie sind durch und durch anständig.«

»Aye, das stimmt. Brian hat mir immer wieder versichert,

dass seine Brüder meine Jungs heil nach Scarglas bringen würden, und das haben sie auch getan. Dabei waren Kerle hinter den Jungen her, die bereit waren, alle umzubringen, nur um an die Kinder heranzukommen. Schon allein das zeigt, wie redlich die MacFingals sind. Ein wenig Wildheit ändert nichts daran.«

»Vielleicht solltet Ihr überlegen, ob Ihr Brian behalten wollt.«

Arianna verschluckte sich fast an dem Haferkeks, von dem sie gerade abgebissen hatte. Rasch spülte sie den Bissen mit etwas Apfelmost hinunter. »Sir Brian zeigt keinerlei Interesse daran, dass ich ihn behalte.«

»Wirklich nicht? Er hat darauf beharrt, Euer Schlafgemach mit Euch zu teilen. Dabei muss er Euch nicht beschützen, solange Ihr hier seid. Er kam mir wie ein Mann vor, der nicht alleine schlafen will.«

»Das heißt noch lange nicht, dass er mich behalten will. Wir wissen doch beide, dass ein Mann manchmal gern eine Weile mit einer Frau schläft, ohne sie behalten zu wollen.«

»Aber Männern fällt es auch sehr schwer, über solche Dinge zu reden.«

»Also soll ich ihn fragen, ob er bei mir bleiben will? Und ich soll mich auf den Schlag vorbereiten, wenn er es ablehnt?«

»Möglicherweise. Es kommt darauf an, wie sehr Ihr Euch wünscht, dass er bei Euch bleibt. Liegt Euch dieser Mann am Herzen, Arianna?«

»Wenn dem nicht so wäre, würde ich nicht in der ganzen Burg Anstoß erregen, indem ich mein Lager mit ihm teile.«

»Das mag wohl sein. Aber ich habe nicht von der Leidenschaft gesprochen. Sir Brian MacFingal ist ein sehr gut aussehender junger Mann. Das sind nahezu alle Männer dieses Clans. Ich wollte vielmehr wissen, wie es in Eurem Herzen aussieht.«

»Ich glaube, ich liebe ihn.«

»Aber sicher seid Ihr Euch nicht?«

»Ich habe fünf Jahre mit einem Mann verbracht, der mir jedes Mal, wenn er mit mir gesprochen hat, all meine Mängel vorgeworfen hat – von meinem Aussehen bis hin zu der Tatsache, dass ich einen Mann im Bett nicht befriedigen könne. Dann kommt Sir Brian daher, und plötzlich erkenne ich, was meine Verwandten damals meinten, als sie über das Verlangen, die Liebe und die Leidenschaft sprachen. Ich weiß nicht, ob das meinen Verstand vernebelt hat. Es ist sehr schwer zu sagen, wie es im Herzen aussieht, wenn man Dinge fühlt, die man noch nie gefühlt hast – starke Empfindungen, die manchmal richtig überwältigend sind.«

Jolene nickte. »Das kann ich gut verstehen. Aber ich bin davon überzeugt, dass eine Frau solche Dinge nicht spüren würde, wenn nicht ihr Herz daran beteiligt wäre.«

»Nay, wahrscheinlich nicht.« Arianna schüttelte den Kopf. »Ich versuche aber, mein Herz vor ihm abzuschotten.«

»Warum das denn?«

»Weil ich ihn nicht an mich binden kann, selbst wenn er mich überzeugt, dass alles, was Claud gesagt hat, gelogen war. Und ich fürchte, das wird noch ein Weilchen dauern. Nay, es wäre nicht richtig von mir. Es ist schon schlimm genug, dass man mich als Hure verunglimpfen wird, wenn bekannt wird, dass meine Ehe ungültig war. In Anbetracht des Rufes, in dem die MacFingals stehen, glaube ich nicht, dass sie eine solche Frau in ihrem Clan brauchen.« Sie überhörte Jolene, die einwarf, dass das völliger Unsinn sei. »Abgesehen davon bin ich mir ziemlich sicher, dass ich unfruchtbar bin.«

Jolene legte die Hand auf Ariannas Fäuste. »Wie sicher denn?«

»Ich habe ein Kind verloren, und zwar kurz, nachdem ich gemerkt habe, dass ich schwanger war. Danach haben wir es abermals versucht, aber es hat sich kein Kind mehr in meinem Leib festgesetzt. Schließlich hat Claud einen Arzt aufgefordert, mich zu untersuchen. Dieser Mann meinte, ich könnte keine Kinder bekommen.«

»Dennoch seid Ihr ein Mal schwanger geworden. Ich kann mir nicht vorstellen, dass eine so frühe Fehlgeburt etwas in Euch beschädigt hat. Wart Ihr sehr krank? Habt Ihr stark geblutet?«

»Nay, das nicht. Es war wohl eine ganz normale Fehlgeburt. Aber dass sie passiert ist, war nicht normal.« Arianna löste sich aus Jolenes Händen und wischte sich eine Träne aus dem Gesicht. »Wir haben es danach ein ganzes Jahr lang versucht, aber ich bin nicht mehr schwanger geworden. Später hat es Claud nicht mehr so häufig versucht. Meist kam er nur zu mir, wenn seine Eltern wieder einmal eine Bemerkung darüber fallen ließen, dass er meinem Bett fern blieb und sich kein Erbe einstellte. Aber Claud hat Marie Anne zwei starke Söhne geschenkt. An ihm konnte es also nicht gelegen haben.«

Jolene lehnte sich zurück und verschränkte die Arme.

»Ein Arzt kann sich irren. Ich glaube, nur die wenigsten wissen Bescheid über Frauen, Kinder und die Geburt. Die meisten Ärzte wollen möglichst wenig mit uns Frauen zu tun haben. Außerdem ist es nicht ungewöhnlich, dass eine Frau ihr erstes Kind verliert. Wie alt ist denn der Jüngere der beiden Knaben?«

»Fünf, fast sechs.«

»Also hat Claud in der Zeit, in der Ihr versucht habt, ein Kind von ihm zu empfangen, auch mit seiner Geliebten geschlafen, ohne dass sie schwanger geworden ist?«

Arianna blinzelte und dachte eine Weile darüber nach. Sie bemühte sich, die in ihr aufkeimende Hoffnung nicht zu stark werden zu lassen. »Meines Wissens wurde sie nicht mehr schwanger. Glaubt Ihr, Claud hatte seine Zeugungsfähigkeit verloren?«

»Das kommt vor. Es gibt viele Arten von Fieber, die einen Mann darum bringen können. Alles andere ist so wie immer, aber der Samen ist tot. Ich würde die Hoffnung auf ein Kind nicht so rasch aufgeben.«

»Aber die einzige Möglichkeit, herauszufinden, ob ich fruchtbar bin, besteht darin, schwanger zu werden. Am besten wäre es natürlich, ich wäre verheiratet. Doch wenn ich heirate und sich dann herausstellt, dass ich unfruchtbar bin, habe ich den Mann betrogen, der mich geheiratet hat. Vielleicht würde man mich sogar der Lüge bezichtigen, denn ich hätte ihn geheiratet in dem Wissen, dass ich ihm möglicherweise keine Kinder schenken kann.«

»Dann solltet Ihr es vielleicht versuchen, ohne Euch über eine Heirat den Kopf zu zerbrechen.« Jolene verzog das Gesicht. »Ich weiß, dieser Rat klingt nicht sehr anständig.«

Damit hatte Jolene wohl recht. Dennoch ging Arianna dieser Rat nicht mehr aus dem Kopf, selbst als sie sich über ganz andere Dinge unterhielten. Und auch, als Brian ein paar Stunden später zu ihr ins Bett kam und sie in die Arme schloss, war die Idee noch da. Sie musste immer wieder daran denken, weil sie sich so sehr nach einem Kind sehnte. Schließlich schwor sie sich bei allem, was ihr heilig war, dass sie Brian nicht zu einer Ehe nötigen würde, die er nicht wollte, falls sie feststellte, dass sie sein Kind unter dem Herzen trug. Nach allem, was sie über den Clan der MacFingals gehört hatte, hatten diese kein Problem mit Kindern, die außerhalb des Ehebetts gezeugt worden waren. Wenn sie herausfinden wollte, ob sie wirklich unfruchtbar war oder nicht, gab es kaum eine bessere Wahl als einen der überaus fruchtbaren MacFingals.

»Wir müssen morgen wieder in den Sattel, Liebes«, sagte Brian, während er ihr das Nachthemd auszog.

Arianna verzog das Gesicht. »Das ist dann der letzte Teil unserer Reise, oder?« Sie streichelte seinen strammen Bauch und genoss das Gefühl seiner glatten warmen Haut und das Muskelspiel unter ihrer Hand. Zum ersten Mal seit den peinlichen Versuchen in den ersten Wochen ihrer Ehe war sie richtig erpicht darauf, den Körper eines Mannes besser kennenzulernen.

»Unsere Reise ist beendet, wenn wir in Scarglas eintreffen. Dort kannst du dich natürlich so lange aufhalten, wie du möchtest, bevor du weiterziehst.« Er hoffte, dass sie möglichst lange blieb, auch wenn er ahnte, dass der Abschied von ihr danach noch schwerer werden würde, als er es jetzt schon wäre.

»Gut. Vermutlich wird es ein Weilchen dauern, bis ich mich wieder auf ein Pferd setzen will.«

Brian wollte sie gerade fragen, an welchen Zeitraum sie denn dachte, als sie ihre langen, schlanken Finger um sein steifes Glied legte. Stöhnend hielt er sie fest und wand sich ein wenig in der stummen Bitte, ihn zu streicheln. Als sie der Aufforderung folgte, ihn zärtlich liebkoste und schließlich sogar ihre Hand zwischen seine Beine gleiten ließ, um dort mit ihm zu spielen, konnte er keinen klaren Gedanken mehr fassen.

Arianna genoss die Macht, die sie über diesen starken Mann hatte, auch wenn es sie wunderte, dass ihre Berührungen ihn so bewegten. Sie überlegte gerade, was sie noch tun könnte, um ihn noch ein Weilchen dazu zu bringen, zu stöhnen und Schmeicheleien zu murmeln, als er sie plötzlich wegstieß und auf den Rücken drehte. Sein ungestümes Liebesspiel forderte sie dazu auf, sich ebenso wild zu gebärden. Auch nachdem er ihre Körper vereinigt hatte, fuhr er fort, sich ungewohnt wild zu bewegen. Aber das war ihr nur recht. Ihre Leidenschaft stieg rasch an, bis sie der seinen glich, und bald feuerte sie ihn mit Worten und ihrem Körper an. Die Erlösung war so heftig, dass sie laut seinen Namen schrie. Sie klammerte sich an ihn, als ob sie in einen Abgrund stürzte und er der Einzige war, an dem sie sich festhalten konnte. Als sein Samen sich in ihr ergoss, packte er sie ganz fest. Sie war sich sicher, dass sie einige Blutergüsse davontragen würde, aber das war ihr egal.

Noch immer zitternd unter der Wucht der gemeinsamen Leidenschaft schlug Arianna schließlich die Augen auf und betrachtete den Mann, der tief und fest in ihren Armen schlief. Als sie daran dachte, wie oft er seinen Samen in ihr verströmt hatte, flackerte eine winzige Hoffnung in ihrem Herzen auf. Wenn es auch nur eine kleine Chance gab, dass sie nicht unfruchtbar war, dann musste eine so heiße, wilde Leidenschaft, wie sie sie teilten, dazu führen, dass sie schwanger wurde. Es würde ihr zwar einigen Ärger einbringen, wenn sie mit einem Kind und ohne Mann bei ihrer Familie auftauchte, aber das nahm sie in Kauf. Wenn Brian sie wegschickte, dann hätte sie immerhin noch etwas von ihm, woran sie sich erfreuen konnte. Sie hoffte inständig, dass ihr das reichen würde. Denn mit jeder Sekunde, die sie in seinen Armen verbrachte, wuchs die Gewissheit, dass sie ihn nie mehr loslassen wollte.

11

»Ich finde, du solltest ein paar meiner Männer mitnehmen.«

Brian trank einen Schluck Ale und musterte seinen Cousin Sigimor, der auf seinem großen Stuhl am Kopf der Tafel fläzte und eine Schüssel mit Apfelschnitzen leerte. »Nay, ich habe dir doch schon gestern Abend erklärt, dass das nicht nötig ist. Die Zahl unserer Gegner hat sich verringert, und manche von ihnen sind verwundet. Wenn sie noch in der Nähe wären, hätten deine Leute sie mittlerweile aufgestöbert. Arianna und ich können sie unbemerkt umgehen, falls sich unsere Pfade auf dem Weg nach Scarglas noch einmal kreuzen.«

»Du könntest wahrscheinlich unbemerkt mitten durch ihr Lager schleichen, während sie sich die Bäuche vollschlagen. Aber wenn du ein paar Männer dabei hättest, könntest du noch ein paar Kehlen aufschlitzen, bevor du dich aus dem Staub machst. Du könntest also die Zahl der Leute, die hinter der jungen Frau her sind, weiter verringern. Das wäre doch nicht schlecht.«

»Es klingt wahrlich verlockend«, sagte Brian und grinste ebenso breit wie sein Cousin. »Aber ich glaube, ich werde trotzdem an meinem Plan festhalten. Mein Instinkt sagt mir, dass sie sich zusammenrotten und der Jungen habhaft werden wollen. Außerdem haben sich vielleicht auch Ariannas Verwandte schon in Scarglas eingefunden, um Amiels Bande in Empfang zu nehmen. Wir müssen möglichst rasch dorthin, um zu sehen, was los ist. Abgesehen davon sollte Arianna so bald wie möglich mit den Kindern vereint sein, damit sie nicht gefasst und als Köder gegen die zwei verwendet werden kann.«

»Ich kenne sie noch nicht sehr lange, aber ich bin mir sicher, dass sie die Jungen nicht verraten würde, nur um ihr eigenes Leben zu retten.«

»Nay, das würde sie nie und nimmer tun, und genau dieser Gedanke macht mir Angst. Doch falls sie als Geisel genommen würde, um an die Jungs zu kommen, glaube ich, dass die beiden versuchen würden, sich zu stellen. Sie würden Ariannas Leben um jeden Preis retten wollen. Davon würde man sie wohl nur abhalten können, wenn man sie in Ketten legte. Ich habe sie zwar nur kurz zusammen erlebt, aber für sie ist Arianna ihre Mutter, auch wenn sie sie Anna nennen und nicht mit ihr verwandt sind.«

Er berichtete Sigimor noch einmal, wie er Arianna am Strand gefunden hatte, bewacht von den Jungs, und wie sie sich beim Abschied verhalten hatten. Dann erklärte er ihm ausführlich, wie die Lucette die Jungen und Arianna behandelt hatten. Er versuchte erst gar nicht, seinen Zorn darüber zu verbergen, und merkte, dass diese Geschichte seinen Cousin ebenfalls aufbrachte.

Schließlich nickte Sigimor. »Aye, du hast recht. Die Jungs betrachten sie als ihre Mutter. Und das ist auch kein Wunder. Weder die richtigen Eltern noch die närrischen Verwandten ihres Vaters, die so stolz sind auf ihr Blut, haben sich um die Kinder gekümmert. Es versteht sich von selbst, dass sich die drei zusammengetan und ihre eigene kleine Familie geformt haben. Sie wurden ja von allen verachtet, die sich eigentlich um sie hätten kümmern sollen. In jener Burg, in der keine Menschenseele freundlich zu ihnen war, konnten sie sich nur auf sich selbst verlassen.«

Gedankenverloren klopfte er mit den Knöcheln auf die Tischplatte und fuhr fort: »Aber es wundert mich, dass Ariannas Verwandte sie nicht rausgeholt und dabei ein paar Köpfe eingeschlagen haben. Selbst wenn sie diese Ehe für rechtmäßig hielten, hätten die Leute aus ihrem Clan es nie zugelassen, dass eine der ihren so schlecht behandelt wird. Hat sie denn ihrer Familie nicht benachrichtigt?«

»Selbstverständlich hat sie das, aber ich glaube, ihre Briefe wurden abgefangen – entweder von dem Narren, den sie für ihren Gemahl hielt, oder von dessen Eltern. Wenn ihnen nicht gefallen hat, was darin stand, haben sie das Schreiben zerstört. Wahrscheinlich haben sie auch alles gelesen, was ihr geschrieben wurde, und einige dieser Briefe vernichtet. Das würde erklären, woher Amiel und die DeVeau wussten, wer die Jungs in seine Obhut genommen hat und wohin wir uns wenden würden.«

»Natürlich. Sie haben alles in Erfahrung gebracht über die Leute, mit denen sie gern enger verbündet gewesen wären. So würden viele vorgehen, auch wenn man sich fragt, warum sie eine Tochter ihrer Verbündeten so schlecht behandelt haben. Selbstverständlich konnten sie es nicht riskieren, dass die Murrays erfuhren, wie das Mädchen behandelt wurde. Nach dem, was ich über den Clan und die Frauen dieses Clans weiß, frage ich mich allerdings, warum Arianna die Wahrheit nicht früher herausgefunden und den Kerl nicht einfach verlassen hat, als er sich als kaltherziger Schuft herausstellte.«

Brian vergewisserte sich, dass sie alleine waren. Er wusste zwar, dass Ariannas Geheimnisse bei Sigimor sicher waren, aber er wollte nicht, dass andere zu viel erfuhren. »Sie war gerade siebzehn geworden, als sie ihn heiratete, und sie war entschlossen, eine gute Ehe zu führen – eine, die so gut war wie die der anderen in ihrem Clan. Aber sobald sie seine Frau war und fern ihrer Verwandtschaft weilte, hat Claud begonnen, ihren Stolz und ihren Mut zu brechen.«

»Hat er sie auch geschlagen?«

»Ich glaube, das hätte sie nicht hingenommen. Einen solchen Missbrauch hätte sie sofort erkannt. Ein Schlag von ihm, und der Mann hätte nur noch der Staubwolke ihres Pferdes hinterhersehen können. Wahrscheinlich hätte er sich auch noch ein bis zwei Dolche aus dem Leib ziehen müssen.«

Sigimor nickte. »Das klingt sehr nach den Murray-Mädchen, die wir kennen oder von denen wir gehört haben.«

»Gegen körperliche Gewalt hätte sie sich sofort gewehrt. Aber er hat sie mit Worten vernichtet. Ständige Vorwürfe, Beleidigungen und Schmähungen – ein junges, unschuldiges Ding, das an solch unterschwellige Grausamkeiten nicht gewöhnt ist, ist eine leichte Beute. Sie hat mir gesagt, dass sie ihn noch immer hören kann und dann zusammenzuckt wie bei einem schmerzhaften Schnitt. Er hat ihr den Stolz geraubt und alles andere, was sie zu einer selbstbewussten jungen Frau gemacht hätte.«

»Er hat sie also langsam vergiftet, um sie völlig zu unterdrücken.«

»Aye. Und deshalb hat sie sich nicht gefragt, ob er womöglich ein schlechter Gemahl war. Vielmehr hat sie sich bald für eine schlechte Gemahlin gehalten. Er hat dafür gesorgt, dass sie ihn nie allzu gründlich anschaute. Vielleicht hat er ihr deshalb auch die Fürsorge für seine Kinder übertragen. Ihm war klar, dass die Jungs ihre Aufmerksamkeit völlig beanspruchen würden. Wahrscheinlich wusste er, dass sie schlau genug war, um all seine Lügen aufzudecken. Letztendlich hat sie das ja auch getan und hatte sogar vor, ihn und den Ort zu verlassen, an dem sie so schlecht behandelt wurde. Doch dann wurden er und seine richtige Gemahlin ermordet.«

»Sie hatte bestimmt schon vorher beschlossen, die Jungs mitzunehmen.«

»Selbstverständlich. Sie wusste nur noch nicht so recht, wie sie es anstellen sollte, ohne einen Aufstand auszulösen. Deshalb blieb sie noch eine Weile, nachdem sie die Wahrheit über Claud erfahren hatte.« Brian schüttelte den Kopf. »Sie hat gehofft, einen Weg zu finden, der die Jungs vor der Schande und der Erniedrigung bewahren würde, die ihnen unweigerlich entgegenschlagen würden, sobald die Wahrheit ans Licht kam. Sie hat sogar überlegt, wie sie seine Verwandten schonen könnte, die sie so verachtet haben. Sie weiß, dass die Wahrheit ihre Ehre auf jeden Fall beflecken wird, aber sie dachte nur an die Jungs und die Familien – ihre und seine. Doch dann fand sie heraus, dass dieser Schuft von Ehemann seinen Eltern ein Geständnis hinterlassen hat, das sie nach seinem Tod lesen sollten. Die Familie reagierte sofort, ohne auch nur einen Gedanken daran zu verschwenden, dass dies Arianna schaden würde.«

Sigimor fluchte. »Ich dachte, die Lucette wären Verbündete, ja, sogar entfernte Verwandte der Murrays.«

»Nun, in jeder Familie gibt es schwarze Schafe.«

»Aye. Wir haben immer geglaubt, bei uns wären es die elenden MacFingals.«

Brian lachte und warf seinem Cousin einen Apfel an den Kopf. Manchmal hätte er Sigimor gern verprügelt, doch im Grunde hatte er ihn von Anfang an ins Herz geschlossen. Schon bei ihrer ersten Begegnung hatte er den wahren Kern unter der rauen Schale erkannt. Sigimor war in sehr jungen Jahren der Laird einer großen Familie mit zahlreichen Geschwistern, Witwen und Waisen geworden und tat sein Bestes, um sie alle zu beschützen. Er wirkte schroff und hart, aber wie bei seinem eigenen Bruder Ewan MacFingal wusste Brian, dass in dieser breiten Brust ein großes Herz schlug.

»Werft ihr mit Lebensmitteln um euch?«

»Sigimor war wieder mal ziemlich dreist«, erklärte Brian augenzwinkernd und erhob sich, um Arianna und Jolene zu begrüßen. »Bist du bereit zum Aufbruch?«, fragte er Arianna, während er sie zu dem Platz an seiner Linken führte.

»Aye, sobald ich etwas gegessen habe«, erwiderte sie. »Ich kann es kaum erwarten, meine Jungen wiederzusehen. Ich weiß, dass deine Verwandten sie heil nach Scarglas gebracht haben und sie dort weiter beschützen, aber ich muss mich selbst davon überzeugen, dass es Michel und Adelar gut geht.« Sie zuckte mit den Schultern. »Und ich sehne mich danach, sie in die Arme zu schließen.«

»Natürlich tut Ihr das«, meinte Jolene und nahm sich eine große Portion Hafergrütze. »Ihr habt die Verantwortung für die zwei übernommen. Da spielt es keine Rolle, wie sehr Ihr jenen vertraut, die sie in ihrer Obhut haben.

Selbstverständlich sorgt Ihr Euch trotzdem.« Sie lächelte Arianna verständnisvoll zu, dann wandte sie sich an ihren Gemahl. »Was treiben eigentlich unsere Kinder?«

»Sie haben sich die Bäuche vollgeschlagen und sind dann nach draußen, um mit ihren Holzschwertern auf alles einzuschlagen, was lange genug stehen bleibt. Fergus ist bei ihnen.«

Jolene seufzte. »Deine Töchter sollten lieber das Sticken lernen.«

»Daran kannst du sie erinnern, wenn du mit dem Frühstück fertig bist. Wahrscheinlich werden sie beim Unterricht besser aufpassen, wenn sie sich zuvor mit ihren Schwertern ausgetobt haben.«

»Es ziemt sich nicht, dass Ladys Spaß daran haben, mit Schwertern auf Dinge loszugehen.«

Arianna langte herzhaft zu, während sie Jolene und Sigimor zuhörte, wie sie über ihre zwei hübschen schwarzhaarigen Töchter plauderten. Für manche hätte es vielleicht wie ein Streit geklungen, doch in den Worten lag nicht der geringste Ärger. Sie neckten sich nur nach Kräften und brachten Arianna mehrmals zum Lachen.

Plötzlich überkam sie ein gewisser Neid, gefärbt von Kummer. Nach so etwas hatte sie sich immer gesehnt, genau so etwas hatte sie mit Claud teilen wollen. Sie hatte es oft bei Eheleuten in ihrem Clan erlebt und gedacht, so sollte eine Ehe sein. Wie einfältig sie gewesen war zu glauben, dass auch sie das haben könnte, nur indem sie ein paar Gelübde mit einem Mann austauschte.

Sie war beinahe erleichtert, als Brian verkündete, dass sie nun aufbrechen müssten. Jetzt wurde sie auch noch von

Schuldgefühlen geplagt, weil sie Jolenes Gesellschaft sehr genossen hatte und der Neid ein erbärmliches Gefühl war. Aber es würde wohl noch eine Weile dauern, bis sie es neidlos aushalten konnte, Menschen zu beobachten, die das hatten, wonach sie sich sehnte. Leise seufzend folgte sie Brian und Sigimor in den Burghof, wo die Pferde schon bereitstanden. Sie verabschiedete sich von Jolene, während Brian die Satteltaschen überprüfte und noch ein wenig mit Sigimor plauderte. Arianna hatte nicht viel von den Gesprächen der Männer mitbekommen. Sie wusste nur, dass Sigimors Leute Amiels Trupp noch eine Zeit lang verfolgt hatten. Sie waren vor einer Stunde zurückgekehrt und hatten berichtet, dass von ihren Gegnern nichts mehr zu sehen war. Als sie dies erfuhr, fiel ihr ein Stein vom Herzen. Die Nachricht löste ein wenig von der Spannung, die sich bei der Aussicht in ihr aufgebaut hatte, weiter vor ihren Feinden davonzurennen. Sie stieg ohne zu zögern in den Sattel.

Um Mittag herum legte Brian eine Rast ein. Arianna wäre klaglos weitergeritten, doch natürlich war sie auch froh über die Aussicht, eine Weile zu ruhen. Schmerzen, von denen sie geglaubt hatte, sie wären bei der kleinen Rast in Dubheidland verschwunden, machten sich schon wieder bemerkbar.

»Ich will mich nur ein wenig umsehen«, sagte Brian und gab ihr einen raschen Kuss.

»Ich dachte, Sigimors Männer haben Amiel nicht mehr gesehen«, entgegnete sie und widerstand dem plötzlichen Drang, sich ebenfalls umzusehen.

Lächelnd strich er ihr eine widerspenstige Haarsträhne hinters Ohr, die ihrem Zopf entkommen war. »Das stimmt, aber es kann nicht schaden, wenn ich nach Hinweisen suche, die dies bestätigen. Es wäre gut zu wissen, dass sie tatsächlich nach Scarglas unterwegs sind und wie weit sie sich vor uns befinden.«

»Stimmt. Wir wollen ihnen ja nicht aus Versehen in die offenen Arme reiten.«

»Ganz recht. Wartest du hier auf mich?«

»Aye. Geh nur, mir kann hier nichts passieren. Ich lege mich unter einen Baum und ruhe mich aus.«

Brian zögerte kurz, dann gab er ihr noch einen Kuss und ritt davon. Arianna lächelte ein wenig schief. Es war wieder einmal an der Zeit, herumzusitzen und zu warten. Aber diesmal machte es ihr nichts aus. Brian musste sich versichern, dass sie nicht in eine Falle ritten, und sie brauchte ein wenig Ruhe. Es war mitten am Tag, die Sonne stand hoch am Himmel, und es wehte eine kleine, kühle Brise. Das wollte sie ein Weilchen genießen.

Sie streckte sich unter einem Baum aus. Schon bald wurden ihre Lider schwer und sie musste gegen den Schlaf ankämpfen. Es ist nicht klug, einzuschlafen; es besteht immer noch Gefahr, mahnte sie sich streng. Doch ihr Körper war offenbar anderer Meinung. Sie schlummerte ein. Plötzlich hörte sie ein leises Geräusch und war sofort wieder hellwach.

Sie erhob sich langsam und sah sich um. Die Bäume um sie herum standen nicht sehr dicht, sie boten keine Deckung. Arianna ärgerte sich über ihren Leichtsinn. Sie hätte sich ins Dickicht zurückziehen sollen. Das leise Knacksen eines Zweiges erregte ihre Aufmerksamkeit. Es kam aus dem Bereich, wo die Bäume dichter standen und dunklere

Schatten warfen, so dass man nicht viel sehen konnte. Dort hätte sie sich verstecken sollen. Stattdessen verbarg sich zwischen diesen Bäumen nun eine Bedrohung. Arianna verspannte sich von oben bis unten. Sie kämpfte gegen das blanke Entsetzen an, während sie versuchte, rückwärts zu ihrem Pferd zu gehen.

Das Herz klopfte ihr bis zum Hals, als sie sich schließlich umdrehte, um den Rest des Weges zu rennen. Doch zwischen ihr und dem Tier stand ein Mann. Jetzt wurde ihr klar, warum die Stute nicht unruhig geworden war und sie gewarnt hatte. Männer beunruhigten das Pferd nicht. Sie wirbelte herum und wollte in die andere Richtung fliehen, doch dort stand ebenfalls ein Mann. Am meisten erschrak sie allerdings beim Anblick des Mannes, der hinter einem großen Baum hervortrat und ihr ein Lächeln schenkte, bei dem ihr das Blut in den Adern stockte.

»*Bon jour*, Schwägerin«, näselte der Mann gedehnt auf Französisch.

»Amiel! Wie passend, dass du dich aus dem Dickicht herauswindest wie eine Schlange«, erwiderte sie auf Englisch. Kurz dachte sie daran, dass es nicht besonders klug war, ihn zu beleidigen, doch dann beschloss sie, dass das keine Rolle spielte. Der Kerl würde sein Bestes tun, ihr Schaden zuzufügen, selbst wenn sie honigsüß war.

»Wie ich sehe, bist du wieder in die barbarischen Gepflogenheiten dieses Landes abgeglitten. Allerdings freut es mich, dass du nicht mehr versuchst, Französisch zu sprechen, obwohl du es offenbar noch ganz gut verstehst.« Er erschauderte gespielt. »Es fiel mir immer sehr schwer, dir dabei zuzuhören.«

Dachte der Narr wirklich, dass sie diese Fertigkeit in wenigen Tagen verlieren würde? »Dann wird es dich sicher freuen zu hören, dass ich nicht beabsichtige, je wieder Französisch mit dir zu sprechen. Ich werde jetzt einfach verschwinden, samt meiner barbarischen Art.«

Sie versuchte zu fliehen, auch wenn ihr klar war, dass ihr dies wohl kaum gelingen würde. Amiel und seine Leute hatten sie umzingelt, während sie wie eine überfütterte Katze in der Sonne gedöst hatte. Es fiel ihnen nicht schwer, sie daran zu hindern, zu ihrem Pferd zu gelangen. Egal, wohin sie sich wandte, sofort stellte sich wieder ein Mann in ihren Weg. Als einer von ihnen sie packen wollte, trat sie ihm mit aller Kraft in die Lenden. Als er in die Knie ging, versuchte sie, an ihm vorbeizurennen. Jemand packte sie am Zopf und zerrte so heftig daran, dass sie mit einem anderen Mann zusammenstieß.

Sie drehte sich um, schlug mit den Fäusten auf den Kerl ein und trat nach ihm in dem verzweifelten Versuch, sich zu befreien. Sie zögerte nicht einmal, Nägel und Zähne einzusetzen. Ein Schlag auf die Nase ihres Gegners lockerte seinen Griff. Kurz flackerte eine leise Hoffnung in ihr auf, und sie startete einen weiteren Fluchtversuch. Doch ein harter Schlag auf ihren Hinterkopf machte jede Hoffnung zunichte. Als sie in die Knie ging und vergeblich gegen die Dunkelheit ankämpfte, die sich ihrer bemächtigte, sah sie als letztes Amiel vor sich stehen mit einem dicken Stock in der Hand und einem hämischen Grinsen im Gesicht.

»Er wird dich in Stücke zerreißen und den Aasfressern überlassen«, dachte sie noch, dann wurde alles schwarz um sie, und sie fiel mit dem Gesicht voran auf den Boden.

»Sollen wir den Mann suchen?«, fragte Anton und reichte dem Burschen, den Arianna auf die Nase geschlagen hatte, einen Leinenfetzen, denn dessen Nase blutete heftig.

»Das ist nicht nötig. Wir haben, was wir wollten. Nimm sie mit.« Er wandte sich an den Mann, den Arianna in die Lenden getreten hatte und der sich soeben mühsam aufrappelte. »Hol ihr Pferd.«

»Wir bringen sie also nach Scarglas?«

»Ja, aber unterwegs legen wir noch eine Pause ein. Wir gewinnen nichts, wenn wir die Nacht durchreiten. Am Abend werde ich mich dann ein wenig mit dieser Barbarin unterhalten.«

»Ich glaube nicht, dass sie alleine unterwegs war. Bestimmt wird jemand sie suchen.«

»Im Dunkeln findet uns keiner.«

Brian verzog das Gesicht, als er sein Pferd zum Stehen brachte und sich umsah. Er war sich sicher, dass er Arianna an dieser Stelle zurückgelassen hatte. Die Angst, die ihm die Kehle zuschnürte, sagte ihm, dass er sich nicht irrte. Bei solchen Dingen irrte er nahezu nie. In seinem Clan war er für seinen Orientierungssinn berühmt.

Hastig stieg er vom Pferd und begann, den Boden nach Hinweisen abzusuchen, die ihm sagten, warum Arianna nicht da war. Er hoffte inständig, dass sie einfach ein wenig spazieren gegangen war, auch wenn er wusste, dass sie nicht so töricht war. Schließlich fand er die Spuren, die ihm sagten, dass sie entführt worden war. Er zwang sich zur Besonnenheit und musterte alles, was der Boden ihm sagte, angefangen von der Stelle, an der sie offenkundig versucht hatte zu fliehen. Ein paar Meter weiter im schattigen Bereich des Waldes fand er die Spuren von mehreren Männern und Pferden. Dort hatten sie angehalten und waren abgestiegen. Sie hatten sich auch nicht bemüht, die Spuren in der Richtung, in die sie davongeritten waren, zu verwischen.

Laut fluchend kehrte er zu der Stelle zurück, an der Arianna überfallen worden war. Er atmete tief durch und betrachtete noch einmal den Fleck, der ihm vorhin schon aufgefallen war, den er jedoch zu ignorieren versucht hatte. Dort waren Blutspuren zu sehen, und man sah, dass jemand gestürzt war. Brian versuchte, sich damit zu trösten, dass es nicht viel Blut war, aber seine Angst um Arianna wollte nicht weichen. Genau hier schien sie zu Boden gegangen zu sein.

Im ersten Impuls wollte er ihr sofort nachsetzen, doch er widerstand der Versuchung. Es wäre ein Fehler gewesen, und er hatte bereits einen begangen, indem er Arianna schutzlos zurückgelassen hatte. Gegen sechs Gegner konnte er nicht viel ausrichten. Vielleicht waren es sogar mehr als sechs, falls Amiel noch weitere Söldner aufgetrieben hatte. Er musste sich Verstärkung besorgen, um Amiel und seinen Trupp ebenso einzukreisen, wie sie Arianna eingekreist hatten. Die Bande zu überwältigen war die einzige Möglichkeit, Arianna lebend zurückzubekommen.

Er sprang auf sein Pferd und preschte nach Dubheidland zurück. Unterwegs bemühte er sich, nicht darüber nachzudenken, was Arianna womöglich gerade durchmachen musste. Solche Gedanken würden ihn in den Wahnsinn treiben und ihn vielleicht dazu bringen, etwas Tollkühnes zu tun, das für sie beide tödlich enden konnte. Die Gewissheit, dass Amiel sie so lange am Leben lassen würde, bis er die Jungs in seiner Gewalt hatte, war das Einzige, was ihm Hoffnung verlieh.

Sigimor stand im Burghof, als Brian hereinritt. Brian sprang von seinem schweißnassen Pferd und rang um Atem. Er war sich sicher, dass er noch nie so schnell geritten war. Schließlich nahm er den Becher mit Wasser, den ihm jemand reichte, und leerte ihn in einem Zug.

»Er hat sie in seiner Gewalt«, keuchte er.

»Wie ist es dazu gekommen?«, wollte Sigimor wissen. Seine Leute traten bereits mit gesattelten Pferden zu ihnen. Darunter war auch ein frisches Pferd für Brian.

»Ich wollte herausfinden, ob der Mann sich zwischen uns und Scarglas befindet. Ich habe sie allein gelassen, und sie haben sie gefunden.«

»Es ist nicht deine Schuld.«

»Ich habe sie allein gelassen!«

»Aus gutem Grund. Du wolltest dem Gegner nicht direkt in die Arme laufen, und wir waren fest davon überzeugt, dass sie sich auf den Weg nach Scarglas gemacht hatten. Wenn du dich nicht umgesehen hättest, hätte es passieren können, dass ihr direkt in sie hineingeritten wärt. Offenbar sind sie nicht so schnell vorangekommen, wie wir dachten. Wie weit wart ihr von hier entfernt, als ihr angehalten habt?«

»Vielleicht eineinhalb Stunden, die wir in einem strammen Tempo zurückgelegt haben.«

»Dann ist sie also schon eine ganze Weile in ihrer Gewalt«, knurrte Sigimor. »Sie werden sich vermutlich nicht mehr in der Nähe der Stelle aufhalten, an der du Arianna zurückgelassen hast.« Er blickte zum Himmel hinauf. »Wenn wir Glück haben, stöbern wir sie auf, bevor die Sonne ganz untergegangen ist. Die Abenddämmerung ist eine hervorragende Zeit, um sich an jemanden heranzupirschen.«

»Ich habe gesehen, welche Richtung sie eingeschlagen haben.«

»Das hilft. Es ist schade, dass wir nicht genau wissen, wo sie sie erwischt haben. Dann könnten wir nämlich leichter einschätzen, wie weit sie gekommen sind.«

»Ich war fast zwei Stunden weg.«

»Nun, dann haben sie sicher schon ein gutes Stück zurückgelegt. Es könnte dunkel sein, bevor wir sie finden, aber ich kann mich auch nachts ganz gut orientieren.«

Bevor Brian etwas sagen konnte, gab Sigimor seinen Leuten schon das Zeichen zum Aufbruch, und auch Brian schwang sich in den Sattel. Obgleich er sich nach Kräften bemühte, nicht daran zu denken, schweiften seine Gedanken immer wieder zurück zu Arianna und wie lange sie schon in den Händen jenes Mannes war, der ihr nach dem Leben trachtete. Er wurde erst aus seinen düsteren Gedanken gerissen, als Sigimor ihm einen kräftigen Schlag auf den Rücken versetzte.

»Wir werden sie finden, Cousin«, erklärte er.

Brian war nicht so zuversichtlich wie sonst auf einer Jagd. »Und was ist, wenn er sie direkt zu den DeVeau bringt?«

»Dann folgen wir ihm, bis er so lange anhält, dass wir sie uns holen können.«

»Aus deinem Mund klingt das alles sehr einfach. Der Kerl weiß aber, dass wir ihn verfolgen werden.«

»Wirklich? Vielleicht ist er nicht so schlau, wie du glaubst. Aber das spielt keine Rolle. Er kann nicht die Nacht durchreiten, es sei denn, er hat jemanden dabei, der sich hier sehr gut auskennt. Die Dunkelheit wird auch unser Tempo drosseln, aber er wird anhalten müssen. Und dann werden wir ihn zu fassen kriegen.«

Endlich ritten sie durch das Tor der Burg. Brian konnte nur beten, dass sein Cousin recht behielt. Die Angst schnürte ihm den Magen zusammen, und das Versagen schmeckte bitter. Er würde keine Ruhe mehr finden, bis er Arianna wieder in die Arme schließen konnte.

12

Als Arianna vorsichtig die Augen aufschlug, wurde sie von stechenden Kopfschmerzen begrüßt. Allmählich hatte sie die Sache gründlich satt. Was hatte sie getan, um all diese Qualen zu verdienen? Wieder einmal wünschte sie ihren Gegnern die Pest an den Hals. Es kostete sie die größte Mühe, nicht laut aufzustöhnen, als sie die Augen lang genug öffnete, um zu sehen, wo sie war, ohne ihren Häschern zu zeigen, dass sie das Bewusstsein zurückerlangt hatte.

Wie sie feststellte, befand sie sich im Inneren einer armseligen Hütte. Sofort beschlich sie die Angst um diejenigen, denen die Hütte gehört hatte. Doch ihr war klar, dass sie an deren Schicksal nichts ändern konnte, solange sie hier gefangen war. Allerdings würde sie auch später nur versuchen können, Amiel für den Mord an Unschuldigen zur Rechenschaft zu ziehen. Er hatte bestimmt keinen am Leben gelassen, der verraten konnte, wo er und seine Männer sich befanden. Jetzt war er der Gejagte. Trotz ihrer Schmerzen und ihrer misslichen Lage fand Arianna darin einen gewissen Trost.

Sie entdeckte Amiel in der Mitte der Hütte vor einem kleinen Feuer. Auch sein Anblick verschaffte ihr Genugtuung. Die fürstlichen Gewänder des eitlen Kerls waren schmutzig und zerrissen. Arianna schüttelte den Kopf über seine Torheit. Hatte der Narr tatsächlich geglaubt, er könne in ein fremdes Land einfallen und allein durch Verhandlungen bewirken, dass ihm zwei Jungen ausgeliefert wurden, die er zu töten beabsichtigte? Es wunderte sie nicht, dass die Männer um ihn herum ihn verächtlich musterten, wenn sie glaubten, dass er es nicht sah.

Nicht nur seine Kleider wiesen darauf hin, dass er keinen Funken Verstand besaß. Er hätte doch nur ein Weilchen warten müssen, dann hätte er alles bekommen, was er begehrte, ohne sich die Hände mit dem Blut Unschuldiger zu beflecken. Clauds Familie war empört, dass ihr Sohn und Erbe ein Mädchen aus dem einfachen Volk geheiratet hatte. Sie wollten nicht, dass die Kinder, die dieser Verbindung entsprungen waren, einen Anspruch auf ihr Erbe erhoben. Ein bisschen Geld und ein paar Lügen würden diese peinliche Ehe ungeschehen machen. Es würde nur etwas Zeit beanspruchen. Doch Amiel wollte offenbar nicht warten. Er hatte sich so wild entschlossen daran gemacht, alles so schnell wie möglich an sich zu reißen, dass Arianna wieder einmal überlegte, ob er nicht in der Schuld eines anderen stand. Vielleicht stammte ein Teil seines Hasses auf die Jungen auch daher, dass Claud ihr Vater war. Die Brüder hatten keinen Hehl aus ihrer gegenseitigen Abneigung gemacht, aber Arianna hatte nie geglaubt, dass ihre Feindseligkeit zu einem Mord führen würde.

Plötzlich traf sie die Erkenntnis wie ein Blitz. Beinahe hätte sie die Augen weit aufgerissen, und sie musste ein Keuchen unterdrücken. Sie hatte es zwar schon vorher in Erwägung gezogen, doch jetzt hatte sie keine Zweifel mehr: Amiel stand in der Schuld der DeVeau, oder er wollte etwas, was sie ihm geben konnten. Er war nur eine unbedeutende Schachfigur in ihrem Spiel, obgleich seine Dünkel ihn wahrscheinlich daran hinderten, das einzusehen. Nur so ließ sich erklären, warum er es jetzt so eilig hatte, zwei Jungs zu töten, die zweifellos und ungerechterweise bald enterbt wurden. Seine Eltern würden die Aufhebung von Clauds Ehe bewirken, und die Kinder würden rechtmäßig zu Bastarden erklärt werden.

Amiel hatte also nicht nur seine Blutsverwandten verraten, sondern er war auch ein blinder Narr. Er hatte die lange, blutige Geschichte der hinterhältigen DeVeau vergessen, wenn er tatsächlich glaubte, sie würden ihn am Leben lassen, nachdem er ihnen gegeben hatte, was sie wollten, oder sie ihm gegeben hatten, was er wollte. Der König hatte versucht, die beiden Familien mit Gewalt dazu zu bringen, ihre Feindschaft zu begraben. Aber selbst das hatte die DeVeau nicht dazu gebracht, ihre hinterhältigen Machenschaften einzustellen. Sie waren nur etwas vorsichtiger geworden. Amiels Dünkel verleiteten ihn offenbar zu der Annahme, dass er seine boshaften Verbündeten überlisten konnte. Beinahe hätte der Kerl ihr leid getan, wenn sie nicht gewusst hätte, dass er Adelar und Michel töten wollte. Dieses Wissen erstickte jedes Mitleid im Keim.

»Ich glaube, sie wacht auf«, sagte einer der DeVeau, der sich Amiels Trupp angeschlossen hatte.

Arianna fragte sich, was sie verraten hatte. Sie hatte absichtlich nur ganz flach geatmet und sich nicht gerührt, und außerdem hatte sie die Augen nie so weit geöffnet, dass zu erkennen war, dass sie nicht mehr bewusstlos war. Nun kämpfte sie gegen ihre Angst an und wartete ab.

»Nay, sie schläft noch, Monsieur Anton«, meinte Amiel, dessen näselnde Stimme unschwer zu erkennen war.

»Seid Ihr Euch ganz sicher?«

»Sie hat noch keinen Laut von sich gegeben, noch nicht einmal gestöhnt. Bestimmt hat sie ziemliche Kopfschmerzen von dem Schlag, den sie abbekommen hat.«

In seiner Stimme lag eine gewisse Befriedigung. Arianna hätte ihm am liebsten das Gesicht zerkratzt. Ihr Kopf pochte so heftig, dass sie kaum dem Drang widerstehen konnte, sich die Stirn zu reiben. Nur das Wissen, dass so etwas wenig gegen die Schmerzen ausrichten würde, hielt sie davon ab. Wichtig waren in diesem Moment weder ihre Schmerzen noch ihre Wunden. Wichtig waren einzig und allein die Pläne ihrer Gegner. Wenn sie herausfand, was sie vorhatten, konnte sie vielleicht leichter fliehen oder zumindest ihre Leute warnen, nachdem sie gerettet worden war.

Und gerettet werden würde sie ganz bestimmt, das sagte sie sich immer wieder. Sie vertraute eher darauf, als auf eine Chance zu fliehen. Eine Flucht würde schwierig werden, denn sie hatte kein Pferd. Allerdings wollte sie sich dadurch nicht davon abhalten lassen. Falls sich eine Gelegenheit auftat, wollte sie es zumindest versuchen. Sie hatte zwar nicht Brians Geschick, sich unbemerkt durch die Schatten zu schleichen oder sich darin zu verstecken. Aber sie hatte ihn so oft dabei beobachtet, dass sie einiges von ihm gelernt hatte. Vielleicht würde ihr das wenigstens dabei helfen, sich versteckt zu halten, wenn Amiel ihr nachsetzte.

»Ich glaube trotzdem, dass sie wach ist, oder zumindest kurz davor ist, aufzuwachen«, meinte Anton.

»Dann versetzt ihr doch einen Tritt. Wenn sie wach ist, wird sie schon mit ihren Spielchen aufhören.«

»Ich trete keine Frau, noch dazu eine, die bewusstlos am Boden liegt.«

»Wie zartbesaitet Ihr doch seid, mein tapferer Ritter. Ich frage mich, was die DeVeau gegen Euch in der Hand haben. Ihr seid viel zu besorgt darüber, was recht ist und was nicht, um mit diesen Leuten so umzuspringen, wie sie es verdienen. Aber diesmal müsst Ihr Euch keine Sorgen machen. Ich bin mit solchen Schwächen nicht geschlagen.«

Arianna bewegte sich nicht schnell genug, um Amiels Stiefel zu entkommen. Sein Tritt traf sie in den Rücken, als sie versuchte, von ihm wegzurollen, und zwar so heftig, dass sie schmerzerfüllt aufkeuchte. Unsanft packte er ihren Arm und zerrte sie hoch. Ihre Kopfschmerzen wurden so heftig, dass ihr Magen sich zusammenschnürte. Einen Moment lang kämpfte sie gegen die Übelkeit an, doch als ihr Blick auf Amiels Stiefel fiel, beugte sie sich stöhnend darüber und entleerte ihren Mageninhalt darauf.

Amiels angewiderter Aufschrei schenkte ihr kurz eine gewisse Befriedigung. Doch damit war es rasch vorbei, als er ihr die Faust ins Gesicht schlug. Sie stürzte mit dem Rücken auf den harten Lehmboden und bereute es sehr, dass sie sich von dem Kerl hatte provozieren lassen. Wenn sie noch mehr Prügel einstecken musste, würde sie nicht mehr fähig sein zu fliehen. Bei ihren derzeitigen Schmerzen wunderte sie sich, dass sie noch bei Bewusstsein war, und wünschte sich fast, sie wäre es nicht. Eine Ohnmacht würde ihr wenigstens die Schmerzen ersparen. Aber ihr Körper wollte ihrem Wunsch nicht folgen. Mühsam richtete sie sich auf.

Ein großer, schmaler Mann stand hinter Amiel und seinen Spießgesellen. Er beobachtete das Geschehen stirnrunzelnd. Das musste Monsieur Anton sein, der Mann, der sich empört geweigert hatte, eine bewusstlose Frau zu treten. Ob sie in ihm einen Verbündeten finden konnte? Ihr Kopf schmerzte so heftig, dass sie kaum einen klaren Gedanken fassen konnte. Und einen klaren Kopf brauchte man, wenn man einen Mann dazu bringen wollte, sich gegen seine Begleiter zu wenden und die DeVaux zu hintergehen. Arianna war sich jedoch nicht sicher, ob sie dazu kommen würde, klar zu denken und sich von ihren Schmerzen zu erholen, solange sie Amiels Gefangene war. Claud war grausam gewesen, doch auf eine sehr subtile Art. Amiel hingegen machte kein Hehl aus seiner Niedertracht.

»Du Miststück!«, schrie er aufgebracht, sobald seine Stiefel gesäubert waren. »Das hast du absichtlich getan.«

Aus Trotz weigerte sich Arianna weiterhin, Französisch mit ihm zu reden. »Das habe ich getan, weil du mich auf den Kopf geschlagen hast. Kein Wunder, dass sich einem nach einem solchen Schlag der Magen umdreht. Deine Stiefel waren mir einfach nur im Weg.«

Er gab ihr eine Ohrfeige, und Arianna sah Sternchen, als sie bei diesem neuen Schmerz die Augen schloss. Angst, dass dieser Mann sie erschlagen könnte, stieg in ihr auf, doch sie kämpfte dagegen an. Sie konnte ihn nicht daran hindern, aber sie wollte ihm die Sache nicht leicht machen. Sie stützte sich auf den Händen ab und versuchte, die Spitze der Schmerzen zu bekämpfen, indem sie möglichst tief durchatmete. Als sie den Kopf hob und Amiel ansah, bemühte sie sich nicht, ihre Verachtung zu verbergen.

»Das wirst du noch bereuen, du kleines Miststück«, fauchte Amiel mit wutverzerrter Stimme.

»Ach, du gieriges Schwein – ich bereue schon so einiges«, ächzte sie und erhob sich mühsam. »Am meisten bereue ich es, dass ich ausgerechnet in deiner verfluchten Familie gelandet bin. Seid ihr euch eigentlich ganz sicher, dass ihr Lucette seid?«

»Selbstverständlich sind wir das. Du hingegen warst es nie.«

Arianna wunderte sich, dass diese Worte nicht weh taten. Amiel hatte soeben laut ausgesprochen, was seine ganze Familie von ihr gedacht hatte. Sie war nie akzeptiert worden. Nie war ihr gestattet worden, ein Teil dieser Familie zu sein, und das hatte ihr immer sehr weh getan. Vielleicht war es ihr mittlerweile einfach egal, und zwar schon seit geraumer Zeit. Wenn sie nicht geglaubt hätte, sie wäre mit Claud, diesem Schuft, verheiratet, hätte sie schon viel früher damit aufgehört, ihrer neuen Familie gefallen zu wollen. Sie hatte keinen von ihnen besonders gemocht, abgesehen von dem jungen Paul.

»Darüber bin ich ziemlich froh«, sagte sie und wankte, als er sie abermals ohrfeigte.

»Wo stecken die kleinen Bastarde meines Bruders?«

Ohne ihre Antwort abzuwarten, ohrfeigte er sie noch einmal. Diesmal ging sie unter dem harten Schlag seines Handrückens wieder zu Boden. In ihren Ohren hämmerte das Blut. Trotzdem hörte sie, dass sich ein Streit entzündete. Sie drehte sich langsam auf die Seite und bemerkte, dass Monsieur Anton zwischen ihr und Amiel stand.

»Ihr habt sie nicht einmal zu Wort kommen lassen«, sagte Monsieur Anton vorwurfsvoll.

»Was geht Euch das an?« Amiel holte einen Dolch aus der Scheide an seinem Gürtel. »Hält Euer schwacher Magen so etwas nicht aus, Monsieur?«

»Die DeVeau wollen sie lebendig. Abgesehen davon finde ich es weder richtig noch sinnvoll, wenn Ihr sie zu Tode prügelt.«

Arianna ging der Gedanke durch den Kopf, dass dieser Mann zwar tapfer, aber sehr töricht war. In dem Moment stach Amiel zu. Auf seinem Gesicht lag ein Lächeln, das ihr das Blut in den Adern gefrieren ließ, als er den Dolch aus Monsieur Antons Leib zog und dieser langsam zu Boden ging. Noch immer feixend schob Amiel Monsieur Anton weg und wandte sich wieder ihr zu. In seinem Blick lag so viel Grausamkeit, dass sie um ihr Leben gerannt wäre, hätte sie es denn gekonnt.

Zwei Männer halfen Monsieur Anton wieder hoch. Ein anderer musterte Amiel scharf, die Hand auf dem Knauf seines Schwertes. Arianna vermutete, dass dieser Mann ebenfalls zu den DeVeau gehörte, und fragte sich, wie weit er gehen würde, um einen seiner Genossen zu verteidigen.

»Monsieur Ignace wird es nicht freuen, wenn Ihr den Mann ermordet, dem er seine Cousine zur Frau gegeben hat«, sagte der Mann. »Es war ziemlich schwierig, einen Gemahl für sie zu finden.«

»Ich habe den Narren nicht umgebracht«, fauchte Amiel und wandte sich dem Mann zu. Jetzt mischten sich die anderen in den Streit ein. Offenbar wollten sie Amiel daran erinnern, mit wem er verbündet war, und es war unschwer zu erkennen, dass Amiel das gar nicht gefiel. Während Arianna aus der Hütte kroch, betete sie inständig, die Männer würden beschließen, dass dieser Streit sinnlos war, und Amiel einfach umbringen.

Aus den Augenwinkeln sah sie, dass Monsieur Anton an

der Wand lehnte und sie beobachtete. Doch er blieb stumm und versuchte auch nicht auf andere Weise, die Aufmerksamkeit der anderen auf ihr Tun zu lenken. Vermutlich sah er keinen Nutzen darin, Amiel zu sagen, dass seine Gefangene versuchte zu fliehen. Sie beide wussten, dass ihr die Flucht kaum gelingen würde. Es würde noch eine Weile dauern, bevor sie sich aufrichten konnte, ohne Gefahr zu laufen, gleich wieder in Ohnmacht zu fallen.

Als sie die Mitte des Hofs erreicht hatte, kniete sie sich hin. Ihr Blick war noch verschwommen, und ihr Kopf schmerzte so heftig, dass es ihr den Magen umdrehte. Dennoch zwang sie sich langsam dazu, aufzustehen.

»Wohin willst du?«

Arianna blickte seufzend auf ihr Pferd. Sie wusste, dass sie es nicht bis dorthin schaffen, in den Sattel steigen und wegreiten konnte. Ihr fehlte schlicht die Kraft dafür, und wenn sie nach ein paar Schritten nicht zusammenbrach, würde sie zweifellos zusammengeschlagen werden. Langsam drehte sie sich zu Amiel um. Aus den Augenwinkeln bemerkte sie, dass Monsieur Anton verstohlen zu den Pferden schlich.

»Ich muss gestehen, dass ich deiner Gastfreundschaft überdrüssig wurde und deshalb beschlossen habe, dass es an der Zeit ist heimzugehen«, erwiderte sie.

»Mein Bruder hat es nie geschafft, dir klarzumachen, wo du hingehörst.«

Wenn ich nur die Kraft hätte, ihm dieses gehässige Grinsen aus dem Gesicht zu schlagen, würde ich frohgemut sterben, dachte Arianna. »Ich gehöre hierher«, antwortete sie. »Nach Schottland. Aber der gute alte Claud hat erfahren, wohin er gehört, stimmt's, Amiel? Du hast es ihm und seiner Frau klargemacht.«

»Glaubst du etwa, ich habe meinen Bruder umgebracht?« Der Kerl klang empört, aber in seinem Blick glitzerte eine belustigte Befriedigung.

»Aye, das glaube ich. Vielleicht hast du dir nicht selbst die Hände schmutzig gemacht, aber du hast bestimmt jemanden beauftragt, es für dich zu erledigen. Du hast es satt gehabt, darauf zu warten, dass er stirbt, stimmt's? Hast du dir etwa eingebildet, niemand würde erfahren, dass er rechtmäßig mit Marie Anne verheiratet war und dass Michel und Adelar Clauds rechtmäßige Erben sind?«

»Sie werden als Erben nicht anerkannt werden. Meine Familie wird dafür sorgen, dass sie als die gemeinen Bastarde entlarvt werden, die sie sind.«

»Aye, das werden sie wahrscheinlich tun. Warum hast du nicht einfach abgewartet, bis es dazu kam? Warum willst du die Kinder jetzt unbedingt in die Hände bekommen? Ich habe sie weit weg geschafft. Du hättest sie nicht mehr gesehen in der Zeit, in der deine Eltern sich bemühten, Clauds Ehe mit Marie Anne für ungültig erklären zu lassen. Und warum hast du dich mit den DeVeau verbündet? Deine Verwandten werden dich dafür umbringen und auf dein Grab spucken.«

»Törichtes Weib. Claud hatte ganz recht. Du bist nicht besonders schlau. Ich hätte warten können, aber dann wäre ich nichts weiter gewesen als ein weiterer Lucette, zwar mit Titel und Land, aber eben nur ein weiterer unter Dutzenden von Lucette mit Land und Titel. Aber wenn ich den DeVeau ein kleines Stück Land schenke, habe ich Verbündete, die all die anderen Lucette fürchten.« Er zuckte mit den Schultern. »Und außerdem noch einen dicken Batzen Geld, den sie mir ebenfalls in Aussicht gestellt haben.«

»All das erklärt trotzdem nicht, warum du die Jungs ermorden willst. Es sagt mir nur, dass du nicht einmal für deine Blutsverwandten einen Funken Loyalität in dir hast.«

Sie verspannte sich, als er Fäuste ballte, aber er schlug nicht zu. Offenbar wollte er noch ein wenig mit seiner Schläue prahlen. Arianna war es unbegreiflich, wie dieser Mann seine Verwandten derart hintergehen konnte, und sie machte kein Geheimnis aus ihrer Verachtung. Sie wusste, dass sie sich auf ihrem Antlitz spiegelte, denn Amiel wurde immer wütender, je länger sie ihn ansah.

»Ach, ich habe vergessen, dass du nicht auf die Verlesung des Testaments geachtet hast.«

»Es ist schwer, auf so etwas zu achten, wenn einem niemand etwas davon sagt.«

»Claud hat das Land, das die DeVeau wollen, den Jungs vererbt. Daran ist nichts zu ändern, solange sie am Leben sind. Dieses Land gehörte ausschließlich Claud, und er konnte damit tun und lassen, was er wollte. Ich war dabei, als er sein Testament verfasste, und habe ihn überredet, mich als Erben einzusetzen für den Fall, dass die Kinder nicht das Erwachsenenalter erreichen.« Er runzelte finster die Stirn. »Ich konnte ihn jedoch nicht daran hindern, dich als ihren Vormund einzusetzen. Das hat mich sehr enttäuscht.«

»Und deshalb hast du ihn und Marie Anne umgebracht.«

»Das war nur einer von vielen Gründen.«

Arianna konnte es kaum fassen. Einmal in seinem Leben

hatte Claud etwas für seine Kinder getan, und eben diese Tat hatte dazu geführt, dass nun ihr Leben auf dem Spiel stand. Abgesehen davon wunderte sie sich sehr, dass er sie offiziell zum Vormund ernannt hatte. Zum einen war es ungewöhnlich, dass einer Frau ein solches Amt übertragen wurde, zum anderen hatte Claud ständig daran gezweifelt, dass sie imstande war, irgendetwas zufriedenstellend zu erledigen.

»Für ein paar Münzen und ein kleines Stück Land hast du also deinen eigenen Bruder und Marie Anne umgebracht und willst jetzt auch noch zwei Kinder ermorden, die dir nichts zuleide getan haben – deine eigenen Neffen.«

»Ich habe dir doch gesagt, dass ich meinen Bruder und seine elende Gemahlin nicht umgebracht habe.«

»Das glaube ich dir schon. Ich glaube, dass du dir deine weichen Hände nicht mit einer solch schwarzen Tat besudelt hast. Aber ich bin davon überzeugt, dass du das Schwert in die Hände derjenigen gelegt hast, die es getan haben.«

»Die DeVeau ...«

»... wussten seit vielen Jahren, dass Claud dieses Land gehörte, und entweder konnten sie nichts dagegen tun oder es war ihnen einfach nicht so wichtig. Du hast jemanden beauftragt, deinen Bruder umzubringen, oder du hast mit den DeVeau zusammengearbeitet, damit diese es tun. Aye, vermutlich könntest du dich sogar vor den König stellen und deine Unschuld beschwören. Dennoch hast du dich schuldig gemacht. Doch was sagst du, wenn du die Jungen umgebracht hast, nachdem du sie wie Hasen gejagt hast?«

»Wir versuchten, die Erben meines Bruders, die von seiner hasserfüllten Gemahlin entführt wurden, zu ihrem rechtmäßigen Platz zurückzubringen. Wir fürchteten um die Sicherheit der Kinder in den Händen dieser Frau. Es zeigte sich, dass unsere Furcht nicht unbegründet war. Leider wurden die Kinder ermordet, bevor wir sie retten konnten.«

Auf diesen hinterhältigen Plan zur Erklärung von Michels und Adelars Tod bildete er sich offenbar eine Menge ein, wie seinem selbstgefälligen Ton zu entnehmen war. Arianna fröstelte. Amiel scherte sich keinen Deut um seine Verwandten. Ihm ging es ausschließlich um Reichtum und Macht, und wenn er dafür über die Leichen von zwei ermordeten Kindern steigen musste, würde er das ohne zu zögern tun.

Nachdem er die zwei Jungs beseitigt hatte, würden bestimmt auch die übrigen Lucette, die etwas besaßen, was Amiel wollte, um ihr Leben fürchten müssen. Arianna hegte nicht den geringsten Zweifel, dass dieser Schuft vorhatte, die Anzahl der mit einem Titel und Besitz versehenen Lucette so lange zu verringern, bis alles an ihn übergegangen war. Die Erben würden als Erste verschwinden, weil er den Weg für sich ebnen wollte. Offenbar hatte er vor, der letzte überlebende Lucette zu sein. Der Plan war vollkommen verrückt und würde wahrscheinlich nicht aufgehen. Es würde bald auffallen, wenn nach und nach die Erben der diversen Ländereien, die den Lucette gehörten, verschwanden. Doch leider würde bis dahin eine Reihe unschuldiger Lucette ihr Leben lassen müssen.

»Glaubst du wirklich, die DeVeau werden sich einfach zurücklehnen und dabei zusehen, wie du allmählich mächtiger wirst als sie und Titel und Ländereien an dich reißt, bis du ihnen gefährlich werden kannst?«

»Ich will nur das, was Claud zugestanden wäre, und das, was er törichterweise denen übergeben wollte, die es nicht wert sind.«

»Nay, ich glaube, du willst weit mehr. Schließlich hast du doch gerade selbst festgestellt, dass du nur einer von viel zu vielen Lucette bist, die einen Titel haben, und du hast dich mit den erbittertsten Feinden deiner Familie zusammengetan. Du hast den verrückten Plan gefasst, zu versuchen, dir alles zu holen.« Sie schüttelte den Kopf, wobei sie vergaß, wie weh das tun würde. Danach musste sie die Schultern straffen und die Knie durchdrücken, um nicht zu wanken. »Dieser Plan ist zum Scheitern verurteilt, Amiel. Selbst wenn der König oder deine Verwandten nicht erraten, welch tödliches Spiel du treibst, und dich aufhalten, werden es die DeVeau mit Sicherheit tun.«

»So, wie sie alle erraten haben, wie der gute alte Claud ums Leben kam?«

»Claud war nur ein einzelner Mann. Jetzt willst du zwei Knaben ermorden und danach noch viele weitere in den Tod schicken.«

»Im Moment geht es mir hauptsächlich um die Jungen. Wo stecken sie?«

»An einem Ort, an dem deine dreckigen Hände sie nicht erreichen können.«

Der Schlag ins Gesicht war so heftig, dass ihr Kopf zur Seite schnellte und ihr ein heftiger Schmerz in den Nacken schoss. Arianna bemühte sich abermals, nicht zu stürzen, und hielt sich so steif, dass auch ihre Beine zu schmerzen begannen. Sie wusste, dass Amiel sie nun nicht mehr leben lassen konnte, egal, was die DeVeau wollten. Er hatte ihr all seine Pläne offenbart. Sie wusste jetzt viel zu viel.

»Du sagst mir auf der Stelle, wo Clauds Bälger stecken, sonst wird es dir noch sehr leid tun.«

Arianna tastete ihren Mund ab und blickte auf die blutigen Finger. Sie spürte bereits, wie ihr Gesicht anschwoll, denn die Haut fing an zu spannen. Es gab kaum noch eine Stelle an ihrem Körper, die nicht von Amiels Fäusten und seinen Tritten schmerzte. Aber ihr war klar, dass es noch schlimmer kommen würde; denn sie hatte nicht vor, Amiels Fragen zu beantworten. Wie gern hätte sie sich zur Wehr gesetzt, ihn zu Boden gerungen und ein paar Mal kräftig getreten!

Während sie weiter auf das Blut an ihren Fingern starrte, fragte sie sich plötzlich, wo ihr Mut geblieben war, als Claud sie mit seinen grausamen Worten gequält hatte. Wenn er sie nur ein einziges Mal geschlagen hätte, wäre sie ohne zu zögern gegangen, doch zweifellos erst, nachdem sie Claud gehörige Schmerzen bereitet hätte. Dennoch hatte sie es zugelassen, dass er ihr mit Worten wehtat. Claud hatte diese Schwäche in ihr entdeckt, die sie nicht gekannt hatte. Er hatte diese Schwachstelle dazu benutzt, sie in einen stummen kleinen Schatten zu verwandeln, der sich nicht zur Wehr setzte und nie etwas in Frage stellte. Amiel war genauso grausam wie sein Bruder, doch er bevorzugte körperliche Gewalt. Ich hätte es sehen müssen, dachte Arianna.

»Welch ein seltsamer Zeitpunkt für eine solche Erkenntnis«, murmelte sie. Sie wusste, dass sie womöglich nicht lange genug leben würde, um sich von den Ketten zu befreien, in die Claud sie gelegt hatte.

»Was hast du gesagt?«, herrschte Amiel sie an.

»Das geht dich nichts an«, erwiderte sie. Sie fragte sich, ob sie wohl stark genug war, ihm einen Tritt in seine geschätzte Männlichkeit zu versetzen.

»Wo stecken die Jungs?«

»Warum machst du dir die Mühe, das zu fragen? Du weißt doch schon, wo sie sind, oder zumindest glaubst du es zu wissen. Die DeVeau haben dir mehrmals Bescheid gegeben, oder?« Das Erstaunen, das nun auf seine Miene trat, auch wenn er sich rasch bemühte, es zu unterdrücken, hätte sie beinahe zum Lächeln gebracht.

»Sie haben nur angenommen, wo sie sein könnten. Ich glaube, du weißt ganz genau, wo sie sind.«

»Ich glaube, du willst einfach nur so tun, als wüsstest du es nicht ganz genau. Dann hast du weiterhin einen guten Grund, auf eine Frau einzuprügeln, die nur halb so groß ist wie du.«

Als er sich anschickte, ihr abermals eine Ohrfeige zu verpassen, trat sie zu und traf mit der Stiefelspitze genau zwischen seine Beine. Danach taumelte sie ein paar Schritte zurück, während Amiel einen unterdrückten Schrei ausstieß, sich krümmte und in die Knie ging. Arianna wusste, dass sie das teuer zu stehen kommen würde. Sie bedauerte nur, dass ihr dieser Tritt nicht die Gelegenheit verschafft hatte, zu ihrem Pferd zu gelangen; denn sofort traten zwei von Amiels Männern zu ihr und hielten sie fest.

Amiel würgte und stieß grässliche Flüche gegen sie aus. Eigentlich hätte sie das in Angst und Schrecken versetzen müssen, doch stattdessen versuchte sie, ihn noch einmal zu treten. Diesmal hätte sie ihn gern am Kopf erwischt, aber die Männer an ihrer Seite hinderten sie daran. Sie seufzte. Als Amiel sich mühsam aufrappelte, zeigte ihr seine von Schmerzen und Wut verzerrte Miene, dass ihn jetzt nicht einmal mehr der Hinweis auf den Zorn der DeVeau davon abhalten würde, sie zu erschlagen.

Sein Faustschlag war so heftig, dass sie in einen ihrer Bewacher taumelte. Sie verfluchte diesen Mann, der dafür sorgte, dass sie stehen blieb, damit Amiel es leichter hatte, weiter auf sie einzuprügeln. Endlich trat der Mann zurück, doch das tat er nur, um Amiels Fäusten zu entgehen. Arianna brach zusammen und wappnete sich gegen die Tritte, die nun kommen würden.

Doch stattdessen brach ein hitziger Streit aus. Auch wenn Arianna gegen die Bewusstlosigkeit ankämpfte, bekam sie nur ein paar Worte mit. Mehrmals fiel der Name Ignace DeVeau. Arianna wunderte sich, dass dieser Name nicht reichte, um Amiel aus seiner Wut herauszureißen. Wurden sie etwa von dem Winzer verfolgt und nicht von dem Folterknecht? Die Männer hörten nicht damit auf, Amiel an seine Verpflichtungen zu erinnern. Aber Arianna war klar, dass ihre Ermahnungen nicht zu dem Schuft durchdringen würden. Sie hatte ihren Tod in seinem Blick gelesen.

Während sie sich auf Händen und Knien abstützte, schickte sie ein Stoßgebet zum Himmel, dass Brian bald kam, um sie zu retten. Das war ihre einzige Hoffnung.

13

»Immer mit der Ruhe, mein Freund. Du kannst nicht einfach über sie hinwegreiten«, mahnte Sigimor und packte die Zügel von Brians Pferd.

Beinahe hätte Brian ihm die Zügel mit Gewalt entrissen, doch die Vernunft siegte über seine Wut. Sigimor hatte recht, auch wenn er sich lieber die Zunge herausgeschnitten hätte, als das offen zuzugeben. Fergus' Bericht, was Arianna nur wenige Meilen von ihnen entfernt durchmachte, hatte einen blinden Zorn in ihm ausgelöst. Allerdings ärgerte er sich auch über sich selbst, weil ihn die Angst um Arianna fast dazu verleitet hatte, ohne Plan loszupreschen. Es war einzig und allein Sigimors besonnener Führung zu verdanken, dass er das nicht getan hatte.

Sobald er entdeckt hatte, dass Arianna verschwunden war, hatte er gegen die Angst um sie und die Wut auf sich selbst kämpfen müssen. Er hatte nicht für ihre Sicherheit gesorgt. Am schlimmsten war, dass es offenbar nicht einmal ein sorgfältig geplanter Angriff gewesen war. Lucette und seine Bande waren einfach über die Frau gestolpert, nach der sie halb Schottland abgekämmt hatten. Brian konnte nicht anders, als die Schuld auf sich zu nehmen.

»Wie lange willst du noch dieses Büßerhemd tragen?«, fragte Sigimor und gab seinen Männern ein Zeichen, abzusteigen und die Pferde festzubinden.

»Ich hätte bei ihr bleiben müssen«, sagte Brian zerknirscht zum tausendsten Mal, während er sein Pferd tiefer in die Schatten der Bäume zog und die Zügel an einem niedrigen Ast festband. »Mir war klar, dass Lucette wusste, wo Arianna Schutz suchen würde. Und trotzdem habe ich sie allein gelassen, um herauszufinden, wo genau der Bursche sich aufhielt. Ich wusste, dass er denselben Pfad eingeschlagen hatte wie wir. Das hätte ich nicht mit eigenen Augen sehen müssen.«

»Es war vollkommen richtig von dir, dich noch einmal davon zu überzeugen. Er wusste vielleicht, wohin ihr reiten wolltet, aber den genauen Weg, den ihr nehmen würdet, kannte er nicht.«

»Trotzdem – da sie nicht in unserer Nähe waren, hätte ich die Sache auf sich beruhen lassen sollen.«

»Nay, das hättest du nicht tun dürfen, und das wirst du auch erkennen, wenn sich dein Verstand wieder etwas geklärt hat. Moment mal!«, sagte er leise, als Brian weiter mit ihm streiten wollte. »Da kommt jemand.« Sigimor zückte sein Schwert. »Einer. Er kommt langsam. Er will nicht gesehen werden.«

Brian verdrückte sich mit den anderen in den Schatten. Ein Mann ritt auf die kleine Lichtung, auf der sie alle gestanden hatten. Brian erkannte den Reiter sofort. Es war Monsieur Anton, einer von Lucettes Männern. Sigimor trat zu dem überraschten Mann, entriss ihm die Zügel und drückte ihm das Schwert an die Kehle.

Monsieur Anton hob langsam die Hände. »Ich bin nicht Euer Feind«, beteuerte er.

»Ach so? Ich habe Euch bei Lucette gesehen«, entgegnete Brian. »Ihr seid mit diesem Schuft geritten. Hat er Euch beauftragt, nach uns Ausschau zu halten?«

»Nein. Dieser Narr glaubt nicht, dass er nach jemandem Ausschau halten muss, der ihn verfolgt oder Lady Arianna haben will. Er hegt dieselbe blinde Verachtung für die Lady wie sein Bruder – übrigens für alle Leute in diesem Land. Ich versuche nur, mich in meine Heimat durchzukämpfen.«

»Ihr dient ihm nicht mehr?«

»Ich habe ihm nie gedient. Ich wurde von Madame DeVeau aufgefordert, ihn auf seiner Reise zu begleiten, und einem Mitglied dieser Familie schlägt man so etwas nicht ab – nicht, wenn man mit einer ihrer Frauen verheiratet ist. Aber jetzt will ich zurück nach Frankreich, um meine Familie zu holen und mich auf die Ländereien meines Vaters zurückziehen. Ich weiß nicht, ob ich in Gefahr schwebe, aber ich fürchte, Madame DeVeau ist genauso boshaft wie die meisten in dieser Familie.«

»Vielleicht würde es helfen, wenn Ihr nicht mehr blutet«, sagte Sigimor. »Ihr habt wohl Euren närrischen Laird verärgert?«

Monsieur Anton betrachtete Sigimor kurz verständnislos, dann sagte er: »Ach so, Ihr sprecht von Lucette. Jawohl, ich habe ihn verärgert. Es hat mir nicht gefallen, wie er diese Frau, Lady Arianna, behandelt hat. Als ich mich auf diese Reise begab, hatte ich nicht ganz begriffen, worum es ging. Und bevor ich es restlos durchschaute, stand ich schon am Ufer dieses Landes.« Er zuckte mit den Schultern, dann krümmte er sich. »Ich befürchtete, dass ich in der Falle saß. Doch nun bin ich anderer Meinung. Ich glaube, sie werden alle sterben, und das heißt, dass ich mit dem Leben davonkommen werde, wenn ich jetzt das Weite suche.«

»Steigt ab. Wir werden Euch verbinden, und dann erkläre ich Euch, wie Ihr am schnellsten auf ein Schiff kommt.«

»Das ist überaus freundlich von Euch.« Monsieur Anton wollte absteigen, doch er schaffte es nicht ohne Sigimors Hilfe. »Ihr seid wirklich sehr gütig, Sir. Ich glaube, ich habe den rechten Zeitpunkt gewählt, um diesen Ort zu verlassen. Ich habe doch recht, oder? Ihr werdet sie alle töten?«

Sigimor versorgte die Stichwunden des Mannes, dann erklärte er: »Ich glaube, mein Cousin will vor allem Lucette beseitigen. Aber wenn die anderen kämpfen wollen, dann werden auch sie sterben.«

»Lucette wird keiner eine Träne nachweinen. Nicht einmal seine Mutter, glaube ich.«

»Was haben sie mit Lady Arianna angestellt?«, fragte Brian besorgt. Er hoffte inständig, die Worte des Mannes würden beweisen, dass Fergus sich geirrt hatte.

»Er hat die Wahrheit aus ihr herausprügeln wollen.«

»Tritt zurück, Brian«, befahl Sigimor. »Du machst dem Mann Angst.«

Brian merkte erst jetzt, dass er sich über Sir Anton beugte und ihm die Schwertspitze an die Kehle drückte. Er trat einen Schritt zurück und steckte sein Schwert in die Scheide. Offenkundig sagte Monsieur Anton die Wahrheit – er war in eine Sache verwickelt worden, die er nicht billigte und der er jetzt entkommen wollte.

»Sagt mir, was Euch dazu gebracht hat, Euer Leben aufs Spiel zu setzen und Euch gegen Lucette und die DeVeau zu stellen«, forderte er ihn auf.

»Zuerst habe ich mich geweigert, Lady Arianna zu treten, die bewusstlos auf dem Boden lag«, erklärte Sir Anton.

»Dann habe ich mich beschwert, als Lucette sie wiederholt geohrfeigt hat, ohne ihr die Gelegenheit zu geben, eine seiner Fragen zu beantworten. Ich habe gemerkt, dass es ihm gefallen hat. Es gefällt ihm sehr, anderen Schmerzen zuzufügen. Schließlich hat er mir den Dolch in die Seite gerammt. Erst in dem Moment habe ich erkannt, dass er die zwei Jungen umbringen wird, wenn er sie in seiner Gewalt hat. Ich bin nicht hierher gekommen, um Kinder abzuschlachten. Er will auch die Frau umbringen. Mit so einem Mann will ich nichts zu tun haben. Deshalb bin ich gegangen. Ich werde jetzt heimkehren. Ich werde beten, dass damit alles vorbei ist und niemand zurückkehrt, um zu erzählen, dass ich mich aus dem Staub gemacht habe. Für so etwas will ich nicht mein Leben lassen.« Er stieg wieder in den Sattel. Nachdem seine Wunde versorgt worden war, wirkte er etwas gelenkiger. »Sie sind nicht weit vor Euch.«

»Das wissen wir«, sagte Sigimor. Dann erklärte er dem Mann noch, wie man am schnellsten zu einem Hafen gelangte. »Nehmt Eure Frau und Eure Kinder und haltet Euch von den DeVeau fern. Ihre Leute, die sich hier herumtreiben, werden wohl nicht heimkehren, und das könnte ihre Verwandtschaft erzürnen. Haltet Euch lieber nicht in ihrer Nähe auf, wenn sie die Nachricht bekommen. Außerdem kann es gut sein, dass Lady Ariannas Verwandte nicht allzu erfreut sein werden über die Art und Weise, wie sie behandelt worden ist, und sich rächen wollen. Darin wollt Ihr ganz bestimmt nicht verwickelt werden.«

Nachdem Monsieur Anton davongeritten war, wandte sich Brian an Sigimor. »Warum hast du ihm geholfen?«

»Der Mann hatte es nötig«, erwiderte Sigimor. »Jemand,

der keine Macht hat, wird von denjenigen, die sie haben, oft in Dinge verwickelt, die er nicht tun will. Monsieur Anton hat den Mut gefunden, sein Leben aufs Spiel zu setzen, indem er Nay gesagt hat und dann gegangen ist. Es kam mir nicht richtig vor, ihm die Kehle aufzuschlitzen. Aber jetzt reiten wir los und holen uns deine Lady.«

»Sie schlagen sie, Sigimor«, ächzte Brian. Wieder musste er gegen den Drang ankämpfen, blind loszustürmen, doch er wusste, dass eine unbedachte Tat Arianna das Leben kosten konnte. Nur deshalb konnte er sich zügeln.

»Aye, das hat uns Fergus auch schon gesagt, aber vielleicht musstest du es noch einmal erfahren.« Sigimor schlug ihm auf den Rücken. »Beherrsche dich, mein Junge. Immerhin hast du jetzt von zwei Leuten gehört, dass sie noch lebt und ganz in der Nähe ist.«

Als Sigimor seine Leute in die Richtung lenkte, in der Lucette und seine Bande Arianna gefangen hielten, fragte sich Brian, warum er seinem Cousin die Führung überließ. Schließlich war das sein Kampf. Er hatte die Verantwortung übernommen, Arianna zu beschützen. Sie war entführt worden, während sie in seiner Obhut war. Jeder Versuch, sie zu befreien, sollte eigentlich unter seiner Führung stattfinden.

Doch dann mahnte er sich, nicht so töricht zu sein. Sigimor war ein guter Anführer, genauso gut wie jeder aus dem Clan der MacFingals. Es war besser, dass Sigimor sie führte, weil er die Ruhe wahren konnte, egal, was sie sahen und fanden. Brian war im Moment viel zu aufgewühlt. In solch einem Zustand konnte er niemanden führen. Schon ein Blick auf eine verletzte Arianna würde ihn dazu bringen, an nichts anderes zu denken als daran, zu ihr zu gelangen und jeden zu töten, der sich ihm in den Weg stellte.

Während er genauso leise wie seine Cousins durch die Bäume und Schatten schlich, bemühte er sich, seine Angst um Arianna in den Griff zu bekommen. Besonnenheit und ein klarer Kopf waren unabdingbar, wenn man einen Feind aufstöbern wollte. Und wichtiger noch waren solche Dinge, wenn es darum ging, jemanden zu retten. Blinde, gedankenlose Wut konnte leicht dazu führen, dass der Gefangene, um dessen Rettung es ging, getötet statt befreit wurde. Brian nahm sich fest vor, dass er sich damit zufrieden geben würde, wenn sie Arianna befreiten, selbst wenn ihnen Lucette und seine Handlanger diesmal entkamen. Die Kerle, die Arianna verletzt hatten, konnte er auch später für ihre Untaten bezahlen lassen.

Sigimor blieb stehen und packte Brian am Arm, als der neben ihn trat. Einen Herzschlag später verstand Brian, warum sein Cousin glaubte, ihn bremsen zu müssen. Sein Blick fiel auf Arianna. Sie kauerte auf allen vieren, darum bemüht, aufzustehen. Lucette beugte sich mit geballten Fäusten über sie, während seine Leute mit ihm stritten. Auch ohne Blut an Arianna zu bemerken, wusste Brian, dass sie verletzt war. Das zeigte sich allein schon an ihren Bewegungen. Er umklammerte sein Schwert so fest, dass die Kanten des Knaufs sich in seine Handballen gruben. Mit eisernem Willen rang er um die kühle Gelassenheit, die er jetzt dringend brauchte.

»Es wäre besser, wenn sie unten bliebe«, flüsterte Sigimor. Er gab seinen Leuten ein Zeichen, ihre Gegner zu umzingeln. »Ich glaube, du und ich sollten einfach direkt zu ihr rennen. Viele von ihnen sind ziemlich nah bei den Pferden. Wenn sie uns kommen sehen, werden sie versuchen, sich aus dem Staub zu machen. Wir müssen versuchen, sie daran zu hindern, dein Mädchen mitzunehmen.«

Brian zwang sich, Lucettes Männer zu mustern. Die meisten standen tatsächlich in der Nähe der Pferde. Ob sie wohl überlegten, Lucette im Stich zu lassen, wie Monsieur Anton es getan hatte?

Dann wanderte sein Blick wieder zurück zu Arianna. Er erbebte unter der Anstrengung, nicht einfach loszustürmen und Lucette zu töten. Arianna war bei Bewusstsein. Wenn sie wüsste, dass sie gleich gerettet würde, konnte sie vielleicht etwas tun, um Lucette davon abzuhalten, erneut auf sie einzuschlagen. Zu wissen, dass sie Schmerzen hatte, und zu sehen, wie sie dagegen ankämpfte, machte das Warten zu einer reinen Folter für ihn.

»Wenn sie sich zu uns umdreht«, flüsterte Brian Sigimor ins Ohr, »werde ich mich zeigen. Ich glaube, alle schauen im Moment auf sie.«

»Gut. Und dann kann sie vielleicht etwas tun, um nicht weggezerrt zu werden.« Sigimor nickte und zog seinen Dolch aus der Scheide. »Dann müssen wir nur noch so nah bei ihr sein, dass wir einen unserer Gegner auf denjenigen schleudern können, der versucht, Arianna mitzunehmen, wenn sie alle zu den Pferden stürmen.«

»Und das werden sie tun, sobald sie uns sehen. Ich glaube nicht, dass sie sich uns stellen und kämpfen werden.«

»Ihnen dein Mädchen abzunehmen ist im Moment das Wichtigste.«

»Ich weiß. Sind deine Männer bereit?«

»Aye. Sie warten nur noch auf mein Signal.«

Brian fiel ein, dass Sigimors Signal ein Schlachtruf war, der die Mauern einer jeden Burg erzittern ließ. Grimmig lächelnd kauerte er neben Sigimor und versuchte, Arianna mit der Kraft seiner Gedanken zu ermuntern, aufzustehen und sich in seine Richtung zu drehen. Falls sie ihn nicht sah, wenn er aufstand, würde er ihr zurufen, dass sie wegrennen sollte. Es zerriss ihm schier das Herz, als sie sich tatsächlich aufrappelte und den Kopf hob. Ihr hübsches Gesicht war zerschlagen und blutete.

Er erhob sich, und Sigimor stand ebenfalls auf. Ariannas Augen waren völlig zugeschwollen. Brian befürchtete, dass sie ihn gar nicht sehen konnte. Er warf einen Blick auf Sigimor, und sein Cousin nickte.

»Renn weg, Arianna!«, brüllte er, und gleich darauf ertönte Sigimors Schlachtruf.

Sehr zu Brians Erleichterung taumelte Arianna tatsächlich ein paar Schritte von Lucette weg. Der Schuft versuchte zwar, sie zu erwischen, doch er blieb abrupt stehen, als Sigimors markerschütternder Schrei ertönte. Der Kerl starrte Brian und Sigimor entgeistert an, dann stürmte er zu den Pferden, die seine Leute bereits hastig bestiegen. Brian wollte ihm nachsetzen, doch ihm war klar, dass er ihn nicht erwischen würde. Er zog sein Messer aus dem Gürtel und schleuderte es in seine Richtung. Lucette brüllte auf, als sich die Klinge tief in seine Schulter bohrte. Doch die Angst verlieh ihm die Kraft, auf sein Pferd zu steigen und davonzupreschen.

Brian wandte sich ab und eilte zu Arianna. Sie war nicht weit gekommen. Schon nach ein paar Schritten war sie wieder zusammengebrochen. Als er bei ihr war, versuchte sie gerade, sich wieder aufzurichten.

Arianna verfluchte ihre Schwäche und mühte sich ab, wieder auf die Beine zu kommen. Um sie herum hörte sie hastige Schritte und dann den Hufschlag davongaloppierender Pferde. Nur wenige Schmerzensschreie wurden laut, und einen kurzen Moment lang klirrte Stahl auf Stahl. Brians Ruf, dass sie wegrennen sollte, war der schönste Laut, den sie je gehört hatte. Aber die Kraft, die er ihr verlieh, hatte nicht lange gereicht. Sie konnte nur hoffen, dass sie sich weit genug von ihren Gegnern entfernt hatte, um nicht das zu behindern, was wie die Rettung klang, um die sie so inständig gebetet hatte.

Aus den Winkeln ihrer zugeschwollenen Augen sah sie, dass sich Hände nach ihr ausstreckten. Sie versuchte davonzukriechen.

»Arianna, ich bin's, Brian!«

Sie hielt inne. »Brian?«

»Aye, Liebes.«

»Sind sie weg? Hast du ihn getötet?«

»Nay, ich fürchte, Lucette ist uns entkommen. Immerhin hat sich mein Dolch in seine Schulter gebohrt. Doch solange die Wunde nicht schwärt, ist die Verletzung nicht tödlich.«

»Zumindest wird sie ihm wehtun.«

Brian blinzelte die Tränen weg, die ihm in den Augen brannten, als er Arianna betrachtete. Ihre Augen waren fast gänzlich zugeschwollen, ihre Lippen waren ebenfalls geschwollen und aufgeplatzt, und aus einer Wunde an ihrer Stirn tropfte Blut. Sie schwankte und zitterte, als würden ihr gleich die Sinne schwinden. Er wusste nicht, ob und wie er sie berühren sollte, weil er befürchtete, ihr dabei noch weitere Schmerzen zuzufügen.

»Was war das denn für ein grässlicher Schrei, kurz nachdem du mir zugerufen hast, dass ich wegrennen soll?«, fragte sie und streckte die Hand nach ihm aus, weil sie sich vergewissern wollte, dass er wirklich da war. Da sie kaum etwas sehen konnte, wollte sie ihn wenigstens berühren.

»Das war Sigimor.« Vorsichtig nahm er ihre Hand, wobei er Schnitte und Kratzer auf dem Handteller bemerkte. »O weh, der Kerl hat dich übel zugerichtet. Ich hätte dich niemals allein lassen dürfen.«

»Du wolltest überprüfen, ob der Weg nach Scarglas sicher war. Ich hätte mich verstecken müssen und nicht schlafen dürfen. Ich bin eingeschlummert. Das war sehr töricht von mir.« Sie schleckte sich die Lippen und schmeckte Blut. »Hast du etwas zu trinken für mich? Apfelmost? Wasser?«

Brian legte behutsam den Arm um ihre Schultern und gab Fergus mit einem Wink zu verstehen, ihm etwas zu trinken zu bringen. Vor der Hütte lagen die Leichen von zwei Männern, die zu Lucette gehört hatten. Von Sigimors Männern schien keiner versehrt. Er zählte rasch durch und stellte fest, dass Sigimor einige seiner Leute losgeschickt hatte, um Lucette zu verfolgen. Brian war nicht allzu erbost, dass Lucette ihnen entkommen war. Wenn Lucette und seine Verbündeten nicht einsahen, dass es ihnen nicht gelingen würde, die Jungs aus Scarglas zu entführen, würde es zu einem Kampf kommen. Also hatte Brian eine weitere Gelegenheit, den Kerl zu töten.

Sigimor kauerte sich neben sie. »Ich glaube, wir müssen

ihren Brustkorb verbinden, bevor wir nach Dubheidland zurückreiten.«

Arianna hatte die Arme um den Oberkörper geschlungen. »Glaubst du, du hast dir etwas gebrochen, Liebes?«, fragte Brian.

»Nay, es sind wohl nur schlimme Prellungen«, erwiderte sie und rang sich ein Lächeln ab, obwohl sie sich sicher war, dass sie einen grässlichen Anblick bot. »Er hat mich getreten, mehrmals, ziemlich heftig. Aber ich habe ihn auch getreten. Ein Mal.«

»Braves Mädchen. Ich hoffe, du hast ihn tüchtig erwischt.«

»Das habe ich. Es wundert mich, dass er noch reiten konnte. Ich habe ihn direkt zwischen die Beine getreten. Vermutlich hat ihm das ziemlich wehgetan.«

Brian und Sigimor grinsten breit, dann begann Brian, Ariannas Gewand aufzuschnüren, während sich Sigimor auf die Suche nach etwas machte, um ihren Brustkorb zu verbinden. Brian fiel es schwer, ihr leises Stöhnen zu überhören, als er ihr das Gewand herunterzog und das Hemd bis zu ihren Brüsten hochschob. Er war froh, dass Sigmors Männer den Blick abwandten, aber das war auch das Einzige, worüber er froh war. Beim Anblick der blauen Flecken auf Ariannas Körper wünschte er sich abermals inständig, er hätte Lucette erwischt. Das nächste Mal wollte er ihn erst einmal richtig leiden lassen, bevor er ihn tötete.

Sigimor kehrte mit langen Streifen zurück, die er von einer Decke abgerissen hatte. Brian musste sich auf die Zunge beißen, um Sigimor nicht zu befehlen, die Hände von Arianna zu lassen, als sein Cousin ihre Rippen auf der

Suche nach einem Bruch behutsam abtastete. Als sie leise aufstöhnte, konnte er sich kaum noch zügeln.

»Nichts scheint gebrochen, aber Prellungen sind genauso schmerzhaft«, sagte Sigimor und begann, die Streifen um Ariannas Brustkorb zu wickeln. »Das wird Euch bei dem Ritt nach Dubheidland ein bisschen stützen.«

»Aber wir wollen doch nach Scarglas«, keuchte Arianna mit heiserer, schmerzerfüllter Stimme.

»Nay. Nach Scarglas reiten wir erst, wenn du wiederhergestellt bist«, sagte Brian. »So zerschlagen, wie du bist, kannst du nicht so weit reiten.«

»Wenn sie so töricht sind, Scarglas anzugreifen, werden sie mehr Männer brauchen, als sie jetzt haben. Das wird einige Zeit beanspruchen. Ich hoffe, das Land, das die DeVeau von Lucette haben wollen, und ihr Wunsch, dich bei einer alten Rache gegen deinen Clan zu benutzen, werden ihnen nicht mehr so wichtig erscheinen, wenn sie Scarglas genauer betrachtet haben.«

»Es geht nicht nur um das Land. Amiel will ihnen auch seine Verwandten ausliefern.«

»Was soll das heißen?«

»Amiel gefällt die Vorstellung nicht, nur einer von vielen Lucette zu sein, die Ländereien und einen Titel vorweisen können. Er hat vor, mit Hilfe der DeVeau seine Verwandten zu beseitigen.«

»Mein Gott.« Sigimor setzte sich hin, während Brian Arianna wieder anzog. »Er hat vor, die Erzfeinde der Lucette auf sie zu hetzen? Um seine eigene Familie auszurotten?«

»Aye, einen nach dem anderen, bis er der Erbe des Ganzen ist, oder zumindest bis er einen Großteil an sich gerissen hat«, erwiderte Arianna. »Und die DeVeau können das Land erst bekommen, wenn meine Jungs tot sind. Claud hat dieses Land persönlich gehört, es war nicht Teil des Gesamterbes. Er konnte darüber verfügen, wie er wollte, und er hat es den Jungs vererbt. So stand es in seinem Testament, zu dessen Verlesung ich nicht eingeladen wurde. Deshalb wusste ich nichts davon. Meine lieben Jungen besitzen jetzt ein Stück Land, das die DeVeau unbedingt haben wollen.« Als Brian sie behutsam zum Sitzen hochzog, keuchte sie leise in dem vergeblichen Versuch, den Schmerz wegzuatmen, der mit voller Wucht über ihr zusammenschlug. »Claud hat mich zu ihrem Vormund bestimmt.«

»Damit hat er euch drei zu einer Zielscheibe gemacht.«

»Stimmt. Vielleicht wollen mich die DeVeau benutzen, um sich bei meiner Familie zu rächen, aber außerdem wollen sie auch meinen Tod. Als Vormund obliegt mir nicht nur die Obhut der Kinder, sondern auch die über ihr Land.« Nachdem sie mit letzter Kraft diese Worte hervorgebracht hatte, überließ sich Arianna der Dunkelheit, die sich ihrer schon länger bemächtigen wollte, und entkam damit den qualvollen Schmerzen.

Brian spürte, wie sie in seinen Armen erschlaffte. Entsetzt presste er die Finger an ihren Hals und wurde erst ruhiger, als er das stete Pochen ihres Pulses spürte. Bewusstlos würde sie den langen Ritt nach Dubheidland viel besser überstehen. Bei vollem Bewusstsein hätte er ihr höllische Schmerzen bereitet.

»Sie wird wieder gesund«, sagte Sigimor und erhob sich.

»Bist du dir sicher?« Brian stand ebenfalls auf und hob Arianna behutsam hoch.

»Sie hat nichts gebrochen, ihre Wunden bluten nicht sehr stark, wenn überhaupt, und obgleich sie sehr farbenfroh sind, sehen die Blutergüsse nicht so aus, als wären sie von inneren Blutungen verursacht.« Er ging den anderen entgegen, die die Pferde geholt hatten. »Jolene und die Frauen werden sie noch genauer untersuchen, aber ich glaube, wir sind gerade rechtzeitig gekommen.«

»Sie hätte diesem Mistkerl nicht in die Hände fallen dürfen«, stellte Brian zum wiederholten Male ergrimmt fest. Der Zorn auf sich selbst schmeckte gallenbitter. »Wenn ich sie nicht allein gelassen hätte ...«

»Dann hätten sie auch dich gefunden, und keiner hätte Arianna helfen können. Du bist zwar ein wackerer Kämpfer, aber ich glaube, bei dieser Überzahl hättest auch du gehörige Schwierigkeiten bekommen. Du wolltest dich vergewissern, dass der Pfad vor euch frei ist und ihr nicht in eine Falle reitet. Das wirst du vermutlich bald einsehen. Schließlich bist du ein schlauer Kopf.«

Brian bezweifelte, dass seine Schuldgefühle nachlassen würden, solange er sich nicht ganz sicher war, dass Arianna wieder gesund wurde. »Was ist wohl mit den Leuten passiert, die in dieser Hütte hausten?«

»Sie sind weggerannt, als sie Bewaffnete kommen sahen«, erwiderte Sigimor und übernahm Arianna, als sie bei den Pferden angekommen waren.

»Bist du dir sicher?«, fragte Brian. Er stieg aufs Pferd, und Sigimor reichte ihm Arianna, als er fest im Sattel saß.

»Aye. Brice hat ihre Spuren gefunden. Sie werden zurückkehren, wenn sie davon ausgehen, dass ihnen nichts mehr passieren kann.«

Brian sah sich rasch um. Die zwei Leichen waren beseitigt und den Aasfressern überlassen worden. Von Vieh war nichts zu sehen. Offenbar waren die Bewohner der Hütte gewarnt worden. Da die Hütte ziemlich einsam stand, war es kein Wunder, dass deren Bewohner stets auf Zeichen von Gefahr achteten.

Sie machten sich auf den Rückweg nach Dubheidland. Brian hielt Arianna sanft fest. Er hoffte, dass sie möglichst lange bewusstlos blieb. Wenn sie Sigimors Burg erreicht hatten und ihre Wunden versorgt wurden, würde sie noch genügend Schmerzen aushalten müssen.

»Ich hoffe sehr, dass du diesen Kerl umbringst«, sagte Jolene, als sie aus dem Schlafgemach trat, in das Brian die verletzte Arianna gebracht hatte. »Und zwar sehr langsam.«

»Das habe ich fest vor«, erwiderte Brian. Er trat vor die Tür des Gemachs. »Wie geht es ihr?«

»Sie wird sich bald erholen. Ich glaube, viele der Prellungen sehen schlimmer aus, als sie sind. Sie hat ähnliche Haut wie ich. Oft bemerke ich an mir übel aussehende Blutergüsse, ohne mich an eine Verletzung zu erinnern. Kühle Tücher und eine Salbe, die ich neben dem Bett liegengelassen habe, werden die Blutergüsse rasch heilen. Sie schläft jetzt. Natürlich wird sie ein paar Tage Ruhe brauchen.«

»Die soll sie haben.«

»Ihr habt es mit einem Verrückten zu tun, das weißt du doch, oder? Sie hat mir von seinen Plänen erzählt. Er hat vor, den Erzfeind seiner eigenen Familie auf sie zu hetzen, nachdem er zwei unschuldige Kinder und eine ebenso unschuldige junge Frau ermordet hat. Er denkt daran, jeden

Lucette, der etwas erben soll, zu beseitigen. Aye, er muss verrückt sein.«

»Ich weiß. Ich werde dafür sorgen, dass die Lucette erfahren, wie viel Glück sie haben, dass Amiel und seine Verbündeten dieses Land nicht lebend verlassen haben.« Er sah, wie Jolene sich das Kreuz rieb. »Ruh dich ein bisschen aus. Ab sofort werde ich mich um Arianna kümmern. Salbe und kühle Tücher.« Er zwinkerte ihr zu. »Du solltest etwas essen und dich dann ein wenig hinlegen, bevor dein Gemahl nach dir sucht.«

Er vergewisserte sich, dass sie die Treppen heil hinabgekommen war, dann kehrte er in den Raum zurück, in dem Arianna schlief. Sein Herz verkrampfte sich vor Mitleid, als er sie sah. Ihr Gesicht war nach wie vor völlig verschwollen, die Hände verbunden. Sie wirkte winzig klein in dem großen Bett. Er tauschte das Tuch, das über ihren Augen lag, gegen ein kühleres aus und setzte sich auf den Stuhl neben dem Bett.

Mittlerweile war er sich sicher, dass er sie liebte. Das war ihm klar geworden bei den Gefühlen, die ihn zerrissen hatten, als er befürchtete, er hätte sie verloren. Jetzt konnte er sich nichts mehr vormachen – er liebte sie. Doch das änderte nichts an ihrer Beziehung, schon allein deshalb, weil er keine Ahnung hatte, was sie ihm gegenüber empfand. Vielleicht war sie sich auch gar nicht im Klaren darüber, weil er der erste Mann war, der ihr die Leidenschaft gezeigt hatte. Er hatte damals auch geglaubt, die erste Frau in seinem Bett zu lieben. Bestimmt glaubten viele Leute, die Leidenschaft gründete auf einem tieferen, dauerhafteren Gefühl, vor allem, wenn sie so heiß brannte.

Abgesehen davon änderte seine Liebe nichts daran, dass sie weit außerhalb seiner Reichweite stand. Sie verdiente mehr, als er ihr geben konnte. Bei Ehen, in denen die Grundvoraussetzungen nicht stimmten, kam es oft zu Unzufriedenheit und Verbitterung, die solch eine Verbindung zu einer wahren Hölle machen konnten. Lady Arianna verdiente einen Mann, der ihr in Stand, Reichtum und Herkunft ebenbürtig war, einen, der sie in jeglicher Hinsicht glücklich und zufrieden machen konnte. Wahrscheinlich würde sie nicht lange unverheiratet bleiben, und diesmal würde ihre Familie bei der Wahl ihres Ehemanns bestimmt vorsichtiger sein. Bald würde sie alles haben, was einer Lady wie ihr zustand. Sein Ehrgefühl verlangte es von ihm, sie gehen zu lassen und nicht zu versuchen, sie durch die Leidenschaft an sich zu binden. Wenn ihn das Wissen, dass er ehrenwert handelte, doch nur ein wenig glücklicher gemacht hätte!

14

Arianna saß auf einer steinernen Bank unter einem Baum und lächelte leise, als sie die Kinder der Camerons beobachtete, die im Garten spielten. Allerdings mischte sich in ihre Freude bei diesem Anblick der Kummer, weil sie Michel und Adelar bitter vermisste. Sie hatte die vier Ruhetage, die sie in Dubheidland gehabt hatte, genossen und auch dringend gebraucht, doch nun konnte sie es kaum erwarten, endlich die Reise nach Scarglas anzutreten. Es war allerhöchste Zeit, Amiels Treiben ein Ende zu setzen.

»Bist du dir sicher, dass du nicht mehr das Bett hüten musst?«

Brians Stimme riss sie aus ihren Gedanken. Arianna drehte sich um und stellte fest, dass er sie ein wenig vorwurfsvoll musterte. »Aye, ganz sicher. Jolene hat dir doch auch gesagt, dass nichts gebrochen war und ich keine inneren Blutungen hatte. Die Blutergüsse sind zwar noch zu sehen, aber sie verblassen mit jedem Tag mehr.« Dass sie nach wie vor ziemlich heftige Schmerzen hatte und einige dieser Blutergüsse an bestimmten Stellen noch sehr druckempfindlich waren, erwähnte sie lieber nicht.

Brian setzte sich neben sie. »Du bist noch nicht ganz gesund, Liebes. Mach mir nichts vor. Dieser Schuft hatte vor, dich zu erschlagen.«

Sie erbebte, als sie sich an Amiels unbarmherzige Schläge und Tritte erinnerte. »Ich habe ihm nicht sagen wollen, wo die Jungs sich aufhalten. Ich wollte mich nicht von ihm dazu benützen lassen, an die zwei zu kommen. Sein Zorn wurde immer heftiger, er schien sogar vergessen zu haben, dass die DeVeau mich lebendig haben wollten. Dass ich seine Pläne kannte und wusste, dass ihm im Grunde klar war, wo die Jungs sich aufhielten, erzürnte ihn nur noch mehr. Merkwürdig war nur eines: Als seine Männer ihn daran erinnerten, was Ignace DeVeau wollte, hätte Amiel eigentlich innehalten müssen, wie es jeder vernünftige Mensch getan hätte. Aber er ließ sich nicht davon abhalten, weiter auf mich einzuschlagen.« Arianna atmete tief ein und wieder aus, um die Angst und die Hilflosigkeit zu bannen, die sich bei dieser Erinnerung wieder einzustellen drohten. »Ich habe gerade überlegt, dass es höchste Zeit ist, unsere Reise nach Scarglas fortzusetzen.«

»Ich glaube nicht, dass du schon soweit bist.«

»Wie lange braucht man denn bis dorthin?«

»Es kommt darauf an, wie schnell man reitet. Drei Tage, vielleicht einen mehr, vielleicht einen weniger.«

»Solange du nicht den ganzen Weg im gestreckten Galopp zurücklegen willst, schaffe ich das schon.« Als sich seine Zweifel nicht legten, fügte sie hinzu: »Wir wissen doch, dass Lucette und seine Männer die anderen treffen wollen. Wenn sie vor den Mauern von Scarglas stehen, sollten wir uns am besten bereits innerhalb davon befinden.«

»Es wird ihnen kaum gelingen, diese Mauern zu überwinden.«

»Aber wenn sie es versuchen, wäre ich trotzdem lieber drinnen. Wenn wir es bis dahin nicht geschafft haben, müssen wir versuchen, einen Weg hinein zu finden, ohne getötet zu werden.«

Damit hatte sie natürlich vollkommen recht. Sowohl Lucette als auch die DeVeau hatten zwar einige Verluste erlitten, aber sie konnten jederzeit weitere Männer einstellen. Es hatte sich bis nach Dubheidland herumgesprochen, dass sie das taten. Niemand konnte sagen, ob sie aufgeben und nach Frankreich zurückkehren würden, wenn sie schließlich vor den hohen, unüberwindbaren Mauern von Scarglas standen, oder ob sie mit einem Heer von Söldnern im Rücken einen Angriff wagen würden. Vielleicht wog der Vorteil, den sie sich im Falle eines Sieges versprachen, das Risiko auf.

»Wir brechen morgen auf«, beschloss er und seufzte, als sie ihn umarmte. »Ich glaube, wenn du ein Weilchen im Sattel gesessen bist, wirst du nicht mehr so froh darüber sein, dass wir die Reise so schnell fortgesetzt haben.«

»Vermutlich hast du recht. Ich freue mich nicht darauf, im Sattel zu sitzen, wohl aber darauf, dorthin zu reiten, wo meine Jungen sind. Ich muss sie unbedingt sehen, Brian. Sie sind mein Ein und Alles, und ich muss bei ihnen sein, wenn es zu einem Kampf um ihr Leben kommt.« Sie rieb die Wange an seinem Leinenhemd, wobei sie sich ein wenig wunderte, wie offen sie mittlerweile ihre Zuneigung zeigte. Leise fügte sie hinzu: »Vielleicht sind sie alles, was ich je haben werde.«

Brian lehnte sich zurück, legte die Hände an ihre Wangen und drehte sie zu sich her. Er sah ihr an, dass ihr aufging, was sie soeben gesagt hatte. Offenbar wäre es ihr lieber gewesen, er hätte es überhört. Doch das konnte er nicht.

»Was meinst du damit?«, fragte er.

»Nichts. Es war einfach nur so dahingesagt«, murmelte

sie und errötete. Offensichtlich hatte sie ihn soeben angeschwindelt.

»Arianna, was meinst du damit? Du hast zahllose Verwandte, und außerdem bist du noch sehr jung. Du kannst wieder heiraten und selbst Kinder bekommen.«

Schon allein bei dem Gedanken an Arianna mit einem anderen Mann schnürte sich Brians Kehle vor Eifersucht zu, auch wenn er wusste, dass das unvernünftig war. Er konnte sie nicht zur Frau nehmen, er war nicht gut genug für sie. Dennoch hätte er ihr am liebsten die Gelegenheit verwehrt, eine Familie mit einem anderen Mann zu gründen, auch wenn es ihm schwerfiel, sich einzugestehen, dass er so selbstsüchtig war.

»Nay, das kann ich nicht.« Arianna wollte Brian ihre Befürchtung nur ungern gestehen, aber sie fand es nicht richtig, ihm zu verschweigen, welch schlechte Heiratskandidatin sie war – selbst wenn er von Heirat nie gesprochen hatte.

»Bestimmt gibt es genügend junge Männer von Stand mit prallen Geldbeuteln, die es kaum erwarten können, um dich zu werben, sobald sich herumgesprochen hat, dass du frei bist.«

Sie wusste nicht recht, was der Stand eines Mannes oder das Gewicht seines Geldbeutels mit einer Vermählung zu tun hatte, aber sie verkniff sich eine entsprechende Erwiderung. Mit solchen Nachfragen hätte sie ihn vielleicht von der Wahrheit abgelenkt, die sie ihm bislang vorenthalten hatte. Doch diese Wahrheit war sie ihm schuldig.

»Jeder Mann wünscht sich Kinder, Brian. Ich habe Claud keines geschenkt, obwohl ich fünf Jahre mit ihm verheiratet war. Ich bin nur ein einziges Mal schwanger geworden, doch das Kind habe ich sehr bald verloren.«

Sie klang bedrückt, und ihre Augen verdüsterten sich vor Kummer. Brian nahm sie in die Arme, streichelte ihr den Rücken und legte sein Kinn auf ihren Scheitel. Was konnte er sagen, um ihren Schmerz zu lindern? Leider wusste er nur sehr wenig über die Krankheiten einer Frau, die Geburt oder die Gründe, warum eine Frau ein Kind nicht austragen konnte.

»Vielleicht lag die Ursache bei Claud«, entgegnete er schließlich, auch wenn er wusste, dass das nur ein schwacher Trost war.

Arianna fand es seltsam, dass dies das erste war, was ihm dazu einfiel. »Claud hat mit Marie Anne zwei gesunde Jungs gezeugt. Mit mir hat er nur ein Kind gezeugt, das nicht einmal stark genug war, um in mir heranzuwachsen. Nay, ich fürchte, mir ist es vom Schicksal nicht bestimmt, Kinder zu bekommen.«

»Das kann ich mir nicht vorstellen, aber ich kenne mich in Frauenangelegenheiten nicht aus. So genau wollte ich solche Dinge nie wissen.« Er lächelte, als sie leise lachte. »Du solltest mit Frauen darüber sprechen, die etwas davon verstehen. Jolene ist seit sieben Jahren verheiratet. Sie hat drei Kinder zur Welt gebracht, und das vierte ist unterwegs. Sie weiß bestimmt Bescheid, glaubst du nicht auch? Auch Fiona weiß viel. Sie ist von den Heilerinnen in deinem Clan ausgebildet worden, und sie hat ebenfalls eigene Kinder.«

Arianna nickte, auch wenn sie nicht vorhatte, seinen Rat zu befolgen. Es war ihr schrecklich schwer gefallen, erst Jolene und jetzt auch noch ihm ihre Sorgen zu gestehen. Im

Moment erschien es ihr undenkbar, mit einer weiteren Person darüber zu reden. Sie konnte das Mitleid nicht ertragen, das bestimmt in Fionas Blick treten würde. Andererseits war Fiona tatsächlich ziemlich bewandert in der Heilkunst und wusste aufgrund ihrer Ausbildung mehr als Jolene. Vielleicht sollte sie sich ja doch an sie wenden? Selbst auf die Gefahr hin, dass ihr dann bestätigt wurde, was der Arzt, den Claud befragt hatte, gemeint hatte – dass sie wahrscheinlich unfruchtbar war, und selbst wenn sich ein Kind in ihren Bauch einnistete, nicht in der Lage war, dieses Kind auszutragen?

Brian riss sie aus ihren Grübeleien. Er erhob sich, nahm sie bei der Hand und zog sie hoch. »Jetzt komm. Da wir beschlossen haben, unseren Weg fortzusetzen, sollten wir die nötigen Vorkehrungen treffen.«

Erst als Arianna die Kleidung einpackte, die Jolene ihr großzügigerweise überlassen hatte, dachte sie noch einmal gründlich über ihr Gespräch mit Brian nach. Dabei erkannte sie, warum sie ihm unbedingt eine solch schmerzhafte, sehr persönliche Wahrheit hatte gestehen wollen. Sie hatte wissen wollen, wie er darauf reagierte. Er war mitfühlend gewesen, aber er hatte nicht das gesagt, was sie gern gehört hätte – nämlich, dass es ihm nicht wichtig sei.

»Törichtes Weib«, knurrte sie in sich hinein, setzte sich aufs Bett und starrte blicklos auf das hübsche Leinenhemd, das Jolene ihr gegeben hatte.

»Warum bist du böse auf dich?«

Arianna zuckte überrascht zusammen, als sie Jolene sah. Wie kam es nur, dass Leute es ständig schafften, sich an sie heranzuschleichen, ohne dass sie etwas davon bemerkte? Hatten ihre Sinne gelitten, als sie beinahe ertrunken war? Nach fünf elenden Jahren mit Claud fiel es ihr schwer, sich an Dinge zu erinnern, die davor passiert waren, aber sie war sich sicher, dass sie früher mehr von ihrer Umgebung und davon, wer sich ihr näherte, mitbekommen hatte.

»Warum betrachtest du mich so finster?«, fragte Jolene. »Habe ich dich unwissentlich beleidigt?«

»Nay, wie kommst du denn darauf? Ich habe gerade überlegt, warum ich kaum bemerke, wenn sich jemand heimlich an mich heranmacht. Na ja, vielleicht ist das ein bisschen zu hart ausgedrückt. Brian höre ich selten, wenn er sich mir nähert. Aber ich hatte nicht die geringste Ahnung, dass sich Lucette und seine Leute anschlichen, bis es zu spät war. Und jetzt stehst du vor mir, ohne dass ich das leiseste Geräusch vernommen hätte. Ich fürchte, meine Ohren haben Schaden genommen, als wir vom Schiff ins kalte Wasser springen mussten, um uns zu retten.«

Jolene lachte und setzte sich aufs Bett. »Das kann ich mir nicht vorstellen. Vermutlich geht dir einfach zu viel durch den Kopf und du machst dir so viele Sorgen, dass dich deine Gedanken oft gefangen nehmen.«

Arianna nickte lächelnd. Sie konnte den Blick kaum von Jolenes dickem Bauch abwenden und musste sich gegen den Neid wehren, den sie dabei empfand. Sie hatte Jolene sehr rasch ins Herz geschlossen, und natürlich freute sie sich für sie. Gleichzeitig jedoch sehnte sie sich schrecklich nach einem eigenen Kind. Sie erinnerte sich zwar noch deutlich an alles, was Jolene ihr gesagt hatte, als sie ihr von ihrer Befürchtung, unfruchtbar zu sein, erzählt hatte, aber sie wollte gern noch einmal darüber reden. Jolene würde ihr Bedürfnis nach Trost bestimmt verstehen.

»Jolene, neulich hast du mir gesagt, dass ich womöglich gar nicht unfruchtbar bin. Wolltest du damit nur meine Ängste beschwichtigen?«, fragte sie. Dann ging ihr auf, dass das fast so klang, als bezichtigte sie Jolene der Lüge, und sie zuckte reumütig zusammen.

»Es kann nicht schaden, wenn man versucht, solche Ängste zu beschwichtigen, aber ich bin mir ziemlich sicher, dass meine Einschätzung zutrifft. Ich habe noch eine Weile darüber nachgedacht«, erwiderte Jolene. »Wenn ein Paar keine Kinder bekommt, denken die meisten Leute zuerst, dass es an der Frau liegt. Aber an der Zeugung eines Kindes sind immer zwei beteiligt. Ein Fieber oder auch eine Verletzung können dazu führen, dass ein Mann so schlaff wird wie eine welke Blume. Solche Dinge wirken sich bestimmt auch auf die Kraft seines Samens aus.«

Arianna setzte sich neben sie. »Da hast du recht. Auch ich habe noch lange über unser Gespräch nachgedacht. Es ist wirklich seltsam, dass Claud weder mir noch Marie Anne nach dem ersten Mal, als er mich schwängerte, zu einem Kind verholfen hat. Wenn ein Mann fast vier Jahre lang mit zwei Frauen schläft, ohne ein Kind zu zeugen, wirft das einige Fragen auf.«

»Es kann gut sein, dass dein Körper das Kind nicht behalten wollte, weil Clauds Samen geschädigt war.«

»Nun, wenn ihm etwas Derartiges widerfahren ist, dann muss das vor unserer Hochzeit passiert sein, und ich kann seine Familie jetzt nicht mehr darüber befragen.«

»Möchtest du denn gern bei Brian bleiben?«

»Aye, aber selbst wenn er mich haben will, werde ich ihn nicht zu einer kinderlosen Ehe verdammen.«

»Damit wären wir wieder beim springenden Punkt: Du musst dich erst von ihm schwängern lassen.«

»Aber ich würde gern wissen, dass er mich behalten will, bevor ich versuche, ihn mit einem Kind an mich zu binden.« Jolenes Worte hatten einen beinahe schmerzhaften Hoffnungsschimmer in ihr geweckt. Arianna kostete es die größte Mühe, diese Hoffnung nicht allzu stark werden zu lassen.

»Ich behaupte nach wie vor, dass er das will. Ich kann verstehen, dass dir meine Meinung nicht reicht. Dennoch solltest du auch die Möglichkeit in Betracht ziehen, dass er sich deiner nicht als würdig erachtet.«

»Brian ist sehr selbstsicher, manchmal fast schon arrogant. Wie sollte er auf einen solchen Gedanken verfallen?«

»Sein Vater genießt nicht den besten Ruf, der Rest seiner Familie ebenso wenig, und außerdem ist er der jüngste Spross, hat also kein eigenes Land, kein Geld und auch keine Aussicht auf ein Erbe. Den Männern fällt es schwer zu glauben, dass einer Frau die Liebe wichtiger ist als solche Dinge. Ich denke, ein Mann betrachtet es als seine Pflicht, seiner Gemahlin alle möglichen Annehmlichkeiten bieten zu können. Männer wissen nicht, dass viele von uns schon mit wenigem glücklich und zufrieden sind. Meist reicht es, wenn ein Mann einer Frau ein Dach über dem Kopf bietet, wenn er den Hunger von seiner Familie abwenden kann, wenn er stark genug ist, die Frau und die Kinder, mit denen die Ehe hoffentlich gesegnet ist, zu beschützen, und wenn er ihr ab und zu ein neues Kleid besorgt, damit sie nicht in

Lumpen herumlaufen muss. Und wenn er ihr gesunde, hübsche Kinder schenkt«, fügte sie lächelnd hinzu und rieb sich den Bauch.

Arianna lächelte ebenfalls, auch wenn sie immer noch etwas bedrückt war. »Ich kann mir kaum vorstellen, dass der selbstbewusste Brian sich Sorgen macht, meiner nicht würdig zu sein. Zu schade, dass ich ihn nicht einfach fragen kann, ob diese Sorge in seinem kleinen Männerhirn herumspukt.« Sie grinste, als Jolene lachte. »Ich werde ein Weilchen darüber nachdenken müssen. Vielleicht fällt mir etwas ein, wie ich seine wahren Gefühle in Erfahrung bringen kann, ohne dass er darüber spricht. Ich bin viel zu feige, um ihm mein Herz zu öffnen, solange ich keinen Hinweis habe, dass ihm etwas an mir liegt und wir mehr teilen als nur die Lust.«

Jolene erhob sich und ging zur Tür. »Denk daran, wie er sich benommen hat, als du das Bett hüten musstest, weil du verletzt warst.« Sie verließ den Raum, warf jedoch noch einen Blick zurück. »Er ist kaum von deiner Seite gewichen.«

Darüber hatte Arianna bereits mehrmals nachgedacht. Sie wusste, dass Brian sich aufopfernd um sie gekümmert hatte, als sie krank darniederlag. Dennoch blieb die Frage bestehen, ob diese Fürsorge tiefer reichte. Das hätte sie sich von ganzen Herzen gewünscht, doch sie war sich nicht sicher.

Auch über Jolenes Vorschlag, sich von Brian schwängern zu lassen, hatte sie nachgedacht, aber ihr Gewissen war ihr im Weg. Natürlich konnte das, was sie miteinander trieben, irgendwann einmal zu Kindern führen, und Brian hatte keine Vorkehrungen getroffen, um es zu verhindern. Aber zu versuchen, ihn mit einem Kind an sich zu binden, oder, schlimmer noch, ihm ein Kind vorzuenthalten, wenn sie nicht bekam, was sie sich erhoffte, wäre nicht richtig. Ihre Mutter würde sich ihrer schämen, wenn sie wüsste, dass sie so etwas auch nur in Betracht zog.

Arianna rieb sich die Schläfen, um die heraufziehenden Kopfschmerzen abzuwehren. Ihre Gedanken kreisten nun nur noch um die Möglichkeit, dass sie vielleicht doch fruchtbar war. Doch letzten Endes spielte das keine Rolle. Wichtig war nur die Frage, ob sie an dem Mann festhalten wollte, den sie begehrte – oder vielmehr, ob sie es wagen sollte, an ihm festzuhalten. Denn am Ende würde seine Zurückweisung sie weit mehr treffen als Clauds Demütigungen in den fünf Jahren ihrer Ehe.

»Bist du dir ganz sicher, dass sie sich noch nicht in der Nähe von Scarglas gesammelt haben?«, fragte Brian und lief unruhig vor Sigimors großem Arbeitstisch auf und ab.

Sigimor legte die Füße auf den Tisch und beobachtete seinen Cousin. »Bezweifelst du etwa die Worte meines Kundschafters? Eines Mannes, der zufälligerweise auch ein Cousin von mir ist?«

Brian ließ sich auf den schweren Eichenstuhl seinem Cousin gegenüber fallen. »Die meisten deiner Männer sind entweder deine Brüder oder deine Cousins«, murrte er. »Ich zweifle nicht an seiner Aussage, das weißt du ganz genau. Ich muss mir nur ganz sicher sein, bevor ich Arianna zumute, diese schützenden Mauern zu verlassen.« Er verzog das Gesicht. »Vielleicht sollte sie hierbleiben, bis die Sache beendet ist.«

»Dem wird sie nicht zustimmen, dafür sehnt sie sich viel zu sehr nach den Jungs. Weißt du nicht mehr, wie viel Ärger ich mit Jo hatte, weil sie ihren Neffen beschützen wollte? Die kleinen Burschen sind hinter den dicken Mauern von Scarglas zwar sicher, aber dennoch trachten ihnen Leute nach dem Leben. Wenn du ohne sie losziehst, findet sie bestimmt einen Weg, dir zu folgen.«

»Ich könnte sie ans Bett fesseln.«

Die beiden Männer grinsten, doch dann wurde Brian gleich wieder ernst.

»Die Gefahren, die ihr drohen, sind ebenso groß. Ich habe die Verantwortung für sie und die Jungen übernommen. Es wäre nicht richtig, es dir zu überlassen, sie zu beschützen.«

»Das kannst du gerne tun, und du weißt, dass sie hier gut aufgehoben ist.«

»Aye, das weiß ich, aber es ist wohl am besten, wenn ich sie mitnehme. Wenn ich sie zurücklasse, würde sie irgendeine Torheit begehen. Sie würde zwar wissen, dass es nicht klug ist, alleine nach Scarglas aufzubrechen. Aber sie würde es trotzdem tun, getrieben von dem Bedürfnis, die zwei Jungen wieder in die Arme zu schließen.«

»Hoffst du immer noch, dass ein gründlicher Blick auf Scarglas reichen wird, um die Mistkerle nach Frankreich zurückzuscheuchen?«

»Aye. Aber Lucette ist so eingebildet und hält so wenig von uns, dass er womöglich trotzdem versucht, die Burg anzugreifen. Und leider gibt es trotz Ewans Friedensbemühungen um uns herum immer noch viele Leute, die nichts dagegen hätten, das Schwert gegen uns zu führen. Wenn sie dafür auch noch Geld angeboten bekommen, werden sie die Gelegenheit fraglos beim Schopf ergreifen.«

»Männer, die nur für Geld kämpfen, ziehen sich rascher zurück«, gab Sigimor zu bedenken. »Außerdem weiß jeder in der Umgebung von Scarglas, welch wackere Kämpfer die MacFingals sind. Diesen Ruf haben sie sich wahrhaftig verdient.«

Brian nickte zustimmend. »Ich rechne nicht mit einem langen Kampf.«

»Aber du rechnest mit einem Kampf?«

»Ich fürchte, sie werden es wenigstens einmal probieren.«

»Vielleicht reiten ein paar von meinen Burschen nach Scarglas und helfen dort ein bisschen aus.«

»Du meinst, du willst Männer hinter uns herschicken?«

Sigimor zuckte die Schultern. »Warum nicht? Schon allein deshalb, weil sie die Aufmerksamkeit von euch abziehen werden. Mehrere Männer, die nach Scarglas unterwegs sind, fallen stärker auf als zwei Leute.«

»Das gefährdet sie aber auch«, wandte Brian ein, obgleich ihm der Gedanke an eine solche Ablenkung gut gefiel.

»Nicht nur die MacFingals schaffen es, sich unsichtbar zu machen.«

»Das liegt wohl in unser aller Blut«, pflichtete Brian ihm bei und erhob sich. »Ich sollte jetzt lieber ins Bett gehen. Morgen habe ich vor, möglichst hart zu reiten, solange sich Arianna dabei keine weiteren Verletzungen zuzieht.« Er verzog das Gesicht. »Was Lucette ihr angetan hat, steht mir noch so klar vor Augen, dass ich kaum Schlaf finde, bis wir in Scarglas und in Sicherheit sind.«

»Nun, ich wünsche dir trotzdem eine gute Nachtruhe!«

Brian blieb an der Schwelle stehen und fragte: »Von den Murrays hast du noch nichts gehört, oder?«

»Nay. Aber es würde mich nicht wundern, wenn ihr in Scarglas ein paar von ihnen trefft.«

»Arianna wird sich bestimmt darüber freuen.«

Brian schloss die Tür und machte sich auf den Weg zu der Schlafkammer, die er mit Arianna teilte. Er hoffte, sie hatte ihm die Wahrheit gesagt, als sie behauptet hatte, nahezu völlig wiederhergestellt zu sein. Selbst wenn er mit ihr so vorsichtig umspringen müsste, als wäre sie aus Glas, wollte er heute Nacht unbedingt mit ihr schlafen. Auf ihrer Reise bot sich womöglich keine Gelegenheit mehr dazu, und falls ihre Verwandten bereits in Scarglas eingetroffen waren, würden sie auch dort keine Gelegenheit mehr haben.

Arianna saß, nur mit einem dünnen Hemd bekleidet, vor dem Feuer und bürstete sich die Haare. In Brian ballte sich das Verlangen bei ihrem Anblick. Ihre starken, schlanken Arme waren entblößt, auf der hellen Haut zeigten sich ein paar verblassende Blutergüsse. Als Brian die kleinen nackten Füße betrachtete, die unter dem Saum des Hemdes hervorlugten, schüttelte er den Kopf. Selbst der Anblick dieser zarten Füße erregte ihn über alle Maßen.

»Wie ich sehe, hast du schon gepackt«, meinte er und deutete mit dem Kopf auf ihren Beutel.

»Aye.« Sie sah ihn fragend an, während sie ihr Haar flocht. »Ich dachte, das hätten wir beschlossen.«

»Stimmt. Ich kann nicht behaupten, dass es mir gefällt, aber so haben wir es beschlossen. Wir können uns nicht länger davor drücken. Es wäre zwar schön, wenn du noch etwas ruhen könntest, aber davon können wir uns jetzt nicht aufhalten lassen. Es steht ein Kampf bevor.«

»Warum?« Sie erhob sich und trat zu ihm. »Du hast mir doch gesagt, dass Scarglas hervorragend befestigt ist, und Sigimor hat das ebenfalls behauptet. Warum sollten Amiel und die DeVeau versuchen, eine solch starke Burg einzunehmen? Sie haben nur eine Handvoll Leute dabei und müssen sich auf Söldner verlassen. Weshalb sollten sie also angreifen?«

Brian zog sie an sich und legte das Kinn auf ihren Scheitel. »Keine Ahnung.« Er lächelte, als sie leise lachte. »Vielleicht täusche ich mich und es kommt nicht zum Kampf. Auch wenn Lucette so verrückt ist, Scarglas angreifen zu wollen, sind vielleicht wenigstens die DeVeau schlau genug zu erkennen, dass ein kleines Stück Land das Risiko nicht aufwiegt.«

Arianna legte die Arme um seine Taille. »Ich versuche einfach, nicht mehr daran zu denken, bis wir Scarglas erreichen. Dann werden wir schon sehen, was passiert.«

Er hob sie hoch, trug sie zum Bett und setzte sie behutsam ab. Sie beobachtete ihn stumm, während er sich auszog. Schon allein ihr Blick steigerte seine Erregung. Ihre Wangen waren ein wenig gerötet, und ihre Augen verdunkelten sich mit einer Begierde, die der seinen gleichkam. Wahrscheinlich durften sie es jetzt nicht zu heftig miteinander treiben, aber ihre Einwilligung war deutlich zu erkennen, und das war alles, was er brauchte.

Arianna wunderte sich, dass allein Brians nackte Gestalt sie so erregte. Zweifellos war er ein stattlicher Mann – groß, sehnig, muskulös, mit einer leicht gebräunten Haut, als ob er oft nackt in der Sonne badete. Er war nicht so behaart wie manch andere Männer. Auf seiner breiten Brust zeigte sich nur ein kleiner Haarfleck, und von seinem Nabel zu den Lenden verlief eine dünne Haarlinie. Schwarze Locken polsterten seine Männlichkeit, wenn sie nicht stolz aufragte, wie sie es momentan tat. Auf den Unterarmen und den Beinen wuchsen gerade so viele Haare, um ihn männlich wirken zu lassen. Brian war ein Mann, den jede Frau gern betrachten und der in jeder Frau ein gewisses Interesse wecken würde.

Auch Claud hatte gut ausgesehen. Dennoch hatte ihr Herz bei seinem Anblick kein einziges Mal zu rasen begonnen, und es hatte sie auch nie in den Fingern gejuckt, ihn zu berühren, wie es ihr jetzt bei Brian erging. Clauds Männlichkeit hatte sie wahrhaftig nicht weiter interessiert. Doch wenn sie Brian so vor sich stehen sah, musste sie unwillkürlich an all die Dinge denken, die sie gern mit diesem wunderschönen starken Körper anstellen würde.

Sie rutschte bereitwillig zur Seite, als er sich zu ihr legte, und ließ sich ihr Hemd von ihm ausziehen. Arianna fand es herrlich, seinen nackten Körper an dem ihren zu spüren. Er küsste sie, und sie begann, den Körper, den sie so bewunderte, zärtlich zu streicheln.

Brian ächzte wonnig auf. Offenbar gefiel ihm ihre Kühnheit.

Arianna erbebte vor Lust, als er ihre Brüste küsste, und genoss es, wie ihr Verlangen anschwoll. Plötzlich fiel ihr etwas ein, was Claud mehrmals von ihr verlangt hatte. Er hatte gemeint, dass er nur auf diese Weise die nötige Erregung verspürte, um seinen ehelichen Pflichten nachkommen zu können. Arianna fiel es nach wie vor schwer, Brians Schmeicheleien Glauben zu schenken, aber sie zweifelte nicht mehr an seinem Verlangen. Wenn es einem Mann, der sie nicht begehrte, gefiel, wenn sie das tat, was Claud von ihr verlangt hatte, wie sehr würde es dann wohl einem gefallen, der sie begehrte?

Bevor sie noch länger darüber nachdenken und dabei sowohl ihren Mut als auch ihr Verlangen verlieren konnte, drückte sie Brian auf den Rücken und setzte sich rittlings auf ihn. Seinen fragenden Blick ignorierend, küsste sie sich langsam über seinen Oberkörper hinab zu seiner Männlichkeit. Als sie an seinem straffen Bauch knabberte, verspannte er sich, aber an der Art, wie er sich in ihren Haaren festkrallte, erkannte sie, dass das keine Zurückweisung war. Sein lustvolles Stöhnen, als sie sich zwischen seine langen Beine setzte und mit der Zunge über seinen harten Schaft fuhr, reichte ihr als Ermutigung.

Brian schloss die Augen, doch dann schlug er sie rasch wieder auf, um Arianna dabei zuzusehen, wie sie ihn mit dem Mund liebte. Als ihre Lippen sich um seinen Schaft schlossen, wusste er, dass er die Lust, die sie ihm spendete, nicht lange ertragen konnte. Sie war zu stark. Er knirschte mit den Zähnen, als seine Erregung so dringend nach einer Erlösung verlangte, dass es fast schmerzhaft war. Schließlich packte er Arianna und zog sie hoch. Sie wollte sich ihm entwinden, um sich auf den Rücken zu legen, doch er hielt sie fest.

»Nay, Liebste, heute Nacht sollst du mich reiten.«

»Du willst, dass ich oben liege?«

Ihre Verblüffung zeigte ihm, dass sie bei Claud wohl stets

unten gelegen hatte. »Aye, Liebste, ich will dich auf mir, ich will mich tief in dir vergraben. Und zwar sofort.«

Anfangs musste er ihr helfen, aber das tat er gern, auch wenn er sein Verlangen kaum noch zügeln konnte. Es war nur ein weiterer Beweis, dass sie keinerlei Erfahrung in solchen Liebesspielen hatte. Sie war ebenso erstaunt wie damals, als er ihr gezeigt hatte, dass man sich auch im Stehen lieben konnte, oder als er sie mit dem Mund geliebt hatte. Dass sie Erfahrungen mit ihm teilte, die sie nie mit dem verfluchten Claud geteilt hatte, gefiel ihm über alle Maßen. Doch bevor er sich überlegen konnte, warum das so war, zeigte Arianna ein wahres Geschick beim Reiten ihres Mannes. Rasch konnte Brian an nichts anderes mehr denken als daran, wie viel Lust sie ihm spendete.

Danach war Arianna so wohlig befriedigt, dass sie nicht einmal zusammenzuckte, als Brian sie von den Resten ihres Liebesspiels säuberte. Sobald er wieder unter die Decke schlüpfte und sie in die Arme schloss, schmiegte sie sich mit einem glücklichen Seufzer an ihn. Vielleicht würde sie am nächsten Morgen vor Scham im Boden versinken wollen wegen dem, was sie heute Nacht getan hatte, aber sie nahm sich fest vor, gegen diese Scham anzukämpfen. Sie war eine erwachsene Frau, eine Witwe, die Spaß mit ihrem Geliebten hatte. Sie sollte wahrhaftig nicht wie eine Jungfrau erröten bei dem Gedanken an all die Wonnen, die sie teilten.

»Du hast dir dabei nicht weh getan, oder?«, fragte Brian und streichelte ihr zärtlich den Rücken.

»Nay, überhaupt nicht«, erwiderte sie.

»Danke, Liebste.«

»Dafür, dass ich mir nicht wehgetan habe?«

Er lachte. »Nay, für die Lust, die du mir geschenkt hast.«

»Ach so. Ich glaube, das beruht auf Gegenseitigkeit«, wisperte sie.

»Gut. Man sollte nur solche Sachen tun, die beiden Lust bereiten.« Er drückte einen Kuss auf ihren Scheitel. »Schlaf gut, Liebes. Du brauchst Ruhe.«

Bald entspannte sie sich und schlummerte ein. Brian starrte noch lange an die Decke und versuchte, nicht daran zu denken, wie bald diese wunderbare Frau aus seinem Leben verschwunden sein würde.

15

Behutsam zog Brian die Decke weg und betrachtete Arianna, die noch tief schlief, von Kopf bis Fuß. Sie war wunderschön, aber es würde wohl noch lange dauern, bis sie es glaubte, wenn ihr das jemand sagte. Die Leidenschaft schwächte zwar ihre Schüchternheit und die Sorgen, dass ihr Körper mit Mängeln behaftet war, aber Brian wollte sie zu gern dazu bringen, die Ketten der Zweifel endgültig abzuwerfen. Den Gedanken, dass er eine Frau, die er von ihren Zweifeln und Ängsten befreit hatte, einem anderen Mann überlassen musste, vertrieb er sogleich wieder.

Sie war eine wahre Augenweide, von den vollen Brüsten mit den zartrosa Spitzen über die schlanke Taille und die wohlgeformten Hüften hin zu den langen, schlanken Beinen. Als er die kleinen Füße mit den verhältnismäßig langen Zehen betrachtete, musste er ein wenig grinsen. Selbst ihre Füße fand er reizend. Die roten Locken zwischen den schlanken Oberschenkeln erregten natürlich seine größte Aufmerksamkeit. Er beugte sich über sie, um diese Stelle mit dem Mund zu liebkosen.

Beim Erwachen spürte Arianna, dass ihr Bauch vor Lust angespannt war. Brian küsste sie dort unten, dachte sie, aber die Leidenschaft vertrieb ihre Bestürzung über eine solche Intimität rasch. Sie vergrub die Finger in seinen dichten schwarzen Haaren, und kurz darauf platzte der Knoten der Lust, und sie rief laut seinen Namen, während Feuer durch ihre Adern raste. Sie erbebte noch unter der

Macht dieses Höhepunktes, als er ihre Körper mit einem harten Stoß vereinigte. Arianna klammerte sich an ihn, während er sie abermals zu einem Höhepunkt trieb, den sie diesmal gemeinsam erreichten.

Die angenehme Trägheit gestillter Lust begann zu verebben, als Brian sich aus ihren Armen wand. »Ach, müssen wir jetzt los?«

»Aye, Liebes, leider.« Er küsste sie noch einmal sanft, dann stand er auf und verschwand hinter dem Wandschirm.

Sobald er wieder hervortrat, zog sich Arianna die Decke über die Brüste und setzte sich hin, um ihm beim Anziehen zuzuschauen. »Wir sollten Tempo vorlegen, um diese Reise möglichst bald hinter uns zu bringen«, meinte sie.

Er warf einen Blick über die Schulter, während er sich die Stiefel zuschnürte. »Ich weiß nicht, ob du dafür schon gesund genug bist.«

»Ich verspreche, es dir sofort zu sagen, wenn mir etwas wehtut.«

»Na gut.« Er küsste sie ein weiteres Mal, dann ging er. »Ich werde dafür sorgen, dass man dir einen Eimer heißes Wasser bringt. Aber halte dich nicht zu lange auf, sonst lässt dir Sigimor nichts zu essen übrig.«

Arianna lachte und stand auf. Sigimor war ein rauer Kerl, der kein Blatt vor den Mund nahm, aber er machte keinen Hehl aus der Liebe zu seiner Frau, seinen Kindern und dem Rest seiner Familie. Sie konnte nur hoffen, dass es bei den MacFingals ebenfalls so herzlich zuging.

***

»Willst du wirklich keinen von meinen Leuten mitnehmen?«

»Nay«, erwiderte Brian und nahm sich den Teller mit den Haferkeksen, bevor Sigimor sie alle verschlingen konnte. »Darüber haben wir doch gestern Abend lang und breit gesprochen. Zwei Leute können sich viel leichter unbemerkt durchschlagen als sechs oder mehr, egal, wie geschickt sie darin sind, sich unsichtbar zu machen.«

»Aye. Außerdem seid ihr MacFingals darin wirklich unübertroffen.«

Brian grinste über Sigimors respektvollen Ton. Sein Cousin gehörte zu den wenigen, die diese Fähigkeit der MacFingals uneingeschränkt bewunderten, obgleich auch Sigimor und seine Brüder darin nicht schlecht waren.

Einen Moment lang überlegte er, ob er sich nicht von seinem törichten Stolz dazu verleiten ließ, Sigimors Angebot abzulehnen. Nach dem, was das letzte Mal passiert war, als sie Dubheidland ohne Begleitung verlassen hatten, fürchtete er, dass er vielleicht Ariannas Leben aufs Spiel setzte. Doch dann beruhigte er sich mit dem Gedanken, dass Sigimor und seine Leute ihnen Rückendeckung geben würden, solange sie das Gebiet der Camerons durchquerten. Schließlich war Amiel schon zweimal geschlagen worden und hatte dabei etliche Männer verloren. Jetzt war der Kerl bestimmt unterwegs nach Scarglas, weil er dringend Verstärkung brauchte. Er würde Arianna nun so schnell wie möglich nach Scarglas und zu den Jungs bringen. Und diesmal würde er sie nicht eine Sekunde aus den Augen lassen.

»Wir verstehen uns tatsächlich ziemlich gut darauf«, pflichtete er Sigimor bei und lachte leise, als dieser ihm eine

Scheibe Brot an den Kopf warf. »Auch Arianna zeigt schon ein beträchtliches Geschick darin.« Er schenkte sich einen Becher Apfelmost ein. »Wir brechen auf, sobald sie die Sachen eingepackt hat, die Jolene ihr gegeben hat. Die DeVeau wissen ganz genau, wo die Jungs sind, und dort wird die Geschichte dann auch enden.«

»Also bist du davon überzeugt, dass sie sich vor Scarglas sammeln werden?«

»Das hat Arianna erfahren, als sie die Gefangene dieses Mistkerls war. Er war auf dem Weg dorthin, als er zufällig auf sie stieß. Zu dem Zeitpunkt hatte Lucette noch den Plan, sie gegen die Jungs auszutauschen, unabhängig davon, was die DeVeau mit ihr vorhaben. Leider war sie nicht mehr bei vollem Bewusstsein, als er und seine Männer sich über die Pläne der DeVeau stritten.«

Er nahm einen großen Schluck Apfelmost, um die Wut zu kühlen, die noch immer in ihm schwelte, wenn er an die Dinge dachte, die Arianna angetan worden waren. Vermutlich würde er ihren Anblick nie vergessen, als sie versuchte sich hochzurappeln – aus etlichen Wunden blutend und das Gesicht entstellt von Schlägen. Er ärgerte sich schwarz, dass es Lucette bislang gelungen war, der Strafe für diese Untat zu entgehen.

»Wir werden unser Bestes tun, sie dazu zu bringen, um ihr Leben zu rennen und sich vor uns zu verstecken, während du dein Mädchen nach Scarglas schaffst«, sagte Sigimor. »Meine Jungs können es kaum erwarten, die Verfolgung aufzunehmen.«

»Es wäre gut, wenn diese Bande damit beschäftigt wäre, euch zu entkommen. Dann haben sie nicht die Zeit, nach uns zu suchen. Aber vielleicht sind sie ja bereits vor Scarglas. Dennoch – wenn ihr über sie stolpert, weil sie irgendwo Rast machen, um ihre Wunden zu lecken, wäre es schön, wenn du so freundlich wärst, Amiel am Leben zu lassen. Ich will unbedingt derjenige sein, der diesen Schuft beseitigt.«

»Aye, so soll es sein. Und ich frage dich noch etwas, bevor du gehst, denn vielleicht hast du über meine weisen Worte ein wenig nachgedacht: Was hast du mit der jungen Frau vor, wenn du es geschafft hast, ihre Gegnern zu vernichten?«

Diese Frage wollte Brian nur ungern beantworten. Er tat so, als habe er sie nicht gehört, und beschäftigte sich mit seinem Frühstück. Ob Sigimor es überhaupt merkte, wenn man ihn ignorierte? Brian seufzte. Natürlich merkte er das, schlau, wie er war. Sigimor ließ sich nicht so ohne weiteres ignorieren.

»Du kannst ruhig weiter so tun, als hättest du mich nicht gehört. Ich habe einen langen Atem.«

Brian starrte seinen Cousin finster an. Sigimor verschränkte die Arme und zog eine buschige Braue hoch. »Ich weiß noch nicht, was ich tun werde, nachdem ich sie ihrer Familie übergeben habe«, antworte Brian schließlich zögernd. »Wieder mit ihrer Familie vereint zu sein, war von Anfang an ihr Ziel.«

»Es schmerzt mich, dass mein Cousin ein derartiger Narr ist.«

»Und mich beschleicht das Gefühl, dass du derjenige bist, der nicht zuhört. Warum kapierst du nicht, dass sie aus einer weit über mir stehenden Familie stammt?«

»Meines Wissens nach bringen die Murrays ihre Kinder

genauso zur Welt wie wir. Verwenden sie besondere Kräuter? Vielleicht gebären sie ihre Kinder nur auf einem ganz besonderen Leinen? Und vielleicht schwitzen ihre Frauen auch nicht und stöhnen nicht und schimpfen auch nicht auf den Mann, der sie in diese Lage gebracht hat?«

»Ich frage mich oft, wie es kommt, dass du noch lebst. Es haben bestimmt schon Hunderte davon geträumt, dir die Kehle durchzuschneiden.«

»Nay. So viele Leute kenne ich gar nicht.«

Brian musste lachen, auch wenn ihn das wurmte. »Sigimor, dass sie weit über mir steht, reicher ist und aus einen Clan stammt, dessen Macht und Ansehen ständig zunimmt, wirst doch selbst du einsehen. Ich bin ein MacFingal, Sohn eines gewissen Fingal MacFingal, der sich mit seinem Bruder befehdet und deshalb beschlossen hat, seinen eigenen Clan heranzuziehen. Mein Vater hat so viele Bastarde gezeugt, dass selbst die lüsternsten Böcke überrascht aufkeuchen.«

»Vielleicht tun sie es nur aus Neid.«

Brian überhörte diese Bemerkung. »Für meinen Vater ist ein Streit ein höfliches Gespräch. Er sagt, was er will, ohne je an die Folgen zu denken, und in Vollmondnächten malt er sich blau an und tanzt um einen Steinkreis herum.« Er sah Sigimor scheel an, als dieser kicherte. »Aye, lach du ruhig. Schließlich ist dieser alte Narr nicht dein Vater. Dir passiert es auch nie, dass dich jemand anschaut, als würde der Wahn des Alten in deinen Adern kreisen.«

»Nay, du hast recht. Er ist nur mein Onkel. Und ihn so zu nennen hat mich einige Mühe gekostet. Er wollte nie so bezeichnet werden, wie du vielleicht noch weißt. Aber ich frage dich noch einmal: Was wirst du tun, wenn dein Mädchen nicht die Jungs packt und schreiend aus der Burg stürmt, sobald sie deinen Erzeuger kennengelernt hat?«

Brian raufte sich die Haare. »Mit dir zu reden ist wie mit dem Kopf gegen eine Wand zu rennen. Ich wiederhole es noch einmal: Kein Land, kein Haus und kaum Geld – so stehe ich da. Eine hübsche junge Frau aus dem Murray-Clan kann einen sehr viel besseren Fang machen als mich.«

»Das war bei der Tochter eines englischen Grafen genauso. Sie hätte einen weit besseren Gemahl haben können als einen Laird mit einer riesigen Verwandtschaft, die von ihm abhängt. Aber das hat mich nicht davon abgehalten, um Jolene zu freien und sie zu heiraten.«

»Dich kann nichts aufhalten. Du bist stur wie ein Stier«, brummte Brian.

»Und es sollte auch dich nicht aufhalten. Sie hat schon einmal einen Mann geheiratet, den ihre Familie für sie ausgesucht hatte, stimmt's? Und wohin hat sie das gebracht? Sie hat einen Feigling zum Gemahl bekommen, der nicht einmal ihr richtiger Gemahl war. Dieser Mann hat sie nach Strich und Faden belogen und betrogen. Und jetzt muss sie um ihr Leben rennen und die Söhne ihres sogenannten Gemahls vor der Gier seines niederträchtigen Bruders retten. Die Familie, die sie als junge Braut hätte willkommen heißen müssen, hat auf sie gespuckt und ihre Mitgift eingesteckt. Willst du immer noch behaupten, dass du ihr nichts Besseres bieten kannst, selbst wenn dein Vater ein alter Narr ist?«

»Nun, vielleicht kann ich das ja, aber trotzdem glaube ich nicht, dass ihr Clan einen Mann wie mich gern als ihren

Gemahl sehen würde. Schon allein deshalb, weil ihre Verwandten, sobald sie meinen Vater kennengelernt haben, bestimmt befürchten, dass der Wahn in unser aller Blut liegt.«

»Sprichst du von dem Clan, der eine seiner Töchter einen Armstrong heiraten ließ? Eine andere aus diesem Clan hat den verrückten MacEnroy geheiratet, und eine deinen Bruder Gregor. Nicht zu vergessen der törichte Murray, der eine seiner Töchter meinem Cousin Liam gegeben hat. Meinst du diesen Clan?«

»All diese Mädchen hatten keine Wahl, weil sie noch Jungfrauen waren und einen beträchtlichen Zeitraum zusammen mit einem unverheirateten Mann verbracht hatten. Dabei spielt es keine Rolle, dass sie die Männer wirklich heiraten wollten. Selbst wenn es nicht so gewesen wäre, hätte es einer aus ihrem Clan verlangen können. Arianna ist Witwe. Wir wissen beide, dass für solche Frauen andere Regeln gelten.«

»Ich glaube, auch Liams Gemahlin Keira war verwitwet.«

»Sigimor ...« Brian versuchte vergeblich, sich etwas einfallen zu lassen, um seinem Cousin den Wind aus den Segeln zu nehmen.

Sigimor legte den Kopf schief und beobachtete Brian nachdenklich. Schließlich meinte er: »Ich glaube, du erstickst an deinem Stolz, Cousin. Du willst kein Mädchen heiraten, das vermögender ist als du. Offenbar habe ich mich geirrt. Ich dachte, dir liegt etwas an ihr.«

Bevor Brian etwas darauf erwidern konnte, traten Arianna und Jolene zu ihnen. Arianna lächelte Brian an und nahm neben ihm Platz. Sein Herz zog sich zusammen. Vielleicht hatte Sigimor recht, auch wenn es ihm schwer zu schaffen machte, das in Betracht zu ziehen. Aber vielleicht war es wirklich sein verfluchter Stolz, der ihn daran hinderte, das, was er wollte, festzuhalten und nie wieder loszulassen.

Er hätte es zu gern bestritten, doch das schaffte er nicht. Außerdem war es nicht so einfach, wie Sigimor glaubte. Arianna hatte bereits sehr unter einer schlechten Ehe gelitten. Sie hatte es verdient, in ihrer nächsten Ehe alles zu bekommen, was eine Frau sich von ihrem Gemahl nur wünschen konnte, darunter auch schöne Kleider und prachtvollen Schmuck. Mit einigem konnte er ihr dienen, aber nicht mit all den Annehmlichkeiten, die ihr zustanden. Solche Dinge würden noch lange außerhalb seiner Reichweite liegen. Aber vielleicht sollte er sie wirklich einmal fragen, was sie wollte? Manchmal blitzte tatsächlich der Gedanke in ihm auf, dass er in seiner männlichen Überlegenheit womöglich vorschnell beschlossen hatte, was das Beste für eine schützenswerte Frau wie sie war.

»Werden wir uns weiterhin sorgen müssen, was Amiel treibt?«, fragte Arianna und nahm sich eine Portion Haferbrei, die sie mit Honig und Rahm süßte. Sie versuchte, die Angst, die sie bei dieser Frage beschlich, nicht zu zeigen.

»Nay, ich glaube, das ist unnötig. Und ich werde dich nicht mehr allein lassen«, erwiderte er. Er war froh, dass ihn diese Frage aus seinen zunehmend wirren Gedanken riss. »In zwei, höchstens drei Tagen haben wir Scarglas erreicht und sind in Sicherheit.«

»Dann werde ich Michel und Adelar wiedersehen. Ich hoffe, sie machen deinen Verwandten nicht zu viele Umstände.«

»Bestimmt nicht, und wenn sie irgendeinen Unfug anstellen, gibt es genügend Leute, die sie daran hindern, es zu bunt zu treiben. Schlimmeres als das, was wir alle schon mal angerichtet haben, wird ihnen sicher nicht einfallen.«

Arianna lächelte und verzehrte ihr Frühstück mit so viel Anstand wie nur möglich. Am liebsten hätte sie es einfach in sich hineingeschaufelt, weil sie es kaum erwarten konnte, den Weg nach Scarglas anzutreten, auch wenn sie sich bei dieser Eile ein wenig schäbig vorkam. Schließlich hatten die Camerons sie trotz des Ärgers, den sie an ihre Pforten gebracht hatte, überaus freundlich in ihrer Burg aufgenommen. Aber ihr Wunsch, Michel und Adelar wiederzusehen, wurde immer dringender. Nicht einmal ihre Angst, die Sicherheit von Dubheidland hinter sich zu lassen, konnte diesen Wunsch zügeln. Sie waren viel zu lange getrennt gewesen. Nun musste sie sich unbedingt mit eigenen Augen davon überzeugen, dass die beiden wohlauf waren.

Es beunruhigte sie, dass sich jedes Mal, wenn sie an die Fortsetzung ihrer Reise dachte, die Angst in ihr Herz und ihren Kopf schlich. War sie wirklich so ein Angsthase? Das gefiel ihr ganz und gar nicht. Auch wenn sie sich immer wieder zu bedenken gab, dass Amiel noch zwei weitere Männer verloren hatte und verwundet war, wollte die Angst nicht weichen. Wenn sie sich nicht so nach ihren Jungen gesehnt hätte, wäre sie wahrscheinlich nicht mehr auf ein Pferd gestiegen, um die sicheren Mauern von Dubheidland hinter sich zu lassen.

»Ich werde dich heil nach Scarglas bringen«, versprach Brian leise und tätschelte ihre Hand. »Hab keine Angst.«

»Ich weiß. Meine Angst lässt sich nicht vernünftig erklären.« Sie zuckte die Schultern. »Aber sie wird mich nicht aufhalten.«

»Das ist mir klar. Deshalb habe ich auch beschlossen, dass es reine Zeitverschwendung wäre, dich an das hübsche Bett anzuketten, das wir geteilt haben.« Er klopfte ihr auf den Rücken, als sie sich an ihrem Apfelmost verschluckte. »Aber ich muss dich noch vor etwas warnen: Mein Vater ist ein bisschen sonderbar.« Er überhörte Sigimor, der laut auflachte.

»Davor hast du mich bereits gewarnt. Mach dir keine Sorgen, so etwas macht mir keine Angst.«

Brian konnte nur hoffen, dass das auch stimmte. Seine Familie und vor allem sein Vater waren mehr als nur ein bisschen sonderbar. Doch er wollte dieses Thema jetzt nicht vertiefen, denn sonst würde sie vielleicht die Jungen packen und fliehen, sobald sie die Tore seiner Burg passiert hatten.

Als sie an jenem Abend Rast machten, kreisten Brians Gedanken noch immer um die Frage, wie viel er ihr von seiner Familie und Scarglas erzählen sollte. Sie waren viel weiter gekommen, als er gedacht hatte, ohne auch nur dem geringsten Hinweis auf Ärger zu begegnen. Wenn sie am nächsten Tag ebenso gut vorankamen, erreichten sie Scarglas vielleicht sogar noch vor Einbruch der Dunkelheit. Arianna sah etwas blass aus, bewegte sich jedoch nicht so, als hätte sie große Schmerzen.

Nachdem sie ein wenig herumgelaufen war, um die Steifheit des langen Rittes aus ihrem Körper zu vertreiben, schlug er ihr vor, sich hinzusetzen, und kümmerte sich um die Pferde. Dann brachte er ihr die Decken und empfahl ihr, sich darauf zu setzen, um der Kälte des Bodens zu entgehen. Er ließ sie kaum aus den Augen, während er das Essen auspackte, das sie aus Dubheidland mitgenommen hatten.

»Du verhätschelst mich«, sagte sie lächelnd, als er ihr einen Kanten Brot, ein Stück Käse und etwas Wildbret reichte.

»Ein bisschen«, gab er zu und entfachte ein kleines Feuer. »Wir haben heute eine ziemlich lange Wegstrecke zurückgelegt.«

»Aye, aber ich habe es ganz gut ausgehalten. So gut, wie man einen solch langen Tag im Sattel eben aushält.«

»Gut. Wenn wir morgen ebenso gut vorankommen, erreichen wir Scarglas noch vor Einbruch der Dunkelheit oder spätestens am darauffolgenden frühen Morgen.«

Sie nickte und konzentrierte sich aufs Essen, um nicht zu zeigen, wie erleichtert sie darüber war. Alles mögliche tat ihr weh. Die Schmerzen waren zwar nicht so schlimm, dass sie sie nicht verbergen konnte, doch sie brachten sie dazu, dass sie sich nichts sehnlicher wünschte als ein ausgiebiges heißes Bad und ein weiches Bett. Sie freute sich wahrhaftig nicht darauf, eine weitere Nacht auf dem harten Boden zu schlafen und den nächsten Tag wieder im Sattel zu verbringen.

»Von Amiel und seinen Leuten war nichts zu sehen«, sagte sie in der Hoffnung, dass ein Gespräch sie von ihrem Elend ablenken würde.

»Sigimor und seine Männer werden sie so beschäftigt halten, dass sie keine Zeit haben, uns zu belästigen. Vielleicht schaffen sie es sogar, ihre Anzahl noch ein wenig zu verringern.«

»So viele Tote.« Arianna schüttelte den Kopf. »Und wofür?«

»Habgier kann einen Mann in den Wahnsinn treiben, Liebes. Wenn einer unserer Gegner uns vor seinem Tod nicht jeden verrückten Schachzug erläutert, den Amiel in seinem kranken Hirn ausgeheckt hat, dann werden wir es wahrscheinlich nie ganz verstehen.« Er nahm einen großen Schluck Apfelmost aus dem Weinschlauch, dann reichte er Arianna den Schlauch. »Sind die Beweggründe denn wichtig?«, fragte er, während sie trank.

»Nay.« Sie gab ihm den Weinschlauch zurück. »Ich bin einfach nur neugierig. Wenn ich etwas nicht verstehe, dann nagt es an mir. Clauds Tod lässt sich leicht erklären. Er war der Erbe, und Amiel wollte an seine Stelle treten. Das ist vollkommen klar. Aber warum hat er Marie Anne getötet? Und warum will er die Jungs töten?«

»Warum dich?«

Sie tat diese Frage mit einer abwertenden Handbewegung ab. »Ich bin mir ziemlich sicher, dass das etwas mit dem Hass der DeVeau auf die Murrays zu tun hat. Auch Clauds Familie kann mein Tod nur recht sein, denn dann kann ich meinen Verwandten nichts mehr erzählen. Aus meinen Berichten könnte ihnen noch eine Menge Ärger erwachsen.«

»Ich kann dir leider keine Antworten auf deine Fragen liefern, vor allem, weil ich nicht genau weiß, was an dir nagt.«

»Marie Anne.«

»Aha – die wahre Gemahlin deines falschen Gemahls.«

Arianna nickte. »Ich wollte eigentlich gar nicht weiter

über diese Frau nachdenken. Ich hatte Angst, dass es vielleicht meine Eifersucht war, die mich immer wieder an sie denken ließ. Aber das ist nicht der wahre Grund, wie ich jetzt erkannt habe. Es hieß, sie sei die uneheliche Tochter eines Adligen. Ich muss gestehen, dass ich glaubte, Marie Anne habe diese Gerüchte selbst in die Welt gesetzt, um sich ein wenig aufzuspielen. Doch jetzt beschleichen mich Zweifel. Was ist, wenn in ihren Adern tatsächlich blaues Blut, ja vielleicht sogar das eines sehr mächtigen Mannes floss?«

»Jemand, der dafür sorgen kann, dass die Ehe zwischen Claud und Marie Anne nicht angezweifelt wird?«, fragte Brian.

»Richtig. Wenn ich eingehender darüber nachdenke, finde ich zwar nicht viele Erklärungen, aber etliche Gründe für diese Verfolgungsjagd und sogar für das Bündnis zwischen Amiel und den DeVeau. Ignace ist ein wichtiges Mitglied dieser Familie. Dennoch hat er sich persönlich auf die Jagd nach den Jungs begeben. Seine Anwesenheit hat etwas zu bedeuten. Ich weiß nicht, was, aber ich weiß, dass es wichtig ist. Wenn wir das herausbekommen, dann würde es bestimmt eine Reihe von Ungereimtheiten klarer machen.«

»Was nicht schlecht wäre, aber schlussendlich ist es belanglos.« Brian zog sie ein wenig näher zu sich heran.

»Nay, du hast recht. Schlussendlich ist es völlig belanglos. Die Hauptsache ist, dass Michel und Adelar wohlauf sind.« Sie legte den Kopf an seine Schulter und starrte in den Nachthimmel hinauf. »Sie haben ein Leben verdient, in dem ihnen nicht ständig Verachtung entgegengebracht wird und sie nicht ständig in Gefahr schweben. Deshalb habe ich sie mitgenommen. Im Kreis meiner Verwandten können sie ein solches Leben führen.«

»Du wirst es ihnen bald ermöglichen können«, sagte Brian, auch wenn es ihm schwerfiel, sie in ihrem Wunsch, heimzukehren, zu bestärken.

Arianna zuckte zusammen. Es tat ihr weh, dass er sie heimschicken wollte, sobald Amiel und die DeVeau keine Bedrohung mehr waren. Sie hatte gehofft, dass er mittlerweile seine Meinung geändert hatte und Gefühle für sie empfand, die über jene eines befriedigten Liebhabers hinausgingen. Doch wenn dem so gewesen wäre, hätte er bestimmt wenigstens angedeutet, dass sein Plan, sie heimzuschicken, ins Wanken geraten war. Was sollte sie bloß tun, um ihn dazu zu bringen, sie behalten zu wollen?

»Hast du ihn geliebt?« Brian wusste nicht, warum er ihr diese Frage stellten. Im Grunde wollte er über diesen elenden Claud gar nichts wissen.

»Claud geliebt? Nay, obwohl ich gehofft habe, dass sich die Liebe in unserer Ehe schon noch einstellen würde.« Sie schüttelte seufzend den Kopf. »Ich war so jung und so blind. Claud sah gut aus, er war höflich und achtete auf seine Kleidung. Ich dachte immer, dass er mir Achtung entgegenbrachte, wenn er mir ab und zu nur einen flüchtigen Kuss gab. Jetzt habe ich erkannt, dass das, was ich für die Achtung gegenüber einem unschuldigen jungen Mädchen hielt, die reine Abneigung war. Er tat, was er tun musste, und nicht, was er tun wollte.«

»Als er dir den Hof machte, bist du also davon ausgegangen, dass er ein guter Gemahl wäre.«

»Aye. Meine Verwandten heiraten meist aus Liebe. Ich

wollte das auch, aber mir war klar, dass vielen in meinem Clan eine Ehe zwischen mir und Claud sehr gelegen kam. Sie wollten die alten Verbindungen zwischen den beiden Familien stärken. Natürlich hätte ich mich weigern können. Sie hätten mir diese Ehe nie aufgezwungen. Aber ich willigte ein. Zu dem Zeitpunkt war keiner meiner Verwandten in der Nähe, die die Gabe haben, das wahre Wesen eines Mannes zu erkennen. Niemand warnte mich, mir den Mann, den ich heiraten sollte, genauer anzuschauen. Ich betrachtete das Ganze als ein Abenteuer.

Erst als die Ehe vollzogen war, legte Claud seine Maske ab. Anfangs versuchte ich alles, um es ihm recht zu machen. Ich dachte, er wollte mich zu einer guten Gemahlin erziehen. Bei seinen Eltern war es genauso. Je deutlicher sie mir ihre Verachtung zeigten, desto stärker versuchte ich, ihre Billigung zu gewinnen. Ich weiß gar nicht mehr genau, wann ich damit aufhörte. Irgendwann war ich jedenfalls davon überzeugt, dass ich voller Fehler steckte und es sowieso nie schaffen würde, es einem von ihnen recht zu machen.«

»Du steckst nicht voller Fehler.«

»Ich bin nicht so eingebildet zu glauben, ich hätte keinen einzigen.« Kichernd tätschelte sie seinen Oberschenkel. Es rührte sie, wie sehr ihn ihre Geschichte aufwühlte. »Irgendwann fing ich an zu glauben, ich hätte auf ganzer Linie versagt, und aus mir würde nie eine gute Gemahlin werden. Aber ich wusste, dass ich Michel und Adelar eine gute Mutter war. Darüber war ich mir vollends im Klaren, das konnte mir keiner ausreden. Ich fing sogar an zu glauben, dass ich mich bei der Führung der Burg nicht ganz so ungeschickt anstellte, wie die anderen immer behaupteten; denn warum gaben sie mir immer mehr zu tun, wenn ich eine derart schlechte Haushälterin war? Es war gar nicht so einfach, die Burg zu führen. Viele Leute, selbst einige Bedienstete, folgten dem Vorbild von Claud und seiner Familie und behandelten mich wie einen unerwünschten Gast.«

Sie legte die Hand vor den Mund, um ein Gähnen zu verbergen, und schmiegte sich ein wenig enger an Brian. »Als Amiel mich schlug, wurde mir klar, dass ich so etwas von Claud nie hingenommen hätte. Ein Schlag, und ich wäre gegangen. Irgendwie tröstete mich diesen Wissen. Ich fragte mich sogar, wo mein Mut steckte, als ich all die grausamen Bemerkungen schluckte und die abgrundtiefe Abneigung einfach hinnahm.«

»Du warst noch sehr jung.«

»Das stimmt, aber ich glaube, es lag nicht nur daran. Das, was Claud und seine Verwandten taten, war hinterhältig. Sie übten eine verdeckte Gewalt aus, die aber umso grausamer war. Es war ausgesprochen ...«

»Niederträchtig.«

»Aye. Und ich war offenbar nicht so selbstbewusst, wie ich immer geglaubt hatte. Claud erkannte diese Schwäche in mir und verstärkte sie, bis sie mich völlig eroberte. Irgendwann glaubte ich tatsächlich, ich hätte gänzlich versagt – als Gemahlin und als Frau, wie er so oft behauptete. Ich glaubte auch, meiner Familie sei das egal, und ich hatte sonst keinen, an den ich mich hätte wenden können. Hätte Claud mich so wie Amiel auch nur ein einziges Mal geschlagen oder getreten, wäre ich niemals so lange geblieben. Und jeden weiteren Tag, den ich dort blieb, raubten mir

Claud, seine Verwandten und viele der Leute auf ihren Ländereien ein weiteres Stück meines Stolzes und meines Selbstvertrauens. Wenn man etwas oft genug zu hören bekommt, glaubt man es schließlich. Trotzdem hätte ich erkennen müssen, was mir dort angetan wurde.«

»Liebes, du warst so jung ...«

»Alt genug, um zu heiraten.«

»Dennoch sehr jung, und du kamst aus einer Familie, die dich geliebt hat, oder?« Als sie nickte, fuhr er fort. »Warum hättest du also etwas hinterfragen sollen, was der Mann, den du für deinen Gemahl gehalten hast, dir sagte? Außerdem hatte deine Familie an ihm in der Zeit, als er um dich warb, nichts auszusetzen. Und du musstest davon ausgehen, dass deine Verwandten deine Klagen über dein hartes Los nicht ernst genug nahmen, um dir darauf zu antworten.«

»Ich hätte ihn verlassen sollen, als ich vermutete, dass er eine Geliebte hatte.«

»Wahrscheinlich wusstest du, dass nur wenige so etwas für einen guten Grund gehalten hätten, einen Gemahl zu verlassen.«

»Aye, das stimmt, obgleich ich es sehr seltsam fand, als von meiner Familie kein empörter Aufschrei kam, nachdem ich ihnen meinen Verdacht mitgeteilt hatte. Aber natürlich haben sie meine Hilferufe nie erhalten. Das weiß ich inzwischen.« Hastig legte sie die Hand vor den Mund, um ein weiteres Gähnen zu verstecken.

»Es ist Zeit zu schlafen, Liebes. Wir haben morgen einen langen Tag vor uns.«

Brian nahm sie bei der Hand, stand auf und zog sie hoch.

Sie errötete ein wenig und verschwand hinter den Bäumen, um sich zu erleichtern. Er breitete währenddessen die Decken aus und wartete auf sie. Das Verlangen nach ihr kämpfte er nieder. Sie hatte den Tag weit klagloser überstanden, als er erwartet hatte, aber sie war bestimmt todmüde. Sie brauchte jetzt dringend ihren Schlaf.

Als sie zurückgekehrt war, verschwand auch er kurz hinter den Bäumen, und als er wiederkam, schlief sie schon tief und fest. Wahrscheinlich hatte sie die Erschöpfung sofort übermannt, als sie sich hinlegte.

Er setzte sich hin und zog die Stiefel aus. In dieser Nacht würde er wohl kaum in einen richtigen Schlaf finden. Er vertraute zwar auf Sigimors Leute, Lucette und seine Bande beschäftigt zu halten, aber die Erinnerung, wie schrecklich der Kerl Arianna verprügelt hatte, stand ihm noch viel zu deutlich vor Augen. Sie war wie eine Narbe in seinem Gedächtnis. Er konnte Arianna nicht unbewacht lassen. Bis er sie hinter die hohen Mauern von Scarglas in Sicherheit gebracht hatte, würde er kaum ein Auge mehr zutun.

***

Sigimor nippte bedächtig ein seinem Ale und musterte seine Brüder Tait und Ranulph. »Ihr habt Lucette nicht getötet, oder?«

»Nay, wir haben ihm nur zwei weitere Männer abgenommen«, erwiderte Tait. »Außerdem sind wir ihm noch eine Weile gefolgt. Es besteht kein Zweifel, dass er nach Scarglas unterwegs ist.«

»Allerdings haben wir auch erfahren, dass ein gewisser

Ignace ein Heer zusammenstellt, etwa einen Tagesritt von Scarglas entfernt«, berichtete Ranulph.

»Ach so? Ein großes Heer?«, fragte Sigimor.

»Möglicherweise. Es hat sich herumgesprochen, dass er recht freigiebig ist, und das hat die Aufmerksamkeit von vielen erregt, die schon eine Weile lang keine Münze mehr in der Hand gehalten haben.«

»Brice, Bronan und zwei weitere von uns folgen ihnen, um sich zu vergewissern, dass sie nicht versuchen, Brian und das Mädchen aufzustöbern«, sagte Tait.

»Gut. Ich denke daran, mit einigen von Euch nach Scarglas aufzubrechen«, erklärte Sigimor.

»Sechs unserer Leute folgen Brian und dem Mädchen.«

»Aye, aber es kann nicht schaden, wenn wir mehr sind. Stellt euch darauf ein, morgen früh loszureiten.«

»Glaubst du wirklich, diese Franzosen sind so verrückt, Scarglas anzugreifen?«

»Sie haben das Mädchen und die Jungs verfolgt, die sie aus Frankreich mitgenommen hat, und sie haben ein Schiff versenkt, nur um sie umzubringen. Aye, ich glaube, sie sind so verrückt.« Er grinste. »Wir tun unserem alten Verbündeten Frankreich einen Gefallen, wenn wir dafür sorgen, dass diese Verrückten hier tief unter die Erde kommen.«

16

Einschüchternd. Angsterregend. Bedrohlich. All dies fiel Arianna ein, während sie Scarglas anstarrte. Sie bemühte sich nach Kräften, sich hübschere Beschreibungen für die düstere Burg einfallen zu lassen, in die sie gleich hineinreiten würden. Aber ihr fiel nichts anderes ein. Scarglas war extrem gut befestigt. Die Burg war errichtet worden, um ihre Bewohner zu schützen und es ihnen zu erleichtern, angreifende Feinde zu töten. Alles an diesem Bauwerk zeigte einem Fremden, der so kühn war, sich ihm zu nähern, dass er auf der Hut sein musste. Nichts ließ auf ein Willkommen schließen. Brians leises Lachen lenkte sie ein wenig ab. Sie drehte sich zu ihm um. Hatte ihre Miene ihre wenig schmeichelhaften Gedanken über sein Heim verraten?

»Dir geht es offenbar ganz ähnlich wie allen anderen, die diesen Ort zum ersten Mal erblicken«, sagte er. »Er ist nicht schön.«

»Nay, das ist er nicht.« Sie musterte die Böschungen an beiden Seiten des schmalen Pfades, der zu den Toren führte. Sie waren so hoch wie ihre Pferde. »Die Burg scheint zwar einen ausgezeichneten Schutz zu bieten, aber stärker ist der Eindruck, dass sie jene, die so töricht sind, sie anzugreifen, auf direktem Weg ins Grab befördern wird.«

Brian nickte.

»Das war die Botschaft, um die es meinem Vater ging. Ich glaube, der Mann, der ihm die Burg hinterlassen hat, hatte einen ähnlichen Plan, aber er kam nicht dazu, ihn ganz umzusetzen. Glaub mir, deine Jungen sind in diesem Gemäuer sicher.«

Sie musterte die Burg, die mit jedem Schritt eindrucksvoller wurde, dann lächelte sie. »Aye, das bezweifle ich nicht im Geringsten.« Mit einem Blick auf ihn fügte sie hinzu: »Und du und all deine Brüder waren hier auch sicher.«

»Das stimmt. Allerdings wären all diese Verteidigungsanlagen nicht so bitter nötig gewesen, wenn mein Vater nicht so geschickt darin gewesen wäre, sich Feinde zu machen. Seit gut zwölf Jahren ist glücklicherweise Ewan der Laird, und wir sind nicht mehr von Feinden umringt. Als Freunde oder aufrichtige Verbündete würde ich unsere Nachbarn zwar nicht bezeichnen, aber immerhin trachten sie uns nicht mehr nach dem Leben und wollen diesen Ort auch nicht mehr dem Erdboden gleichmachen.«

»Das ist bestimmt ein Vorteil.«

Er lachte ein wenig über ihren trockenen Ton. »Aye, das kann man wohl sagen. Doch ich muss dich noch einmal warnen: Du wirst gleich eine ziemlich verschrobene Bande kennenlernen. Seit er Mab geheiratet hat, ist mein Vater zwar etwas ruhiger geworden, aber das heißt nur, dass er nicht mehr die Röcke eines jeden weiblichen Wesens zwischen hier und Berwick zu heben versucht. Nach wie vor ist er ziemlich streitsüchtig.«

»Ach, ich kenne einige solcher Männer, und auch ein paar Frauen, mit denen nicht gut Kirschen essen ist. Mach dir keine Sorgen, Brian, mit deiner Familie komme ich bestimmt gut zurecht.«

Brian war sich dessen nicht so sicher, doch er blieb stumm. Die größten Sorgen bereitete ihm die scharfe

Zunge seines Vaters. Er hatte Fiona schon etliche unschöne Dinge an den Kopf geworfen, aber Fiona war eine starke, selbstbewusste Frau. Arianna würde das auch sein, sobald sie den Rest von Clauds Gift losgeworden war. Im Moment jedoch blutete sie noch immer aus den Wunden, die dieser Kerl ihr zugefügt hatte.

Als sie die Tore durchquerten, schüttelte Brian seine Sorgen ab. Er konnte ohnehin nichts anderes tun, als darauf zu achten, dass sein Vater Arianna nicht zu sehr einschüchterte. Aber letztlich würde sie sich allein behaupten müssen. Ob er es wohl schaffen würde, nicht ständig in ihrer Nähe zu sein wie eine besorgte Amme, bereit, sie vor harten Worten zu schützen?

Arianna ritt neben Brian in den Burghof ein. Dort drängten sich viele große, dunkelhaarige Männer, die alle eine gewisse Ähnlichkeit mit Brian aufwiesen. Sie hatte gehört, dass der alte Fingal versucht hatte, ein eigenes Heer zu zeugen, und auch Brian hatte keinen Hehl aus dem wüsten Treiben seines Vaters gemacht. All diese Männer im Burghof, denen man auf den ersten Blick ansah, dass sie Brians Brüder waren, waren der lebende Beweis, dass diese Geschichten nicht übertrieben waren.

Dann entdeckte sie Ned und Simon, die sich einen Weg durch die wachsende Menge bahnten. Hinter ihnen stürmten Michel und Adelar durch die Bresche, die sie schlugen, und blieben vor Ariannas Pferd stehen. Sie lächelten fröhlich – das Lächeln von Kindern, die sich sicher fühlen. Arianna sprang aus dem Sattel und schloss die zwei in die Arme. Sie kniete vor ihnen nieder und drückte sie so fest an sich, als wollte sie sie nie mehr loslassen.

Als die Jungen sich ein wenig verlegen in ihren Armen wanden, lockerte sie ihren Griff und lehnte sich zurück. »Ihr seht sehr gesund aus, ihr zwei Hübschen. Geht es euch gut?«

»Aye, uns geht's gut«, sagte Adelar, der sich an ihren Zopf geklammert hatte. »Der Ritt hierher war allerdings ziemlich anstrengend.«

»Das kann ich mir gut vorstellen. Aber jetzt seid ihr in Sicherheit.«

»Aye, das sind wir«, sagte Michel und schmiegte die Wange an ihren Arm. »Ned und Simon sind wackere Krieger.«

Arianna drückte einen Kuss auf seine dunklen Locken, um ein Grinsen zu verbergen. »Das habe ich gleich bemerkt, als sie uns begegnet sind. Und deshalb habe ich euch auch ohne Bedenken in ihre Obhut übergeben.«

»Neds *père* behauptet, seine Jungs könnten selbst in der Anwesenheit der trauernden Witwe die Münzen von den Augen eines Toten klauen. Deshalb hat es sie auch keine Mühe gekostet, uns heil hierher zu bringen.«

Sie spürte, dass jemand neben ihr stand, und hob den Blick. Es war Brian, der bei Michels Worten eine Grimasse schnitt. Sie war einigermaßen entsetzt, dass jemand einem kleinen Jungen solche Sachen sagte, doch sie verbarg ihre Bestürzung. Brian hatte sich seinen Vater nicht ausgesucht, und auch in ihrem Clan gab es einige, die bei anderen Bestürzung hervorriefen. Sir Fingal mochte nach Kräften gesündigt haben, aber seine zahlreichen Nachkommen wirkten allesamt gesund, satt und zufrieden. Offenbar hatte er die Kinder, die er gezeugt hatte, gut versorgt. Das sprach auf alle Fälle für ihn, denn die meisten Männer kümmerten sich kaum um ihre Bastarde. Außerdem hatte er ihre Jungen aufgenommen, obwohl ihm daraus eine Menge Ärger erwachsen konnte. Dafür würde sie ihm immer dankbar sein.

»Wir sollten den überheblichen alten Narren begrüßen«, sagte Brian und zog Arianna hoch. »Ich hatte damit gerechnet, dass er hier wäre, um uns zu begrüßen. Aber einer der Jungs hat mir gesagt, dass er sich gestern Abend den Knöchel verrenkt hat.«

»Aye«, sagte Adelar und drängelte sich zwischen Brian und Arianna, um sich an ihrer Hand festzuhalten. »Er hat ein paar neue Tanzschritte für den nächsten Vollmond geübt.«

Das fand Arianna zwar ein wenig sonderbar, doch warum Brian deshalb so heftig errötete, war ihr nicht klar. Sie wollte ihn gerade fragen, was für einen Tanz sein Vater denn da übte, als sie den Eingang der Burg erreichten, vor dem ein großer, dunkler Mann stand. Sein Antlitz war vernarbt, und seine ernste Miene ließ die harten Züge noch härter wirken. Doch das Eis in seinen blaugrauen Augen taute ein wenig auf, als er Brian erblickte. Er hielt eine Frau an der Hand.

Der Anblick der Frau weckte viele Erinnerungen in Arianna. Es war schon fast zehn Jahre her, doch sie erkannte dieses Gesicht, auch wenn die zarten Wangen etwas vernarbt waren. Die veilchenblauen Augen waren unvergesslich. Oft hatten Fiona und sie früher zu Füßen ihrer Großmutter Maldie Murray gekauert und sich von ihr in den Heilkünsten unterweisen lassen.

»M'lady, das ist mein Bruder, der Laird von Scarglas, Sir

Ewan MacFingal«, sagte Brian. »Ewan, das hier ist Lady Arianna Murray.« Da Arianna den Namen ihres falschen Gemahls bei ihrer Ankunft in Dubheildland nicht erwähnt hatte, folgte Brian ihrem Beispiel nun äußerst bereitwillig.

Arianna knickste vor dem Mann, auch wenn ihr das ein wenig schwerfiel, weil Michel und Adelar sich so eng an sie drängten. »Ich danke Euch, dass Ihr uns geholfen habt, Sir.«

»Gern geschehen. Das ist meine Gemahlin, Lady Fiona MacFingal«, erklärte Sir Ewan mit einer tiefen rauen Stimme.

»Ich habe dich gleich erkannt«, sagte Fiona und trat vor, um Arianna auf die Wange zu küssen.

Arianna erwiderte den Kuss lächelnd. »Auch ich habe dich erkannt. Wir haben gemeinsam den Unterricht meiner Großmutter genossen. Du warst allerdings weit besser als ich.«

»Tretet ein«, sagte Ewan. »Ihr wollt Euch bestimmt erst einmal reinigen. Anschließend können wir uns beim Essen unterhalten.« Er warf einen Blick auf Brian und zog fragend eine dunkle Braue hoch. Als Brian auf diese stumme Frage mit einem kurzen Nicken reagierte, wandte er sich an seine Gemahlin. »Fiona, weist du bitte eine der Mägde an, ihnen ein Zimmer zu geben?«

Ein Zimmer? Arianna wollte gerade fragen, was das zu bedeuten hatte, doch dann schluckte sie diese Frage hinunter. Sie wollte Fragen der Unterbringung nicht gern vor einer Horde Männer erörtern, die sie und Brian mit unverhohlener Neugier beobachteten. Als ein paar Mägde zu ihnen traten, ließ Arianna die zwei Jungs zögernd los. Die beiden stürmten sogleich davon. Sie wirkten so begeistert, sich wieder zu ihren Kameraden zu gesellen, dass Ariannas letzte Sorge verschwand.

Brian nahm sie an der Hand und folgte den beiden drallen Mägden hinauf ins Obergeschoss. »Wir haben deinen Vater noch gar nicht begrüßt«, sagte Arianna.

»Das können wir tun, wenn wir uns vom Staub der Reise befreit haben«, erwiderte er. »Er wird in der großen Halle auf uns warten, in der die Mahlzeiten eingenommen werden.«

Die Mägde führten sie in ein geräumiges Schlafgemach. Arianna beobachtete Brian, als er mit den Mägden sprach. Sie hatte den Eindruck, dass das nicht sein Schlafzimmer war. Entweder er wohnte überhaupt nicht in der Burg, oder seine Unterkunft war nicht passend für eine Frau. Wahrscheinlich teilten sich all die unverheirateten männlichen Geschwister, die in der Burg wohnten, ein paar Räume.

Heißes Wasser wurde gebracht, und Arianna begann sich zu waschen. Ihr war ein wenig unbehaglich zumute bei dem Gedanken, gleich vor Brians Vater zu treten. Sie wollte unbedingt das Beste aus sich machen. Nachdem sie sich gründlich die Haare gebürstet hatte, betrachtete sie zwei der Gewänder, die Jolene ihr geschenkt hatte. Welches sollte sie tragen? Plötzlich trat Brian hinter sie, umarmte sie und küsste sie seitlich auf den Hals. So erschöpft ihr Körper war, er reagierte sofort mit einem gewissen Interesse. Arianna wunderte sich, dass sie noch zu einer anderen Regung fähig war, abgesehen von dem Drang, sich den Bauch vollzuschlagen und dann in ein Bett zu sinken.

»Zieh das braun-goldene Kleid an«, sagte er. »Es bringt deine Haare und deine Augen gut zur Geltung.«

»Aber ich habe braune Haare und braune Augen. Glaubst du wirklich, das ist eine gute Wahl?«

»Du hast honigblondes Haar mit einem faszinierenden rötlichen Schimmer, und Augen so hell wie Bernstein. Sie sind nicht einfach nur braun. Zieh das braun-goldene Kleid an«, wiederholte er.

Arianna unterdrückte ihre Belustigung über seine Beschreibung und zog das von ihm bevorzugte Kleid an. Als sie fertig war und sich kurz in dem großen Spiegel über dem Kamin betrachtete, riss sie überrascht die Augen auf. Sie hatte befürchtet, in dem Kleid so unscheinbar auszusehen wie ein kleiner brauner Zaunkönig. Doch das Gegenteil war der Fall – es ließ ihr Haar heller wirken und ihre Augen strahlender. Brian wusste, welche Farbe ihr am besten stand. Bei diesem Gedanken wurde ihr ganz warm ums Herz. Das bedeutete, dass er sie sehr genau betrachtet und ihre wahre Schönheit bemerkt hatte.

Brian küsste sie auf die Wange und riss sie damit aus ihren Gedanken. Er hakte sich bei ihr unter und führte sie aus dem Raum. Arianna wurde wieder unruhig. Gleich würden sie in die große Halle treten, die zweifellos randvoll war mit seinen Verwandten.

»Brian, ich weiß nicht, ob es klug ist, dass wir hier ein Zimmer teilen«, bemerkte sie zaghaft.

»Ich lasse dich nicht mehr aus den Augen«, erwiderte er. »Jedes Mal, wenn ich das getan habe, hat dir das Ärger eingehandelt.«

Bevor sie widersprechen konnte, zog er sie in die große Halle und durch ein Knäuel neugieriger MacFingals direkt zum Tisch des Laird. Fiona saß zu Ewans Rechten. Ein älterer Mann, der Sir Ewan sehr ähnlich sah, saß zu seiner Linken, neben ihm eine hübsche, dralle Frau mit ergrauenden braunen Haaren und großen braunen Augen. Arianna wunderte sich nicht, als ihr die beiden als Sir Fingal MacFingal und seine Gemahlin Mab vorgestellt wurden. Das also war Brians Vater. Er hatte all seinen Söhnen viel von sich vererbt.

Brian rückte ihr einen Stuhl zurecht und setzte sich zwischen sie und Fiona. Arianna entdeckte Michel und Adelar an einem Tisch mit zwei jungen Mädchen und mehr als einem Dutzend kleiner Kinder. Diese Familie ist wahrhaftig sehr fruchtbar, dachte sie, als sie Sir Fingals prüfendem Blick begegnete.

»Noch so ein Mädchen, das mehr Fleisch auf den Knochen vertragen könnte«, bemerkte Sir Fingal.

Arianna wartete vergeblich auf den Schmerz, der sich bei solchen Worten stets bei ihr eingestellt hatte. Ihre schlanke Figur war eines der Dinge gewesen, die Claud ständig bemängelt hatte. Doch aus dem Mund von Brians Vater belustigten sie diese Worte nur. Sir Fingal gehörte zu jenen älteren Männern, die kein Blatt vor den Mund nahmen, ihre Worte aber nicht verletzend meinten. Vielleicht hatte er das immer schon getan und sein Alter spielte dabei keine Rolle. Und vielleicht hatte ihr Geliebter, der überaus zufrieden schien mit den Kurven, die sie vorzuweisen hatte, ihr eine gewisse Rüstung gegen solche Bemerkungen verschafft.

»Lady Arianna ist gerade richtig, so wie sie ist«, entgegnete Brian ein bisschen zu heftig.

»Ich habe nicht behauptet, dass etwas nicht mit ihr

stimmt«, fauchte Sir Fingal. »Ich habe gesagt, dass sie tüchtig zulangen soll. Und du solltest uns sagen, warum sich kaum einen Tagesritt von uns entfernt ein Heer versammelt.«

»O Brian«, seufzte Arianna. Sie hatte schreckliche Angst, dass sie seine Familie in große Gefahr gebracht hatte.

Brian tätschelte beruhigend ihre Hand, die sich zu einer festen Faust unter dem Tisch verkrampft hatte. »Wir wussten, dass es dazu kommen könnte, Liebes.« Er blickte auf seinen Vater und dann auf Ewan. »Wie groß ist denn dieses Heer?«

»Ziemlich groß. Eine Handvoll Franzosen schart einen Haufen von Söldnern um sich«, antwortete Sir Ewan. »Die meisten dieser Söldner wirken nicht besonders tüchtig. Bei einem harten Kampf werden sie sich wohl kaum länger behaupten können. Weißt du inzwischen mehr über die Beweggründe dieser Franzosen?«

Beim Essen berichtete Brian ihnen alles, was er in Erfahrung gebracht hatte. Er erwähnte auch einige der offenen Fragen, die ihn und Arianna nach wie vor beschäftigten, und die möglichen Antworten, die ihnen dazu eingefallen waren. Im Laufe dieses Gesprächs wurde Brian die Sache immer klarer. Arianna hatte recht – es musste mehr dahinter stecken als nur ein kleines Stück Land, Lucettes Bestreben, der alleinige Erbe zu werden, und das Ansinnen der DeVeau, sich an den Murrays zu rächen.

»Aye, es gibt bestimmt etwas, was ihr noch nicht wisst«, sagte Sir MacFingal am Ende von Brians Bericht. »Dieser törichte Lucette klingt wie jemand, der all das nur tut, um an ein Erbe zu kommen. Ein Mann, der seinen eigenen

Bruder umbringt, vielen anderen Verwandten nach dem Leben trachtet und versucht, ein schwaches Mädchen zu erschlagen, ist zu allem fähig. Aber das Motiv des Anführers der DeVeau scheint mir durch all diese Begründungen nicht hinreichend erklärt.«

»Nay, das kommt mir auch so vor«, pflichtete Sir Ewan ihm bei. »Aber ich weiß nicht, ob wir je herausfinden werden, was ihn bewegt. Denn wenn diese Narren Scarglas angreifen, sind sie des Todes. Aus Toten bekommt man nichts mehr heraus.«

»Ich kann es kaum fassen, dass sie ein Schiff versenkt haben, um zwei Jungen zu töten«, warf Fiona ein.

»Das war wirklich schrecklich«, sagte Arianna. »Und es sollte reichen, um sie an den Galgen zu bringen. Haben sich Kapitän Tillet und seine Männer erholt?«

»Aye«, erwiderte Fiona. »Sie haben bereits die Heimreise angetreten. Aber was er wegen seines Schiffes tun kann, weiß ich nicht.«

»Ich hoffe nur, dass er auf der Hut ist. Es könnte ihn das Leben kosten, wenn er mit dem Finger auf die DeVeau zeigt und keine weiteren Beweise hat. Sein Wort wird das ihre nicht aufwiegen.«

»Sind sie genauso niederträchtig wie diese Lucette?«

»Es gibt in dieser Familie nur wenige, die den Strick nicht verdient hätten.«

»Jemand muss diesen Schurken das Handwerk legen, so, wie wir es damals bei den Grays getan haben«, knurrte Sir Fingal.

»Aye«, pflichtete Arianna ihm bei. »Aber das würde sehr lange dauern, und viele gute Leute würden dabei ihr Leben lassen. Im Moment geht es mir hauptsächlich darum, diejenigen zu beseitigen, die meine Jungs töten wollen.«

»Keine Sorge, die bekommen die Jungen nicht in die Finger.«

Arianna lächelte Sir Fingal an. Die Entschlossenheit in seinen Worten wärmte ihr das Herz. Bei dem leichten Lächeln, mit dem er das ihre erwiderte, und dem Blick in seinen Augen errötete sie. Durch die Zeichen des Alters hindurch war unschwer der Mann zu erkennen, der zahllose Frauen verführt hatte. Als Mab ihm den Ellbogen in die Rippen stieß, wandte er sich ihr stirnrunzelnd zu.

»Meine Güte, Mab – ich bin zwar mit dir verheiratet, aber ich bin doch noch nicht tot«, sagte er. »Diese junge Frau ist ausgesprochen hübsch, auch wenn ihr Gesicht von ein paar Blutergüssen verunziert wird.« Er blinzelte Arianna zu. »Ich freue mich, dass mein Sohn Brian seinem Bruder Ewan doch nicht so sehr ähnelt, wie er es immer vorgibt.«

Brian lief rot an und übersah Ariannas fragenden Blick. »Was hast du denn an Ewan auszusetzen? An ihm ist nichts verkehrt, und so ist es immer gewesen«, knurrte er.

»Der Mann stand nur noch einen Eid davon entfernt, ein verfluchter Mönch zu werden«, fauchte Sir Fingal. »So etwas ziemt sich nicht für einen MacFingal, und du warst beinahe genauso schlimm.«

»Es reicht!«, schrie Ewan und schlug mit der Faust auf den Tisch. Es knallte so laut, dass alle in der großen Halle auf sie schauten. »Wir müssen eine Schlacht planen. Über Brians Fehler kannst du dich später auslassen.«

Brian starrte Ewan düster an. »Danke.«

»Gern geschehen. Lady Arianna, wir haben Eure Verwandten benachrichtigt. Mein Sohn Ciaran und Kester, ein Junge aus der Burg meines Cousins Liam, wurden sofort losgeschickt, als Eure Jungen hier ankamen und wir erfuhren, was passiert ist. Wir haben noch keine Antwort erhalten, rechnen jedoch in Bälde damit. Wir wussten, wer aus Eurem Clan am nächsten von uns lebt, weil Fiona und Liams Gemahlin Keira, eine Eurer Cousinen, sich regelmäßig schreiben.«

Fiona verzog das Gesicht. »Das klingt ja wie ein Vorwurf«, meinte sie.

Ewan zwinkerte ihr beruhigend zu. »Mir ist nur nicht klar, was ihr euch ständig zu berichten habt.«

»Wir sind verheiratet und haben Kinder. Glaub mir, verheirateten Frauen geht der Gesprächsstoff nie aus.«

»Sie erzählt alle möglichen Märchen über uns, Ewan«, warf Sir Fingal ein. »Ich finde, das solltest du unterbinden.«

Nun entbrannte ein Streit zwischen Fiona und Sir Fingal, aber Ariannas Unbehagen verwandelte sich rasch in Belustigung. Auch in Sir Ewans Augen funkelte ein Grinsen. Ein Blick auf Fiona sagte Adrianna, dass diese sehr viel Spaß bei diesem Geplänkel hatte, und genauso schien es Sir Fingal zu gehen.

Der Streit ging bald in einen anderen über, der sich vor allem darum drehte, wie man gegen das Heer vorgehen sollte, das Amiel und die DeVeau um sich scharten. Arianna überkam ein erdrückendes Schuldgefühl, weil sie diese Leute in ihren Kampf verwickelte. Doch nun war nichts mehr daran zu ändern. Zudem schienen Brian und sein Clan die Herausforderung überaus bereitwillig anzunehmen.

Arianna bemühte sich, genau hinzuhören. Einmal musste sie sogar lächeln, als Sir Fingal darauf beharrte, dass sie einfach losreiten und ihre Gegner niedermachen sollten, noch bevor diese Scarglas erreicht hatten. Aber ihre Erschöpfung nahm überhand. Der Weg von Dubheidland nach Scarglas war weder besonders lang noch besonders strapaziös gewesen, doch offenbar war sie noch nicht gänzlich von den Wunden genesen, die Amiel ihr zugefügt hatte. Deshalb hatte sie dieser Weg viel Kraft gekostet. Ihr Körper verlangte dringend nach Ruhe.

Bevor sie leise fragen konnte, ob man sie entschuldigte, weil sie sich zurückziehen wollte, erledigte Brian das für sie. Er beauftragte eine Magd, sie in ihr Schlafgemach zu begleiten.

Arianna wollte ihn daran erinnern, dass sie eine erwachsene Frau war, die kein Kindermädchen brauchte, aber die Magd, eine große, stämmige Frau namens Joan, führte sie fast mit Gewalt aus der großen Halle. Arianna war einfach zu müde, um sich zu wehren. Dennoch nahm sie sich fest vor, Brian ihr Missfallen wegen dieser Behandlung spüren zu lassen – wenn sie ausgeschlafen hatte und ihr Verstand sowie ihre Zunge wieder scharf waren.

»Das wird dich noch teuer zu stehen kommen«, prophezeite Fiona. Sie verschränkte die Arme vor der Brust und bedachte Brian mit einem Blick, als hätte er sie gerade als Weib bezeichnet, ein Begriff, der stets ihren Zorn erregte.

»Sie wäre fast am Tisch eingeschlafen«, erwiderte Brian.

»Das spielt keine Rolle. Du hast sie soeben abführen lassen, als hättest du Angst, sie würde all unsere Geheimnisse belauschen und zu unserem nächsten Feind rennen, um sie ihm zu verraten.«

»Das habe ich nicht getan.«

»Doch, das hast du.«

»Nay, das stimmt nicht.«

»Doch, das stimmt.«

»Sir, geht es Anna gut?«, fragte Michel besorgt und zupfte an Brians Ärmel.

Brian war froh, diesem kindischen Streit zu entkommen. Er wandte sich an Michel. »Keine Sorge, es geht ihr gut. Sie ist nur sehr müde.«

»Und verletzt. Ich habe die Blutergüsse gesehen. Ist sie vom Pferd gefallen?«

»Nay. Glaub mir, sie ist wirklich nur sehr müde. Es war ein langer Ritt von Dubheidland hierher.«

»Habt Ihr sie etwa geschlagen?«, wollte Adelar wissen, der zu Michel getreten war und die Fäuste fest geballt hatte. »Als ich die Blutergüsse sah, dachte ich erst, sie stammen noch davon, als wir von diesem Schiff herunterspringen mussten. Aber dann habe ich gemerkt, dass sie viel zu frisch wirken.«

»Keiner meiner Söhne würde je ein Mädchen schlagen«, schnaubte Sir Fingal.

Brian hielt die Hand hoch, um seiner empörten Familie Schweigen zu gebieten. Er sah Adelar fest in die Augen. »Nay, ich würde nie eine Frau schlagen, und schon gar nicht Arianna. Leider ist sie kurz in die Hände deines Onkels gefallen.« Er nickte, als die Jungs zusammenzuckten. Das zeigte ihm, dass die beiden in ihrem kurzen Leben Amiels Grausamkeit schon zu schmecken bekommen hatten. »Es ist alles recht gut verheilt, aber sie braucht noch viel Ruhe.«

»Das kann ich verstehen. Danke, dass Ihr sie gerettet habt, Sir.«

Michel und Adelar kehrten an ihren Tisch zurück. Brian wandte sich wieder seinen Verwandten zu. »Der Grund für all dies liegt meiner Meinung nach in der Herkunft der Jungen.«

»Das kann gut sein«, pflichtete Ewan ihm bei. »Aber Lady Arianna hätte es dir doch sicher gesagt, wenn die Eltern der zwei nicht nur ein Laird und ein einfaches Dorfmädchen gewesen wären.«

»Die beiden sind noch ziemlich klein. Vielleicht wissen sie nicht, dass es von Bedeutung sein kann, wer der Vater ihrer Mutter war. Vor allem, wenn diese Mutter mit ihnen so wenig zu tun haben wollte. Außerdem haben sie vielleicht mitbekommen, dass sich viele abfällig über ihre Herkunft äußerten.«

»Hat sie schon mal jemand gefragt?«, wollte Sir Fingal wissen. Er brummte gereizt, als Brian ihn wortlos anstarrte. »Michel und Adelar, wisst ihr, wer eure Großeltern waren?«, schrie er quer durch den Raum.

»Die Lucette«, erwiderte Adelar ohne zu zögern.

»Nay, ich meine die Eltern eurer Mutter. Hat sie euch gesagt, von wem sie abstammt? Hat sich ihr Vater zu ihr bekannt?«

»*Maman* hat uns erzählt, dass ihr Vater ein Cousin ersten Grades des Königs ist. Offen hat er sich nicht zu ihr bekannt, aber es gibt eine Urkunde, die das bezeugt. Seinen Namen hat sie uns leider nie genannt.«

In der großen Halle wurde es so still, dass die Jungen unruhig wurden. Brian sah die anderen scharf an und deutete auf die Kinder, um seinen Verwandten klar zu machen, welche Wirkung die Stille auf sie hatte. Daraufhin löste sich die Spannung ein wenig, und auch die Jungen wurden wieder etwas ruhiger.

»Adelar, weiß Arianna davon?«, fragte Brian.

»Ich glaube nicht. *Maman* hat gern geprahlt, dass ihr Papa ihr blaues Blut geschenkt hat, aber sie hat uns eingeschärft, dass wir keinem verraten dürfen, wessen Blut es war. Und sie hat es auch keinem gesagt, bis auf Papa.«

»Dann wird es auch weiterhin ein Geheimnis bleiben.«

Die Jungen nickten. Brian wünschte, er könnte die Spannung, die ihn erfasst hatte, ebenso leicht abschütteln. Er plauderte noch ein wenig mit den Knaben, bis Ewan den Kindermädchen ein Zeichen gab, die Kleinen ins Bett zu bringen. Sobald die Kinder die große Halle verlassen hatten, leerte Brian sein Ale in einem Zug und schenkte sich gleich nach.

Als er den Blick hob, stellte er fest, dass alle in der großen Halle ihn anstarrten.

»Nun, ich glaube, jetzt kennen wir den Grund für die Aufstellung eines Heeres«, sagte Brian.

»Sie wollen diese Jungen gar nicht umbringen«, sagte Sir Fingal.

»Lucette schon. Wenn er Bescheid weiß, kann er gar nicht anders. Gut möglich, dass der Großvater der Kinder auf seine Blutsbande pocht und versucht, alles an sich zu reißen, was Claud den Jungs vermacht hat.«

»Es kann durchaus sein, dass Lucette von seinen Verbündeten umgebracht wird, wenn er versucht, die Kinder zu töten.«

»Sie haben das Schiff versenkt, auf dem die Kinder waren. Das beweist doch, dass sie die beiden umbringen wollten.«

»Das kann auch ein unüberlegter Schritt gewesen sein. Oder Lucette hat ihn ausgeführt, während die anderen schliefen. Wie dem auch sei, auch wenn sie damals versucht haben, die Kinder zu töten, jetzt wollen sie sie aus einem anderen Grund.« Sir Fingal dachte stirnrunzelnd nach. »Könnte es etwas geben, das dieser Adlige seiner Tochter vererbt hat und das jetzt den Jungs gehört? Etwas, was die DeVeau unbedingt haben wollen?«

»Lucette hat wahrscheinlich keine Ahnung davon«, murmelte Brian. Ihm schien dieser Punkt recht plausibel.

»Es spielt keine Rolle«, stellte Fiona mit lauter Stimme fest. Alle wandten sich ihr zu. »Zwei Kinder schweben in Lebensgefahr. Alles andere sollte uns gleichgültig sein. Als erstes sollten wir dieser Gefahr ein Ende setzen, und dann können wir uns überlegen, welche Rolle ihr Blut spielt. Ich persönlich glaube nicht, dass es eine spielt.«

»Du glaubst das nicht?« Brian verzog das Gesicht. »Jeder, der mit einem König verwandt ist, bringt nichts als Ärger mit sich.«

»Die zwei Jungen sind manierlich, freundlich und vernünftig. Sie machen wahrhaftig keinen Ärger.«

»Fiona, ich habe nicht behauptet, dass sie das nicht wären. Ich weiß nur nicht, wie sicher sie je sein werden, wenn sie mit dem König von Frankreich verwandt sind. Wenn dieser Cousin ein Günstling des Königs ist …«

»Ach herrje …«, stöhnte Fiona.

»Aye. Wir können nur hoffen, dass die Mutter der beiden tatsächlich unehelich geboren wurde und nicht als Kind einer geheimen Ehe zur Welt kam, wie sie Claud mit Marie Anne geführt hat.«

»Ach herrje …«

Brian konnte nicht anders, als Fionas prägnanter Meinung zu dieser Sache beizupflichten.

17

»Die elenden Camerons sind da.«

Brian hob den Kopf von Ariannas weichen Brüsten und starrte finster auf die Tür. Immerhin war sein Vater mittlerweile so entgegenkommend, dass er nicht einfach ins Zimmer polterte. Dennoch war der Zeitpunkt ausgesprochen ungünstig. In Ariannas verschlafenen Blick trat Bestürzung. Eigentlich hatte Brian sie mit einem kleinen Liebesspiel aufwecken wollen. Das heftige Pochen an der Schlafzimmertür und die lauten Rufe seines Vaters hatten ihm den Spaß verdorben.

»Das ist gut. Wir brauchen mehr Männer«, erwiderte Brian und hielt Arianna fest, die versuchte, sich ihm zu entwinden. »Ich komme runter und rede mit ihnen, wenn sie sich den Staub der Reise abgewaschen haben und sich in der großen Halle stärken.«

»Du willst es also mir überlassen, mich um sie zu kümmern? So, wie es Ewan getan hat?«

»Richtig, genau wie Ewan.«

Brian legte den Kopf wieder auf Ariannas Brüste und stöhnte, während sein Vater davonstapfte und sein Murren über undankbare Söhne im Gang verhallte. Anscheinend hatte er bei Ewan mit seiner Nachricht ebenso wenig Erfolg gehabt wie bei Brian, und vermutlich aus demselben Grund. Brian küsste Ariannas tiefrote Wangen.

»Sollen wir sie nicht begrüßen?«, fragte sie und wanderte mit den Fingern über seinen Rücken. »Schließlich sind sie gekommen, um uns gegen meine Feinde beizustehen.«

»Sie wollen sich bestimmt erst einmal waschen. Und ich will erst einmal den neuen Tag angemessen begrüßen.«

»Dein Vater weiß bestimmt, was wir hier treiben.«

»Arianna, du machst dir über die Empfindlichkeiten eines Mannes Sorgen, der diese Burg jahrelang mit Bastarden versorgt hat und sein wüstes Treiben erst einstellte, als er unsere Mab heiratete.«

Sie musste sich auf die Lippe beißen, um nicht zu lachen. Sir Fingal MacFingal war wirklich ein seltsamer Kauz. Sie hätte ihn für einen verbitterten, herzlosen Narren gehalten, wenn sie ihn nicht mit den Kindern gesehen hätte, die in der ganzen Burg herumflitzten. Immer wieder musste Arianna daran denken, wie er all seine sorglos gezeugten Nachkommen um sich scharte und sich um sie kümmerte. Am vergangenen Abend hatte sie auch bemerkt, dass er auf seine Weise sehr freundlich zu Mab, seiner Gemahlin, war. Doch bevor sie Brian ihre Beobachtung mitteilen konnte, küsste er sie. Arianna umarmte ihn und ließ sich von dem heißen Verlangen, das er so rasch in ihr entfachen konnte, all ihre Gedanken vertreiben.

Er liebte sie mit einer heftigen Gier, die sie sehr genoss. Unter seinen Berührungen und Küssen wurde sie bald ebenso begierig wie er. Sie klammerte sich fest an ihn, während er sie mit heftigen Stößen auf den Gipfel der Leidenschaft trieb. Ihre Erlösung war so heftig, dass sie seinen Namen nur noch ächzen konnte. Gleich darauf verströmte er seinen Samen in sie und rief ihren Namen mit heiserer Stimme, was ihre Wonne noch einmal steigerte.

Es dauerte eine ganze Weile, bis Arianna wieder zu einem klaren Gedanken fähig war. Als es soweit war, versuchte sie nicht, sich von Brian zu lösen. Sein Gewicht, das auf ihr lag, die Wärme seines starken Körpers und der Duft ihres Liebesspiels erfüllten sie mit tiefer Zufriedenheit. Vielleicht würde sie es ja doch schaffen, ihn für immer an sich zu binden?

Plötzlich klopfte es abermals laut an der Tür, und sie wurde unsanft aus ihren verträumten Überlegungen gerissen.

»Soeben sind ein paar Murrays eingetroffen«, brüllte Sir Fingal. »Sie wollen das Mädchen sehen. Soll ich sie zu euch schicken?«

Arianna schob Brian weg. Er setzte sich hin und erhaschte noch einen kurzen, köstlichen Blick auf Ariannas verführerisches Hinterteil, während sie eilig hinter dem Wandschirm auf der gegenüberliegenden Raumseite verschwand. Seufzend stand er auf, schlang seinen Plaid um sich und ging zur Tür. Mit jedem Schritt wuchs seine Verärgerung. Er riss die Tür auf und starrte seinen Vater grimmig an.

»Das ist nicht lustig, Dad«, fauchte er.

»Das sollte es auch gar nicht sein«, erwiderte Sir Fingal gedehnt. »Ich dachte nur, es wäre dir lieber, noch einmal von deinem alten Vater gestört zu werden als von ihren Verwandten, die deine Liebste unbedingt finden wollen. Und ich vermute stark, dass sie bald mit der Suche anfangen werden.«

Fluchend sammelte Brian seine Habseligkeiten ein. Er hasste den Gedanken, Ariannas Bett zu verlassen, aber ihm blieb nichts anderes übrig. Als Witwe genoss sie zwar einige Freiheiten, aber ihre Verwandten würden es zweifellos nicht hinnehmen, dass sie ihr Gemach mit einem Geliebten teilte.

»Ziehst du um?«, fragte Arianna. Sie trat hinter dem Wandschirm vor und schnürte sich das Kleid zu.

»Du hast gehört, was mein Vater gesagt hat. Deine Verwandten sind da. Es ist wohl besser, wenn sie uns nicht zusammen ertappen. Ich muss leider in mein altes Quartier zurück.«

»Na gut, versteck dich ruhig.«

Brians Vater kicherte leise. Er stand noch immer auf der Schwelle und hatte alles gehört. »Ich kann dir das jetzt nicht näher erklären«, meinte Brian verlegen und küsste sie auf die Wange. »Bis später, Liebes. Wir sprechen noch einmal ausführlich darüber.«

Seufzend sah ihm Arianna nach. Am liebsten hätte sie sich aufs Bett geworfen und geweint. Aber sie zwang sich dazu, den Schmerz auszuhalten, der ihr das Herz zusammenschnürte. Brian hatte noch immer kein Wort über eine mögliche gemeinsame Zukunft verlauten lassen oder darüber, was er abgesehen von Verlangen und dem Drang, sie zu beschützen, für sie empfand. Das war der Anfang vom Ende ihrer gemeinsamen Zeit. Wenn sie nicht gewusst hätte, dass sie gleich vor ihre Verwandten treten würde, wäre sie zusammengebrochen und hätte laut ihr Leid geklagt. Das Ende war viel zu schnell gekommen. Sie hatte nicht genug Zeit gehabt, Brian dazu zu bringen, sie behalten zu wollen.

Da sie nicht wollte, dass ihre Verwandten auch nur in die Nähe des Schlafgemachs kamen, das sie viel zu kurz mit Brian geteilt hatte, begab sie sich selbst auf die Suche nach ihnen. Schon auf dem oberen Treppenabsatz hörte sie, dass sich unten Männer stritten. Sie eilte ins Erdgeschoss, da sie sich gut vorstellen konnte, dass ihre Verwandten in diesen

Streit verwickelt waren. Unten angekommen blieb sie erst einmal verblüfft stehen und starrte die vier Männer an, die mit Sir Fingal zankten.

Ihre Cousins Harcourt und Brett waren bereits starke Krieger gewesen, als sie nach Frankreich aufgebrochen war, doch nun wirkten sie noch beeindruckender. Brett sah mit seinen schwarzen Haaren und den grünen Augen umwerfend gut aus. Seine Mutter beklagte sich gern darüber, dass er mit fünfunddreißig noch nicht verheiratet war. Auch Harcourt war ein prachtvoller Mann. Der Schalk in seinen bernsteingelben Augen und sein schwarz gelocktes Haar milderten die kantigen Linien seines Gesichts. Wie sein Cousin war auch er mit dreiunddreißig sehr zum Leidwesen der Matriarchinnen in der Familie noch ledig und hatte es faustdick hinter den Ohren.

Der Anblick der zwei anderen Cousins machte Arianna jedoch wirklich sprachlos. Uven und Callum MacMillan, mit denen sie auf Familientreffen oft gespielt hatte, waren zu zwei stattlichen Männern herangewachsen. Sie sahen aus wie Zwillinge und wurden auch häufig dafür gehalten, obgleich Uven um drei Jahre jünger als sein Bruder war. Als Arianna sie zum letzten Mal gesehen hatte, waren sie achtzehn und gut zwanzig Jahre alt gewesen. Damals waren sie noch über ihre langen Beine gestolpert und hatten eifrig ihre Ausbildung bei den MacMillans absolviert. Jetzt standen zwei breitschultrige, sehnige, muskulöse Krieger vor ihr. Ihre Haare leuchteten kupferrot, und in ihren grünen Augen funkelte der gleiche Schelm wie bei Harcourt.

»Nun, Cousine, willst du uns angemessen begrüßen oder uns nur mit offenem Mund anstarren?«, fragte Callum.

Arianna lachte und umarmte einen nach dem anderen. Bei Callum angelangt staunte sie, wie stark er sich anfühlte und wie groß er geworden war. Plötzlich spürte sie, wie er sich verspannte. Stirnrunzelnd rückte sie ein wenig von ihm ab und musterte ihn. Er wirkte, als rüstete er sich zu einem Kampf.

»Cousine, warum starrt mich einer dieser MacFingals an, als wollte er mir die Gurgel umdrehen?«, fragte Callum. Er klang eher belustigt, doch Arianna hörte es ihm an, dass er bereit war, sie zu verteidigen.

»Das ist mein Sohn Brian – Sir Brian«, stellte der alte Fingal ihn vor. Er trat neben Harcourt und verschränkte die Arme. »Er hat Eurer Verwandten das Leben gerettet.«

Von Brian ging etwas aus, was dazu führte, dass sich Arianna aus Callums Armen wand und zu ihm eilte. Sie übersah die unverhohlene Neugier ihrer Cousins, nahm Brian am Arm und führte ihn zu ihren Verwandten. Als die Männer einander vorgestellt wurden und sich die Hände schüttelten, bemühte sich Arianna, den stummen Wettkampf zwischen ihnen nicht zu beachten. Offenbar wollten sie herausfinden, wer den stärksten Griff hatte und ihn ohne das geringste Zeichen von Schmerz aushalten konnte. Arianna fand solche Spielchen bei erwachsenen Männern seltsam, konnte jedoch einen gewissen Stolz nicht unterdrücken, als Brian siegreich daraus hervorging.

Im Anschluss scharten sich ihre Cousins um Brian. Sir Fingal reagierte auf Bretts scharfen Blick, indem er grinsend auf eine Tür neben der großen Halle deutete. Ariannas Cousins verschwanden zusammen mit Brian dahinter. Arianna starrte ihnen besorgt nach. Was hatten ihre Cousins vor? Sie hatten nicht ausgesehen, als wollten sie sich bei einem Ale über siegreich geschlagene Schlachten austauschen.

»Nay, Mädchen«, hielt Sir Fingal sie zurück, als sie ihnen folgen wollte. »Du bist zu diesem Gespräch nicht eingeladen worden. Sieh doch mal nach, ob es schon heißes Wasser für deine Verwandten gibt und die Betten gemacht sind. Vielleicht müssen wir noch ein paar Strohsäcke stopfen, denn auch die Camerons wollen untergebracht werden.«

Ich soll mich um weibliche Aufgaben kümmern, damit die großen starken Männer besprechen können, wie man am besten mit den Sorgen einer armen hilflosen Frau und ihren Feinden umgeht, dachte sie verdrossen. »Vielleicht könnte ich meinen Cousins ja ein paar Fragen beantworten«, erwiderte sie und machte einen zweiten Anlauf.

»Willst du dir wirklich noch einmal die ganze Geschichte anhören? Was Lucette dir angetan hat, wie dein Gemahl in Frankreich dich belogen und misshandelt hat? Ich dachte, das hängt dir allmählich zum Hals heraus.«

Arianna wandte sich Sir Fingal zu. Er hatte so ruppig geklungen wie immer, aber in seinen Augen entdeckte sie tatsächlich ein gewisses Mitgefühl. Seufzend gab sie ihm recht. Sie wollte wirklich nicht noch einmal über Claud, die Lucette und die DeVeau reden, und sie wollte auch nicht vor ihren Cousins stehen, wenn diese erfuhren, wie Claud sie betrogen hatte.

»Na gut, dann kümmere ich mich eben um die Betten und die Badezuber wie ein braves kleines Mädchen«, sagte sie. Seine Lippen zuckten etwas belustigt bei dem Trotz, der durch ihre Worte hindurchblitzte. »Wenn sie Fragen an mich haben, müssen sie eben nach mir suchen.«

»Das werde ich ihnen sagen. Vielleicht solltest du als Erstes in der Küche verkünden, dass wir eine große Zahl von Gästen zu verköstigen haben.«

Als Arianna in der Küche ankam, war ihr Zorn darüber, dass sie bei dem Gespräch zwischen ihren Cousins und Brian ausgeschlossen worden war, verflogen. Bestimmt waren ihre Cousins aufgebracht über Brians Bericht. Es war ihr ganz recht, dass sie nicht zusammen mit vier zornigen Verwandten und Brian in einer kleinen Kammer steckte. Sie hoffte nur, dass Brian sich die Zeit nahm, ihr zu erzählen, was besprochen worden war, bevor sie ihren Cousins wieder begegnete. Ihr Vater pflegte zu sagen: »Um Torheiten zu vermeiden, muss man wissen, was passiert ist.«

Brian drückte Ariannas vier großen Cousins erst einmal einen Becher Ale in die Hand. Der kaum unterdrückte Zorn, der von diesen Männern ausging, ließ den kleinen Arbeitsraum noch enger wirken. Auf ihren Gesichtern spiegelte sich die Ungeduld, zu erfahren, in welcher Gefahr ihre Cousine schwebte, aber auch ihr Argwohn ihm gegenüber.

Auf den vier viel zu gut aussehenden Gesichtern, dachte Brian mit einem Anflug von Eifersucht, als er ihnen die Becher reichte. Die Eifersucht, die ihn befallen hatte, als er gesehen hatte, wie Arianna von dem jungen Callum umarmt wurde, hatte ihn kalt erwischt. Er hätte Callum am liebsten die Arme ausgerissen.

»Was ist Arianna widerfahren?«, wollte Callum wissen. Er setzte sich auf den Rand von Ewans großem Arbeitstisch. »In der Botschaft, die uns erreicht hat, stand nichts Näheres.«

»Wusste einer von euch, dass ihr Gemahl eine Geliebte hatte?«, fragte Brian, statt Callums Frage zu beantworten. »Wusstet ihr, dass die zwei Jungs, denen wir jetzt helfen müssen, seine Söhne waren, die er mit jener Frau gezeugt hat? Und dass er von jener Frau niemals abgelassen hat?« Er nickte, als sich die Gesichter vor Zorn tiefrot färbten.

»Das hat sie niemals erwähnt«, rief Brett aufgebracht. »Solche Neuigkeiten hätten sich rasch verbreitet, und Claud hätte bald vor ein paar sehr verärgerten Murrays gestanden.«

»Diese Murrays wären noch ärgerlicher gewesen, wenn sie die ganze Wahrheit erfahren hätten«, sagte Brian. Dann erzählte er ihnen alles über die falsche Ehe und die Art und Weise, wie Claud und seine Familie Arianna behandelt hatten.

»Sie hätte uns davon berichten müssen!«

»Das hat sie getan, aber ihre Briefe haben Frankreich nie verlassen.«

Callum fluchte so ausführlich, dass Brian ihn unwillkürlich bewunderte. »Dann glaubte Arianna also, dass es uns egal war, wie sie behandelt wurde?«

»Nay«, erwiderte Brian, dann zuckte er die Schultern. »Nun, vielleicht glaubte sie es eine Zeit lang. Ich denke aber, dass sie es sich einfach nicht erklären konnte. Erst vor Kurzem ging uns auf, dass ihre Briefe gelesen wurden und diejenigen, die die Lucette für zu gefährlich hielten, im Feuer landeten. Da beschlich sie sofort ein schlechtes Gewissen, weil sie an euch gezweifelt hatte. Doch wie dem auch sei – Claud ist jetzt tot. Sein Bruder hat ihn ermordet.«

»Und wer bedroht sie jetzt? Kaum einen Tagesritt von

hier entfernt versammelt sich ein richtiges Heer. Sind das die Männer, die sie verfolgen?«

»Aye. Amiel Lucette und Ignace DeVeau. Ihre genauen Adelstitel kenne ich nicht, und sie sind mir auch egal. Es ist nicht ganz klar, welcher Ignace uns verfolgt, aber auch das ist mir egal. Sie sind hinter den zwei Jungs und eurer Cousine her.« Brian berichtete, was passiert war, seit Arianna Frankreich verlassen hatte, und erwähnte auch, was sie über Lucettes Pläne in Erfahrung gebracht hatten und von welchen Annahmen sie nun ausgingen. Zum Schluss erzählte er ihnen noch, was sie über Michel und Adelar herausgefunden hatten. Diese Neuigkeit hatte er Arianna noch gar nicht mitgeteilt.

»Du meine Güte!« Harcourt raufte sich die langen schwarzen Haare. »Wir hätten mehr Männer mitnehmen sollen. Keiner dieser Franzosen darf dieses Land lebendig verlassen. Was sie über Arianna und die Jungs wissen, müssen sie mit in ihr Grab nehmen.«

»Ganz richtig«, pflichtete Brian ihm bei. »Allerdings würde ich gern wissen, wer alles über die Kinder Bescheid weiß. Vermutlich kennen der König und sein Cousin die Wahrheit, aber wer kennt sie sonst noch? Ignace DeVeau könnte uns diese Frage bestimmt beantworten. Wahrscheinlich hat er Lucette nichts davon erzählt, denn der will die Jungen nach wie vor umbringen.«

»Was wir in dieser Sache tun sollen, können wir beschließen, wenn die Schlacht vorüber ist. Es wird wohl nicht mehr lange dauern, bis sie vor den Toren dieser Burg stehen, denn auf dem Weg hierher mussten wir um sie herumschleichen.«

Fast zwei Stunden lang unterhielten sie sich bei etlichen

Bechern Ale über Ariannas Sorgen. Die bevorstehende Schlacht wurde nur kurz angesprochen, weil bei der Planung alle anwesenden MacFingals und Camerons miteinbezogen werden mussten. Als die Männer schließlich beschlossen, sich zu waschen und anschließend in die große Halle zurückzukehren, glaubte Brian schon fast, dass er unangenehmen Fragen über seine Beziehung zu Arianna entkommen war. Doch Callum schloss die Tür hinter seinen Verwandten und wandte sich noch einmal an Brian. Er verschränkte die Arme und bedachte ihn mit einem Blick, der überraschend reif und ein wenig bedrohlich wirkte.

»Ich glaube nicht, dass ich Euch noch mehr sagen kann«, meinte Brian.

»Nay?« Callum lächelte, doch sein Lächeln wirkte nicht besonders freundlich. »Ihr habt etliche Nächte allein mit meiner kleinen Cousine verbracht.«

»Wir sind vor ihren Feinden geflohen und haben gehofft, dadurch zumindest ein paar der Angreifer von den Jungen abzulenken oder zu töten.«

»Tag und Nacht?«

»Eine Flucht ist ziemlich aufreibend, und Eure Cousine ist eine zarte Frau, die an so etwas nicht gewöhnt ist.«

»Trotzdem hat sie die Zeit und die Kraft gefunden, Euch alles über Claud und seine Niedertracht, ihr trauriges Leben bei den Lucette und ihre Sorgen zu erzählen. Oder habt Ihr all dies erst nach und nach herausgefunden, als Ihr ihr zunehmend nähergekommen seid?«

»Ich weiß nicht, was Ihr damit sagen wollt.«

»O doch, das wisst Ihr ganz genau. Ein Mann, der nichts weiter tut, als einem Mädchen dabei zu helfen, wegzurennen und sich zu verstecken, und der lediglich ein offenes Ohr für ihre Sorgen hat, will einem anderen nicht gleich an die Gurgel gehen, nur weil dieser das Mädchen kurz umarmt.«

Brian zuckte zusammen und verfluchte das scharfe Auge seines Gegenübers. »Lady Arianna ist eine erwachsene, verwitwete Frau. Wenn Ihr Fragen habt über das, was zwischen mir und ihr vorgefallen ist, solltet Ihr Euch vielleicht besser an sie wenden.«

»Das werde ich tun, und sie wird mir alles sagen. Dieses Mädchen ist unfähig zu lügen, selbst wenn es ihr das Leben retten würde. Ich möchte aber gern wissen, was Ihr bezüglich dessen, was zwischen Euch und ihr vorgefallen ist oder auch nicht, zu tun gedenkt.«

»Lady Arianna ist nach Schottland zurückgekehrt, um sich wieder ihrer Familie anzuschließen. Sie ist eine hübsche junge Frau von hohem Stand, die zweifellos eine gute Ehe mit einem ihr ebenbürtigen Gemahl eingehen kann.«

»Aha.«

»Was soll das heißen?«

»Dass Ihr ein Narr seid.« Callum öffnete die Tür, warf jedoch noch einen Blick über die Schulter. »Vielleicht denkt Ihr ein wenig darüber nach, dass das Mädchen schon einmal eine offensichtlich gute Ehe mit einem ihr ebenbürtigen Gemahl eingegangen ist, und dass sie dieser Schritt ins reine Elend geführt hat.«

Brian starrte die Tür, die Callum hinter sich geschlossen hatte, finster an. Am liebsten hätte er ihm seinen Becher hinterhergeworfen. Er hatte schon häufig darüber nachgedacht, dass Arianna nur das getan hatte, was ihre Familie von ihr erwartet hatte. Er war sich sicher, dass er ihr weit mehr bieten konnte als der elende Claud. Doch das spielte keine Rolle. Wenn er sie überredete, bei ihm zu bleiben und seine Gemahlin zu werden, dann würden alle denken, er hätte um Land und sonstiger Reichtümer willen geheiratet.

Wieder zuckte er zusammen. Dieses Argument stank tatsächlich auffällig nach verletztem Stolz. Brian hatte immer geglaubt, dass es ihm egal wäre, was andere von ihm dachten. Doch wenn Arianna je auf den Gedanken verfiel, dass er sie wegen ihrer Mitgift geheiratet hatte und allem, was er durch sie gewinnen konnte, würde sie verbittert werden. Er hatte mehrmals vermeintlich perfekte Ehen beobachtet, die immer schlechter wurden und am Ende aus Mann und Frau kalte, verbitterte Feinde machten. Es würde ihn schmerzen, wenn er Arianna in die Arme eines anderen Mannes laufen ließ. Weit schlimmer wäre es jedoch, wenn er sie heiratete und dann dabei zusehen musste, wie die Wärme, die sie teilten, zunehmend erkaltete.

Kopfschüttelnd goss er sich noch einen Becher Ale ein. Ihm war nicht mehr viel Zeit mit Arianna vergönnt. Heute Nacht war womöglich seine letzte Chance, noch einmal gemeinsam mit ihr die Leidenschaft zu genießen. Am nächsten Tag stand eine Schlacht bevor, und wenn diese geschlagen war, würde Arianna mit ihren Verwandten heimkehren. Er legte die Füße auf Ewans Schreibtisch und überlegte, wie er zumindest einen Teil der bevorstehenden Nacht mit Arianna verbringen konnte, ohne Gefahr zu laufen, einen langsamen, qualvollen Tod durch die Hände ihrer Cousins zu sterben.

***

Langsam ging die Tür zu Ariannas Schlafzimmer auf. Sie verspannte sich, auch wenn sie sich nicht vorstellen konnte, dass einer der Männer in Scarglas versuchte, sich mit Gewalt einen Weg in ihr Bett zu verschaffen. Beim Abendessen hatte sie einen Blick in die Runde geworfen und sich gedacht, dass es wahrscheinlich kaum eine andere Burg gab, in der so viele große, starke, gut aussehende Männer versammelt waren. Keiner dieser Männer hatte es nötig, sich heimlich die Gunst einer Frau zu erschleichen.

»Arianna?«

»Brian! Du hast mich erschreckt«, beschwerte sie sich. Sie setzte sich hin. »Was machst du hier?« Brians leises Kichern kam ihr wie der verführerischste Laut vor, den sie je vernommen hatte.

»Was glaubst du wohl, Liebes?«

»Aber was ist, wenn dich einer meiner Verwandten hier erwischt?«

»Sie haben sich zur Ruhe begeben, und ich werde wieder weg sein, bevor sie morgen früh die Augen aufschlagen.«

»Hast du denn keine Angst, dass einer der Männer, mit denen du das Zimmer teilst, dich verrät?«

»Nay. Ich teile das Zimmer mit drei meiner Brüder«, antwortete er und zog sich aus.

Er freute sich, dass sie sich trotz ihrer Besorgnis sofort an ihn kuschelte, als er unter die Decke schlüpfte und sie umarmte. Er zog ihr das Nachthemd aus und warf es auf den Boden. Sobald er ihren warmen, weichen Leib spürte, verspannte sich sein Körper vor Verlangen. Sein leeres Bett war ihm unerträglich vorgekommen. Es wurmte ihn zwar, dass er zu ihr schleichen musste, als würden sie etwas Verwerfliches tun, aber er wusste, dass er es immer wieder tun würde. Er würde beinahe alles tun, um sie in den Armen zu halten.

»Du ziehst bald in den Kampf, oder?«, fragte sie.

»Aye«, erwiderte er zögernd. Er hatte sich vorgenommen, heute Nacht die bevorstehende Schlacht möglichst nicht zu erwähnen. »In der Abenddämmerung hat der Feind den äußeren Schutzwall überwunden. Bei Sonnenaufgang werden sie vor den Toren von Scarglas stehen.«

»Greifen sie denn schon an?«

»Nay, sie versammeln sich für den morgigen Angriff, und ihr Versammlungsort ist nicht besonders klug gewählt. Sie befinden sich zwischen einem Schutzwall, durch den es nur einen schmalen Durchgang gibt, und einer Burg mit hervorragenden Verteidigungsanlagen und zahlreichen kampferprobten Kriegern. Das ist keine besonders gute Strategie.« Er küsste ihren Nacken. »Aber ich bin nicht hier, weil ich morgen in den Kampf ziehe.«

»Nay?« Arianna seufzte lustvoll, als er sich zu ihren Brüsten weiterküsste. Sie fuhr mit den Füßen über seine Waden und genoss es, wie die Haare ihre Fußsohlen kitzelten.

»Nay. Ich wäre hier, egal, was mir morgen bevorsteht. Selbst wenn ich nur den Stall ausmisten müsste.« Er grinste, als sie lachte.

»Gut. Und noch besser wäre es, wenn du darauf achten würdest, nicht einzuschlafen. Du musst vor Sonnenaufgang das Gemach verlassen.« Seufzend streichelte sie seinen Rücken. »Am allerbesten wäre es natürlich, wenn wir uns darüber keine Sorgen machen müssten.«

»Aye. Aber ich glaube nicht, dass es dir recht wäre, wenn sich deine Verwandten mit mir streiten würden.«

»Nay.« Sie schlang Arme und Beine um ihn. »Also mach dich ans Werk, mein stattlicher Ritter.«

»Euer Wunsch sei mir Befehl, M'lady.«

Wie sehr sie sich wünschte, dass das stimmte. Wenn es so wäre, würde sie sich einzig und allein wünschen, dass er sie liebte, wie sie ihn liebte, und dass er sie nicht mehr gehen lassen würde. Doch dann schob sie solche Gedanken zur Seite, denn diese stimmten sie nur traurig. Sie küsste Brian innig. Zu wissen, dass es das letzte Mal war, dass sie ihn in den Armen hielt, machte sie besonders begierig. Ihre Zukunft würde von einer Sehnsucht erfüllt sein, die nur Brian stillen konnte, und sie hatte vor, ihre Gier wenigstens heute noch einmal vollkommen zu befriedigen.

»Für einen MacFingal hat er sich nicht besonders leise verhalten«, sagte Sigimor, als er die Tür schloss, durch die er auf den Gang gespäht hatte. Er musterte die vier Männer, mit denen er das Zimmer teilte. »Wollt ihr ihn rauszerren?«

»Nay«, erwiderte Brett und streckte sich auf dem schmalen Lager aus, das ihm zugeteilt worden war. »Sie ist dreiundzwanzig und verwitwet, also kein unschuldiges junges Mädchen mehr.«

»Das stimmt. Trotzdem wundert es mich, dass ihr so vernünftig seid. Ich bin mir nicht sicher, ob das der einzige Grund ist, warum ihr nicht losstürmt und meinen armen Cousin ungespitzt in den Boden stampft. Es sei denn, ihr habt die berechtigte Angst, dass ich versuchen würde, diesen Idioten mit meinen tödlichen Fäusten und meiner äußerst geschickten Schwerthand zu beschützen.« Er grinste, als ihn die vier nur finster anstarrten.

»Er macht sie glücklich«, sagte Callum schließlich. »Ich glaube, das ist sie ziemlich lange nicht gewesen. Dieses Glück möchte ich ihr nicht rauben. Zu schade, dass er so ein Narr ist. Man sollte denken, dass solch eine junge Frau von Stand und bester Herkunft eine klügere Wahl treffen würde.«

Sigimor schüttelte den Kopf. »Richtig. Er ist ein Narr.«

»Nun, dann soll er es eben bleiben, solange er unserer Cousine keine Qualen bereitet.«

»Und wenn er das tut, was habt ihr dann vor?«

»Dann werden wir ihm seine Torheit aus dem Leib prügeln.«

»Dagegen ist nichts einzuwenden.«

18

»Schickt uns die Frau und die Jungen, dann ziehen wir ab.«

»Von welcher Frau und welchen Jungen sprecht Ihr? Wir haben hier eine ganze Menge.«

Trotz der dicken Mauern und der Höhe, in der die MacFingals standen, konnte Arianna, die auf den breiten Steintreppen am Eingang des Wohnturms saß, jedes Wort verstehen. Sie zuckte bei Sir Fingals spöttischer Erwiderung zusammen. Dieser Spott würde die Kampfeslust der Männer vor den Toren von Scarglas bestimmt nicht besänftigen. Das Gelächter der Männer auf den Zinnen wirkte bei Ignace und Amiel zweifellos wie Salz in einer offenen Wunde.

»Ich begreife nicht, warum sie sie nicht gleich am äußeren Schutzwall angegriffen haben«, murrte Fiona, die unruhig vor den Eingangsstufen auf und ab lief.

»Sie haben einen Plan«, erwiderte Arianna.

Fiona schnaubte, blieb stehen und stemmte die Hände in die Hüften. »Ich weiß. Mir wäre es lieber gewesen, sie hätten diese Sache rasch erledigt. Doch offenbar wollen sie mit den Franzosen erst noch ein bisschen spielen. Männer! Lauter Idioten.«

»Manchmal sieht es ganz danach aus.« Beide Frauen grinsten kurz, dann seufzte Arianna. »Mir ist noch immer kein richtig guter Grund für all das eingefallen. Na ja, abgesehen davon, dass Amiel offenbar den Verstand verloren hat.«

»Hat Brian dir nicht erzählt, was uns die Jungen gesagt haben?«, fragte Fiona und setzte sich neben Arianna auf die Stufen. »An dem Abend, als ihr angekommen seid, haben sie uns etwas erzählt, was vielleicht alles erklärt.«

»Nay, davon hat er mir nichts gesagt. Er hat doch bestimmt gewusst, dass ich zu gern Antworten auf all die Fragen hätte, die mich von Anfang an gequält haben.«

Arianna ärgerte sich. Glaubte Brian etwa, sie wäre zu schwach, um die Wahrheit zu erfahren? Dieser Gedanke erboste sie zutiefst. Es dauerte ein Weilchen, bis sie sich wieder so weit beruhigt hatte, dass sie Brians scheinbare Heimlichtuerei klarer sehen konnte. Sie waren vor zwei Tagen in Scarglas eingetroffen. In jener Nacht hatten sie kein Wort mehr gewechselt. Ihnen waren die Augen zugefallen, sobald sie im Bett lagen. Am nächsten Morgen waren ihre Verwandten gekommen, und in der Burg hatte man sich auf den Angriff vorbereitet. Natürlich hätte Brian etwas verlauten lassen können, als er in der vorigen Nacht in ihr Bett geschlüpft war. Aber sie konnte sich wahrhaftig nicht beklagen über die Zeit, die ihnen vergönnt gewesen war, bevor er sich wieder davonschleichen musste. Wenn sie in aller Ruhe darüber nachdachte, konnte sie ihm keinen Vorwurf machen. Er hatte es bestimmt nicht böse gemeint. Es war nur ein wenig nachlässig von ihm gewesen.

»Was haben Michel und Adelar denn erzählt?«, fragte sie schließlich.

»Hast du deinen Ärger verdaut?«

»Aye. Ich glaube nicht, dass Brian mir irgendwelche Geheimnisse vorenthalten wollte. Anfangs habe ich das allerdings geglaubt, und das hat mich geärgert.«

»Er hat sich nur so verhalten, wie es jeder Mann tun würde.« Fiona grinste, als Arianna lachte. »Offenbar sind deine kleinen Schutzbefohlenen mit dem König von Frankreich verwandt.«

»Wie sind sie denn darauf gekommen?«

»Ihre Mutter hat es ihnen erzählt. Sie hat ihnen erklärt, dass ihr Vater ein direkter Cousin des Königs ist.«

Arianna überfiel eine lähmende Angst um ihre Jungen. »Das kann ich mir nicht vorstellen. Marie Anne hat zwar immer geprahlt, dass ihr Vater ein hoher Adliger war, aber sie hat niemals behauptet, mit dem König verwandt zu sein. So etwas hätte sie doch nicht verschwiegen. Sie hätte es lauthals von den höchsten Dächern verkündet, wenn sie es für wahr gehalten hätte.«

»Bestimmt hat sie es deshalb nicht getan, weil es sie etwas gekostet hätte. Vielleicht hat ihre Mutter für ihre Verschwiegenheit Geld bekommen, vielleicht auch sie selbst. Vielleicht war es so viel Geld, dass es ihr Auskommen gesichert hat. In so einem Fall hält man gern den Mund. Aber vielleicht war es auch nur eine Drohung, die sie dazu gebracht hat. Nur wenige Adlige unterstützen ihre unehelichen Kinder, erst recht nicht, wenn die Mutter ein armes Dorfmädchen ist.«

»Das stimmt.« Arianna dachte ein Weilchen darüber nach. »Ich glaube nicht, dass Amiel Bescheid weiß, aber Claud hat es bestimmt gewusst.«

»In dem Fall wusste er auch, dass man es geheim halten musste.«

»Aber vielleicht hat es Amiel doch in Erfahrung gebracht?«

»Wenn, dann weiß er auch, dass die Macht dieses Adligen weit reicht. Er kann die Lucette daran hindern, Clauds Ehe mit Marie Anne für hinfällig und damit seine Enkel zu Bastarden zu erklären. Vielleicht sieht dieser Adlige sogar einige Vorteile darin, dafür zu sorgen, dass seine Enkel einen Nutzen aus ihrer Verwandtschaft mit den Lucette ziehen.«

»Du meine Güte – du hast recht. Jetzt wird mir alles klar. Amiel weiß Bescheid. Clauds Leichnam wies eine Reihe von kleinen Wunden auf. Anfangs dachte ich, sein Mörder hätte versucht, mehr Geld aus ihm herauszuholen. Aber offenbar hat Amiel seinen Bruder gefoltert, sei es zum Vergnügen, sei es, um etwas herauszufinden. Sobald er erfahren hat, dass die Annulierung der Ehe schwierig werden könnte, hat er beschlossen, die Jungs zu töten. Doch wenn Ignace DeVeau ebenfalls weiß, wer Marie Annes Vater ist, dann will er die Jungs vielleicht lebendig fassen. Er hat sich bestimmt schon überlegt, wie er sie benutzen kann.«

»Mit anderen Worten ist es gut möglich, dass DeVeau von Anfang an geplant hat, Lucette zu hintergehen.«

»Das würde mich nicht wundern. DeVeau nützt es nichts, wenn die Jungs tot sind. Ihm reicht es, wenn er ihren Vormund dazu zwingen kann, seiner Familie das Land zurückzugeben, das sie für wenig Geld haben wollen.«

»Und dieser Vormund bist du.«

»Aye. Dass sie versuchen, mich aus diesem Grund zu fassen, ist auch viel einleuchtender, als dass sie sich durch mich an meiner Familie rächen wollen wegen irgendetwas, was weit in der Vergangenheit liegt.«

»Wenn DeVeau dich in die Finger bekommt, kann er

beides erreichen. Aber das soll uns jetzt nicht mehr bekümmern. Er wird Scarglas nicht lebendig verlassen.«

»Wenn Ignace stirbt, kann es gut sein, dass seine Familie sich an euch rächen will.«

Fiona zuckte mit den Achseln. »Sollen sie es doch versuchen. Wir werden schon mit ihnen fertig.«

»Die DeVeau können hartnäckige Feinde sein.«

»Aber sie leben in Frankreich. Und wenn sie Leute losschicken, um sich an uns zu rächen, dann werden sie schon sehen, wie weit sie kommen. Brian hat dir doch bestimmt einiges aus der Vergangenheit seines Clans erzählt, schon allein, um diesen Ort zu erklären.« Als Arianna nickte, fuhr Fiona fort. »Nun, mein Clan hatte es genauso schwer. Er war einer von drei Clans, die so lange miteinander kämpften, bis fast nur noch ein paar Ruinen und Gräber übrig waren. Als die wenigen Überlebenden mit letzter Kraft versuchten, ein paar Dinge wiederaufzubauen, wurden sie durch Verräter nahezu ausgerottet. Mein Onkel hat versucht, das Morden fortzusetzen. Er hatte großen Anteil daran, dass wir beinahe alle ums Leben gekommen wären. Wie du siehst – Verrat, Feinde, Mord und Totschlag, List und Tücke? Es gibt kaum etwas, was wir nicht schon erlebt und überlebt haben.«

»Ich wusste, dass meine Cousine Gillyanne einen Mann mit einer düsteren Vergangenheit geheiratet hat. Aber ...«

»Nay«, fiel ihr Fiona ins Wort. »Die Männer dort draußen wollen drei unschuldige Menschen in ihre Ränke verwickeln. Sie denken sich nichts dabei, zwei Kinder umbringen zu wollen, nur um an mehr Geld, Macht und Land zu kommen. Jeder rechtschaffene Mensch würde sich dagegen auflehnen.«

Dagegen ließ sich nichts mehr sagen. Arianna hatte sich an die Hoffnung geklammert, dass es nicht zum Kampf kommen würde. Sie hatte gehofft, ihre Verfolger würden beschließen, dass sie nur ihre Zeit vergeudeten, und den Rückzug antreten. Von Anfang an hatte sie die kleine Stimme in ihrem Kopf beflissen überhört, die sie warnte, dass die Sache weit verwickelter war und es Amiel nicht nur um sein Erbe ging. Sie blickte zu den Männern auf den Zinnen von Scarglas hinauf, die Amiel und Ignace noch immer verhöhnten.

»Wenn sie sich wenigstens nicht so verhalten würden, als freuten sie sich auf die Schlacht«, murmelte Arianna.

»So ist es anfangs meistens. Es sind Männer, und Männer haben eben ihre Eigenarten.«

»Wohl wahr.« Arianna stimmte in Fionas Lachen ein.

»Warum haben sich Fiona und Arianna nicht ins Innere der Burg zurückgezogen?«, fragte Brian.

»Dort, wo sie sind, kann ihnen nichts passieren«, beruhigte Ewan ihn, ohne den Blick von ihren Herausforderern zu nehmen.

»Doch, wenn Pfeile über die Mauer fliegen.«

»Ich kann keine Bogenschützen entdecken.«

»In Dubheidland hatten sie noch mehrere.«

»Dann haben Sigimor und du sie getötet.«

»Trotzdem wären die Frauen drinnen sicherer als hier draußen, wo sie das Kampfgetümmel mitbekommen.«

Ewan überließ es seinem Vater und seinen Brüdern, ihre Gegner mit Worten aufzuheizen. »Meine Gemahlin ist mit dem Anblick und den Geräuschen einer Schlacht vertraut.

Vielleicht ist Arianna nicht mit mehreren Dolchen bewaffnet wie meine liebe Frau, aber vermutlich hat auch sie schon einmal einen Kampf aus einer gewissen Nähe miterlebt.«

»Das mag schon sein, aber trotzdem müssen sie das Ganze nicht hautnah miterleben. Sie könnten sich einfach in die Burg zurückziehen.«

»Keine Sorge. Fiona wird bald gehen und dein Mädchen mitnehmen. Ihr wird nichts passieren.« Er warf einen Blick auf ihre Gegner. »Sie sind so mit ihren Forderungen beschäftigt, dass sie unsere Männer noch gar nicht bemerkt haben.«

Brian fand sich damit ab, Arianna dort zu lassen, wo sie war. In dieser Sache konnte er wohl nicht auf Ewans Hilfe hoffen. Er wandte sich wieder Lucette, DeVeau und deren Söldnern zu und entdeckte mindestens zwei offenbar gut ausgebildete Bewaffnete. Die übrigen wirkten wie Männer, die sich diesem Kampf nur für eine Handvoll Münzen angeschlossen hatten. Selbst die gut ausgebildeten Männer hatten scheinbar nicht bemerkt, dass sie mittlerweile umzingelt waren. Und natürlich waren die MacFingals und ihre Cousins ebenfalls bestens ausgebildet.

»Ich finde, es ist Zeit, mit dem Kampf zu beginnen«, sagte er.

»In wenigen Augenblicken ist es bestimmt soweit. Lass unseren Vater noch ein bisschen Spaß haben.«

»Lord!«, rief DeVeau.

»Ich bin hier nicht der Laird«, entgegnete Sir Fingal. »Der da ist es.« Er deutete auf Ewan.

DeVeau erweckte den Eindruck, dass er seine Seele dafür geben würde, wenn er dem alten Fingal an die Gurgel gehen könnte. Diesen Wunsch hatten alle Söhne des Alten und viele weitere Leute, die ihm begegnet waren, schon des öfteren gehegt. Doch im Moment kam Fingal MacFingals Begabung, sein Gegenüber dazu zu bringen, einen Streit um jeden Preis gewinnen zu wollen, richtig. Während Lucette und DeVeau versuchten, mit Fingal zu reden, waren die Männer aus der Burg geschlüpft und hatten den äußeren Schutzwall als Deckung benutzt, um ihre Gegner langsam einzukreisen.

DeVeau wandte sich an Ewan. »Warum habt Ihr Euch nicht zu erkennen gegeben?«

»Warum hätte ich das tun sollen? Ihr habt bislang nichts geäußert, was mich interessiert hat.«

»Genug!«, schrie Lucette nun aufgebracht. »Die Knaben sind meine Neffen. Es sind Franzosen, und wir werden sie nach Hause bringen. Ihr habt kein Recht, sie festzuhalten.«

»Ihr auch nicht. Sie sind da, wo sie hingehören – bei ihrem Vormund.«

»Mein Bruder war verrückt. Nur ein Verrückter ernennt eine Frau zum Vormund seiner Kinder. Das Gericht wird diese törichte Regelung aufheben.«

»Bringt mir einen Gerichtsbeschluss, dann überlege ich es mir vielleicht nochmal.« Ewan blickte zu Brian hinüber und sagte leise: »Geh jetzt runter zu den Toren. Sigimor wartet auf mein Zeichen. Das gebe ich, sobald alle ihre Plätze eingenommen haben. Ich würde mich zu gern an der Vernichtung dieser eingebildeten Narren beteiligen, aber wenn ich meinen Platz verlasse, nehmen sie sich vielleicht doch die Zeit, sich ein wenig umzuschauen.«

Brian eilt in den Burghof. Sobald Ewan das Zeichen gegeben hatte, würde alles sehr schnell gehen. Sigimor würde seinen schrillen Schlachtruf ausstoßen, und die Männer, die sich hinter dem Schutzwall versteckt hatten, würden losstürmen. Brian wollte Lucette als Erster erreichen. Der Schuft musste für seinen Frevel an Arianna bezahlen.

Bei dem Gedanken an Arianna warf er einen Blick auf die Stufen zum Eingang des Wohnturms und war froh, als er die Frauen nicht mehr dort sitzen sah. Sobald das Tor für ihn und seine Männer geöffnet wurde, war der Hof für die Frauen nicht mehr sicher.

Als er auf eines der bereitstehenden Pferde stieg, kam Callum herangeritten. »Ich dachte, Ihr wärt bei Sigimor und den anderen«, sagte Brian.

»Ich habe es mir anders überlegt.« Callum lächelte kalt. Dieser Mann war eine Gefahr für jeden, der sich ihm in den Weg stellte. »Ich sitze lieber im Sattel, wenn der Kampf beginnt.« Er tätschelte den Nacken seines Pferdes.

»Lucette gehört mir.«

Callum lächelte abermals, doch bevor Brian ihn schwören lassen konnte, Lucette ihm zu überlassen, ertönte Sigimors grauenerregender Schrei. Die Torflügel gingen auf, und Brian blickte auf die entsetzten Mienen der Franzosen. Kurz darauf hatte er Lucette entdeckt und preschte los.

Es wunderte ihn nicht, dass Lucette zu fliehen versuchte. Ein Mann, der Frauen schlägt, erweist sich meist als Feigling, wenn er sich einem Mann stellen muss. Brian schnitt ihm den Fluchtweg ab. Rasch zeigte sich, dass Lucette auch ein schlechter Reiter war. Er zerrte an den Zügeln seines Pferdes, bis dieses sich aufbäumte und ihn abwarf. Als er sich aufgerappelt hatte, stand Brian schon vor ihm.

»Ich ergebe mich«, schrie Lucette und versuchte, sein Schwert aus der Scheide zu ziehen.

Brian überlegte kurz, ob er den Narren einfach töten sollte. Er beobachtete ihn wachsam, denn vielleicht täuschte Lucette seine Unfähigkeit ja nur vor, um ihn in Sicherheit zu wiegen.

»Ihr könnt Euch nicht ergeben, Lucette«, sagte Brian kalt. »Ihr habt Euer Leben verwirkt.«

»Meinetwegen könnt Ihr die Jungen und dieses Miststück behalten.«

»Das habe ich auch vor. Aber ich glaube, Ihr wisst zu viel. Ich kann Euch nicht heimkehren lassen. Und außerdem habt Ihr Euch Euer Grab in dem Moment geschaufelt, als Ihr Arianna geschlagen habt.«

Lucettes Blick verengte sich. Brian merkte, dass er mit seiner Vorsicht recht gehabt hatte, denn auf einmal wirkte sein Gegner sehr sicher. Dennoch zweifelte Brian nicht daran, dass er ihn schlagen würde. Er war froh, dass es nun endlich zu einem Kampf zwischen ihnen kam; denn er wollte, dass Lucette ins Schwitzen kam, bevor er starb.

Als Lucette ihn angriff, war Brian darauf vorbereitet. Der Mann legte ein überraschendes Kampfgeschick an den Tag. Er war recht wendig, und schon nach kurzer Zeit bluteten beide aus mehreren kleinen Wunden. Aber Lucettes Kräfte schwanden rasch. Der Schweiß brannte ihm in den Augen, und sein Atem ging mühsam.

»Ihr wisst gar nicht, wie wertvoll das ist, worum Ihr kämpft«, ächzte er, während Brian ihn umkreiste. »Diese Bengel sind mit dem König von Frankreich verwandt. Sie müssen nach Frankreich zurück, um ihr Erbe anzutreten.«

»Ihr wollt sie nur in den Tod schicken, Lucette.« Als sich ihre Schwerter diesmal kreuzten, blutete nur Lucette.

»Ihr könntet ein Vermögen an ihnen verdienen, Narr!«

»Das mag so sein, aber Ihr werdet trotzdem sterben.«

»Wegen dieses albernen Miststücks? Bei den wenigen Malen, als er seinen ehelichen Pflichten nachkam, um unsere Eltern zufriedenzustellen, hat es mein Bruder nicht sehr lange in ihrem Bett ausgehalten. Er fand die Aufmerksamkeiten einer Dorfhure unterhaltsamer als die von Lady Arianna. Oder denkt Ihr etwa, dass Ihr Euch ihre Mitgift unter den Nagel reißen könnt? Vergesst es, die ist längst weg.«

»Ich überlasse es den Murrays, diese Sache zu regeln. Mir geht es nur darum, einen Feigling zu töten, der schwache Frauen schlägt.«

Wutschnaubend griff Lucette an. Brian fiel es nicht schwer, die blinde Wut des Mannes gegen ihn einzusetzen. Die Schwerter prallten nur kurz aufeinander, bevor Brian seinem Gegner den tödlichen Stoß versetzte. Lucette ging zu Boden. Keuchend starrte Brian auf den Leichnam, als plötzlich ein Warnschrei seine Aufmerksamkeit erregte. Als er sich umdrehen wollte, griff ein Mann ihn von hinten an und erwischte ihn seitlich statt direkt im Rücken. Das kalte Feuer von Stahl in seiner Seite ließ ihn fast in die Knie gehen, aber er hielt sich aufrecht und fällte auch diesen Feind.

Um ihn herum herrschte ein wüstes Getümmel. Mit langsamen, tiefen Atemzügen versuchte Brian, gegen den Schmerz anzukämpfen, und sah sich um. Ein paar Schotten machten sich so schnell sie konnten aus dem Staub. Sigimor und seine Männer achteten kaum auf die Söldner, die versuchten, der Falle zu entkommen, hielten jedoch die Franzosen innerhalb des Schutzwalls in Schach. Brian war entschlossen, nicht in die Knie zu gehen, bis alles vorbei war. Er schlug sich zu Sigimor und den anderen durch, die die Männer um DeVeau herum fällten. DeVeau selbst zeigte weit mehr Geschick als Lucette, aber auch er wirkte schon ziemlich erschöpft. Schließlich war Brian so nah, dass er hörte, wie DeVeau um sein Leben bettelte.

»Wartet«, sagte Brian und trat zu Sigimor.

»Ich dachte, du wolltest, dass kein Franzose überlebt«, sagte Sigimor.

»Mir fällt es nicht schwer, das Leben eines DeVeau zu beenden«, bemerkte Harcourt.

»Ich weiß. Aber warum einer Fehde neue Nahrung geben, wenn sie schon fast erloschen ist? Der Tod eines weiteren DeVeau könnte sie neu entfachen«, gab Brian zu bedenken. »Ihr wisst doch, warum wir euch alle töten wollen?«, fragte er DeVeau.

»Damit niemand erfährt, wo die Kinder stecken«, erwiderte Ignace.

»Richtig. Damit der Gefahr, in der sie schweben, ein Ende bereitet wird. Welcher Ignace seid Ihr eigentlich? Der Winzer oder der Folterknecht?«

»Der Winzer. Dieser Name ist ein Fluch, aber zum Glück komme ich nur selten in Gegenden, in denen mein berüchtigter Cousin sein Unwesen getrieben hat.«

Brian glaubte ihm. »Dann liegt es an Euch, ob Ihr jetzt den Rückzug antreten wollt oder hier begraben werdet.«

»Selbstverständlich würde ich lieber gehen.«

Der Mann war viel jünger, als Brian gedacht hatte, wahrscheinlich kaum älter als Ned. Warum hatten die DeVeau keinen älteren, erfahreneren Mann losgeschickt, einen, der sich nicht in eine Falle hätte locken lassen, wenn sie wussten, wie wertvoll die Jungen waren? Jeder kampferprobte Krieger hätte diese Falle erkannt.

»Wie viele von Euren Leuten kennen die Wahrheit?«

»Drei. Mein Onkel, meine Mutter und ich. Lucette hat hauptsächlich mit meiner Mutter gesprochen. Deshalb weiß ich nicht, was mein Onkel darüber weiß. Meine Mutter vertraut ihm nicht und sie mag ihn auch nicht. Mein Onkel beschäftigt sich am liebsten mit seinen Trauben.«

»Ach herrje«, murmelte Sigimor. »Allmählich glaube ich, dass diese Franzosen Verwandte haben, die noch viel schlimmer sind als unsere.«

Brian überhörte das Kichern der Männer, die sich um sie herum versammelt hatten. »Dann hat Euch also Eure Mutter beauftragt, die Jungen nach Frankreich zurückzubringen?«

Die geschwollenen Lippen des jungen Mannes verzogen sich zu einem schwachen Lächeln. »Ihr kennt meine Mutter nicht. Sie ist davon besessen, unserem Teil der Familie zu mehr Macht zu verhelfen. Sie glaubt nämlich, dass wir vom Rest unserer Familie schlecht behandelt und verachtet werden. Jetzt wollte sie einmal diejenige sein, die andere schlecht behandelt und verachtet, versteht ihr? Sie glaubt, dass die Kinder ihr zu diese Macht verhelfen können, denn sie werden beschützt. Nicht besonders stark, aber immerhin ...« Er zuckte mit den Schultern.

»Habt Ihr gewusst, dass Lucette vorhatte, nach und nach viele der begüterten Mitglieder seiner Familie umzubringen? Und dass er behauptet hat, die DeVeau wären seine Verbündeten?« Brian erkannte schon daran, wie der junge Franzose die Augen aufriss, dass ihm das neu war.

»Ich wusste nur, dass ich ihn würde töten müssen, weil er die Kinder töten wollte. Aber meine Familie als seine Verbündeten? Ich fürchte, ich bin sein einziger Verbündeter, und auch ich bin es nur sehr ungern geworden. Der Rest meiner Familie weiß nichts von dieser Geschichte oder von Amiel.«

»Und was ist mit dem Land?«

Igance zuckte abermals mit den Schultern. »Es hat einen strategischen Wert, aber wir sind mittlerweile viele Jahre ohne dieses Land ausgekommen. Ich dachte, es zu bekommen, wäre nicht schlecht, aber nicht unbedingt nötig. Vielleicht hätte ich die Frau, den Vormund der Kinder, überreden können, mir das Land zu verkaufen. Ich hätte dann ab und zu mit den Kindern hierherkommen oder irgendwo anders ein ruhiges Leben mit ihnen führen können. So habe ich mir das vorgestellt.«

»Und was habt Ihr Euch von der ganzen Sache versprochen?«

»Was ich will, spielt keine große Rolle. Meine Mutter und mein Onkel verfügen über all unser Geld, bis ich dreißig oder verheiratet bin. Ich habe ihr zu bedenken gegeben, dass ich hier den Tod finden könnte, aber das hat sie nicht weiter beunruhigt.«

Brian warf einen Blick auf Sigimor, der sein Schwert in die Scheide steckte, die Arme vor der Brust verschränkte und nickte. Offenbar war auch er zu der Überzeugung gelangt, dass sie es mit einem harmlosen DeVeau zu tun hatten, einem jungen Mann, der keine Wahl gehabt hatte. Wahrscheinlich würde keiner ein paar tote Bewaffnete rächen wollen, aber einen jungen Sprössling dieser Familie zu töten, könnte die Fehde zwischen den Lucette, den DeVeau und den Murrays aufs Neue entflammen lassen. Und vielleicht war es auch gar nicht so schlecht, wenn jemand heimkehrte, um den anderen ein paar Wahrheiten und ein paar Lügen zu erzählen. So etwas konnte zur Sicherheit der Jungs nur beitragen.

»Sagt mir – falls Ihr die Wahl gehabt hättet, was hättet Ihr getan? Und was wollt Ihr jetzt tun?«, fragte Brian.

»Ich will lebendig heimkehren. Ich habe mich nur ungern auf die ganze Sache eingelassen. Was meine Mutter will, ist mir jetzt egal. Ich glaube, es würde uns das Leben nur schwer machen. Es ist mir ganz recht, dass wir so unwichtig sind und die restliche Familie kaum von uns Notiz nimmt.« Die beiden Männer, die noch übrig geblieben waren, brummten zustimmend. »Warum glaubt Ihr, hat Lucette sich an uns gewandt und an keinen anderen? Weil von uns auch keine Gefahr für die Lucette ausgeht. Wir haben einen kleinen Weinberg weit weg von all den anderen. Die anderen kommen nur zu uns, wenn sie eine Unterkunft auf Reisen brauchen. Dann schlagen sie sich die Bäuche voll und trinken viel zu viel von unserem Wein. Und sobald sie weitergezogen sind, vergessen sie uns wieder. Mir ist es ganz recht, wenn das so bleibt.«

»Und was habt Ihr dazu zu sagen, dass ein Schiff versenkt wurde?«

»Das war eine völlig überflüssige Torheit.« Die Wangen des jungen Mannes färbten sich rot vor Zorn. »Ich habe geschlafen und wusste nicht, was Lucette vorhatte. Ich hätte es niemals gebilligt. Wahrscheinlich hat man mich deshalb schlafen lassen und mir nichts davon gesagt. Mein Vater war ein Seefahrer, versteht Ihr? Was er für Frankreich und den König getan hat, hat uns zu dem Weinberg und unserem Titel verholfen.«

»Dann nehmt Eure zwei Männer und kehrt heim. Aber Ihr müsst Eurer Mutter sagen, dass die Jungs bei einem Angriff gestorben sind, als Ihr sie nach Frankreich schaffen wolltet.«

»Das könnte uns Ärger mit dem Großvater einbringen. Es sind zwar Bastarde, aber der Großvater ist ein Mann, der sich um alle kümmert, in deren Adern das Blut seiner Familie fließt.«

»Dann müsst Ihr Euch überlegen, wie Ihr ihm heimlich die Nachricht zukommen lassen könnt, dass die Jungen am Leben sind. Sie gehören jetzt zu uns. Lady Arianna hat von den Lucette eine Stück Land für sie bekommen. Sie werden hier bleiben, und wie Ihr gesehen habt, sind sie hier auch gut aufgehoben. Der Großvater kann sich an die Murrays oder an uns wenden, wenn er mit den Kindern in Verbindung treten will.«

»Die Lucette haben den Jungen ihr schottisches Anwesen überlassen?«, fragte DeVeau überrascht. »Vielleicht war die Entscheidung, Lady Arianna zum Vormund zu ernennen, doch nicht so verrückt? Glaubt Ihr, dass sie das Land, das den Jungen in Frankreich gehört, loswerden will?«

»Falls es so ist, und die Kinder einverstanden sind, werdet Ihr der Erste sein, dem es angeboten wird – solange Ihr tut, was ich Euch gesagt habe.«

»Und wenn Ihr das nicht tut, solltet Ihr gut auf Euch aufpassen, Bursche«, knurrte Sigimor.

DeVeau starrte Sigimor an und erblasste. Schon allein darin zeigte sich deutlich, wie jung er war. Brian krümmte sich ein wenig. Seine Wunden hatten ihn viel Blut gekostet. Er konnte sich kaum noch auf den Beinen halten. Die Sache musste jetzt bald beendet werden.

»Ich schwöre bei der Ehre meines Vaters, dass ich tun werde, was Ihr von mir verlangt«, erklärte DeVeau feierlich.

»Kehrt heim, DeVeau«, sagte Brian. »Und vergesst Euren Schwur und unsere Vereinbarung niemals.«

»Was passiert mit Lucettes Leichnam?«

»Wir kümmern uns darum, dass er zu seiner Familie überführt wird«, versprach Harcourt.

»Ach, falls Ihr tatsächlich nicht einverstanden wart, dass ein Schiff versenkt wurde, solltet Ihr Euch mit einem gewissen Kapitän Tillet unterhalten.« Brian gab ihm Tillets Adresse. »Ich denke, damit wärt Ihr gut beraten. Denn wahrscheinlich ist es Euch nicht recht, dass Euer Name mit dieser Untat in Verbindung gebracht wird.«

DeVeau nickte. Er und seine Männer steckten die Schwerter zurück und machten sich auf den Weg zu ihren Pferden. Das war alles, was ihnen geblieben war. Brians Verwandte sammelten nämlich bereits sämtliche Wertgegenstände vom Schlachtfeld ein. Als Brian sah, dass Callum zu DeVeau trat, runzelte er die Stirn. Würde der junge Mann sich an ihre Vereinbarung halten?

»Callum?«, rief er.

Callum sah ihn an und grinste. »Keine Sorge, Brian. Wir unterhalten uns nur noch ein wenig über Wein und Schiffe.«

Brian schüttelte den Kopf. Plötzlich geriet er ins Wanken. Sigimor eilte zu ihm, um ihn zu stützen. Als er seinen Cousin musterte, sah er, wie bleich dieser war.

»Du meine Güte, Brian«, murrte Sigimor. »Du blutest wie ein abgestochenes Schwein.«

»Wie blutet denn ein abgestochenes Schwein?«, fragte Brian.

»Und jetzt redest du wie ein Fiebernder. Wir müssen in die Burg und uns um deine Verletzungen kümmern.«

Brian warf einen Blick auf die Burg. Sie schien meilenweit entfernt und war umgeben von dichtem Nebel. Er schaute wieder auf seinen Cousin.

»Sigimor?«

»Aye.«

»Fang mich auf.«

Sigimor erwischte ihn gerade noch rechtzeitig. Leise fluchend schleppte er ihn zur Burg. »Arianna wird darüber alles andere als erfreut sein.«

Und damit hatte er sicherlich recht.

19

Arianna tauchte einen Lumpen in kaltes Wasser, drückte ihn aus und wischte Brian damit den Schweiß aus dem Gesicht. Das Entsetzen, das sie befallen hatte, als er zu fiebern begann, hatte mittlerweile etwas nachgelassen. Es war nun zwei Tage her, und sein Fieber war nicht besonders hoch gestiegen. Seine Verletzungen heilten gut und zeigten kein Zeichen von Wundbrand.

Sie schauderte, als sie sich daran erinnerte, wie sie ihn nach der Schlacht zum ersten Mal gesehen hatte. Beinahe wäre sie zusammengebrochen, als sie ihn, aus etlichen Wunden blutend, in Sigimors Armen erblickte. Wenn er nicht leise gestöhnt hätte, hätte sie laut angefangen zu jammern wie ein Klageweib. Schon der Gedanke, er könnte sterben, hatte ihr das Herz zerrissen. Sie war sehr erleichtert gewesen, als sie erfuhr, dass er nicht besonders schwer verwundet war – bis sie seine Verletzungen in Augenschein genommen hatte. Mab und Fiona hatten eine ganze Weile gebraucht, um sie davon zu überzeugen, dass keine der Wunden tödlich war.

Die beiden Frauen hatten bei Brian hervorragende Arbeit geleistet. Arianna schämte sich, dass sie so wenig von der Heilkunst verstand, obwohl sie von ihrer Familie darin unterwiesen worden war. Doch damals war sie zu jung gewesen, um den Sinn dieses Unterrichts zu begreifen. Sie hatte den Garten geliebt und tat es noch heute. In ihrem jugendlichen Dünkel hatte sie geglaubt, es reichte, wenn man all die Pflanzen anbauen konnte, die eine Heilerin brauchte. In Frankreich war sie zwar besser gewesen als die dortige Heilerin, aber neben Fiona und Mab wirkte sie wie eine unerfahrene Novizin.

»Ich dachte, überall gibt es geschickte Heilerinnen«, erklärte sie Brian, obgleich er schlief. »Das war sehr töricht von mir. Dass ich inmitten von Frauen aufwuchs, die sehr geschickt in der Heilkunst waren, hieß noch lange nicht, dass es zahlreiche geschickte Heilerinnen außerhalb meines Clans gab. Wenn ich gründlicher darüber nachgedacht hätte, wäre mir aufgefallen, wie oft eine meiner Verwandten zu einem Kranken gerufen wurde. Dann hätte ich auch erkannt, wie töricht ich war. Dass ich noch ein Kind war, entschuldigt mein Verhalten nicht.«

»Warum nicht? Viele denken nicht an die Zukunft, wenn sie jung sind«, sagte Fiona. Sie schloss die Tür hinter sich und trat zu Brian ans Bett. »Er sieht schon viel besser aus.«

»Seine Wunden sind sauber und fangen bereits zu heilen an«, erklärte Arianna.

»Gut. Ich setze mich jetzt ein Weilchen zu ihm, und dann löst mich Mab ab. Du kannst deine Jungs besuchen, dich ein wenig ausruhen und den selten schönen Tag im Garten genießen.«

Arianna schluckte ihren Drang, bei Brian zu bleiben. Fiona hatte recht. Sie hatte wirklich etwas Ruhe und frische Luft nötig. Es nützte Brian nichts, wenn sie sich völlig verausgabte. Also erhob sie sich und begab sich auf die Suche nach Michel und Adelar.

Zwei Stunden später setzte sie sich auf eine steinerne

Bank in Fionas Garten. Nachdem sie sich ein Weilchen mit den Kindern beschäftigt hatte, merkte sie, wie erschöpft sie war. Aber die Sonne schien herrlich, und der Garten begann zu grünen und zu sprießen. Das wollte sie ein Weilchen genießen, bevor sie sich in ihr Schlafgemach zurückzog. Sie lehnte sich an den Baum hinter der Bank und ließ sich von der Sonne wärmen.

»Wahrscheinlich würdest du in einem Bett bequemer schlafen.«

Arianna richtete sich blinzelnd auf. Sie stellte fest, dass Callum neben ihr saß. Ein Blick auf die Sonne zeigte ihr, dass sie tatsächlich eine Weile geschlafen hatte, aber sie war noch längst nicht ausgeruht.

»Ich dachte, du und die anderen wären schon aufgebrochen«, sagte sie und schämte sich ein wenig, dass sie so wenig auf ihre Cousins geachtet hatte. Schließlich waren sie gekommen, um ihr zu helfen.

»Wir warten auf dich«, sagte Callum.

»Ach so. Nun, ich kann nicht sagen, wann Brian wieder vollkommen genesen ist.«

»Eigentlich warten wir darauf, was du tun willst, wenn er genesen ist. Willst du hierbleiben oder mit uns kommen? Ich sehe es dir an, dass er mit dir nie darüber gesprochen hat. Also werden wir warten, bis er es getan hat.«

Callum verstand sich ausgezeichnet darauf, ins Innere eines Menschen zu blicken. Das war schon immer so gewesen. Vermutlich hatten die Schrecken seiner Kindheit etwas damit zu tun. Er war verwaist und verwahrlost gewesen und hatte nichts Gutes auf dieser Welt erlebt, bis ihr Cousin Payton und seine Gemahlin Kirstie ihn retteten. In seiner düsteren Kindheit hatte sich Callum ein wahres Geschick darin erworben, andere Menschen einzuschätzen und zu erkennen, was in ihnen vorging. Nachdem die Familie seines Vaters ihn aufgenommen hatte und er zu einem von allen geliebten Enkel eines mächtigen MacMillan herangewachsen war, hatte er den Schwur erfüllt, den er in seiner Kindheit geleistet hatte. Er wurde groß und stark und lernte zu kämpfen, um die Unschuldigen und Schwachen zu beschützen. Aber Arianna glaubte nicht, dass sie seinen Schutz brauchte.

»Wir hatten nicht viel Zeit, über die Zukunft nachzudenken«, sagte sie und wunderte sich nicht, dass ihr diese kümmerliche Ausrede nur eine hochgezogene Braue einbrachte.

»Nay? Er hat die Zeit gefunden, dein Geliebter zu werden.«

Ihre Wangen röteten sich vor Scham, doch sie erwiderte unbeirrt: »Das geht dich nichts an.«

»Das geht mich sehr wohl etwas an. Arianna, wir haben dich im Stich gelassen.«

»Nay!«

»Doch, das haben wir. Wir alle. Wir sind nicht zu dir gestanden, wie wir es als deine Familie hätten tun sollen. Du warst fünf Jahre in Frankreich, ohne dass dich auch nur ein einziger von uns besucht hat.«

Das schmerzte noch immer, doch sie mahnte sich, nicht nachtragend zu sein. »Ihr habt nicht gewusst, dass ich das gern gehabt hätte. Die Lucette haben meine Briefe abgefangen, in denen etwas stand, was euch vielleicht dazu veranlasst hätte, mich zu besuchen und herauszufinden, wie es mir ging. Und sie haben mir auch keinen Brief ausgehändigt, in dem von einem möglichen Besuch die Rede war. Also habt ihr nicht gewusst, wie sehr ich euch gebraucht hätte. Ihr seid davon ausgegangen, dass ich zufrieden bin.«

Er rutschte näher und legte den Arm um ihre Schulter. »Selbst wenn du wirklich zufrieden gewesen wärst, hätte sich einer aus unserem Clan aufmachen und dich besuchen sollen. Schon allein, dass du uns nie gebeten hast, dich zu besuchen, hätte uns hellhörig machen müssen. Wir hätten Verdacht schöpfen müssen bei den wenigen Briefen, die uns dein Gemahl oder seine Verwandten schickten und in denen sie uns versicherten, dass du zu beschäftigt seist, um uns zu besuchen.«

Das stimmte natürlich, und Arianna vermutete, dass es noch ein Weilchen dauern würde, bis der Schmerz darüber nachlassen würde. Aber sie wusste auch, wie schnell die Zeit verstrich, wie lang so eine Reise dauerte und wie viele Verpflichtungen ihre Familie hatte. Und richtig vergessen hatten ihre Verwandten sie ja nicht, sie hatten immerhin geschrieben. Den eigentlichen Schmerz hatten die Lucette ihr zugefügt, und auch der würde bald verheilen.

»Ich wusste gar nicht, dass die Lucette euch geschrieben haben.«

»Nur sehr selten. Wahrscheinlich taten sie es immer dann, wenn aus unseren Briefen hervorging, dass wir allmählich unruhig wurden, weil keine Einladung aus Frankreich kam oder du uns nicht besuchen wolltest. Sie wussten ganz genau, dass wir es nie zugelassen hätten, wie sie dich behandelten. Aber das entschuldigt unser Verhalten trotzdem nicht. Jemand hätte dich besuchen und nachschauen sollen, wie es dir geht. Wir hätten uns nicht auf die Lucette verlassen dürfen.«

»Abgesehen von Clauds Familie sind die Lucette gute Verbündete. Ihr hattet keinen Grund, Argwohn zu schöpfen. Allerdings durfte ich auch nie einen der anderen Lucette besuchen. Ich dachte immer, dass sie keinen Wert auf meine Gesellschaft legten. Aber mittlerweile weiß ich, dass Claud auch den Rest seiner Familie davon abhielt, uns zu besuchen.«

»Wenn Claud Besuche zugelassen hätte, wären all seine Lügen aufgeflogen, und wir hätten dich aus der Falle befreit, in die er dich gesteckt hat.«

Sie seufzte. »Brian hat dir alles erzählt, oder?«

»Dass Claud dich misshandelt hat? Aye, das hat er getan.«

»Er hat mich nicht geschlagen.«

»Trotzdem hat er dich misshandelt.«

»Ich weiß. Brian hat es mir klargemacht, auch wenn ich mich ein Weilchen gegen diese Einsicht gesträubt habe.«

»Ich muss gestehen, dass es mir schwergefallen ist, zu verstehen, warum du seine Ränke nicht von Anfang an durchschaut hast. Doch mittlerweile glaube ich, er hat dich langsam vergiftet.«

»So hat es Brian mir auch erklärt. Richtig hinterhältig war es, wie ein Wassertropfen, der allmählich einen Stein aushöhlt. Als mir klar wurde, was er mir angetan hat, habe ich mich geschämt. Warum hatte ich es zugelassen? Darüber habe ich oft nachgedacht, und schließlich habe ich erkannt, dass ich wohl doch nicht so selbstsicher war, wie ich immer geglaubt hatte. Irgendwie hatte ich mich mit der Unterstellung abgefunden, dass es an mir vieles gab, was verbessert werden musste. Außerdem stamme ich aus einem Clan, in dem es viele gute Ehen gibt. Das wollte ich auch haben, und anfangs dachte ich immer, dass es auch Claud darum ging. Viele seiner Vorwürfe waren als guter Rat getarnt.« Sie zuckte die Schultern. »Aber das ist jetzt nicht mehr wichtig. Ich erhole mich davon, und ich höre seine Stimme in meinem Kopf auch nicht mehr so oft wie früher.«

»Ich glaube, du bist noch immer so verletzt, dass du nicht wagst, dir zu nehmen, was du haben willst.«

»Das müssen beide haben wollen, Callum«, sagte sie leise, denn ihr war klar, dass sich seine Bemerkung auf sie und Brian bezog.

»Richtig. Aber das heißt nicht, dass man nicht wenigstens versuchen sollte, den anderen zu überzeugen, dass beide dasselbe wollen.«

Sie lachte ein wenig und versprach ihm, darüber nachzudenken. Callums scherzhaften Worte bargen eine gewisse Weisheit. Das erkannte sie auf dem Weg in ihr Schlafgemach.

Man konnte die Liebe zwar nicht erzwingen, aber das hieß nicht, dass man herumsitzen und warten musste in der Hoffnung, dass sie langsam wachsen würde. Sie konnte Brian wenigstens zeigen, dass die Liebe auf ihn wartete, wenn er sie haben wollte.

Doch eines konnte sie nicht tun: Sie konnte ihm nicht offen ihre Liebe erklären und auf das Beste hoffen. Wenn Brian sie trotzdem heimschickte, wollte sie nicht gehen mit dem Wissen, dass sie ihm ihr Herz angeboten und er es achtlos beiseite geschoben hatte.

Schließlich nahm sie sich vor, ihm auf jede erdenkliche Weise zu zeigen, wie viel ihr an ihm lag. Wenn er sie wirklich haben wollte – was einige Leute zu glauben schienen –, dann würde er erkennen, wie wichtig er ihr war und sie bitten, bei ihm zu bleiben.

Als Brian aufwachte, hörte er Arianna leise reden. Während seiner Genesung hatte er ihre Stimme oft vernommen. Sie hatte sich aufopferungsvoll um ihn gekümmert. Vielleicht hegte sie doch tiefere Gefühle? Dennoch wollte er sich nicht in Versuchung führen lassen, nach etwas zu greifen, was er nicht haben konnte. Aber es konnte sicher nicht schaden, wenn er sich noch ein wenig länger an ihrer Nähe erfreute.

»Ach, du bist wach«, sagte sie und eilte zu ihm. Sie drückte ihm einen Kuss auf die Wange. »Hast du Hunger?«

»Und wie«, erklärte er, richtete sich auf und lehnte sich an die Kissen, die sie für ihn zurechtrückte. »Und ich werde sehr froh sein, wenn ich endlich wieder aufstehen kann. Zwei Wochen im Bett reichen wahrhaftig.«

»Mir hat es auch nie gefallen, wenn ich das Bett hüten musste. Einmal habe ich gedacht, die Sonne kommt nur heraus, wenn ich zu krank bin, um sie zu genießen.«

Er lachte und brummte erfreut, als sie ein Tablett mit Fleisch, Brot und Käse auf seinen Schoß stellte. Das war ein weiteres Zeichen, dass er wieder gesund war. Fiona überwachte die Verpflegung eines Kranken mit Argusaugen und sorgte dafür, dass sie nicht zu herzhaft war. Dieses Essen war offenkundig für einen Gesunden bestimmt.

Arianna unterhielt ihn mit Geschichten über das Treiben der Burgbewohner, während er es sich schmecken ließ. Er hatte den Eindruck, dass sie sich gut in Scarglas eingelebt und sich rasch mit Fiona angefreundet hatte. Hoffentlich kränkte es sie nicht allzu sehr, wenn er sie schließlich heimschickte.

Aber vielleicht verweilte sie auch deshalb gern noch etwas länger in Scarglas, weil sie immer noch glaubte, ihre Familie habe sie im Stich gelassen? Selbst wenn Arianna so vernünftig war, einzusehen, dass ihre Verwandten nicht die alleinige Schuld trugen, war dies eine tiefe Wunde gewesen, die sicherlich noch nicht ganz verheilt war.

»Deine Cousins treiben sich also auch noch hier herum?«, fragte er, nahm den Becher und atmete genüsslich den Duft eines guten, starken Ales ein. Auch das hatte ihm Fiona bislang verwehrt.

»Nur Callum und Uven«, erwiderte sie. »Brett und Harcourt mussten weiterziehen, weil sie eine Verabredung hatten.« Sie runzelte die Stirn. »Ich habe das Gefühl, dass Brett Sorgen hat, aber er hat sich mir nicht anvertraut. Ich glaube, er wurde es langsam leid, dass ich ihn ständig fragte, ob alles in Ordnung ist.« Sie lächelte schief. »Vielleicht ist er deshalb schon aufgebrochen.«

»Vielleicht hat ihm das noch einen Stups gegeben, aber vermutlich ging es eher darum, dass sie versprochen hatten, zu einer bestimmten Zeit an einem bestimmten Ort zu sein. Und manchmal will ein Mann nicht über seine Sorgen reden – nicht, wenn es um etwas Persönliches geht.«

Sie nickte. »Ich habe mich schon gefragt, ob es wohl um eine Frau geht.«

»Das wäre mit Sicherheit etwas, worüber er mit dir nicht reden will.«

Bevor Arianna darauf antworten konnte, kam Callum in den Raum geschlendert. Sie widerstand dem Drang, ihm einen Tritt zu versetzen, als sie an ihm vorbei hinausging. Er und Brian hatten wahrscheinlich etwas Geschäftliches zu besprechen, beschloss sie auf dem Weg zum Garten. Sehr zu ihrer Freude stieß sie dort auf Michel und Adelar, die Fiona beim Unkrautjäten halfen. Sie gesellte sich zu den Dreien.

»Was machen deine Bemühungen, das Herz dieses Narren zu gewinnen?«, fragte Fiona, als die Kinder sich ein Stück von ihnen entfernt hatten.

»Ich finde, dass es ganz gut läuft, aber sicher bin ich mir nicht«, erwiderte Arianna.

»Er hat dich noch nicht nach Hause geschickt.«

»Stimmt. Aber er hat sich erst vor Kurzem von seinem Krankenlager erhoben. Vielleicht hat er so lange gewartet, weil er sich gern von mir verwöhnen lassen wollte.«

Fiona lachte. »So sind die Männer. Du hast mir jedenfalls viel Arbeit abgenommen und mich davor bewahrt, mich mit männlichen Stimmungsschwankungen herumplagen zu müssen. Seine Genesung ist nun so weit fortgeschritten, dass er anfangen kann, sich zu bewegen und wieder zu Kräften zu kommen.«

Fiona vergewisserte sich, dass die Jungen noch auf der anderen Seite des Gartens spielten, dann fragte sie: »Aber er hat dich auch noch nicht gefragt, ob du bleiben willst, oder?«

Arianna seufzte. »Nay. Er hat mich zwar noch nicht aufgefordert zu gehen, aber manchmal habe ich den Eindruck, dass es bald soweit sein wird. Ich scheue mich schon davor, den Raum zu betreten, weil ich jedes Mal befürchte, die Worte von ihm zu hören.«

Fiona umarmte sie. »Ich werde beten, dass du bekommst, was du willst.«

»Ein paar Gebete sind bestimmt hilfreich, denn nichts, was ich tue, scheint ihm klarzumachen, dass er mir am Herzen liegt und dass ich das Leben, das er mir hier bieten kann, völlig in Ordnung finde. Mal sehen, was passiert, wenn er vollkommen genesen ist.«

Brian stand auf, streckte sich und genoss es, sich ohne Schmerzen und Schwäche bewegen zu können. Dann betrachtete er Callum seufzend. Sie kamen gut miteinander aus, und Callum schien der geborene Händler zu sein. Brian hoffte, dass sie auch dann noch gute Geschäftspartner sein würden, wenn Arianna nicht mehr da war.

Ihm schnürte es das Herz zusammen, wenn er daran dachte, dass sie ihn bald verlassen würde. Aber er hielt eisern an seinem Vorsatz fest. Er war jetzt geheilt, und sie hatte keinen Grund mehr, sich in Scarglas aufzuhalten. Eigentlich hätte sie nicht einmal bleiben müssen, um ihm bei seiner Genesung zu helfen, denn Fiona und Mab waren tüchtige Heilerinnen. Doch diese gemeinsame Zeit hatte er sich noch gönnen wollen und ihre Pflege genossen – aus reiner Selbstsucht, wie er sich eingestehen musste. Aber jetzt konnte er sich nicht länger davor drücken, sie in jenes Leben zurückzuschicken, das sie verdiente.

»Dein Gesichtsausdruck macht mich ärgerlich«, sagte Callum.

»Was liest du denn darin?«

»Dass du nun, nachdem du wieder ganz gesund bist, tun wirst, was du für eine ehrenwerte Tat hältst: meine Cousine wegschicken.« Callum schnitt Brian mit erhobener Hand das Wort ab. »Erspare mir dein Gerede, dass sie zu hoch über dir steht und deshalb für dich als Gemahlin nicht in Frage kommt. Ich bitte dich nur um eines: Mach es schnell und gründlich. Und danach komm bitte nicht auf den Gedanken, ihr hinterherzulaufen, denn das werde ich nicht zulassen.«

Brian war versucht, diese Drohung mit einer zornigen Bemerkung zu erwidern, doch er biss die Zähne zusammen. Es gab noch einen Punkt bei ihren zukünftigen Geschäften, über den er mit Callum reden wollte. Er hoffte nur, dass Callum nicht nachtragend war. Ihre Geschäftsvereinbarungen versprachen stattliche Erträge, und abgesehen davon mochte er Callum.

»Ignace DeVeau hat geschrieben, dass Kapitän Tillet ein neues Schiff hat. In etwa einem Monat wird unsere erste Fracht Wein geliefert.«

»Gut. Hat er auch die Jungen erwähnt?«

»Aye. Ihr Großvater mütterlicherseits teilt unsere Meinung, dass sie hier besser aufgehoben sind und dass es allgemein sicherer ist für sie, wenn der Rest der Welt sie für tot hält. Die Verantwortung für ihren angeblichen Tod wurde auf Lucette geschoben. Der Großvater wird den Jungs bald ein paar Geschenke zukommen lassen. Offenbar ist sein einziger Sohn gestorben.« Brian verzog das Gesicht. »Ich hoffe, er hat nicht vor, die Jungen zu seinen Erben zu machen. Dann würden alle erfahren, dass sie noch leben und einer rechtmäßigen Ehe entstammen. Dann würde Paul Lucette auch nicht das Land der Lucette erben können.«

»Sollen sich doch die Lucette damit herumschlagen. Die Jungs sind hier einstweilen in Sicherheit. Was später aus ihnen wird, müssen sie selbst entscheiden. Ich glaube, dass der Großvater seine Wünsche so lange wie möglich für sich behalten wird. Arianna meint, dass Paul ein guter Mann ist, er ist fleißig und freundlich. Soviel wir wissen, arbeiten er und der Alte heimlich zusammen. Und nur aus Angst um ihre Sicherheit sollten wir nicht verhindern, dass die Jungs später zahlreiche Titel und Ländereien bekommen. Wir können nur dafür sorgen, dass sie immer beschützt sind und dazu ausgebildet werden, sich irgendwann einmal selbst zu beschützen.«

»Stimmt. Ignace hat uns auch mitgeteilt, dass seine Mutter ins Kloster gegangen ist. Offenbar hat ihr Bruder ihr das nahegelegt. Ignace meint, sein Onkel war nicht glücklich über ihre Pläne, sich gegen alle anderen DeVeau zu stellen. Und dass sie sich so wenig um ihr einziges Kind, seinen Erben, gesorgt hat, hat ihn ebenfalls geärgert. Er meinte, wir wären bestimmt froh über die Nachricht, dass sie ihn nicht mehr auf Reisen schicken wird, um ihre Macht und ihr Ansehen zu mehren.«

Callum grinste. »Vermutlich feiern er und sein Onkel das noch heute. Dieser Onkel besitzt offenbar eine gewisse Macht, wenn er es geschafft hat, die Frau in ein Kloster zu stecken, wo sie keinen Schaden mehr anrichten kann.«

»Es sieht so aus, als hätten wir ein äußerst seltenes Wesen gefunden: einen liebenswürdigen, ehrlichen DeVeau.«

»Aye. Hoffen wir, dass die übrige Familie ihn weiterhin übersieht. Wahrscheinlich war es seine Rettung, dass sein Vater ein Seefahrer war. Er ist zwar ein DeVeau, aber in den Augen der übrigen Familienmitglieder wirft die niedrige Herkunft seines Vaters einen Schatten auf ihn.«

»Was ich von den DeVeau gehört habe, und nachdem ich diesen jungen Burschen getroffen habe, kann es ihnen nur guttun, wenn etwas mehr von solchem Blut in die Familie einfließt.«

»Aye.« Callum erhob sich. »Ich werde mich demnächst auf den Weg machen, aber lass uns jetzt lieber nicht die Hände schütteln. Ich bin sehr versucht, dich niederzuschlagen wegen dem, was du jetzt gleich tun wirst.« Er verabschiedete sich mit einem Nicken und ging.

Brian starrte seufzend auf die Tür, die Callum hinter sich geschlossen hatte. Wahrscheinlich würde es ihm genauso gehen, wenn es sich um eine seiner Cousinen handeln würde. Callum und Arianna waren sich als Kinder sehr nah gestanden. Nachdem er seine Eifersucht überwunden hatte, war selbst ihm aufgefallen, wie tief ihre Freundschaft reichte.

Er setzte sich an seinen Arbeitstisch und raufte sich die Haare. Doch so hart es auch für ihn war, er musste bei seinem Vorsatz bleiben. Nach drei langen Wochen war er völlig genesen. Es fiel ihm sehr schwer, Arianna nicht in sein Bett zu zerren und sie zu lieben, bis sie beide zu schwach waren, um auch nur einen Finger zu rühren. Und genau das würde er tun, wenn sie Scarglas nicht bald verließ. Aber das wäre grundfalsch. Ein Mann ging nicht mit einer Frau ins Bett und sagte ihr dann, dass sie gehen sollte. Schlimm war nur, dass sein Verlangen derart stark wurde, dass er demnächst womöglich so tief sank.

Er rang gerade um Worte, die nicht allzu abweisend klingen würden, als Arianna hereinkam und ihn anlächelte. Wie konnte ein solch süßes Lächeln nur ein solch elendes Gefühl hervorrufen? Brian wusste, dass ihr etwas an ihm lag. Aber vielleicht kam das nur daher, weil er im Gegensatz zu den Lucette freundlich zu ihr gewesen war und ihr geholfen hatte, die Jungs zu retten? Wie gern hätte er jetzt aus ihrem Mund erfahren, was sie für ihn empfand. Aber das wäre grausam gewesen, weil er sie dennoch gehen lassen musste.

Es wunderte ihn nicht, dass ihr Lächeln verblasste und ihre Schritte langsamer wurden, als sie nähertrat. Callum hatte erraten, was er heute vorhatte, und sie war offenbar ebenso scharfsichtig. Warum nur fühlte er sich wie der schlimmste aller herzlosen Mistkerle? Er wollte doch nur das Richtige tun – sich ehrenwert verhalten.

»Arianna, ich muss mit dir reden«, sagte er.

Sie blieb einen Meter vor seinem Schreibtisch stehen und faltete die Hände. Der Blick in seinen schönen Augen war unmissverständlich. Er würde sie jetzt heimschicken, wie er es immer angekündigt hatte. Dass er bedrückt wirkte, linderte ihren Schmerz nicht. Sie hielt die Hände fest gefaltet, um nicht dem Drang nachzugeben, sich an ihn zu klammern oder aber etwas Schweres zu nehmen und es ihm auf den Kopf zu dreschen.

»Worüber denn?«, fragte sie.

»Als Erstes wollte ich dir sagen, dass Ignace geschrieben hat. Ich habe den Brief heute erhalten.« Er erzählte ihr ausführlich alles, was der Mann geschrieben hatte, auch wenn ihn eine leise Stimme in seinem Kopf schimpfte wegen seines kümmerlichen Versuchs, hinauszuschieben, was er ihr sagen musste.

Die Neuigkeiten waren erfreulich und beunruhigend zugleich. Einstweilen waren die Kinder sicher, aber die Zukunft konnte allerlei Probleme mit sich bringen. Warum erzählte er ihr das alles? Er hatte bestimmt auch Callum davon berichtet, und dieser würde wiederum ihr davon erzählen. Warum vergeudete er ihre Zeit, bevor er ihr das Herz zerbrach? Nachdem sie ahnte, was er vorhatte, wollte sie es am liebsten so schnell wie möglich hinter sich bringen.

»Nun, das sind gute Nachrichten – zumindest vorläufig. Was später passiert, wird sich weisen. Es könnten sich noch einige Schwierigkeiten auftun«, sagte sie.

»Darüber sind sich Callum und ich im Klaren, und wir werden alle wachsam sein. Ignace hält uns bestimmt auf dem Laufenden, vor allem, wenn er an dem Weinhandel mit uns etwas verdient.«

»Natürlich. Ist das alles?« Mittlerweile zitterte sie vor Schmerz und Wut und wünschte sich verzweifelt, es wäre vorüber.

Brian räusperte sich, faltete die Hände und legte sie auf den Arbeitstisch. Wenn sie ihn doch nur nicht so ansehen würde, als erwartete sie, dass er gleich sein Schwert zücken und ihr den Kopf abschneiden würde! Sie wusste doch bestimmt, dass es so besser für sie war.

»Ich möchte dir für all deine Fürsorge an meinem Krankenbett danken.«

»Du hast dir deine Verletzungen bei dem Kampf um meine Jungs zugezogen.«

»Das stimmt natürlich, obgleich es dabei nicht nur um die Jungen, sondern auch um dich ging. Meine Wunden sind mittlerweile verheilt, und deine Familie kann es bestimmt kaum erwarten, dich wiederzusehen. Ich habe mich um eine Eskorte für dich und die Kinder gekümmert, und Callum und Uven werden dich ebenfalls begleiten. Es war mir eine große Ehre, dir in Notzeiten behilflich zu sein. Wenn du je wieder Hilfe benötigst ...«

»Dann werde ich meine Familie darum bitten«, fiel sie ihm ins Wort. »Wenn du jetzt so freundlich wärst und mich entschuldigst? Ich muss noch meine Sachen packen und mich von einigen Leuten verabschieden.«

Als sie aus dem Arbeitszimmer stürmte, musste er sich auf die Lippen beißen, um sie nicht zurückzurufen. Er würde wohl nie den Ausdruck in ihren Augen vergessen, als er sich höflich bei ihr bedankt und ihr Lebewohl gewünscht hatte. Sie hatte tief bestürzt gewirkt – und gleichzeitig sehr wütend.

Einen Moment lang war er versucht gewesen, aufzuspringen, sie in die Arme zu schließen und zu versuchen, den Schmerz zu lindern, den er ihr offenbar zugefügt hatte. Doch das wäre eine Riesendummheit gewesen. Sobald er sie in den Armen gehalten hätte, hätte er sie nicht mehr gehen lassen können. Das war einer der Gründe, warum er nicht mehr mit ihr geschlafen hatte, obwohl er seit mindestens zwei Wochen dazu in der Lage gewesen wäre und sich verzweifelt danach gesehnt hatte.

»Ich habe das Richtige getan«, sagte er laut.

Er schenkte sich einen Becher Ale ein und fragte sich, ob der Krug voll genug war, um sich damit in sein Zimmer zu verkriechen und sich sinnlos zu betrinken, bis sie weg war. Nur so konnte er sich davon abhalten, ihr nachzurennen. Und in Anbetracht ihrer Miene würde er ihr wahrscheinlich nicht nur nachlaufen, sondern auch niederknien und sie um Verzeihung bitten müssen. Sich zu betrinken war die einfachere Lösung.

20

»Was machst du denn da?«

»Ich packe«, erwiderte Arianna, ohne Fiona anzuschauen. »Ich bin fast fertig, und dann werde ich den Jungen beim Packen helfen.«

»Darf ich fragen, warum?« Fiona setzte sich aufs Bett und sah Arianna dabei zu, wie sie mit großer Sorgfalt ein Kleid faltete.

»Es ist Zeit zu gehen. Zumindest wurde mir das so beschieden. Es ist Zeit, zu meiner Familie und dem Leben zurückzukehren, das ich verdiene, weil ich in dieses Leben hineingeboren wurde. Meine Herkunft erfordert es, dass ich nur bestimmte Männer heirate und ein Leben in Saus und Braus führe, das meine Eltern nie geführt haben, und ...«

Arianna riss das sorgfältig gefaltete Kleid aus der Satteltasche und schleuderte es quer durchs Zimmer. Das fühlte sich so gut an, dass sie es mit den ganzen Sachen so machte, die sie gepackt hatte, bis all ihre Kleider auf dem Boden verstreut waren. Leise fluchend setzte sie sich aufs Bett und starrte auf die Verwüstung.

»Geht es dir jetzt besser?«, fragte Fiona mitfühlend, schob die Satteltaschen beiseite und rutschte näher.

»Nicht sehr viel, und jetzt muss ich noch mal von vorn anfangen.«

»Brian hat dir gesagt, dass du gehen sollst?«

Schon allein diese Worte versetzten Arianna einen schmerzhaften Stich. Sie nickte.

»Aye. Er hat sich freundlich für meine Fürsorge bedankt, aber jetzt ist er wieder gesund und meine Familie kann es bestimmt kaum erwarten, mich wiederzusehen, hat er gemeint. Es sei ihm eine große Ehre gewesen, mir zu helfen, und ich könne mich jederzeit an ihn wenden, wenn ich noch einmal Hilfe bräuchte. Ich habe ihm gesagt, in dem Fall würde ich mich an meine Familie wenden, und dann bin ich gegangen.«

»Machst du denn immer das, was er sagt?«

Arianna musterte Fiona fragend. »Was bleibt mir denn anderes übrig? Er will, dass ich gehe, Fiona.«

»Nay, das will er nicht. Er tut nur, was er für das Richtige hält. Brian kann einfach nicht vergessen, dass er kein Land besitzt und auch sonst nicht viel sein Eigen nennen kann. Er ist einunddreißig und lebt noch in der Burg seines Vaters, auch wenn er zum Ritter geschlagen wurde. Ihr, Lady Arianna, befindet Euch weit außerhalb der Reichweite eines solchen Mannes.«

»Also hat ihn sein Stolz dazu veranlasst, mich heimzuschicken? Sein Stolz hält uns davon ab, mehr miteinander zu haben als ein Abenteuer und ein paar leidenschaftliche Nächte? Warum sagt sein Stolz ihm nicht, dass er gut genug für mich ist? Was nützt ihm sein Stolz, wenn er allein zurückbleibt?«

»Nichts. Aber ich glaube, so einfach ist die Sache nicht. Ewan meint, dass Brian viele schlechte Ehen kennt, Ehen, die wegen Ländereien, einem Titel oder Geld zustande kamen. Brian hat immer gesagt, er würde nie aus solchen Gründen heiraten. Vielleicht hat er Angst, dass jeder denkt, es wäre ihm nur darum gegangen, wenn er dich heiratet.

Und schlimmer noch, dass sogar du anfangen könntest, das zu glauben.«

»Wie kommt er darauf, dass ich nicht weiß, was ich will oder womit ich zufrieden bin? In meiner ersten Ehe habe ich schwach gewirkt, weil ich mich nicht dagegen wehrte, wie mein angeblicher Gemahl und seine Familie mich behandelten. Aber in den vergangenen Wochen habe ich ihm bestimmt gezeigt, dass ich Entscheidungen treffen kann und eine eigene Meinung habe. Wie soll ich ihn je dazu bringen, das einzusehen, wenn er es nach all der Zeit, die wir miteinander verbracht haben, und all der Mühsal, die wir gemeinsam überwunden haben, nicht erkennen kann?«

»Schau mich an. Ich werde Fiona mit den zehn Messern genannt und bin meinem Gemahl bei unserer ersten Begegnung mit dem Schwert an die Gurgel gegangen. Trotzdem versucht Ewan ab und zu, Entscheidungen für mich zu treffen. Männer können nicht anders. Sie denken oft, dass sie genau wissen, was das Beste für uns ist, ohne uns je zu fragen. Deshalb müssen wir ihnen gelegentlich klar machen, dass wir selbst denken und auch selbst entscheiden können, was das Beste für uns ist.«

»Ich dachte, mittlerweile hättest du alle MacFingals dazu gebracht, das einzusehen«, sagte Arianna und brachte ein kleines Lächeln zustande.

»Ich denke, dass du es den Rest deines Lebens bereuen wirst, wenn du jetzt gehst.«

»Und er? Wird er das nicht?«

»Doch, auch er wird es bereuen, aber er wird trotzdem glauben, dass er das Richtige getan hat, und damit wird er sich trösten. Er wird sein Tun als unausweichlich betrachten, als etwas, was seine Ehre von ihm verlangt hat.« Sie nickte, als Arianna abfällig schnaubte. »Er glaubt wirklich, dass du viel zu weit über ihm stehst und dass es nicht richtig wäre, dich dazu zu bewegen, bei ihm zu bleiben.«

Arianna stützte die Ellbogen auf die Knie und legte ihr Kinn in die Hände. »Vielleicht ist es wirklich besser so. Vielleicht könnte ich ihn überzeugen, dass ich bei ihm bleiben will und dass mir Herkunft und Annehmlichkeiten nicht wichtig sind. Aber es gibt da etwas, was ich ihm nicht geben kann, egal, wie sehr ich ihn liebe.«

Fiona verzog das Gesicht. »Was denn?«

»Kinder.«

Sie gestand Fiona, dass sie befürchtete, unfruchtbar zu sein, aber sie sagte ihr auch alles, was Jolene ihr gesagt hatte – nämlich, dass sie es möglicherweise doch nicht war. »Ich wollte schon früher mit dir darüber reden, aber dann ist so viel passiert, dass ich es vergessen habe. Und dann setzte letzte Woche meine Blutung ein, und ich konnte nur noch daran denken, dass es auch Brian nicht gelungen war, mich zu schwängern.«

»Wie dem auch sei – ich glaube nicht, dass du unfruchtbar bist. Du warst nicht lange genug mit Brian zusammen, um das beurteilen zu können. Ich denke, Jolene hat recht. Aber man kann natürlich nicht mit Sicherheit sagen, ob das Problem bei Claud lag oder bei dir. Doch abgesehen davon glaube ich nicht, dass es Brian wichtig wäre.«

»Nay? Alle Männer wollen Kinder. Ich hätte auch zu gern welche. Dass ich sogar von Claud ein Kind haben wollte, sagt wohl alles.«

Fiona lächelte, dann meinte sie: »Ich wette, Callum

könnte ein paar Kinder auftreiben, die ein Heim und eine Familie brauchen.«

»Daran habe ich auch schon gedacht, aber diese Kinder wären nicht mit Brian verwandt. Das stört ihn bestimmt.«

»Das glaube ich nicht«, widersprach Fiona. »Wirklich nicht. Und mit ihm verwandt? Diese Burg ist voll mit seinen Verwandten. Die MacFingals haben mehr Kinder, als sie brauchen. Das hast du doch selbst gesehen. Wir haben ein ganzes Heer von MacFingals, und sie hören nicht auf, sich ständig zu vermehren.« Fiona erhob sich. »Es gibt nur einen Weg, herauszufinden, ob du unfruchtbar bist oder nicht. Und du hast mir doch soeben erklärt, dass du noch keinen richtigen Beweis hast.«

Arianna schüttelte den Kopf. Der Schmerz darüber, dass sie in der vergangenen Woche wieder zu bluten begonnen hatte, war noch sehr frisch. Ihr war gar nicht klar gewesen, wie sehr sie auf ein Kind von Brian gehofft hatte, bis diese Hoffnung zunichte gemacht worden war. Im Grunde wusste sie natürlich, dass es nichts zu sagen hatte, wenn Brian sie bei den wenigen Malen, die sie zusammen geschlafen hatten, nicht geschwängert hatte. Dennoch war die Angst, unfruchtbar zu sein, mit voller Wucht zurückgekehrt.

»Nun, ich kann nur sagen, dass ich die Sache nicht so stehen lassen würde«, meinte Fiona. »Ich würde zu diesem Narren gehen und ihm sagen, wie töricht er ist. Vielleicht ändert er seine Meinung, wenn du ihm deine Gefühle zeigst. Vielleicht hat er ja geglaubt, dass es dir nicht allzu weh tut, wenn er dich jetzt heimschickt. Du musst ihm klarmachen, dass er sich getäuscht hat.«

»Warum muss immer die Frau den ersten Schritt machen?«

»Weil Männer Idioten sind. Und wie ich schon sagte – sie treffen gern Entscheidungen für uns, ohne vorher mit uns darüber gesprochen zu haben. Also, lass die Wut zu, die ich an dir bemerkt habe, als ich in dein Zimmer kam, und stell ihn zur Rede. Natürlich kann es sein, dass er dich trotzdem heimschickt, aber ich glaube es nicht. Immerhin weißt du dann wenigstens, dass du alles getan hast, was in deiner Macht stand, um ihn umzustimmen.«

»Und dann wird die Schuld allein auf ihm lasten.«

»Ganz genau. Da, wo sie hingehört.«

Arianna blieb noch ein Weilchen auf dem Bett sitzen, nachdem Fiona gegangen war, und starrte auf das Chaos, das sie angerichtet hatte. Sie würde all ihren Mut zusammennehmen müssen, um Brian zur Rede zu stellen. Dieser Schritt bedeutete, dass sie ihm all ihre Gefühle offenbaren musste – in der Hoffnung, dass er sie dann nicht mehr wegschicken wollte. Außerdem würde es bestimmt nicht leicht werden, ihm klarzumachen, dass es ihr egal war, ob er Ländereien, eine Burg und eine gefüllte Schatztruhe besaß oder nicht. All dies hatte sie fünf Jahre lang in Frankreich gehabt und war dennoch kreuzunglücklich gewesen. Claud war von Stand gewesen und hatte Land und einen Titel gehabt. Er war also genau so ein Mann gewesen, den Brian für sie als Gemahl passend fand. Und trotzdem war er ein grausamer Schuft gewesen, dem überhaupt nichts an ihr gelegen hatte.

Sie verspannte sich. Ihr Zorn regte sich wieder in ihr – weggeschickt wie ein unartiges Kind. Arianna lächelte grimmig. Vielleicht fehlte es ihr an Mut, aber wenn sie wütend war, neigte sie dazu, das zu vergessen.

»Du hattest also nicht vor, aus deinem Zimmer zu kommen und dich von uns zu verabschieden?«

Brian starrte Callum wütend an. »Komisch. Ich habe gar nicht gehört, dass du angeklopft hast.«

Callum setzte sich auf den Stuhl gegenüber von Brian und schenkte sich einen Becher Ale ein. »Wahrscheinlich deshalb, weil ich nicht geklopft habe.« Er nahm einen Schluck und seufzte zufrieden. Dann sah er Brian kühl an. »Als ihr Lieblingscousin hätte ich dich grün und blau schlagen sollen, weil du sie in dein Bett gezerrt hast. Aber sie war glücklich. Jetzt sollte ich dich eigentlich grün und blau schlagen, weil du sie aus deinem Bett geworfen hast. Du hast sie sehr unglücklich gemacht.«

»Du hast gewusst, dass ich das tun würde.«

»Aye, aber ich habe ihr Gesicht gesehen, als sie aus dem Arbeitszimmer kam.«

»Sie war wütend.«

»Das war sie, aber sie war auch sehr verletzt.«

»Das tut mir leid. Aber ich habe es doch nur getan, weil es so am besten für sie ist.« Er starrte Callum wütend an, der abfällig schnaubte. »Ich bin nur ein Ritter, und diese Ehre wurde mir von meinem Cousin verliehen. Wenn ich nicht hier leben würde, müsste ich mich bei irgendeinem Laird als Söldner verdingen. Da ich wieder gesund bin, werde ich fortan wieder einen Raum mit drei meiner Brüder teilen. Ich habe kein Land und nicht einmal ein kleines Häuschen, in das ich mit ihr und den zwei Jungen einziehen könnte. Das bisschen Geld, das ich habe, reicht nicht, um eine Lady wie sie zur Gemahlin zu nehmen.«

»Aber das wird sich bald ändern.«

»Wie kommst du darauf?«

»Der Handel, den du begründet hast, ist für dich und Scarglas sehr einträglich. Man hat mir hier einige Verbesserungen gezeigt, die dadurch ermöglicht wurden.«

»Das Geschäft ist nicht sehr sicher. Schiffe können auf dem Meeresgrund landen mit all dem Geld, das man eingesetzt hat oder das einem die Fracht hätte einbringen können. Vielleicht erweist sich das Weingeschäft mit Ignace als gewinnbringend, aber noch ist es zu früh, um das mit Gewissheit sagen zu können. Und bislang habe ich nur mit einem einzigen Schiff Handel getrieben.«

»Ich kann dir einige Verwandte nennen, die dir bei deinen Geschäften helfen können.«

»Aber nur, wenn ich deine Cousine heirate.«

Plötzlich wurde die Tür aufgerissen. Die Männer zuckten überrascht zusammen. Brian starrte Arianna an. Ihr Gewand war zerknittert, ihr Haare wirr. Hätte sie ein Schwert in der Hand gehalten, hätte er daran gedacht, Reißaus zu nehmen. Noch nie hatte er eine derart wütende Frau gesehen.

»Callum«, knurrte sie. Brian wunderte sich, dass eine solch zarte, hübsche junge Frau so grimmig klingen konnte.

»Aye, Cousine?«

»Verschwinde!«

»Bin schon weg.«

Brian fand es unangebracht, dass Callum breit grinste, und außerdem fand er, dass der Kerl hätte versuchen sollen, ihn zu beschützen. Zumindest hätte er ein wenig Besorgnis um das Leben seines neuen Geschäftspartners zeigen können. Er zuckte erschrocken zusammen, als Arianna die Tür hinter ihrem Cousin zuschlug, der sich eilig aus dem Staub machte.

»Arianna ...«, fing er zögerlich an.

»Du Narr!«, fauchte sie. »Was bildest du dir ein, mir meine Entscheidungen abzunehmen, als wäre ich ein Kleinkind? Hast du mich gefragt, ob ich gehen will? Nay! Du hast das beschlossen, was du für das Beste für mich hältst.«

Brian fragte sich, warum das aus ihrem Mund so verkehrt klang.

»Nun, ich werde dir jetzt meine Meinung sagen. Ich werde dir sagen, was ich denke, und du wirst mir zuhören.«

Da sie innehielt und ihn nur böse anstarrte, beschloss Brian, dass sie wohl auf eine Antwort wartete. Er nickte.

»Ich habe dir erlaubt, mit mir zu schlafen. Glaubst du etwa, das tue ich bei jedem Mann? Ich habe es nicht einmal besonders oft bei dem getan, den ich für meinen Gemahl hielt.«

»Aye, aber die Leidenschaft ...«

»Halt den Mund! Jetzt rede ich. Ich weiß, dass ich schwach war. Ich habe Claud erlaubt, mir einzureden, dass ich nichts wert bin. Aber ich erhole mich von dieser Schwäche. Hast du das etwa noch nicht bemerkt? Trotzdem hältst du mich für schwach und hilflos, sonst hättest du nicht alles mögliche für mich beschlossen. Glaubst du wirklich, dass mir an Seide, Schmuck, einem stattlichen Zuhause und dergleichen viel liegt? Was habe ich getan, um dich darauf zu bringen? Nichts! Ich habe tagelang ohne zu murren Kaninchen gegessen, oder etwa nicht?«

»Doch, das hast du.« Brian war nicht ganz sicher, was Kaninchen damit zu tun hatte, aber mittlerweile war er sich ziemlich sicher, dass es nicht ratsam war, sie jetzt zu unterbrechen.

»Richtig. Ich habe mich nicht beklagt. Und ich habe mich auch nicht über den Schmutz, die schwitzenden Pferde, das kalte, harte Lager unter freiem Himmel und den Mangel an sauberen, seidenen Gewändern beklagt, stimmt's? Ich begreife nicht, wie du darauf kommst, dass ich eine zarte, anspruchsvolle Frau bin. Was soll dieser ganze Unsinn mit meiner hohen Geburt? Ich wurde in einem Bett geboren, genau wie du. Meine Eltern haben ein bisschen Geld. Es reicht, um alle ihre Töchter mit einer Mitgift zu versehen und ihre Söhne mit einem gewissen Vermögen, damit sie heiraten können, wo und wen sie wollen. Aber sie sind nicht reich, und sie legen keinen Wert darauf, dass ihre Kinder standesgemäße Ehen schließen. Meine Schwester hat einen Schmied geheiratet. Meine Mutter war die uneheliche Tochter eines lüsternen Laird, der es mit einer Wirtin getrieben hat. Ihr, Sir, seid der Einzige, dem solche Dinge ein Anliegen zu sein scheinen.«

»Aber ...«

»Halt den Mund! Ich habe gründlich darüber nachgedacht, und jetzt muss ich alles sagen. Wenn du mich unterbrichst, vergesse ich vielleicht etwas. Ich sage dir jetzt, was ich haben will: Ich will einen Mann, der mich begehrt und den ich begehre. Ich will ein Dach über dem Kopf, und es ist mir egal, wenn dieses Dach nur aus Stroh besteht. Ich will genug zu essen, damit wir nicht hungern müssen, und genug Geld, um gelegentlich etwas Hübsches zu kaufen, wenn es etwas Besonderes zu feiern gibt. Ich will Kinder. Vielleicht kann ich keine bekommen, aber es gibt viele arme Kinder, die ein Zuhause brauchen. Nach solchen Kindern werde ich mich umschauen. Und ...«

Plötzlich merkte Arianna, dass Brian sich aufgerichtet hatte und sie anstarrte. Sie wurde ein wenig unruhig, und es fiel ihr schwer, sich an alles zu erinnern, was sie ihm hatte sagen wollen. Außerdem schwand ihre Wut, und damit auch ihr Mut.

»Und?«, hakte Brian nach.

»Am liebsten hätte ich Kinder von dir. Ich will mit dir zusammensein, in deinem Bett liegen, unter deinem Dach wohnen, wenn du ein Zuhause für uns findest. Ich möchte, dass du versuchst, mich so zu lieben, wie ich dich liebe. Und wenn du mich wegschickst, komme ich wieder zurück.«

»Du bleibst hier!«

Er bewegte sich so schnell, dass sie ihm nicht entkommen konnte, selbst wenn sie es gewollt hätte. Ehe sie es sich versah, lag sie neben ihm auf dem Boden und ertrank in der Hitze seiner Küsse. Plötzlich hörte sie, dass etwas zerriss.

»Mein Gewand ...«, meinte sie.

»Ich besorge dir ein neues.«

Noch nie hatte er sie und sich so schnell ausgezogen. Er verspürte eine brennende Begierde, ihre nackte Haut zu spüren. Es war ihm völlig egal, ob etwas zerriss und wo ihre und seine Kleider landeten, die er achtlos zur Seite warf. Hätten ihm ihre Küsse und Berührungen nicht bewiesen, dass die Leidenschaft sie ebenso rasch gepackt hatte wie ihn, hätte er sich Sorgen gemacht, ob er nicht zu grob war. Doch nun hatte er nur noch einen einzigen Gedanken – sich tief in ihr zu versenken.

Arianna schrie lustvoll auf, als Brian ihre Körper mit einem einzigen harten Stoß vereinte. Sie schlang die Arme und Beine um ihn und genoss seine ungestüme Leidenschaft in vollen Zügen. Ihr Verlangen schwoll an, ihre Gier nach ihm war so heftig, dass sie sich nicht vorstellen konnte, dass sie je nachlassen würde. Als sie im Strudel des Höhepunkts versank, rissen die Wogen der Wonne alle Gedanken aus ihrem Kopf. Sie merkte nur noch, dass er sich in diesem seligen Absturz zu ihr gesellte und heiser ihren Namen flüsterte, während sein Körper unter der Wucht des Höhepunkts erbebte.

»Also bleibst du«, sagte er, als er wieder klar denken konnte.

»Nur, wenn du das wirklich willst«, erwiderte sie. Arianna betete, dass sie sich nicht geirrt hatte. Sie hoffte inständig, dass all dies bedeutete, dass er sie liebte oder zumindest kurz davor stand, sie zu lieben.

»Ich wollte nie wirklich, dass du gehst.« Er küsste sie zärtlich am Halsansatz. »Ich dachte nur, dass ich dich wegschicken müsste.«

»Bleibe ich jetzt hier als deine Geliebte, oder soll ich mehr für dich sein?«

Er hob den Kopf und küsste ihre Nasenspitze. »Du bist immer mehr für mich gewesen, Arianna. Immer. Wenn du bleibst, dann als meine Gemahlin. Das war einer der Gründe, warum ich darauf beharrt habe, dass du gehst. Wenn ich dich länger bei mir behalten hätte, hätte ich nicht mehr die Kraft gehabt, dich gehen zu lassen. Ich dachte, dass das selbstsüchtig wäre und dass du einen Mann finden musst, der dir viel mehr geben kann als ich.«

»Du gibst mir alles, was ich brauche, Brian. Nur darauf kommt es an. Ich wünschte, ich könnte dir ein Kind schenken«, wisperte sie.

»Wenn nicht, dann nicht. Für mich spielt das keine Rolle. Ich habe so viele Verwandte, dass ich mich kaum an die Hälfte ihrer Namen erinnere.« Er grinste, als sie leise lachte. »Mir gefällt deine Idee, dass man ein paar Kinder finden könnte, die ein Zuhause brauchen. Ich denke, das sollten wir tun, selbst wenn uns ein paar eigene Kinder beschert werden.«

Er schloss sie in die Arme. »Und außerdem soll die Frau, die bald meine Gemahlin sein wird, nicht auf dem harten Boden liegen.« Er stand auf, hob sie hoch und setzte sie auf einem schmalen Bett ab.

»Was macht das Bett in deinem Arbeitszimmer?«

»Wir haben überall Betten, wo man Betten aufstellen kann, und außerdem ist das hier nicht mein Arbeitszimmer. Hier erledigt jeder seine Arbeit.« Reumütig fuhr er fort: »Ich fürchte, so wird es noch eine ganze Weile bleiben, Arianna. Das hier ist mein Zuhause. Ich habe kein anderes.«

»Mir gefällt es hier. Wir brauchen nur ein kleines Schlafzimmer, das wir nicht mit deinen Brüdern teilen müssen.« Sie lächelte, als er lachte. »Aber wir könnten auch in dem kleinen Häuschen auf dem Land der Jungen leben.«

»Wo liegt das denn?«

»Etwa einen halben Tagesritt von hier Richtung Dubheidland.«

»Ach wirklich? So nah?« Er schüttelte den Kopf. »Aber darüber reden wir später. Ich will jetzt erst einmal den ersten Tag genießen, an dem du ein Teil von Scarglas bist.«

Sie ächzte wonnig, als sich seine Lippen um ihre harten Brustspitzen schlossen und er zärtlich mit ihren Brüsten spielte. Dabei stieg ihre Leidenschaft köstlich langsam an. Nur ein kleiner Schatten lag auf ihrem Glück: Brian hatte ihr nicht gesagt, dass er sie liebte. Sie dachte zwar, dass sie es an der Art spürte, wie er sie liebkoste und wie er sie ansah, aber das reichte ihr nicht. Sie wollte die Worte hören.

»Brian, ich habe gesagt, dass ich dich liebe«, begann sie zögernd.

»Ich weiß. Ich glaube, ich habe noch nie so etwas Wunderbares gehört.«

Sie blickte auf ihn herab und genoss es, wie er ihre Brüste küsste. Aber bei solch ernsten Dingen wollte sie ihm in die Augen sehen. Doch als sie seinen Kopf anheben wollte, glitt seine Hand zwischen ihre Beine, und er fing an, sie so zu streicheln, dass sie keinen klaren Gedanken mehr fassen konnte. Trotzdem zwang sie sich zähneknirschend dazu, herauszufinden, ob der Mann, den sie liebte und bald heiraten würde, sie ebenfalls liebte.«

»Brian, ich liebe dich.«

»Aye. Ich werde es nie leid werden, dich das sagen zu hören.«

Sie verzog das Gesicht. Er hatte so geklungen, als wollte er sie aufziehen. Der Mann neckte sie bei etwas so Wichtigem? Sie klopfte mit den Knöcheln auf seinen Kopf. Endlich hob er ihn und grinste breit.

»Du kannst mich später necken, solange du willst. Im

Moment habe ich das Gefühl, dass ich hier im Nachteil bin«, sagte sie und wunderte sich nicht, dass sie ein wenig vorwurfsvoll klang; denn er liebkoste sie nach wie vor so innig, dass sie zu keuchen begann.

Brian hörte nicht auf, sie zu streicheln, hob jedoch den Kopf, um sie auf den Mund zu küssen. »Ich liebe dich, Arianna. Das tue ich schon seit einer ganzen Weile, aber ganz sicher wurde ich mir, als Amiel dich mir wegnahm. Ich liebe dich so sehr, dass ich dich gehen lassen wollte, weil ich dachte, das wäre das, was du brauchst.«

Arianna blinzelte. Sie wollte jetzt nicht weinen, auch wenn sie so glücklich war, dass sie fast daran erstickte. Sie schlang die Arme um seinen Nacken und küsste ihn. All die Liebe, die sie für ihn empfand, legte sie in diesen Kuss. Als er langsam in sie eindrang, stöhnte sie wonnig und streichelte ihm zärtlich den Rücken. Diesmal erfasste der Höhepunkt sie beide ganz langsam, gesteigert durch geflüsterte Worte der Liebe. Arianna weinte nun doch, während sie ihn ganz fest hielt. Beide bebten unter der Macht der Erlösung.

»Ich weiß nicht, wie du dir vorgestellt hast, ohne so etwas leben zu können«, wisperte sie.

»Nun, vielleicht war ich doch ein Narr, genau wie du gesagt hast. Er hob den Kopf und grinste schelmisch. »Liebste, ich glaube immer noch, dass du zu gut bist für mich. Aber jetzt steckst du hier bei mir fest.«

»Gut. Nur hier möchte ich sein.«

»Wir sollten uns anziehen, bevor jemand hereinkommt. Ich will nicht, dass einer meiner Verwandten dich in deiner ganzen Pracht sieht. Du gehörst mir und sonst keinem.«

»Gehörst auch du mir und sonst keiner?«

»Aye. Das hätte ich dir natürlich sagen sollen. Auch wenn sich keiner vorstellen kann, dass ein MacFingal treu sein kann ...«

Sie gebot ihm mit einem Kuss Einhalt. »Dein Wort reicht mir. Und jetzt ziehen wir uns an, bevor ...«

»Soll ich die Pferde wieder absatteln?«, fragte Callum durch die geschlossene Tür.

Brian musste sich ein Grinsen verkneifen, als Arianna hochrot anlief und sofort aufsprang, um sich anzuziehen. Er beobachte sie genüsslich. Sie liebte ihn! Er fühlte sich wie ein König und konnte gar nicht mehr aufhören zu grinsen.

»Was ist jetzt? Seid ihr taub geworden, oder hat dich meine kleine Cousine erwürgt und vergießt jetzt bittere Tränen über deinem Leichnam?«

»Keine Sorge, ich lebe noch«, erwiderte Brian laut und begann nun ebenfalls, sich anzukleiden.

»Also bleiben wir? Wird es eine Hochzeit geben?«

»Callum, verschwinde!«, schrie Arianna.

»Das wollte ich schon längst, aber da ihr zwei so lange in diesem Zimmer wart und ich keine Schmerzensschreie gehört habe, dachte ich, vielleicht haben sich unsere Pläne geändert.«

Brian war froh, dass er schon angezogen war, denn Arianna rannte zur Tür, riss sie weit auf und funkelte ihren Cousin erbost an. »Warst du etwa die ganze Zeit hier draußen?«

»Nay, nicht die ganze Zeit«, erwiderte Callum augenzwinkernd. »Nur so lange, bis ich wusste, dass wir wahrscheinlich nicht aufbrechen.«

Brian erwischte Arianna gerade noch rechtzeitig, um sie daran zu hindern, Callum die Faust auf die Nase zu schlagen. »Sag meinem Vater, er soll ein Fest vorbereiten lassen, auf dem ich verkünden werde, dass ich bald heirate.«

Diese Ankündigung wurde mit lauten Freudenrufen quittiert. Erst jetzt bemerkte Arianna, dass sich hinter Callum auf dem schmalen Gang vor dem Arbeitszimmer etwa zwei Dutzend MacFingals drängten – direkt vor der Tür, hinter der sie Brian vor Wut angeschrien und kurz darauf laute Lustschreie ausgestoßen hatte. Stöhnend drehte sie sich um und versteckte ihr Gesicht an seiner Brust.

»Sag ihnen, dass sie verschwinden sollen, bevor ich vor Scham im Boden versinke«, bat sie Brian.

Callum klopfte ihr auf den Rücken. »Meinen Glückwunsch, Cousine. Du solltest bald ein bisschen Zeit finden, unserer Familie zu schreiben. Nun kommt schon«, erklärte er den versammelten MacFingals. »Wir müssen ein Fest vorbereiten. Euer Bruder hat endlich Vernunft angenommen.«

Brian schob die Finger unter Ariannas Kinn und hob ihren Kopf an. »Willkommen in der Familie MacFingal, Liebste.«

»Ich denke, ich sollte dich jetzt vor meiner Familie warnen.«

»Nay, das brauchst du nicht. Nachdem ich deine Cousins kennengelernt habe, habe ich eine ziemlich gute Vorstellung davon, was mich erwartet.«

»Callum sollte besser auf sich aufpassen«, fauchte sie und starrte ihrem Cousin finster hinterher. »Ich glaube, er hat mich beleidigt. Du musst mich rächen.«

»Aye, ich räche dich liebend gern.« Er hob sie hoch und ging die Stufen hinauf.

»Callum ist aber in die andere Richtung verschwunden«, stellte sie kichernd fest.

»Die Rache muss noch ein bisschen warten.«

Lachend ließ sie sich von ihm auf dem Bett absetzen, das sie geteilt hatten, bevor er im Kampf verwundet worden war. Als er sich zu ihr legte, empfing sie ihn mit offenen Armen. Darauf hatte sie ihr Leben lang gewartet: Frohsinn, Liebe, eine Familie und die Leidenschaft. Zum ersten Mal seit fünf langen Jahren wusste Arianna, dass sie zu Hause war.

Epilog

Ein Jahr später

»Warum dauert das denn so lange?«, schrie Brian aufgebracht.

In der großen Halle von Scarglas, in der es vorher ziemlich laut gewesen war, wurde es auf einmal mucksmäuschenstill. Brian musterte all die MacFingals, Camerons und Murrays, die sich hier versammelt hatten. Alle starrten ihn an, als wollten sie ihn gleich in Ketten legen. Brian befürchtete, dass das vielleicht bald nötig werden würde, denn die Warterei trieb ihn in den Wahnsinn.

Sigimor war der Erste, der ein Geräusch machte. Er begann so laut zu lachen, dass er beinahe vom Stuhl fiel. Als Brian beschloss, zu ihm zu gehen und ihm einen Tritt zu versetzen, stimmten die übrigen in Sigimors Gelächter ein.

»Nun, ich bin sehr froh, dass ich euch so heiter stimme«, knurrte er und ließ sich auf einen Stuhl neben Harcourt fallen. »Aber ich bezweifle, dass diejenigen von euch, die so etwas schon einmal erlebt haben, ruhig und vernünftig geblieben sind.«

Harcourt grinste. »In meinem Clan keiner.«

»Auch Sigimor ist immer ziemlich unruhig«, sagte Fergus und handelte sich dafür einen Klaps auf den Hinterkopf durch seinen Laird und Bruder ein.

»Du hast so etwas schon mehrmals miterlebt«, sagte sein Vater. »Ich weiß nicht, warum du dich so aufregst.«

»Dabei ging es aber weder um meine Frau noch um mein Kind«, knurrte Brian und schenkte sich einen Becher Ale ein. Er hoffte, dass das Ale den Knoten der Angst in seiner Brust ein wenig lockern würde.

»Mein Gott. Wenn du mir erzählt hättest, dass dieses närrische Weib dachte, sie wäre unfruchtbar, hätte ich sie beruhigen können.«

»Wie das denn?«

»Ich hätte ihr gesagt, dass sie das nicht ist.«

»Und woher hättest du das wissen wollen?«

»Ich weiß nicht, woher ich so etwas weiß. Ich weiß nur, dass ich es weiß. Das habe ich immer getan. Ich habe immer gewusst, ob ein Mädchen fruchtbar ist oder nicht. Und meine Mab weiß immer, ob eine Frau schwanger ist. Wir sind ein gutes Paar.«

»Aber warum hast du dann so viele Kinder gezeugt, wenn du wusstest, ob ein Mädchen fruchtbar ist oder nicht?«

»Nun, wenn das Feuer loderte, hat es mich nicht besonders bekümmert.«

Brian wunderte sich nicht, dass Sigimor abermals losprustete. Er wusste nicht, ob er in das Gelächter einstimmen oder seinem Vater die Faust ins Gesicht schlagen sollte. Dass der Mann sagen konnte, ob eine Frau fruchtbar war, war nicht halb so erstaunlich wie die Tatsache, dass er ohne Unterlass froh und munter Kinder gezeugt hatte. Nach dem ersten halben Dutzend Bastarde hätte er doch wahrhaftig vorsichtiger sein können.

Doch bevor er seine Meinung zu dieser Torheit äußern konnte, ertönte ein schriller Schrei aus dem Obergeschoss. Brian sprang auf, aber sein Vater und Harcourt hielten ihn fest. Vergeblich versuchte er, sich ihrem festen Griff zu entwinden. Es würde ihm wohl nur gelingen, wenn er sich auf ein richtiges Handgemenge einließ. Finster funkelte er die zwei Männer an. Es würde nicht leicht werden, sie beide zu bezwingen, aber er war in der Stimmung, es zu versuchen – vor allem, als ein zweiter lauter Schrei erklang.

»Lasst mich los! Ich muss nach oben«, schnaubte er. »Arianna hat gerade geschrien. Zwei Mal. Sie hat zwei Mal geschrien.«

»Vermutlich würdest du auch schreien, wenn du so etwas aus deinem Körper pressen müsstest«, meinte Odo und stopfte sich ungerührt einen Haferkeks in den Mund.

Ewan räusperte sich. »Das stimmt zwar, aber vielleicht solltest du so etwas nicht in Anwesenheit von Damen oder Kindern äußern, mein junger Odo.« Ewan deutete mit dem Kopf auf Adelar und Michel, die Odo mit großen Augen besorgt anstarrten.

Adelar sah Brian an. »Mit Anna ist alles in Ordnung, oder?«

»Aye, keine Sorge«, erwiderte Brian, dann zog er die Schultern ein und nahm einen großen Schluck Ale. Wenn er nur so zuversichtlich gewesen wäre, wie er geklungen hatte!

Die anderen beruhigten Adelar und Michel, während Brian wieder die Decke anstarrte. Er dachte an die vergangenen Monate. Bei Anbruch des Frühjahrs hatte er sich aufgemacht, um das Haus herzurichten, in das er mit Arianna einziehen wollte, und die Felder vorzubereiten, die Claud seinen Söhnen hinterlassen hatte. Dasselbe hatte er mit dem Land gemacht, das Arianna in ihre Ehe mitgebracht hatte.

In all der Zeit war er mit stolzgeschwellter Brust herumgelaufen, als hätte er etwas ganz Seltenes und Wundervolles bewerkstelligt: Er hatte mit seiner Frau ein Kind gezeugt. Je dicker ihr Bauch anschwoll, desto mehr behütete er sie, und desto stolzer wurde er. Jetzt war sein Stolz verschwunden. Irgendwie hatte er all die Gefahren und die Schmerzen einer Niederkunft vergessen, bis es bei Arianna so weit war.

Sobald sie nicht mehr befürchtet hatte, eine Fehlgeburt zu erleiden, hatte ihr Glück ihm geholfen, all dieses Ungemach zu vergessen. Sie war selbst dann glücklich gewesen, als ihr jeden Morgen schlecht war und ihr Bauch so rund wurde, dass sie ständig Rückenschmerzen hatte. Vor etwa zwei Wochen war Jolene gekommen, um Arianna bei der Geburt beizustehen, gefolgt von Gillyanne, Fionas Schwägerin, und Keira, Liams Gemahlin. Erst von da an hatte sich gelegentlich ein wenig Angst in ihrem Blick gezeigt. Allerdings hatte sie keine Angst vor der Geburt gehabt, sondern vor allem um die Gesundheit des Kindes. Nichts, was Brian sagte, vertrieb ihre Befürchtung, ihr Kind am Ende doch noch zu verlieren.

Brian konnte nur beten, dass Arianna bald ein lebendiges, gesundes Kind im Arm hielt. Natürlich würde er trauern, wenn sie ihr Kind verloren, aber am meisten Angst hatte er davor, was ein solcher Verlust für Arianna bedeuten würde. Also betete er jetzt ständig um das Leben des Kindes. Gedanken an all die Gefahren, die einer Frau bei der Niederkunft drohten, versuchte er nach Kräften zu verdrängen. Wenn er daran dachte, drohte er an blankem Entsetzen zu ersticken.

»Brian?«

Er blinzelte. Fiona stand vor ihm. »Wie geht es Arianna?«

»Arianna geht es gut, und den Kindern auch. Du kannst jetzt hoch und sie besuchen.«

Erst auf der Türschwelle wurde Brian klar, was Fiona gesagt hatte. Er drehte sich zu ihr um. Sie saß auf Ewans Schoß und grinste ihn an. Alle beobachteten ihn, jeder der hier Versammelten grinste.

»Hast du eben Kinder gesagt? Mehr als eins?«, fragte er.

»Aye, du hast dich nicht verhört«, erwiderte sie. »Du hast zwei Kinder, Brian, ein Mädchen und einen Jungen.«

Plötzlich wollten ihn seine Beine nicht mehr tragen. Er lehnte sich an die Tür, weil er vor all diesen grinsenden Narren nicht in Ohnmacht fallen wollte. Zwei Kinder! Arianna hatte ihm Zwillinge geschenkt!

»Sind beide Kinder wohlauf?«, fragte er und war froh, dass wenigstens seine Stimme nicht zitterte.

»Aye. Sie sind groß genug, sie können herzhaft schreien und alles befindet sich an der richtigen Stelle. Du kannst dich gern persönlich davon überzeugen.«

Als Brian sich soweit gefasst hatte, um seinen Weg fortzusetzen, hörte er Odo sagen: »Du meine Güte! In diesem Bauch haben zwei Kinder gesteckt? Die hatten es bestimmt ziemlich eng da drinnen.«

Dieser Knabe wird uns noch eine Menge Ärger machen, dachte Brian. Sobald ihn keiner mehr sehen konnte, fing er an zu rennen. Er rannte bis zur Tür ihres Schlafgemachs, atmete zur Beruhigung ein paar Mal tief durch und ging hinein. Mab erhob sich von ihrem Platz neben dem Bett und kam ihm entgegen. Er umarmte sie flüchtig, als sie sich hochreckte und ihm einen Kuss auf die Wange gab.

»Sie ist in ausgezeichneter Verfassung«, sagte Mab. »Deine Frau kann wirklich all ihre Ängste vergessen. Sie ist wie geschaffen für so etwas – dafür, viele kräftige, gesunde Kinder zu gebären.«

»Ich habe sie schreien hören«, wisperte er noch immer besorgt. »Zwei Mal.«

»Du würdest auch schreien, wenn du so etwas aus dir herauspressen müsstest. Zwei Mal.«

Er musterte sie stirnrunzelnd. »Hast du mit Odo gesprochen?«

Mab lachte nur und ging. Leise zog sie die Tür hinter sich zu. Brian trat an die große Wiege, die sein Vater geschreinert hatte. Dort lagen seine Kinder und schliefen tief und fest. Eines hatte einen erstaunlich dichten schwarzen Haarschopf, dem anderen standen knallrote Härchen vom Kopf ab.

»Das mit den schwarzen Haaren ist das Mädchen, das andere der Junge.«

Brian eilte ans Bett. Arianna lächelte, auch wenn sie sehr erschöpft wirkte. Brian setzte sich auf die Bettkante und küsste sie behutsam.

»Danke, Liebste«, wisperte er. »Geht es dir gut?«

»Sehr gut. Und ich danke Euch, Sir Brian. Ihr habt mir ein wunderbares Geschenk gemacht. Zwei sogar.«

Er räusperte sich bei dem vergeblichen Versuch, seine Rührung zu verbergen. »Nun, ich hatte vor, dir nur eins zu schenken.«

»Wir sollten uns nicht wundern, dass wir zwei bekommen haben.« Sie zwinkerte ihm zu. »Schließlich bist du ein echter MacFingal – ein sehr zeugungsfähiger Mann.«

Lachend legte er sich neben sie und zog sie zu sich heran. »Hast du dich für einen Namen entschieden? Jetzt brauchen wir sogar zwei.«

»Sie soll Reine heißen, und er Crispin, wenn es dir recht ist.«

»Ich mag beide Namen, Liebste. Bist du dir ganz sicher, dass es dir gut geht?«

Arianna lächelte ihn an. Dieser Mann liebte sie, er hatte Michel und Adelar ohne zu zögern ins Herz geschlossen und hatte ihr nun zwei wunderbare Kinder geschenkt. Sie wusste nicht, ob ihm je klar sein würde, wie viel er ihr bedeutete und wie tief ihre Liebe für ihn reichte. Doch andererseits konnte es nicht schaden, wenn man einen Mann ein wenig darüber im Zweifel ließ, dachte sie grinsend.

»Es geht mir ausgezeichnet, lieber Gemahl. Ich kann mir nicht vorstellen, dass es einer Frau besser gehen könnte als mir in diesem Moment. Ich habe zwei prachtvolle Kinder, und meine Jungs leben auch bei mir. Ich habe ein Zuhause, eine Familie und dich, den ich von ganzem Herzen liebe.«

Brian hielt sie fest und rieb seine Wange an ihren Haaren. Plötzlich fiel ihm ein Rat ein, den ihm Sigimor unlängst gegeben hatte. »Immer.«

Sie schloss die Augen und seufzte zufrieden. »Immer.«

Verflixt und zugenäht, Sigimor hatte wieder einmal recht gehabt. Brian hielt seine Frau ganz fest und starrte beglückt auf seine Kinder. Immer – das war tatsächlich ein sehr gutes Wort.